SAMEENA JEHANZEB

FROZEN GHOSTED DEAD

SCAN ME

Dieser Roman enthält Themen, die bei manchen Menschen negative Reaktionen auslösen können. Eine Auflistung dieser Themen kann über den aufgeführten QR-Code oder durch Direkteingabe im Browser abgerufen werden:

www.sameena-jehanzeb.de/inhaltswarnungen

Über die Autorin

Sameena Jehanzeb wurde 1981 in Bonn geboren. Bei Tag ist sie diplomierte und selbstständige Grafikdesignerin, Illustratorin und Scherenschnittkünstlerin, eine nimmermüde Sarkasmusschleuder und Katzenbändigerin. Bei Nacht wird sie zur Geschichtenweberin und verfasst Abenteuer in den Bereichen Fantasy und Science-Fiction.

Sowohl beim Schreiben als auch beim künstlerisch-handwerklichen Arbeiten setzt sie sich am liebsten mit phantastischen Themen, Sagen und Märchen auseinander oder begibt sich auf einen Ausflug in die Zukunft.

[SIMULATION WIRD GESTARTET ...]

Geist stand da und blickte auf den sich windenden Menschen hinab. Das Ding, das dort lag, war im Grunde schon seit Wochen nur noch eine halbtote, heruntergekommene Hülle. Das Hirn zerfressen von all den Glücklichmachern. Geist empfand kein Mitleid mit der Person, deren Körper soeben die letzten Zuckungen eines akuten Krampfanfalls erlebte. Weder als Geist ihr aus dem Hinterhalt die erste Dosis Lucid verabreicht hatte, noch später, als sie mit ihrem getrübten Bewusstsein um mehr und mehr Injektionen zu betteln begonnen hatte, und auch nicht jetzt, da sie für Geists Ziele starb. Manchmal mussten Opfer gebracht werden. Das war nicht unbedingt schön, aber notwendig. Außerdem würde niemand die Gestalt auf dem schmalen Bett vermissen und niemanden würde ihr Tod erschüttern. Sie besaß weder eine Familie noch Freunde, hatte alles getan, um soziale Kontakte zu vermeiden. Kaida Lane tauchte bloß dieses eine Mal noch auf, um endgültig zu verschwinden.

Sicher, es würde ein paar Fragen geben. Wie konnte sie hier im Rehazentrum an Lucid kommen? Vor allem in so großer Menge? Warum war nicht aufgefallen, dass sich ihr Zustand zunehmend verschlechtert hatte? Und das trotz der medizinischen Nanobots, die dabei helfen sollten, die Effekte der Droge zu mildern. Doch Geist hatte wenige Bedenken. Abhängigkeit machte erfinderisch. Süchtige waren gut darin, Dinge zu beschaffen, die nicht beschaffbar sein sollten. Das wusste kaum jemand besser als Geist. Zudem war ein Lucidjunkie ohnehin mehr Zombie als Mensch und niemand würde dem Tod von Kaida Lane große Aufmerksamkeit schenken. Man würde sich die Besuchslisten ansehen und feststellen, dass es keine Einträge gab. Für den unwahrscheinlichen Fall, dass doch jemand nachhaken sollte, hatte Geist selbstverständlich vorgesorgt. ID-Einträge zu fälschen, hier und da einen Namen austauschen ... das war ein Kinderspiel, wenn man die Hintertüren kannte. Die Systeme des Rehazentrums waren zwar gut geschützt, aber nicht gut genug. Geister kamen schließlich überallhin.

Nicht, dass durch Wände zu gehen eine Möglichkeit gewesen wäre. Technisch gesehen handelte es sich bei Geist schließlich noch immer um einen Menschen aus Fleisch und Blut. In der Seele dieses Menschen aber verhallte nur noch das leiser werdende Echo eines gestohlenen Lebens. Das Echo einer Wut, die Geist so lange von innen heraus zerfressen hatte, bis nichts weiter übriggeblieben war als eine verblasste Gestalt. Ein Ding. Ein Schatten. Ein *Geist.* Ebenso konturlos, ebenso leidenschaftslos.

Das Schicksal hatte Geist alles Gute entrissen und nur das Schlechte zurückgelassen. Der einzige Reiz, den das Leben noch bot, war das Verschwinden in der Bedeutungslosigkeit. Das Vergessen von allem, was einst war, das Vergessen des *Davor*. Geist war bereit gewesen, zu verschwinden, sich aufzulösen in Gleichgültigkeit, bis zu diesem Moment vor drei Wochen. Ein Aufbruch zu den Sternen! Ein Neuanfang auf einer unbewohnten Welt! Hoffnung für die Hoffnungslosen. Das versprachen sie in den Holos, deren verheißungsvolle Botschaften großflächig und bunt über die Hauswände tanzten. Und wenn Geist eines war, dann doch wohl hoffnungslos und bereit für einen neuen Start.

Das Angebot der Silverline Company klang verlockend, die Credits waren für jemanden mit Geists Talent leicht zu beschaffen und so hatte Geist einen Blick riskiert. Auf die Menschen, die sich anschickten, diesen verdorbenen Planeten für immer zu verlassen. Es hielt Geist nichts auf dieser Welt. Vielleicht war es an der Zeit, sich eine neue zu suchen. Doch bevor Geist die Gelegenheit bekam, einen neuen Anfang zu finden, hatte etwas Altes Geist gefunden. Etwas, das das Feuer der Leidenschaft zurückbrachte. Die alte Wut. Diese unfassbare Ungerechtigkeit. Wie es schien, gab es eine unvollendete Sache, die erledigt werden wollte, bevor Geist ein neues Leben beginnen durfte. Ein Ziel, für das es sich lohnte, wieder von einem Geist zu einem Menschen zu werden. Darum musste jemand sterben. Allen voran Kaida Lane.

Geist wartete ungeduldig auf das Finale dieses ersten Aktes. Geduld war eine Tugend, doch es gab noch so viel mehr zu tun und es kribbelte Geist in den Fingern, endlich zu beginnen.

Die Frau auf dem Bett zuckte ein letztes Mal, dann wurde sie plötzlich steif und blieb mit offen hängendem Mund liegen. Es war vollbracht. Kaida Lane war tot und Geist ein wiedergeborener Mensch.

STREAMJUMPER

ID: NIOBE

Niobes Schritte jagten über den Waldboden. Zweige und Steine knackten und knirschten unter dem Profil ihrer Sohlen. Ihr Puls war ruhig, trotz des hohen Tempos. Einatmen – tap, tap, tap – ausatmen – tap, tap, tap. Die Bäume ragten hoch über Niobes Kopf auf und die Blätter bewegten sich in dem lauen Frühlingswind wie eine einstudierte Gruppe Balletttänzerinnen.

Das Rauschen der Baumkronen nahm Niobe gefangen und sie beschleunigte ihre Schritte. Endorphine strömten ihr durch den Körper und alle Ängste, Sorgen und schweren Erinnerungen verloren sich zwischen zwei Atemzügen. Als ob Niobes Gedanken zu langsam wären, um mit ihren Füßen Schritt halten zu können.

Seit dem Tod ihrer Mutter Mona stand Niobes Welt kopf. Das Leben war innerhalb kürzester Zeit farblos geworden und so viel unfreundlicher, als sie sich hätte vorstellen können. Niobe fand nicht einmal die Ruhe, um den Verlust anständig verarbeiten zu können. Kein Raum für Trauer, wo Kapital verschoben werden musste. Behörden plagten sie mit der Forderung nach Belegen und Bescheinigungen, die Lebensversicherung verweigerte die Zahlung, das Krematorium brauchte Antworten auf Dutzende Fragen und natürlich die Credits für die Bestattung. Die schiere Menge an Dingen, die erledigt werden musste, drohte Niobe auch sieben Monate nach Monas Dahinscheiden noch zu erschlagen. Dabei war das bloß die berüchtigte Spitze des Eisbergs. Die Erinnerungen trieben ihr in den hinterhältigsten Momenten Tränen in die Augen und versuchten, sie zu ersticken. Doch hier auf dem Waldweg spielte nichts davon eine Rolle. Für diese eine Stunde am Tag vergaß Niobe alles, lauschte nur ihrem eigenen Atem und lächelte. Sie vergaß die vielen Lasten auf ihren Schultern und den Kummer in ihrem Herzen.

Der Weg teilte sich. Ein silbern schimmerndes Band leuchtete über dem Boden auf und markierte die richtige Abzweigung. Niobe folgte dem Wegweiser, der daraufhin wieder verblasste. Die Illusion des Waldes war einmal mehr perfekt und der simulierte Duft von Fichtennadeln stieg ihr in die Nase.

Einatmen. Ausatmen. Gesegnete Ruhe.

Plitsch-Plitsch!

Niobe spürte die Störung in der Simulation, bevor das Bild vor ihren Augen zu flimmern begann. Das unangenehme Ziehen in dem Neurolink auf ihrem Nacken war ein allzu vertrautes Zeichen. Nur Millisekunden später übertönte jenes metallisch verzerrte Geräusch das Rauschen der Baumkronen und stellte Niobe die Härchen auf. Aus dem Nichts tauchte ein neuer User in ihrem Sichtfeld auf. Kein Sportler, nur jemand, der auf sie zu gerannt kam. Die Person trug eine blutrote Maske mit einem großen, schwarzen X darauf und einem Grinsen, das vom einen bis zum anderen Ohr reichte. Ein unbefugter User, ein Streamjumper.

Die Person kam schnell näher und machte keine Anstalten auszuweichen. Stattdessen sprang Niobe im letzten Moment zur Seite. Sowohl ihre Schritte als auch ihr Atem kamen aus dem Takt. Der Boden unter ihren Füßen bewegte sich, während der Boden vor ihren Augen weiterhin ruhig vor ihr lag. Sie geriet aus dem Gleichgewicht, stolperte und fiel. Der Streamjumper lief unbeeindruckt an ihr vorbei.

»Hey!«, rief Niobe dem Eindringling hinterher. Der aber lachte bloß hohl und schadenfroh unter seiner Maske und rannte weiter. Sein Abbild flackerte erneut. Einmal, zweimal und mit einem finalen *Plitsch* war der Streamjumper wieder verschwunden. Niobe schimpfte leise darüber, dass ihr Moment der Glückseligkeit jäh unterbrochen worden war, und rappelte sich auf.

»Verfluchte Jumper«, raunte sie verstimmt.

Für Streamjumper war es ein Sport, in die laufenden Simulationen anderer User zu springen, sie zu erschrecken und so schnell zu verschwinden, wie sie gekommen waren. Es gab Punktetafeln in entsprechenden Foren des Clusters. Vielleicht würde ein Schnappschuss von Niobes Stolpersturz nun jemandem die Chance geben, eine Position aufzusteigen oder eine Challenge zu gewinnen. Keine große allerdings, denn die Firewall eines in die Jahre gekommenen SimCenters zu hacken, dessen Hard- und Software nur unregelmäßig aktualisiert wurde, würde nicht einmal einen Grundschüler herausfordern. Aktuelle Biotech und Sicherheitsupdates erschwerten es Streamjumpern deutlich, in fremde Simulationen zu springen. Doch anders als die Premium-SimCenter in den Innenbezirken lagen die in der Randstadt mit ihren Updates grundsätzlich zwei oder drei Versionen zurück. Irgendwo mussten die Credits schließlich eingespart werden.

Die meisten Streamjumper stellten keine Bedrohung dar und wurden schnell von den Sicherheits-KIs erkannt. Das machte sie und ihr übergriffiges Verhalten für Niobe jedoch nicht weniger anstrengend. Sie vermisste ihr früheres Premium-SimCenter, das sie bis vor ein paar Monaten besucht hatte. In den Jahren ihrer Mitgliedschaft dort hatte sie nur eine einzige Begegnung mit einem Streamjumper gehabt. Hier im Randbezirk dagegen gehörten sie beinahe zur Tagesordnung.

Niobe rieb sich die Schläfen. Streamjumper bedeuteten nicht nur für sie eine Belastung. Der Neurolink, der auf ihrem Nacken saß und bioelektrische Impulse an ihr Nervensystem schickte, bestand zu neunzig Prozent aus organischer Masse. Er besaß kein Bewusstsein, schließlich war er nur ein Werkzeug. Eine Schnittstelle zwischen digitalem Signal und biologischem Empfänger. Gewaltsame Einbrüche in einen Stream veranlassten den Neurolink jedoch dazu, Stresshormone zu produzieren. Diese gab er unweigerlich an seinen Träger ab. Nichts, was einen Menschen gefährdete, ein ordentlicher Kopfschmerz folgte einem solchen Vorfall aber fast immer. Was Niobe außerdem ärgerte, war die Tatsache, dass sie das quirlige Kerlchen auf ihrem Nacken eben nicht bloß als Ding betrachten konnte. Sie empfand Zuneigung zu ihrem Neurolink, dessen feine Tentakel und Saugnäpfe sich scheinbar liebevoll an ihre Haut klammerten. Sie war sich durchaus des Fakts bewusst, dass sie hier ein Ding vermenschlichte. Es waren alles nur biotechnisch programmierte Reaktionen, die von dem Neurolink ausgingen, doch das machte für Niobe keinen Unterschied. Menschen gaben ihren Fahrzeugen Namen oder führten ihre Intimbots zum Standesamt. Wie viel verrückter konnte es da sein, eine gewisse emotionale Bindung an so ein niedliches Ding wie einen Neurolink zu empfinden?

Niobe strich sanft über die kühle Haut ihres Alltagshelfers und wie üblich reagierte der Neurolink auf ihre Berührung. Die aufgeregten Signale wurden schwächer, bis die Tentakeln wieder reglos auf ihr lagen und Niobe sie kaum noch spüren konnte. Der stechende Schmerz in ihrem Kopf ließ nach, zurück blieb nur eine seicht pochende Erinnerung daran. Schon besser.

Sie setzte sich wieder in Bewegung, versuchte die Störung durch den Streamjumper aus den Gedanken zu verbannen und ihren Rhythmus wiederzufinden. Doch der finale Moment der Glückseligkeit würde ihr heute verwehrt bleiben.

»Arschloch«, murmelte sie als abschließendes Statement und lief, trotz des bereits verfehlten Trainingsziels, weiter. Doch gerade als Niobe dabei war, sich wieder in einen angenehmen Takt einzufinden und sich zu entspannen, blitzte etwas in ihrem Sichtfeld auf. Simuliertes Sonnenlicht fiel darauf, spiegelte sich darin und blendete Niobe. Was war das nun wieder? Ein weiterer Streamjumper? Zwei hintereinander waren selbst für dieses heruntergekommene SimCenter ungewöhnlich.

Als Niobe näher herankam, erkannte sie, dass es ein Ballon war. Ein goldener Helium-Ballon in der Form eines Sterns, der in der Mitte des Weges über dem Waldboden schwebte. Immer wenn ein Luftzug durch die Bäume fegte, ließ die Brise den Ballon mal ein wenig nach links und mal ein wenig nach rechts gleiten. Er war mit einer schwarzen Kordel an etwas befestigt, das schwer genug zu sein schien, um ihn an Ort und Stelle zu halten.

Niobe verlangsamte ihre Schritte und näherte sich dem Objekt mit einer gesunden Portion Skepsis. Im Stillen verfluchte sie sämtliche Streamjumper des galaktischen Systems und deren idiotische Challenges. Was sollte das hier sein? Eine Art Geburtstagsüberraschung? War das die jüngste Aufgabe? *Finde einen User, der Geburtstag hat, und mache ihm ein Geschenk?* Kurz kam ihr der Gedanke, dass sie vielleicht dankbarer sein sollte, schließlich würde das wohl die einzige Aufmerksamkeit sein, die sie zu ihrem 28. Geburtstag bekam, nun, da Mona fort und Niobe praktisch alleine war.

Während sie sich dem Ballon näherte, suchte sie den Pfad nach irgendwelchen Mechanismen ab, die ein Event auslösen mochten, doch es war nichts zu sehen. Dafür entdeckte sie einen mattschwarzen, geschwungenen Schriftzug auf der reflektierenden Oberfläche des Ballons. Ein einzelnes Wort stand darauf. Ein Name.

Eboni

Niobe blieb abrupt stehen. Ein Schauer lief ihr über den Rücken und sie schaute sich argwöhnisch um. Hatte der Streamjumper sie etwa gezielt ausgesucht, statt sie nur zufällig auszuwählen? Weshalb sonst sollte ihr Alias in diesem privaten Umfeld auftauchen? *Ebonis* Werbeaccount folgten ein paar merkwürdige Gestalten, die sie mitunter beschimpften, beleidigten, manchmal sogar bedrohten. Das Cluster war voll von diesen enthemmten Feiglingen, die sich hinter ihren Avataren versteckten und aus der Ferne verbale Projektile verschossen.

Ihr Blick wanderte erneut durch die simulierten Büsche und Baumreihen, über den Wasserfall und die Klippen in der Ferne. Ihr Neurolink würde den Stream unterbrechen, falls sie in echte Gefahren geriet. Sie wusste das, vertraute der Technologie dahinter, doch der weniger rationale Teil von ihr wollte sich nicht recht überzeugen lassen. Besonders ein User sorgte schon seit längerem dafür, dass Niobe eine konstante Anspannung und Furcht vor dem Unbekannten empfand. Ihr Alias aber war nicht mit ihrer echten ID verknüpft, folglich konnte es sich nur um einen Zufall handeln.

Dennoch trat Niobe nur misstrauisch näher an den Ballon heran. Die schwarze Kordel war mit einer Schleife an einem cremeweißen, altmodischen Briefumschlag befestigt. Elegant wie die fein strukturierten, teuren Umschläge, die man allenfalls noch in den gehobenen Kreisen zu besonders feierlichen Anlässen verschickte. Papier war ein teurer Rohstoff, wenn man auf einem Planeten lebte, der sich noch nicht vollständig von dem kolossalen Natursterben des 21. Jahrhunderts erholt hatte. Insbesondere dann, wenn besagter Planet in den Besitz einer technologisch weit überlegenen Alienrasse übergegangen war, die kurzen Prozess mit denjenigen machte, die sich nicht an die Auflagen zum Schutz des globalen Ökosystems hielten.

Niobe ging in die Knie und hob den Umschlag auf. Der Ballon bewegte sich mit ihr in die Höhe und tanzte dabei an seiner zarten Fessel. Es gab nur einen Weg, herauszufinden, was es mit dem ominösen Brief auf sich hatte, und so löste sie die Schleife und wickelte sich die Kordel einmal um den Zeigefinger. Kunstvolle Ornamente prägten die Oberfläche des Papiers. Niobe strich mit den Fingerkuppen über die Höhen und Tiefen der Linien, ihr Neurolink sendete die entsprechenden Signale an ihre Nervenenden. Es war immer wieder verblüffend, wie echt alles wirkte.

Schließlich betrachtete sie die Rückseite des Umschlags. Kein Absender. Sie löste die Lasche und zog eine Karte heraus. Weiß, mit einem schwarzen Rahmen und einer ebenso schwarzen Rose darauf. Niobes Stirn bildete unwillkürliche Falten.

»Was für ein fauliger Scherz soll das sein?«, fragte sie niemand Bestimmten. Niobe wusste nicht, ob der Streamjumper bereits völlig aus der Simulation verschwunden war oder noch zuhörte. Falls er noch da war durfte er ruhig erfahren, was sie von seinem Humor hielt.

War die Nachricht womöglich als Kondolenzkarte zu Monas Gedenken zu verstehen? Die käme jedoch reichlich spät. Die Urne ihrer Mutter hing längst am Baum der Seelen und kein normaler Mensch würde einen Stream kapern, um sein Mitgefühl auszudrücken. Da gab es doch wirklich respektvollere Wege. Niobe klappte die Karte dennoch auf, was sollte sie auch sonst tun?

Sie war sich nicht sicher, welche Art Melodie zu einer Trauerkarte passte, die Noten des Kinderliedes, die ihr entgegensprangen, allerdings taten es nicht. *Twinkle, winkle, Little Star.* Ein uralter Klassiker, den Mona ihr ebenso vorgesungen hatte wie abertausende andere Eltern es seit Generationen bei ihren Kindern taten. Die Worte, die Niobe auf dem makellosen Papier begegneten, waren dagegen alles andere als schlaffördernd. Ganz im Gegenteil. Kalte Furcht kroch Niobe durch die Glieder, als sie die geänderten Strophen las.

Röchel, Röchel, kleiner Stern,
ich bin nah und gar nicht fern.

Spürst du, wie die Zeit verrinnt?
Sei bereit, das Spiel beginnt.

Röchel, Röchel, kleiner Stern,
ich hab' dich zum Töten gern.

– Geist –

Niobe zitterte. Diesen Alias sah sie nicht zum ersten Mal, doch er war ihr noch nie außerhalb der Asteria-App begegnet. Wie konnte die Person dahinter an *Ebonis* echte ID gelangen?

In ihrer Unachtsamkeit entglitt Niobe die Kordel. Der Ballon erhob sich in die Lüfte und flog mit ihrem Namen davon. Wie gerne sie es ihm gleichgetan hätte. Mit einem Mal beschlich sie das Gefühl, von unsichtbaren Augen beobachtet zu werden. Die Bäume schienen auf sie zuzukommen und sie einzukesseln. Wie schwarze Giganten ragten sie über ihr auf und Niobes Atmung kam in schnellen, kurzen Zügen. Ihr Herzschlag beschleunigte sich. Holperte.

Als Konsequenz dieser plötzlichen Veränderung gab der Neurolink in ihrem Nacken verschiedene Warnmeldungen aus, die mit einer durchscheinenden Systemgrafik vor dem Hintergrund des Waldes eingeblendet wurden. Unbarmherzig verkündeten die Graphen und Kurven auf dem Thinkscreen das endgültige Verfehlen des Trainingsziels und den Punktabzug auf Niobes Gesundheitskarte. Ganze drei Punkte. Zum Glück bewegte sie sich im oberen Gesundheitsbereich, sonst hätten sie diese drei Punkte den günstigen Versicherungstarif kosten können.

Anders als an den meisten Tagen schenkte Niobe den Meldungen in diesem Moment aber nur wenig Beachtung. Ihre ganze Aufmerksamkeit galt den Worten auf der Karte. Trotz der Furcht, die sie körperlich lähmte, war sie geistesgegenwärtig genug, einen Gedankenbefehl an den Neurolink zu senden:

Streamverlauf speichern und an meinen privaten Speicherknoten leiten.

Sie hörte den Bestätigungston.

Simulation beenden.

Der Neurolink schickte das Signal zum Abbruch des Streams an das SimCenter. Die Bäume und der Waldboden fielen auseinander und verschwanden. Niobe blinzelte gegen die kalt aufleuchtenden Lichtstreifen der Simulationskammer an.

»Grund fixieren«, ordnete Niobe diesmal laut an. Die Spracherkennung der Kammer reagierte entsprechend. Der Boden unter Niobes Füßen verlor seine Beweglichkeit, so dass sie zum Ausgang hasten und die Tür mit mehr Kraft als nötig aufstoßen konnte. Auf dem Korridor dahinter sah sie sich verunsichert um. Die Simulationskammern reihten sich zu Dutzenden in beide Richtungen aneinander. Sie hörte weder Schritte noch andere auffällige Geräusche, in den Gängen zwischen den Kammern würde man sich allerdings gut verstecken können.

Röchel, röchel, kleiner Stern ...

Atmen. Atmen! Muss rennen. Nein, nein, muss still sein! Darf mich nicht bewegen, nicht auffallen. Schreien! Still! Still!

Ich hab' dich zum Töten gern ...

Was tun? Was? Was? Tu endlich etwas!

Niobes Instinkte waren lauter als ihre Gedanken und fällten die Entscheidung, bevor sich ihr Verstand anschließen konnte.

Niobe rannte.

Nicht im Rhythmus mit ihrem Herzschlag und auch nicht im Einklang mit ihrem Atem. Nur weg von dem Ballon und seiner makabren Botschaft. Durch die Gänge und den Empfangsraum hindurch, hinaus ins Freie. Sie rannte über den Vorplatz des SimCenters, sah, wie gerade eine der Tramway-Linien an der Haltestation einfuhr, und legte einen Sprint hin, um es rechtzeitig in den Wagon zu schaffen. Sie keuchte und drückte sich mit dem Rücken in eine Ecke. Die Menschen starrten sie an und sie starrte mit einem hektisch umherspringenden Blick zurück. War es einer dieser Fahrgäste, der ihr die Nachricht geschickt hatte? Jeder war fähig, einen schlecht geschützten Stream zu kapern. Jeder von ihnen könnte es gewesen sein. Irgendjemand musste es gewesen sein. Der Wagon wirkte auf einmal klein wie eine Schuhbox. Die Wände kamen näher und näher und würden Niobe bald zerquetschen.

Leise und sanft setzte sich die Tram in Bewegung, während in Niobes Gedanken ein Sturm tobte.

…/SimFile_02

EIN SOLISTISCHES STELLDICHEIN

ID: L

L fiel. Und fiel. Ins Bodenlose.

Ihr Verstand hatte nur noch wenige Sekunden Zeit zu begreifen, dass sie tot war. Sobald sie auf dem Boden aufschlug, war es vorbei. Alles. Ein Hilferuf baute sich in ihrer Kehle auf, der vermutlich letzte Urinstinkt ihres Lebens. Ein viel zu kurzes und bedeutungsloses Leben.

Sie schlug auf. Eine Explosion aus Schmerz und Unglauben überdeckte all ihre Gedanken. Raubte ihr für einen Moment sogar die Angst. Es wurde still in Ls Kopf. Der laute, gewaltige Schrei, der sich eben in ihrer Kehle geformt hatte, wurde von dem Schock erstickt und entwich als kaum hörbares Stöhnen. Nur ein kurzer Luftstoß, für mehr reichte es nicht. L war noch da, doch außer Unglauben empfand sie in diesem Moment nichts. *Es kann nicht sein. Das kann einfach nicht passieren.*

Sie war reglos. Ihr Blick getrübt, ihre Gedanken ein Feuerwerk. Nicht weit entfernt: der Mann, mit dem sie oben auf dem Brückenübergang gerungen hatte. Er lag still da, die Augen im Schock weit aufgerissen. Sein Gesicht war zu einer unbewegten, zerschmetterten Maske geworden, Kopf und Gliedmaßen in einem unnatürlichen Winkel verdreht. Blut umgab ihn, floss auf L zu. Sie starrte den Mann an, unfähig, den Blick abzuwenden. Nur Leere starrte zurück. Hatte er mehr oder weniger Glück, weil ihn der Aufschlag gleich getötet hatte, während L noch hier lag und durch nasse Lungen atmete? Jeder Atemzug schwerer als der davor und schwanger mit der unvermeidlichen Prophezeiung ihres bevorstehenden Todes.

Etwas Warmes lief L den Nacken herunter. Der Geruch von Eisen stieg ihr in die Nase. Es kroch ihr über das Gesicht, den Kiefer hinab und tropfte schließlich in eine Lache des eigenen Blutes. Bald würde es sich mit dem ihres Feindes vermischen. Welch philosophische Wendung.

Jemand rief ihren Namen. Sie kannte diese Stimme. Es war die Stimme des Verrats. L versuchte, den Blick von dem Toten zu lösen und sich abzuwenden, doch ihr Körper gehorchte nicht. Wo waren ihre Arme, ihre Beine, ihr verdammter Torso? Ls Fantasie malte ein Horrorszenario für sie aus. War ihr Kopf bei dem Sturz abgetrennt worden? Sie war gegen mehrere Dinge geprallt, bevor sie finale Bekanntschaft mit dem Grund gemacht hatte. Das Gehirn eines Menschen, so stand es in einem alten Zeitungsartikel, den sie einst gefunden hatte, lebte nach einer Enthauptung zehn Sekunden lang weiter. Die Vorstellung entsetzte L damals wie heute. Wie lange noch würden sich Ls zehn Sekunden hinziehen? Wie lange noch, bis ihr Lebensfunke endgültig erlosch? Ausgeblasen wie ein Kerzenlicht. Als hätte sie nie existiert.

Ls Augen sprangen wild hin und her, bewegten sich stellvertretend für ihren zerbrochenen Körper. Sie wollte nicht sterben. Noch nicht. Nicht so.

»Fe«, pustete sie das unfertige Wort kaum wahrnehmbar durch die Lippen. »Hfe.«

Senkrecht fuhr L aus dem Schlaf. Die letzten Reste eines verklingenden Hilferufs erreichten ihre Ohren. Ihre Hände tasteten wild an die Brust, die Arme und Beine. Schweiß klebte an ihr, das unmissverständliche Erinnerungsstück eines Albtraums. Sie rang nach Luft, ihre Lungen sogen den kostbaren Sauerstoff ohne Widerstand ein. Sie rieb sich über den Nacken, betrachtete die Hände. Kein Blut. Ihr Körper war weder taub noch gelähmt, die Knochen nicht gebrochen. L lag nicht auf dem betonierten Boden einer stillgelegten Fabrik, sondern zuhause in ihrem Bett. Warm, weich und sicher.

»Shit«, murmelte sie und ließ sich erschöpft zurück aufs Kissen fallen.

Sie ging sich durch das kurze, nass geschwitzte Haar, wartete, bis sich ihr Puls und ihr Atem beruhigt hatten. Was für eine miese Art, aufzuwachen. Sie schaute auf die Uhr: zwanzig Minuten bis zum Weckruf. Das war nicht genug Zeit, um noch einmal einzuschlafen, große Lust verspürte sie dazu erst recht nicht. Stattdessen rieb sie sich die Reste des Albtraums aus den Augen und griff nach der Smartbrille auf dem Nachttisch. »Vee, starte die Asteria-App.«

»Anwendung wird geladen«, antwortete die virtuelle Assistentin mit dem rauchigen Stimmenprofil einer Schauspielerin, die vor den Ressourcenkriegen zu den Berühmtheiten gezählt hatte. Die nötigen Audiospuren zu beschaffen, war nicht einfach gewesen, doch die Mühe wert. Die Stimme machte es L leichter, zu vergessen, dass sie mit einer künstlichen Intelligenz sprach. Assistenz-KIs waren ihr nicht ganz so unheimlich wie die weit verbreiteten Servicebots, aber nah genug dran.

Die Bilder auf dem Hologlas erwachten bereits zum Leben, bevor Vees Worte verklungen waren. Das Firmenlogo der Silverline Company leuchtete auf. Eine Sekunde lang drehte sich der Ladering um das Raumschiff in der endlosen Weite des Weltalls, begleitet von dem Werbejingle des interstellaren Unternehmens. Dann löste sich die Abbildung auf und wich der Übersicht zahlreicher Benutzerprofile. Wartende Passagiere des ersten irdischen Tiefenraum-Kolonieschiffs. Die Asteria würde in knapp zwei Monaten aufbrechen, um einen neuen Planeten zu erschließen. Was für unglaubliche Zeiten dies doch waren.

L nahm das altmodische Sensorpad vom Nachttisch und zog es sich wie eine zweite Haut über die Hand, so dass sie die Smartbrille durch Berührungen auf dem Handrücken bedienen konnte. Sie navigierte durch die Benutzerprofile der Applikation. So viele neue Gesichter und Namen füllten jeden Tag die Liste. Keines davon interessierte L und trotzdem tat sie oft minutenlang so, als wäre sie nicht aus nur einem einzigen Grund hier. Am Ende wechselte sie ja doch zu ihren gespeicherten Favoriten.

Nur zwei der unzähligen Profile warteten dort auf sie. Das ihres Freundes Markus: SecChief@Asteria; und das einer Passagierin: Eboni@Asteria. L rief den Feed von Eboni auf und arbeitete sich durch die jüngsten Aufnahmen. Hin und wieder vergrößerte sie eines der Holos und verweilte einen Moment.

Eboni blickte aus der digitalen Welt zu ihr zurück und zwinkerte in die Kamera. Mal wirkte sie verträumt und sanft, mal hatte sie den Blick einer Raubkatze. Letzterer ließ Ls Körper auf die beste Art schaudern. Dieser Blick nahm L stets gefangen und veranlasste ihr Herz dazu, schneller zu schlagen. Sie spürte das vertraute Ziehen unter der Bauchdecke, die Sehnsucht, das unangebrachte Verlangen. Eboni verstand es, auf subtile Weise mit der Kamera zu spielen und mit den Menschen, die ihre Beiträge abriefen. Unklar war an dieser Stelle nur, ob L die einzige Perverse war, die Eboni zur Protagonistin ihrer schmutzigen Fantasien machte.

Sinn und Zweck der Asteria-App gingen freilich in eine völlig andere Richtung als Ls Gedanken, so viel war klar. Sie hatte die App auf Anraten ihres Freundes Markus installiert. Dessen Intention bestand darin, dass L sich mit den Auswanderern vertraut machte. Sie kennenlernte. Er hoffte, dass L sich ihnen – und ihm – anschließen würde. In dieser Hinsicht gab es bisher keinen Erfolg zu vermelden, und wenn Markus wüsste, wofür L die App stattdessen missbrauchte, würde er sicher eine schnelle Deinstallation fordern. Er würde es nicht im Geringsten gutheißen, dass L sich in romantischen bis erotischen Fantasien mit einer der Passagierinnen verlor. Aber L konnte es nicht ändern. Sie hatte sich in dieses Profil verliebt.

Bei ihrem ersten Besuch in Ebonis virtuellem Raum war L sofort in ein unsichtbares Netz gestolpert und sie versuchte seither erfolglos, sich daraus zu befreien. Eboni stellte ein ausgesprochen attraktives Spinnchen dar. Im Grunde war ihr Account einer wie tausend andere. Nicht eins der öffentlichen Profile war provozierend oder auch nur ansatzweise erotisch ausgelegt. Für derlei Inhalte brauchte man einen Extra-Zugang, doch an denen hatte L kein Interesse. Sie war nur hier, um Eboni zu sehen. Manchmal redete sie bloß mit ihr und erzählte ihr von den Ereignissen des Tages. Eine einseitige Unterhaltung, denn L hatte nie Kontakt zu Eboni aufgenommen und plante auch nicht, es zu tun. Was sollte sie ihr schon sagen? ›*Hallo, mein Name ist L und ich träume jede Nacht und manchmal sogar am Tag von dir. Darf ich dich in mein Schlafzimmer einladen?*‹ – das Desaster wäre vorprogrammiert.

Außerdem war Eboni nicht mehr lange auf der Erde. In ein paar Wochen würde sie diesen Planeten verlassen und zu einer knapp hundertjährigen Reise durch das Weltall aufbrechen. Was auch immer sich aus einer Kontaktaufnahme ergeben mochte, hätte keine Zukunft. Nicht zuletzt fürchtete sich L davor, dass die echte Eboni den Traum von ihr zerstören würde. Doch L brauchte den Traum. Wenigstens noch für eine Weile. Und so begnügte sie sich mit den Holos, die Eboni in der App teilte.

Zusammengefasst ließ sich sagen, dass es für L höchste Zeit zu sein schien, sich in den Dating-Pool zu stürzen und ihre unfreiwillige Enthaltsamkeit zu beenden. Das hätte ihr schon klarwerden müssen, als sie damit anfing, schnulzige Liebesromane aus längst vergangenen Zeiten zu lesen. Leider ließ sie bereits der Gedanke an erzwungene

Treffen und die Hürden des ersten Kennenlernens in eine Art Schockstarre verfallen. Die Datingwelt war eine, die L unbekannter erschien als die heutige Erde, ja sogar fremdartiger als die Existenz der Telarin. Und selbst wenn L diesen überaus unangenehmen Prozess des Kennenlernens überstand, dann war es damit schließlich noch nicht getan. Wenn sie Pech hatte, fing das ganze Drama hier erst richtig an. Eifersucht, Streit, die unvermeidliche Trennung. Nicht, dass L da viele Erfahrungen vorzuweisen vermochte. Sie bezog ihr diesbezügliches Wissen hauptsächlich aus Büchern und Filmen, hegte jedoch nicht viel Interesse dafür, diese Dinge aus erster Hand zu erfahren. Zusätzlich besaß sie ein ausgeprägtes Vertrauensproblem. Mit anderen Worten: Es war hoffnungslos. Ls Geschick, reale Frauen kennenzulernen, war nur geringfügig besser als ihre Fähigkeit, sie dauerhaft für sich zu gewinnen. So viel hatte L in den letzten fünf Jahren gelernt.

Berufsbedingt verbrachte sie nur wenig Zeit in ihrem eigenen Zuhause. Sie kam oft tage- oder wochenlang gar nicht heim, manchmal sogar für Monate nicht. Ihr treuer Kaktus Cornichon überstand das problemlos, ihre zaghaften Beziehungsversuche dagegen nicht. Vielleicht lag es auch schlicht daran, dass L verlernt hatte zu lieben, wie es ihre letzte Bekanntschaft formulierte. L war sich allerdings nicht sicher, ob es bei ihr viel zu verlernen gab. Das Leben zu ihrer Zeit war völlig anders gewesen und ›Sie lebten glücklich bis ans Ende ihrer Tage‹ bedeutete oft genug, dass das gemeinsame Leben tatsächlich nur noch Tage währte. Sie hatte für den Moment gelebt, nicht für das Morgen.

Was blieb L unter diesen Voraussetzungen also anderes übrig, als sich in die Fantasien mit einem unbekannten Menschen zu flüchten, der nichts von Ls Existenz ahnte? Eboni würde L nie nach längerer Abwesenheit ignorieren und ihr nie vorwerfen, dass sie öfter bei ihren Schutzbefohlenen übernachtete als bei ihrer Partnerin. Ironisch daran erschien L, dass sie selbst diejenige war, die leichter zur Eifersucht neigte und in nunmehr altmodischen Denkmustern feststeckte. So viele ihrer Verhaltensweisen und Vorstellungen galten inzwischen als *altmodisch.* Heutzutage gab es beispielsweise mehr polygame als monogame Beziehungen und Ls oft lange Abwesenheit in Kombination mit ihrem Unwillen, polygam zu leben, führte unentwegt zu Streit. Sie war da mehr wie ein Pinguin. Wenn sie jemanden liebte, dann verschrieb sie sich ganz diesem einen Menschen und fühlte sich wohl dabei. War es zu viel verlangt, dass auch sie für jemanden der Pinguin sein wollte? Möglicherweise lag darin das eigentliche Problem. L hatte ihren Pinguin verloren und nun waren sie ausgestorben.

Ein cleverer Mensch in ihrer Situation würde sich vermutlich einen Intimbot anschaffen. Die ließen sich an jeden Wunsch anpassen. Wenn ihr die Dinger bloß nicht so dermaßen unheimlich wären ... Schon der Gedanke daran, mit einem Roboter in einem Raum zu sein, egal wie menschlich er aussah, erstickte sämtliches Interesse im Keim. Ls Vorstellung nach brauchte es nur einen kleinen Programmfehler und aus dem zärtlichen Intimbot wurde eine Killermaschine, die ihr mit einem Fingerschnippen das Genick brach. Eine imaginäre Partnerin schien L da eine deutlich ungefährlichere Lösung zu sein.

Entschlossen drückte sie ihre Anerkennung unter Ebonis jüngstes Holo. *Aurora-131 schickt dir Sterne!*

Sie navigierte weiter durch die Holos und fand die eine Aufnahme von Eboni, mit der Ls peinliche Obsession ihren Anfang genommen hatte. Es war ein neckischer Blick über die halb heruntergezogenen, pinken Gläser der Modebrille hinweg, den Zeigefinger locker auf dem Brillenbügel und ein Lächeln auf den Lippen, das einem die Knie weich werden ließ. Mit diesem Blick schien Eboni L direkt in die Seele zu schauen und sie herauszufordern.

›Tag der Begegnungen auf der Asteria! Gönne mir eine Pause mit TimTinTin@Asteria und einem Lemon Beach Cocktail‹, lautete die Beschreibung dazu, die als schwebendes Fenster neben dem Holo eingeblendet wurde.

L wischte den Textblock mit Hilfe ihres Sensorpads beiseite. TimTinTin und seine kreative Gesichtsbehaarung in drei Farbtönen tauchten für ihren Geschmack deutlich zu oft in Ebonis Feed auf. Sie trug keinen Sindex, folglich hatte L keine Ahnung, was für Präferenzen Eboni bei der Partnerwahl hatte. Die Vertrautheit zwischen Eboni und TimTinTin ließ jedoch vermuten, dass sie eine Beziehung führten. Das, in Kombination mit dem Fehlen eines Sindex an Ebonis Ohr, schickte eine Welle der Eifersucht über L hinweg. Personen nahmen den Stecker auf der Scapha des Ohrs oft ab, wenn er seinen Zweck erfüllt hatte oder wenn kein Interesse an intimen Kontakten bestand. In jedem Fall ließ sich das Fehlen des Sindex übersetzen mit: *Mach mich nicht an!*

Zum Glück störte sich die digitale Eboni nicht daran, dass L dieses eindeutige Signal ignorierte und Eboni in der Fantasie zur willigen Gefährtin wurde. Einmal mehr strich sie daher über das Sensorpad, vergrößerte das Holo und schob es so zurecht, dass der gut gelaunte Mann aus dem Sichtfeld fiel und Eboni ausschließlich für L existierte.

Auf dem Bild trug Eboni eine durchscheinende Bluse, die ein wenig zur Seite gerutscht war und eine ihrer Schultern freigab. Ein Teil ihres gelben Bikinioberteils lugte unter dem weißen Stoff hervor. Gelb war eine Farbe, die nicht allen Menschen stand – L hätte damit ausgesehen wie der farblose Teil eines Spiegeleis –, doch Ebonis dunkler Hauttyp harmonierte mit der sonnigen Farbe ebenso wie das krause schwarze Haar, aus dem ihr einzelne Kringel ins Gesichts fielen. Im Hintergrund erstreckte sich ein wolkenloser Himmel in alle Richtungen, die Ecke einer Liege und die Blätter irgendeiner Palmenart ragten seitlich ins Holo. Künstliches Sonnenlicht strahlte Eboni an und zeichnete leuchtende Konturen um sie.

Die Aufnahme ließ L leicht die Bilder und Schrecken ihres Albtraums vergessen, denn das Einzige, woran sie jetzt noch dachte, war, dass sie gerne mit ihren Fingern über diese samtige Haut streichen, der Kurve von Ebonis Halsbeuge folgen und die Bluse zärtlich von ihrer Schulter streifen wollte. L wollte sie auf die Strandliege niederdrücken und den Geschmack ihrer Lippen kosten, während ihre Finger die Wärme von Ebonis Schoß erkundeten. Wie schön die leisen, lustvollen Töne klingen mussten, die aus diesem Mund kämen. Welche Wonne es wäre, den eigenen Namen zwischen ihnen zu entdecken.

Wie von selbst wanderte Ls Hand über ihren Körper, strich über die Bauchdecke und verschwand schließlich in ihrem Slip. Sie spürte den Puls und das warme Sekret an den Fingern. Was war schon dabei? Eboni würde nie erfahren, was L in der Abgeschiedenheit ihres Schlafzimmers trieb. Und so befahl sie ihrem Gewissen, still zu sein und sich der ruchlosen Fantasie hinzugeben, in der sie Eboni verlockende Dinge ins Ohr flüsterte und noch verlockendere Dinge mit deren Körper anstellte.

Ls Atmung entwickelte eine unruhige Kadenz, als sich Ebonis Schenkel in Gedanken mit ihren verwoben. Als sich imaginäre Hände in Ls Haar vergruben, zog sie den gelben Stoff von Ebonis Busen und schloss die Lippen um die Brustwarze, die darunter zum Vorschein kam. Eboni sog scharf die Luft ein und L antwortete ihr mit einem ähnlich lustvollen Ton, der sich ihrer Kehle entwand. Wärme breitete sich zwischen Ls Schenkeln aus und sie spürte den neuen, feineren Schweißfilm, der sich auf ihrer Haut bildete. Das Kribbeln und Ziehen in ihrem Körper verdichtete sich, sammelte sich in diesem einen winzigen Punkt unter Ls Fingerspitzen. Während die imaginäre Eboni früh genug darum bettelte, von L erlöst zu werden, flossen Erregung und Anspannung mit einem enthemmten Stöhnen auch aus L heraus. Die Muskeln in ihrem Unterleib zogen sich ein paar Mal zusammen, bevor die Wellen verebbten und sich ein Mantel der Zufriedenheit über sie legte.

»Eboni«, murmelte L halb erleichtert und halb beschämt. Sie öffnete die Augen, begegnete dem Holo, das noch immer von den Gläsern der Smartbrille auf L schaute. Diesmal schien Ebonis Blick ein vorwurfsvoller zu sein.

»App schließen, Vee«, ordnete L an und die KI gehorchte umgehend. Ebonis Antlitz verschwand aus Ls Sichtfeld, aber nicht aus ihrem Geist. Sie rieb sich den Schweiß von der Stirn, vernahm die kraftvollen Schläge ihres Herzens und beobachtete Eboni in der Fantasie dabei, wie sie sich an Ls Seite schmiegte, an ihrem Ohrläppchen knabberte und herausfordernd fragte: *War das schon alles?*

L schmunzelte und zog es in Erwägung, der Traum-Gefährtin zu zeigen, wie viel mehr es da noch gab, doch in dem Moment fuhr der Weckruf schrill dazwischen und erklärte Ls solistisches Stelldichein für beendet. Sie schaltete den Alarm ab und sah die Benachrichtigung in der neu aufgesprungenen Infobox:

FALCON-SEC:
AUSSERORDENTLICHE BESPRECHUNG UM 9:30 UHR
ANGESETZT. IHRE TEILNAHME IST VERPFLICHTEND.
CODE 37/§1

L seufzte. Sie musste nicht erst im Regelwerk ihres Arbeitgebers nachschlagen, um zu wissen, was der Code bedeutete. Es war offensichtlich naiv gewesen zu hoffen, dass ihr letzter Einsatz keine Probleme nach sich ziehen würde.

Sie warf die Bettdecke von sich, trank von dem Elektrolytwasser auf dem Nachttisch und lief ins Badezimmer. Ihrem Singledasein würde sich demnächst vermutlich die Arbeitslosigkeit hinzugesellen, was Ls Marktwert bei realen Frauen wohl weiter reduzieren dürfte.

…/SimFile_03

WILLKOMMEN IM DELTA-KOMPLEX

ID: NIOBE

Der Türsummer ließ Niobe zusammenzucken, obwohl sie das Geräusch schon unzählige Male gehört hatte. Der Schreck aus der Simulation saß ihr noch immer in den Knochen und machte sie sprunghaft. Dabei hatte sie sich fest vorgenommen, der makabren Botschaft keine Beachtung zu schenken. Irgendein emotional verrostetes Individuum wollte sich auf ihre Kosten amüsieren, doch auf das Spiel ließ sie sich nicht ein. Auf keinen Fall.

»Guten Tag«, begrüßte sie den diensthabenden Sicherheitsbeamten, der hinter der Glasscheibe des Anmeldeschalters saß. Wieder ein neues Gesicht. Die Mitarbeiter im Delta-Komplex wechselten häufig. Die wenigsten arbeiteten hier, weil sie es wollten. Sie taten es, weil sie hierher versetzt wurden. Meistens zur Strafe für ein Fehlverhalten oder weil sie schlicht das kürzere Los gezogen hatten. Der junge Mann vor ihr gehörte sicher nicht zu denen, die freiwillig hier waren, denn er schaute Niobe auf eine so mürrische Art an, dass ihn der Gesichtsausdruck um Jahre älter erscheinen ließ. »Niobe Anvar für Julie Medina.«

»Wie war das?«, fragte er mindestens so säuerlich, wie er dreinblickte.

»Ich möchte zu Julie Medina, bitte. Block 1, Zimmer 46. Sie ist meine Cousine.«

»Wie lautet die Registriernummer des Subjekts?«

Des Subjekts.

Verachtung flammte in Niobe auf. »Wie bitte?«, erwiderte sie mit einem gefährlichen Unterton.

»Re-gis-trier-num-mer«, betonte der Kerl jede Silbe, als wäre Niobe irgendwie schwer von Begriff.

Eintausend Beleidigungen, Drohungen und Entwürfe für Beschwerdetexte kamen Niobe in den Sinn. Sie wollte diesen Mistkerl hinter dem Schalter hervorzerren und ihn solange ohrfeigen, bis ihre Handabdrücke eine permanente Residenz auf seinen Wangen eingerichtet hatten und er wimmernd nach dem Elternteil seiner Wahl rief. Doch sie wusste, dass jede Reaktion von ihr die Situation nur verschlimmern und Julie auf seine persönliche Abschussliste setzen würde. Und zwar für die gesamte Dauer, die er auf diesem Posten festsaß.

Sie atmete durch und schluckte den Ärger hinunter. *Sechs Wochen, Niobe. Nur noch sechs kurze Wochen*, ermahnte sie sich im Geiste. Sollte der Kerl das armselige bisschen Macht genießen, das ihm der Job verlieh, denn über mehr konnte sich diese respirierende Nullnummer offenbar nicht freuen.

»C-F493-1«, sagte Niobe, nachdem sie sich gesammelt hatte.

»Na also. Geht doch.« Der Mann grinste gönnerhaft und zeigte auf das Eingabefeld, das auf seinen Befehl hin auf der Glasscheibe aufleuchtete.

Niobe knallte die Handfläche härter als beabsichtigt auf das Hologlas, so dass ihre Hand kribbelte und es laut widerhallte. Der Beamte zuckte zusammen und das Grinsen fiel ihm aus dem Gesicht. Niobe dagegen starrte ihm unbeeindruckt in die Augen, hielt seinen Blick fest. »Beten Sie dafür, dass Sie nicht irgendwann auf der anderen Seite der Schleuse landen, Ke. Es geschieht manchmal schneller, als Sie sich vorstellen können.«

Seiner Reaktion nach zu urteilen interpretierte er Niobes Worte offenbar als Drohung, denn seine Augen weiteten sich und sein Gesicht wurde bleich. Er trat sogar einen halben Schritt zurück. Es dämmerte ihm vielleicht, dass es zwar dem Gesetz egal sein mochte, was er hier drin anstellte, einer rachsüchtigen Verwandten aber womöglich nicht. Nun, sei's drum. Besser er hatte Angst vor ihr, als zu glauben, dass er alles mit den Cybes machen konnte, ohne Konsequenzen fürchten zu müssen.

Das Sicherheitssystem bestätigte Niobes Identität und ein weiterer Türsummer ertönte. Der Sicherheitsbeamte entspannte sich, als sie ihm den Rücken zukehrte und durch die nächste Tür trat. Von der freien Welt in den geschlossenen Komplex des Deltas.

Schon auf den ersten Metern schlug Niobe die übliche Trostlosigkeit entgegen. Graue, monotone Mauern, ein Gang voller Türen, die sich nur durch die Zahlenreihe auf den Plaketten unterschieden. Keine Grünpflanzen zur Auflockerung, keine Bilder an den Wänden. Mit seiner Monotonie und Tristesse galt der C1-Block dabei als das gastfreundlichste der drei Anlagesegmente. In den C2-Block kam man nur mit Sondergenehmigung hinein, und was im C3-Block vor sich ging, daran wollte Niobe nach Möglichkeit lieber nicht denken. Zu grausam und unmenschlich waren die Informationshappen, die sie durch die Arbeit ihrer Mutter kannte. Im C3-Block befanden sich, neben ausgemusterten Cybes aus dem Militär- und Sondereinsatzbereich, all jene, die straffällig wurden. Solche wie die drei Cybes, die vor fünfzig Jahren Amok gelaufen waren und mehr als drei Dutzend Menschen ermordet hatten, bei dem Versuch, die Kontrolle über das Meta-Cluster zu bekommen. Wer das Meta-Cluster kontrollierte, kontrollierte die Welt.

Dieser Vorfall hatte dem GUmS den roten Teppich ausgerollt. Niobe wünschte sich oft, dass dieses Ereignis damals nicht stattgefunden hätte. Es war ein derart sinnfreier und aussichtsloser Angriff gewesen, der bis heute weitreichende Folgen für alle Cybes nach sich zog.

Niobe atmete schwer aus. Die Hoffnungslosigkeit der Cybes, die ihr im C1-Block entgegenschlug, reichte völlig aus, um sie an der Daseinsberechtigung der Menschheit zweifeln zu lassen. Die Cybes im C1-Block hatten nie Rechtswidrigkeiten begangen, trotzdem waren sie gezwungen, ihr Leben im Delta zu verbringen. Wie Gefangene. Selbst die Kinder. Von denen gab es nicht viele, aber eben doch ein paar, deren Überleben von der Kybernetik abhing. Das Geschäft für freiwillig implantierte Modifikationen, die oft modische oder praktische Gründe hatten, war mit der Verabschiedung des GUmS längst vollständig zum Erliegen gekommen. Wer damals bereits Erweiterungen trug, die nicht mehr umkehrbar waren, saß seither in einem Komplex wie dem Delta fest. Ein in sich geschlossenes System aus Leben und Arbeit, aus dem es kaum einen Weg nach draußen gab.

Niobe erreichte Julies Zimmer. Bevor sie eintrat, atmete sie tief durch und schickte mit dem Ausatmen all die Gedanken hinaus, all den Ärger über das, was in der Welt geschah. Julie durfte nichts von Niobes innerer Zerrissenheit sehen. Also setzte sie ihr heiteres Lächeln auf, klopfte an und trat in das Zimmer ein.

»Niobe!«, rief Julie sofort. »Ich habe schon befürchtet, du schaffst es nicht durch die demonstrierende Meute da draußen!«

Niobe seufzte. »Woher weißt du, dass *vor* den Toren des Deltas demonstriert wird?«

Julies Blick sprang nur kurz zu der Pflegerin, die sich ebenfalls im Raum befand. Lang genug, um Niobe die Antwort zu liefern.

»Warum erzählen Sie ihr davon, Ke Lambert?«

»Tut mir leid. Ich war heute früh ein wenig aufgeregt, weil ein GUmS-Gegner mit einem Delta Guard aneinandergeraten ist, gerade als ich zum Dienst kam. Da ist es mir wohl herausgerutscht.«

Herausgerutscht. Niobe schloss einen Moment die Augen und zählte bis zehn. Ane Lambert gehörte zu Julies liebsten Betreuerinnen. Sie war eine der wenigen Hilfskräfte, die sich freiwillig für die Arbeit im Delta entschieden hatten. Schon diese Tatsache brachte etwas mehr Freude in das Leben der Cybes, vor allem in das von Julie.

»Sei nicht so hart zu Ane, Niobe. Sie muss schließlich jeden Tag an diesen Leuten vorbeigehen und sich nicht selten Beleidigungen aus einem der Lager anhören.«

Leider wahr, dachte Niobe und atmete noch einmal durch. »Nun, im Moment stehen da draußen nur friedliche Demonstranten, die brav hinter den Markierungen bleiben und Freiheit für Cybes fordern.«

»Wirklich?«, warf Ane überrascht ein. »Und was ist mit den Befürwortern des GUmS?«

»Allenfalls eine Handvoll, auf der anderen Seite der Absperrung. Während der Regenzeit demonstrieren diese Höhlenmenschen mit ihren Holoscreens offenbar nicht so gerne«, antwortete Niobe.

Ane Lambert nickte. »Ist mit Ihnen alles in Ordnung, Ke Anvar? Sie sehen mitgenommen aus«, bemerkte die Pflegerin aufmerksam.

»Es war ein holpriger Morgen, aber nun bin ich hier. Habe ich etwas *Wichtiges* verpasst?«, fragte Niobe, die lieber nicht näher auf das Thema eingehen wollte. Glücklicherweise schien Ke Lambert den Wink zu verstehen und zeigte auf das Holofeld, das zwischen ihr und Julie schwebte. Der schwarze König stand im Matt.

»Julie hat mich erneut im Schach geschlagen. Sie ist einfach zu schlau für mich.«

»Ich kenne das Gefühl«, gab Niobe lachend zurück. »Was machen die neuen Implantate?«

»Die Wundränder verheilen nicht gut und entzünden sich immer wieder, aber wir werden es in den Griff bekommen. So wie immer. Nicht wahr, Julie?« Die Angesprochene nickte mit einem etwas gequälten Lächeln. »Ich lasse euch beide dann alleine. Gleich ist Schichtwechsel. Ke Emir übernimmt bis morgen früh«, sagte Ane Lambert und erhob sich von ihrem Platz.

»Hab einen schönen Feierabend, Ane«, gab Julie zurück. Die Pflegerin nickte ihr freundlich zu, ehe sie in den Gang entschwand und die Tür hinter sich schloss.

»Ke Emir«, begann Niobe. »Ist das ein männlicher Organischer mit dunklen Haaren und einer nicht übersehbaren Abneigung für Cybes?« Der unfreundliche Neue am Anmeldeschalter kam ihr in den Sinn.

»Nein, das ist Steibel. Der hat eine große Klappe, setzt seinen Fuß aber nur selten hinter die Schleuse«, antwortete Julie.

»Gut. Würde mich nicht wundern, wenn der in seinem Spind einen eigenen Holoscreen mit Neonanzeige darauf versteckt, mit dem er sich nach Feierabend zu seinen GUmS-Freunden stellt.«

Julie lachte. »Dafür ist Steibel sicher zu feige. Ke Emir ist ein deutlich sympathischerer Mensch. Einer von uns. Ein Cybe, der seit ein paar Monaten erst im Delta lebt. Er hat sich kybernetische Augen einpflanzen lassen.«

»Nur die Augen? Wieso hat er keinen Organersatz dafür beantragt?«, fragte Niobe.

»Er hat die Vorstellung nicht ertragen, dass seinetwegen ein Tweak das Augenlicht verliert.«

»Ein ziemlich großes Opfer, das er da gebracht hat.«

Julie nickte. »Ich weiß nicht, ob ich an seiner Stelle genauso selbstlos gehandelt hätte. Anders als Ke Emir hatte ich keine Wahl. Ich war ja noch ein Kind, als der Unfall geschah, und die Verletzungen waren ohnehin zu groß und umfangreich, als dass es mit der Transplantation von ein paar Organen getan gewesen wäre. Aber wenn ich die Wahl gehabt hätte, wenn es gereicht hätte, die Organe eines Tweaks zu nehmen, um kein Cybe sein zu müssen ... Ich bin froh, dass das Schicksal diese Wahl für mich getroffen hat.« Julie senkte beschämt den Blick. »Mona wäre sicher sehr enttäuscht von mir gewesen, hätte sie gewusst, wie ich denke. Sie hat so lange dafür gekämpft, das GUmS abzuschaffen. Manchmal hatte ich das Gefühl, dass sie den Tweaks noch mehr helfen wollte als den Cybes. Immerhin gesteht man uns noch zu, eine Seele zu haben. Wenn auch eine beschädigte. Ich fühle mich Mona gegenüber wie eine Verräterin.«

»Sei nicht so hart zu dir, Julie. Mona hätte das sicher verstanden. Das GUmS ist schuld daran, dass wir lieber Tweaks für unser eigenes Wohlergehen opfern, als kybernetische Alternativen zu wählen. Es ist schuld daran, dass du im Delta eingesperrt bist und über solche Dinge nachdenken musst.«

»Du verurteilst mich nicht für meine Gedanken?«

»Natürlich nicht, Julie. Und jetzt sag mir erstmal, was es mit deinen Entzündungen auf sich hat. Solltest du damit nicht im Krankenflügel sein?«

»Ach, du weißt doch, wie charmant das medizinische Personal bei uns ist. Manchmal wünschte ich, sie würden uns hier drin Servicebots erlauben. Die wären garantiert herzlicher als das menschliche Personal. Mit Ausnahme von Ane, versteht sich. Ich bin jedenfalls lieber hier als auf der medizinischen Station, und dass es nach Operationen ein bisschen ziept, ist nicht neu.«

»Das klingt für mich nicht wie das übliche *Ziepen.*«

»Es ist nichts, Nio. Mach dir keine Sorgen. Erzähl mir lieber, was mit dir los ist. Du wirkst irgendwie ... angespannt.«

Niobe wich dem forschenden Blick ihrer Cousine aus und schaute stattdessen zu den Anzeigen, die über Julies Holodesk schwebten. Bilder von Niobes und Julies Müttern. Die beiden Schwestern sahen einander nicht besonders ähnlich, doch Niobe wusste, dass es ein unsichtbares Band zwischen ihnen gegeben hatte. Eines, das genauso stark gewesen war wie das zwischen Niobe und Julie. Mona hatte so oft und liebevoll über die verstorbene Schwester gesprochen. Ob die beiden es auch gespürt hatten, wenn die eine der anderen etwas verschwieg? Es gab so vieles, was Niobe Julie nicht erzählen konnte.

»Nio? Was ist mit dir?«

»Nichts von Bedeutung«, wiegelte Niobe schnell mit einem Lächeln ab. »Ein Streamjumper hat mich heute Morgen bei meiner Laufrunde gestört. Das hat mir die Stimmung etwas verdorben.«

»Parasiten«, antwortete Julie verständnisvoll. »Das ist der einzige Vorteil daran, im Delta zu leben. Keine Streamjumper im clusterlosen Land der Cyborgs.«

»Versteh mich nicht falsch, aber es wäre mir sehr viel lieber, du müsstest dich mit Streamjumpern plagen, als im Delta zu leben«, sagte Niobe bloß.

»Ich sehe schon, du brauchst etwas Aufheiterung. Hier, ich habe gerade ein Buch rekonstruiert, das dir gefallen wird. Es hat Magie und Witz, Romantik ... Genau das Richtige für dich.« Julie nahm die Halskette mit dem Datenträger daran ab und legte sie Niobe um. Dann fuhr sie im Flüsterton fort. »Es sind auch neue Szenen zu Talulah Yorks nächstem SimBook darauf. Gibt es Neuigkeiten von ihr? Arbeitet sie an etwas?«

Schmunzelnd fuhr Niobe mit dem Daumen über die Initialen auf dem Medaillon. Seit fünf Jahren tauschten die beiden den Datenträger hin und her. Seit Julie die Genehmigung erhalten hatte, für das *Institut für Historische Rückgewinnung* zu arbeiten. Eine gemeinnützige Einrichtung, die zum Ziel hatte, Spuren der menschlichen Vergangenheit zu bergen. So viele Informationen, so viel Kunst und Kultur, waren während der Ressourcenknappheit verloren gegangen und vieles unwiederbringlich zerstört worden. Doch manchmal tauchten zwischen den Trümmern restaurationsbedürftiger Hexagone alte Datenträger und durch viel Glück konservierte Papiererzeugnisse wieder auf.

Niobe hegte ein zwiespältiges Gefühl für die Arbeit des Instituts. Einerseits schätze sie es sehr, die Geschichten und Ereignisse der Vergangenheit kennenzulernen, andererseits nutzte das Institut die Lage der Cybes aus. Die Inhalte von völlig veralteten Festplatten oder echten Papierbüchern wiederherstellen und archivieren zu lassen, war zeitintensiv und Zeit war Geld. Da kam es sehr gelegen, dass man auf Cybes zurückgreifen konnte, die die Arbeit kostenfrei erledigten und im Gegenzug ein paar Privilegien im Delta erhielten. Nicht unbedingt optimal.

Doch Niobe wusste, wie gerne Julie für das Institut Daten rekonstruierte. Von den Tätigkeiten, denen man als Cybe im Delta nachgehen konnte, war dies eine, die Julie forderte und ihr gleichzeitig Freude bereitete. Außerdem bekamen Niobe und Julie dadurch auch die Möglichkeit, eigene Ziele zu verfolgen. Denn die Daten für das Institut gehörten zu den wenigen, die das Delta verlassen durften. Dass dabei nur physische Datenträger und keine Online-Verbindungen mit dem Cluster erlaubt waren, erwies sich in diesem Fall als nützlich. Nach Julies Zulassung zum Instituts-Programm hatte sich auch Niobe als Botin und Qualitätsprüferin registrieren lassen, so dass sie Julies Daten abholen und an das Institut weiterreichen konnte. Selbstverständlich wurden die Datenträger bei Betreten oder Verlassen des Deltas stets einer gründlichen Sicherheitskontrolle unterzogen. Aber wer sollte schon unterscheiden können, ob man darauf nun einen rekonstruierten Roman oder ein noch unveröffentlichtes Manuskript gespeichert hatte?

»Talulah hat mir noch keine neuen Texte geschickt. Gerade kämpft sie mit einem kleinen Durchhänger. Kürzlich ist durchgesickert, dass sie auf die Asteria geht. Seitdem wird sie von Nachrichten und Anfragen überschwemmt und findet nicht viel Ruhe zum Schreiben«, berichtete Niobe.

»Oh. Aber ich wette, das treibt die Verkaufszahlen in die Höhe.«

»Sowohl die ihrer SimBooks als auch die der Silverline Company.« Niobe nickte. »Ist es nicht verrückt, dass manche Menschen ihr bis nach Gaia folgen wollen?«

»Huh. Ich hoffe, die haben sich gut überlegt, was sie da tun, und noch bessere Gründe dafür, nach Gaia zu gehen. Es gibt kein Zurück mehr, wenn die Asteria erst einmal unterwegs ist«, gab Julie zu bedenken. »Andererseits ist es für Talulahs Karriere nicht schlecht, wenn ihr ein paar Fans folgen. Dann muss sie nicht wieder bei Null anfangen. Neunzig Jahre Kälteschlaf sind nicht gerade gut fürs Marketing.« Julie lachte leise und auch Niobe musste ein wenig schmunzeln.

…/SimFile_04

ZWANGSURLAUB

ID: L

»Guten Morgen, Hinata.«

»L! Da bist du ja endlich! Ich habe schon befürchtet, du ignorierst den Termin«, rief die Kollegin mit einem gehetzten Blick.

»Keine schlechte Idee«, entgegnete L, in deren Magen sich, auf dem Weg zu Falcon Security, ein unangenehmer Knoten gebildet hatte. »Weber?«, fragte L knapp.

Hinata nickte. »Sie hat Beschwerde gegen dich eingereicht.«

»Keine allzu große Überraschung.«

Wieder nickte Hinata. »Hagen, Ke Weber und eine Vertretung aus der Personalabteilung warten schon im Besprechungszimmer auf dich.«

»Fantastisch.« L seufzte leise und straffte das asymmetrisch geschnittene Jackett ihres Hosenanzugs. »Wie sehe ich aus?«

»Jane Bond würde vor Neid erblassen«, antwortete Hinata betont überzogen, als würde sie dahinschmelzen.

Der durchgehend schwarze Sindex an Hinatas Ohr verriet, dass sie zwar nicht in einer Beziehung lebte, aber auch, dass sie kein Interesse an einer gleichgeschlechtlichen Liaison hegte. In der Hinsicht erwies sich diese Zeit, die L vor nicht wenige Herausforderungen stellte, als leichter. Damals war das Ausloten von sexuellen oder asexuellen Präferenzen ein großes Rätselraten mit einer umfangreichen Auswahl an Fettnäpfchen gewesen. Heute konnte man an Farbe und Beschaffenheit des Sindex ablesen, ob man grundsätzlich zusammenpasste. Oder ob überhaupt Interesse an einer Verpartnerung, welcher Art auch immer, bestand. Das ersparte einem doch ein paar unangenehme

Momente im Alltag. Die Informationen, die ein Sindex transportierte, waren dabei so vielfältig wie die Menschen, die ihn trugen.

Ls Sindex war durchgehend weiß. Geradezu ein Klassiker. Trotz Hinatas und Ls eindeutig gegensätzlicher Orientierungen flirteten sie dennoch gerne zum Spaß miteinander. Es war diese Art von freundschaftlicher Beziehung, bei der das funktionierte, ohne dass es seltsam wurde.

»Tust du mir einen Gefallen, wenn du da drin bist, L?« Hinata zeigte in Richtung des Gangs, der zum Besprechungsraum führte.

»Welchen?«

»Liefere Hagen keinen Grund, dich zu feuern, okay?«

»Nicht noch einen, wolltest du wohl sagen.«

»Ich meine es ernst. Ke Weber ist auf Blut aus. Du willst mich doch nicht unglücklich machen?«

»Das würde mir nie einfallen«, versicherte L. Die Chancen standen allerdings fifty-fifty, dass ihrer ID nach dem Gespräch die Zugangsberechtigung zum Gebäude entzogen wurde.

»Am besten sagst du gar nichts, solange dir keine direkte Frage gestellt wird. Überlasse Hagen und der Personalvertretung das Reden.«

»Wünsch mir Glück?«

»Viel Glück, L.«

L atmete ein letztes Mal durch, dann lief sie den Gang hinunter. Sie hörte den spannungsgeladenen Wortwechsel, der durch die Tür des Besprechungsraums drang, und zögerte. Ihre Hoffnung auf einen glimpflichen Verlauf schwand dahin, doch das durfte sich L nicht anmerken lassen. Sie schüttelte die Arme, lockerte das Gemüt und setzte eine stoische Miene auf. Als sie sich sicher war, dass die Fassade standhielt, klopfte L an die Tür.

»Herein«, tönte es wenig einladend aus dem Zimmer zurück.

L berührte den Sensor, die Tür schwang auf und sie trat in den Raum. Am Konferenztisch saßen Ls letzte Schutzperson, Felica Weber, ihr Vorgesetzter Hagen Kranz alias CPO 1, und ein deutlich jüngerer Mann, von dem L annahm, dass er von der Personalabteilung kam. Sein Haar war orangerot gefärbt und fiel ihm wie Feuerzungen über die Schultern.

Felica Weber saß links außen und wirkte aufgebracht. Der Kopf von Ls Ex-Klientin war fast genauso rot wie die Haare des Personalers, was das Regenerationstape auf ihrem Nasenrücken deutlich hervorstechen ließ. Ihre königsblau lackierten Fingernägel glänzten in Metalloptik und tippten unruhig auf die Oberfläche des Glastisches. Ihr Blick bohrte sich mit glühender Verachtung in den von L.

»Guten Morgen«, sprach L in den Raum.

»CPO 42, bitte setzen Sie sich«, begann die Nummer 1.

L tat, worum sie gebeten wurde, und setzte sich auf den Stuhl ihm gegenüber. Dass er L so förmlich ansprach, war das erste Zeichen dafür, dass dieses Gespräch nicht angenehm werden würde.

»Ke Weber hat uns darüber informiert, dass der von Ihnen eingereichte Bericht die Ereignisse vom letzten Samstag nicht korrekt wiedergibt. Sie hat uns ihre Sicht des Vorfalls noch einmal eindringlich dargestellt.«

»Da bin ich mir sicher«, erwiderte L kalt und sah die Genannte ausdruckslos an. Sofort hörte L Hinatas warnende Worte in ihrem Geist. *Sag am besten gar nichts.* Ein Rat, den sich L vermutlich zu Herzen nehmen sollte, wenn sie ihren Job behalten wollte. »Darf ich fragen, was genau sie mir vorwirft?«

»*Sie* sitzt hier mit Ihnen am Tisch!«, beschwerte sich die betroffene Person aufgebracht.

Hagen Kranz räusperte sich. »Laut Aussage von Ke Weber haben Sie sie körperlich bedrängt, nachdem sie Ihre Avancen abgelehnt hat. In diesem Zuge kam es zu der unerfreulichen Verletzung von Ke Webers Nasenbein.«

Vor allem aber der Verletzung ihres Egos, dachte L.

»Nennen Sie das Kind beim Namen!«, verlangte die Ex-Klientin. »Sie hat mich sexuell belästigt und mir die Nase gebrochen!«

»Wie bitte?« L drängte das heranrollende Wutgefühl hinter eine Mauer der Gleichgültigkeit zurück. »Das ist eine Lüge.«

»Sie bleiben also bei der Aussage in Ihrem Bericht?«, fragte Hagen Kranz an L gerichtet.

»Selbstverständlich«, bestätigte L. Es kostete sie alle Mühe, nicht die Beherrschung zu verlieren. Diese Anschuldigung war auf so viele Arten falsch.

»Sie hat mich ganz ungeniert mit Blicken ausgezogen«, protestierte Felica Weber.

»Vielleicht verwechseln Sie mich mit einem Ihrer Anhänger, Ke Weber. Meine Blicke galten allein Ihrer Umgebung und potentiellen Angreifern. Ich habe es Ihnen mehrfach gesagt: Selbst wenn es nicht gegen die Firmenpolitik wäre, mit der Klientel intim zu werden, hätte ich kein Interesse an Ihnen. Sie sind es gewohnt, zu bekommen, was sie wollen, und nun versuchen Sie, mich dafür zu bestrafen, dass ich Sie abgewiesen habe. Sie werden feststellen, dass ich nicht der Typ Mensch bin, der sich davon einschüchtern lässt.«

L wusste nicht, wie es möglich war, doch das Rot in Felica Webers Gesicht färbte sich noch dunkler. Die langen und spitzen Fingernägel bohrten sich tief in Webers Fleisch, als sich deren Hände zu Fäusten ballten. Das musste wehtun.

»Wir sind uns alle einig, dass dies eine inakzeptable Situation ist«, mischte sich Hagen Kranz in das unheilvolle Schweigen ein, das Ls Worten gefolgt war. »Sie steht in keiner Weise für den hohen Standard, den wir hier bei Falcon Security anbieten.«

L presste in Erwartung des Schlimmsten die Kiefer aufeinander. Sie war nur eine einfache Angestellte. Problemlos austauschbar. Ke Weber dagegen brachte Falcon Security eine ansehnliche Menge Credits ein.

»Selbstverständlich kann ich nicht erlauben, dass Sie als Klientin von Ihrem CPO in irgendeiner Form bedrängt und noch dazu verletzt werden, Ke Weber.«

Ls Zähne rieben inzwischen schmerzhaft aneinander.

»Es liegt allerdings auch in meiner Verantwortung«, fuhr Kranz fort, »meine CPOs vor übergriffigem Verhalten durch die Klientel zu schützen. Wir werden den Fall also eingehend untersuchen. CPO 42, da wir Ke Webers Sicht bereits hören durften, würden Sie Ihre Sicht der Dinge bitte auch noch einmal für den Kollegen zusammenfassen?«

Hagen Kranz deutete in Richtung des Personalers, der die ganze Zeit über so still und reglos geblieben war, dass L ihn fast vergessen hatte. Doch nun begann ihr Blut zu brodeln und sie musste sich am Riemen reißen, um nicht unflätig zu werden.

»Es steht alles in meinem Bericht. Ke Weber behauptet, ich habe ihr *deutlich interessierte Signale gesendet*. Es war jedoch umgekehrt. Von Tag Eins an habe ich versucht, Ke Webers Annäherungsversuchen auszuweichen. Ich habe sie zunächst unter vier Augen gebeten, das zu unterlassen, später notgedrungen auch in Anwesenheit der übrigen CPOs. Als sich Ke Webers Hand am vergangenen Samstag dennoch ungebeten an einer Stelle meines Körpers wiederfand, an der sie nun wirklich nichts zu suchen hatte, reagierte ich mit körperlicher Gewalt. Es war ein Reflex.« Einer, der Ke Weber die teure Nase gebrochen hatte und L den Job kosten würde. »Spätestens das Ablegen meines Sindex hätte ihr ein deutliches Signal sein müssen, doch sie ignorierte sowohl meine Worte, als auch diese Symbolik.«

»Den Sindex abzulegen war doch bloß Teil ihres falschen Spiels mit mir!«, beschwerte sich die Klientin bei Hagen Kranz. »Damit alle anderen denken, sie würde sich an die Regeln halten, während sie mich in Wahrheit bedrängt!«

»Ke Weber, bitte«, ermahnte Kranz die Klientin erneut, ehe er seine Aufmerksamkeit wieder auf L richtete. Dieses Gespräch machte ihm offenbar genauso wenig Spaß wie L. »CPO 42, wir werden dieser Sache auf den Grund gehen. Bis wir zu einem Ergebnis gekommen sind, muss ich Sie mit sofortiger Wirkung beurlauben.«

Er hätte ihr genauso gut in den Magen treten können.

»Sie sollte gefeuert werden!«, spie Felica Weber die Worte aus.

»Sobald wir mehr Informationen gewinnen konnten, sehen wir weiter«, erwiderte er.

L sagte nichts. Was Hagen zwischen den Zeilen meinte, war: *Wir überlegen uns in den nächsten Tagen, ob du entlassen wirst oder nicht.* »Wie lange darf ich mich beurlaubt fühlen?«, fragte sie mit einer unerschütterlichen Maske, die den Tumult in ihrem Innern meisterlich verbarg.

»Das wird sich zeigen. Die Hausordnung schreibt dreißig Tage vor«, antwortete er. »Wir werden Sie informieren, sobald es eine Entscheidung gibt, CPO 42.«

L verkniff sich ein Stöhnen. Dreißig Tage Urlaub? Das war fast genauso schlimm, wie gefeuert zu werden.

»Sind wir uns einig?«

»Selbstverständlich, CPO 1.« *Nicht, dass ich eine Wahl hätte.*

»Dann sind wir für heute fertig.«

L nickte, erhob sich mit steifen Gliedern von ihrem Platz und verließ den Besprechungsraum.

»Ich will hoffen, dass es wenigstens unbezahlter Urlaub ist«, hörte L Webers giftigen Nachtrag, kurz bevor die Tür ins Schloss fiel.

Statt in das Großraumbüro mit den vielen Schreibtischen zurückzukehren, bog L in einen Nebengang ab und stieß die Tür zu den Toiletten auf. Sie starrte sich selbst in dem großen Spiegel über dem Waschbecken an und überlegte. Dreißig Tage. Was sollte sie mit dreißig Tagen anfangen? Ihr fiel nur ein Mensch ein, der dieses Ausmaß an unerwünschter Freizeit erträglicher machen konnte. Kurzentschlossen aktivierte sie den Ohrclip. »Vee, stell eine Verbindung zu Markus Brill her.«

»Verbindung wird aufgebaut«, antwortete die virtuelle Assistentin. Es dauerte einen Moment, ehe der Anruf entgegengenommen wurde.

»L Tiernen! Was verschafft mir die Ehre deines Anrufs?«, rief der Mann am Ende der Leitung gut gelaunt.

»Hey, Markus. Wie sehr vermisst du mich?«

»Das lässt sich gar nicht in Worte fassen«, gab er lachend zurück. »Hast du vor, mich besuchen zu kommen?«

»Möglich wäre es.«

»Steckst du nicht mitten in einem Job?«

»Nicht mehr«, gab L mit mahlendem Kiefer zurück.

Die Stimme ihres Freundes verlor die humorvolle Note und er wurde ernst. »Was ist passiert?«

»Hast du Zeit für Drinks?«

»Was? So schlimm, dass du anfängst, Geschmack am Alkohol zu finden?«

»Du trinkst, ich erzähle«, gab L zurück.

»Einverstanden, aber dann darf ich den Laden aussuchen.«

»Wie du willst«, willigte L unbedacht ein. Ihr kamen Zweifel an dieser schnellen Entscheidung, als sie das viel zu dreckige Lachen ihres Freundes hörte.

…/SimFile_05

VOM REGEN IN DIE TRAUFE

ID: NIOBE

Niobe verließ das Kundencenter der Silverline Company und stieg in die nahegelegene Tram ein. Einmal im Monat bestellte man sie, wie alle Passagiere der Asteria, zum Routinecheck ins Kundencenter ein, wo ihre körperliche und geistige Fitness geprüft wurde. Das Unternehmen musste sichergehen, dass die Gäste der Asteria der Reise gewachsen waren. Physisch und psychisch. Sich von einem ganzen Planeten zu verabschieden, von den Menschen, die man zurückließ, von allem, was man kannte, das war oftmals ein mentaler Kraftakt. Doch für Niobe war es leicht. Sie bereitete sich schon lange darauf vor zu gehen und beschränkte ihre sozialen Kontakte auf die übrigen Passagiere der Asteria. Folglich gab es niemanden, den sie zurücklassen musste. Mit dem Abschied von der Erde kam sie daher klar. Für sie war es ein Abschied von der Ungerechtigkeit, in der Julie leben musste. Ein Abschied vom GUmS, diesem unmenschlichen Gesetz, das Cybes und Tweaks ihr Menschsein absprach und wie ein Damoklesschwert über aller Menschen Köpfe hing. Es brauchte nur einen Unfall, irgendeine Verletzung oder Erkrankung, die einen zwang, eine kybernetische Modifikation in Anspruch zu nehmen, um von einer Person zu einem Ding herabgestuft zu werden. Wenn es nach dem Willen der Gesetzgeber ging, sollte selbst für diese überlebenswichtigen Modifikationen ein Verbot auf den Weg gebracht werden. Wie sollte man sich in einer solchen Welt sicher fühlen?

An der Stelle schweiften Niobes Gedanken zu Ke Emir ab, dem neuen Pfleger im Delta. Im einen Moment ein Mensch, im nächsten ein Apparat. Und das nur, weil er nicht blind werden wollte. Dafür ließ er sich außerdem einen Killswitch neben dem kybernetischen Steuermodul einsetzen. So, wie es in den letzten fünfzig Jahren bei allen Cybes vorgeschrieben wurde. Wie unmenschlich war es, jemandem die Menschlichkeit abzuerkennen, bloß weil er sehen können wollte? Was erwartete man denn, was er anstellen würde? Dass er plötzlich Laser aus den Augen schoss?

Niobe knurrte verärgert. Wie schaffte man es, sich selbst für einen der Guten zu halten, wenn man derartige Gesetze machte? Mona hatte stets betont, dass die Gefahr, die angeblich von Cybes ausging, nur ein Vorwand sei. Dass der Amoklauf der Cybes und Tweaks vor fünfzig Jahren nichts als Lug und Betrug war. Genau wie der Vorwurf, dass Tweaks nicht menschlich sein könnten, weil sie alle aus demselben genetischen Basiscode gemacht waren. Angeblich besaßen sie dadurch keine Seele und kein Mitgefühl, was sie zu skrupellosen Mördern machte.

»Du hast gesagt, Tweaks wären genau wie du und ich. Mit Träumen, Ängsten, Hoffnungen und dem Wunsch zu leben.«

»Das ist richtig«, erklang Monas Stimme in Niobes Erinnerungen. *»Sie werden von uns ferngehalten, damit wir nicht sehen, dass sie ganz normale Menschen sind.«*

»Aber wieso, Mona?«

»Weil die Menschen schon immer ein Feindbild gebraucht haben. Eine Gruppe, der sie die Schuld für all das geben können, was in ihrem eigenen Leben falsch läuft.«

Ein Ventil, das war es, wozu man Cybes und Tweaks machte. Eine Zeit lang hatten die Telarin das Feindbild dargestellt. Doch nachdem die sich als unbezwingbar erwiesen hatten, fiel das Augenmerk schnell auf schwächere Gegner. Und wozu das alles? Damit sich die selbsternannte Elite wieder stark fühlen konnte. Mächtig und prächtig. O Stolz der Menschheit!

»Ekelhaft«, befand Niobe leise und sah aus dem Fenster. Sie wollte nicht weiter daran denken. An die Gründe, die Julie und all die anderen Cybes im Delta gefangen hielten. Oder an all die Tweaks, deren zur Spende optimierten Organe man nach Bedarf erntete, die sich auf den Asteroiden zu Tode schufteten oder *entsorgt* wurden, wenn ihre körperliche Leistung nachließ. Ob es Niobe also schwerfiel, von der Erde Abschied zu nehmen? Von all den Grausamkeiten, die hinter der glänzenden Fassade existierten? Nein. Ganz und gar nicht. Wie Mona stets sagte: Es würde eine Erleichterung sein.

Normalerweise durchlief Niobe das Prüfverfahren der Silverline Company entsprechend mit Bestnoten, doch heute war sie ausgerechnet im psychologischen Teil ins Stolpern geraten und aufgefallen. Nicht aufgrund des näherrückenden Abflugtermins, sondern wegen Mona. Ihr Tod, ihre Ermordung, das Unwissen, wer das zu verantworten hatte, zermürbten Niobe. All der Schmerz und die Sorgen, die seitdem zu einem dominanten Teil von Niobes Leben geworden waren, drängten sich zunehmend in den Vordergrund. Für heute hatte sie die Prüfer davon überzeugen können, dass ihre schlechten Werte nichts mit der Furcht vor dem Abflug zu tun hatten. Doch dass sie so kurz vor dem Start eine Auffälligkeit zeigte, wurde mit deutlichem Misstrauen und Argwohn vermerkt. Bei der nächsten und letzten Kontrolle durfte sich Niobe nicht die kleinste Schwäche anmerken lassen.

Ein Nachrichtenhinweis poppte in ihrem Sichtfeld auf. Eine Anfrage von Jannik Kilkønnen. Sie seufzte leise. Was wollte der denn schon wieder von ihr?

JANNIK K.:
ICH STEHE BEI DIR IM LADEN, ABER DEIN KOLLEGE SAGT, DU KOMMST HEUTE NICHT???

Niobe verdrehte die Augen. Drei Fragezeichen. Das Sinnbild von Janniks Empörung. Niobe dagegen war recht dankbar, dass das Schicksal ihre Wochenplanung geändert hatte und sie nicht, wie sonst üblich an einem Dienstag, bei *Flinke Hände* aushalf. Sie mochte unangemeldete Besuche nicht und Besuche von Jannik empfand sie grundsätzlich als anstrengend.

JANNIK K.:
NIOBE? IGNORIERST DU MICH?

NIOBE A.:
MÖGLICH.

Sie wünschte sich, er könnte sehen, wie genervt sie von ihm war, aber auf einen Videolink mit ihm hatte sie erst recht keine Lust.

JANNIK K.:
KÖNNEN WIR UNS TREFFEN? ZUM MITTAGESSEN?

Niobe verdrehte die Augen. Der Kerl gab einfach nicht auf, obwohl sie ihm deutlich erklärt hatte, dass sie kein Interesse für ihn hegte. Wozu war ein Sindex gut, wenn Menschen wie Jannik die Informationen darauf ignorierten? Und wieso musste sie sich überhaupt weiterhin mit dem Stellvertreter ihrer Mutter herumschlagen?

NIOBE A.:
ICH WILL KEIN DATE MIT DIR, JANNIK.

JANNIK K.:
DAS IST NACH WIE VOR BEDAUERLICH, ABER DARUM GEHT ES NICHT.

NIOBE A.:
SONDERN?

JANNIK K.:
DAS WÜRDE ICH LIEBER DIREKT MIT DIR BESPRECHEN.

NIOBE A.:
KEINE ZEIT. ICH MUSS JETZT LOS.

JANNIK K.:
NIOBE ...

Niobe wischte das Chatfenster mit einem Gedanken beiseite und erhob sich von ihrem Sitzplatz. Ein paar Sekunden später verließ sie die Tram und öffnete den Regenschirm. Die Tropfen trommelten beruhigend auf die klare Folie, deren Ränder leuchteten und bunte Lichter auf den regennassen Boden warfen. Niobe folgte dem Weg, der zu ihrem Wohnkomplex führte. Ihre Stimmung war nicht die beste und der heruntergekommene Anblick ihrer Nachbarschaft half nicht gerade dagegen. Die Randstadt war selbst im schwindenden Licht des Tages wesentlich weniger ansehnlich als die ordentliche Wohnanlage, in der Niobe den Großteil ihres Lebens verbracht hatte. Eine gänzlich andere Welt. Die Randstädte bestanden aus alten, notdürftig restaurierten Gebäuden, die teilweise aus der Zeit vor der Ressourcenknappheit stammten. Sozialwohnungen, die Niobe bis vor kurzem bloß in der Theorie gekannt hatte. Sie erfüllten die Mindeststandards, so dass man darin leben konnte, darüber hinaus boten sie jedoch wenig Komfort und besaßen auch keinerlei ästhetischen Wert. Die Wohnungen in diesem Teil der Stadt lieferten nur ein überzeugendes Argument: Sie waren mietkostenfrei und sorgten dafür, dass niemand auf der Straße leben musste.

Inzwischen wohnte Niobe seit vier Monaten in der Randstadt, während sie das Apartment in *Grünthal* vorzeitig hatte verkaufen müssen. Genauso wie das Apartment ihrer Mutter. Ein weiteres Detail, von dem Julie nichts ahnte. Niobe hoffte inständig, dass sie die Dinge klären konnte, bevor sie ihrer Cousine alles beichten musste, was mit Monas Tod einherging.

Irgendwo schlug eine Tür kraftvoll zu und schreckte Niobe auf. Sie legte einen Zahn zu, hastete die Stufen zum Eingang des Hochhauskomplexes hinauf, gab den Code ein, stieß die Tür auf und warf sie hinter sich wieder ins Schloss. Einen Moment lang beobachtete Niobe die Straße vor dem Haus durch die Glasscheiben. Hatte sich dort drüben gerade etwas bewegt? Waren das vorhin die Schritte eines Verfolgers gewesen oder ihr eigenes Echo? Sie wartete mit pochendem Herzen, doch es blieb ruhig. Niemand trat aus den Schatten heraus, niemand folgte ihr.

»Reiß dich zusammen, Niobe. Es war nur ein Streamjumper mit miesem Humor«, sprach sie zu sich selbst, als sich der goldene Ballon einmal mehr in ihren Gedanken nach vorne schob.

Sie schloss den Regenschirm, schüttelte ihn aus und erzeugte eine Pfütze im Gang. In Grünthal wäre sofort ein Servicebot angerauscht gekommen, um den Boden trocken zu wischen. Der letzte Rest innerer Ruhe verpuffte, als sie sah, dass der Fahrstuhl schon wieder außer

Betrieb war. Sieben Stockwerke Treppen steigen. Welche Freude. Immerhin würde sie dadurch einen der verlorenen Fitnesspunkte vom Vortag zurückgewinnen.

Als Niobe Minuten später verschwitzt und außer Atem im siebten Stock ankam und auf ihre Wohnung zuging, hatte sie schon fast vergessen, was ihr eben Angst gemacht hatte. Doch dann fiel ihr Blick auf einen weißen Umschlag, mit einer schwarzen Schleife darum. Er klemmte in einer Ritze zwischen Wand und Code-Eingabefeld und schien Niobe bedrohlich anzusehen. Das teure Papier wirkte inmitten der Abnutzungsspuren dieses Ortes vollkommen fehl am Platz. Niobe führte eine zitternde Hand zu dem Kuvert und strich vorsichtig über die Oberfläche. Geprägte Ornamente, genau wie in der Simulation. Und genau wie in der Simulation stand nur ein Wort auf dem Papier:

Eboni

Ein eiskalter Griff schien sich um Niobes Kehle zu legen. Sie zog den Umschlag aus seiner provisorischen Halterung und starrte ihn an. Das Geschrei, Gestöhn und die laute Musik der Nachbarn verschmolzen zu einem Rauschen in Niobes Gehörgängen. Dieser Brief hatte nichts, aber auch gar nichts in der realen Welt verloren. Er fühlte sich an wie Blei. Ein Gewicht, das sie auf den Grund des Meeres zerren wollte. Niobes letzte irrationale Hoffnung, dass es sich nur um einen Zufall handelte, schmolz dahin, als sie den Umschlag öffnete und eine weitere Beileidskarte herauszog.

Güldnes Kind, mit Flügeln weit,
doch falsche Engel fallen tief.
Des Schicksals Laut: ›Gerechtigkeit!‹
ist, was mich zu dir rief.

Im Elend bist du nun zuhaus,
welch wunderbarer Twist.
Ich spiel die Katz' und du die Maus,
bis du im Grabe bist.

- Geist -

Das Papier zitterte in Niobes Händen. Geist war hier gewesen. In diesem Flur, vor dieser Tür. Er wusste, wo sie lebte.

.../SimFile_06

BESUCH IM PRÄSIDIUM

ID: NIOBE

Unsicher stand Niobe vor dem Präsidium und fragte sich, ob sie das Richtige tat. Sie fürchtete sich davor, dass die Beamten sie wegschickten oder ihr vorwarfen, dass sie alles bloß erfand. Aber die Gefahr war real. Niobe hatte die Drohungen ignoriert, solange es nur virtuelle Belästigungen waren, doch jetzt lagen die Dinge anders. Niobe wurde gestalkt, und wenn sie nichts unternahm, es nicht einmal versuchte, dann würde Geist sie irgendwann erwischen. Niobe hatte keine Lust, herauszufinden, was danach kam.

Die einzige Hoffnung auf Hilfe saß also in dem klobigen Gemäuer, das sich wie ein Koloss vor ihr erhob und einen langen, vorwurfsvollen Schatten auf sie warf. Schon das Gebäude schüchterte sie mit seinem vollständigen Mangel an Kreativität und Ästhetik ein. Ein grauer Block, der von wenigen Fenstern unterbrochen wurde.

Umschlag und Datenträger in der Tasche verstaut, betrat sie die Wache. Sofort spürte sie die Kraft aus sich weichen, als wäre sie in einen magischen Bannkreis getreten. Doch umzukehren war so wenig eine Option, wie vor lauter Nervosität umzufallen. Daher befahl sie ihren Beinen, standzuhalten, stählte ihre Nerven, so gut es ging, und trat an den Empfangsschalter. Die Polizistin dahinter war zu Niobes Überraschung eine Telar. Eine Telar-Mensch-Hybride, um präzise zu sein. Mit den typisch violetten Augen und der etwas durchscheinenden Haut. Telarin waren in der Lage, den genetischen Code fast jeder Spezies im Universum in den eigenen rekursiv zu integrieren und sich somit blitzschnell an fremde Planeten anzupassen. Drei Monate

Verpuppung, und schon waren sie fähig, in einem völlig neuen Ökosystem zu leben. Sie waren die Chamäleons des Weltalls und niemand wusste so recht, wie die Urform der Telarin aussah. Mit Ausnahme der Telarin selbst.

Kurz fragte sich Niobe, weshalb sich eine Telar dafür entschied, unter Menschen zu leben und zu arbeiten. Obendrein als Polizistin. Es war ein recht glanzloser Beruf und normalerweise blieben die Telarin lieber unter sich. Sie verließen ihre Hexagone nur äußerst selten.

Die Beamtin räusperte sich und sah Niobe aus desinteressierten Augen an. Ein strenger Blick, der einen einschüchterte und, ohne Worte zu gebrauchen, fragte: *Was hast du angestellt?* Niobe hatte stets den Eindruck, dass Menschen im Polizeidienst die größten Misanthropen im Universum waren und erst einmal jeden für verdächtig hielten. Sei es auch nur wegen des Vergehens, ihre Zeit zu verschwenden. Offenbar übernahmen die Telarin während ihrer körperlichen Anpassungsphase diese allzu menschlichen Verhaltensmuster ebenfalls. Entweder das, oder der Polizeiberuf war einfach sehr erfolgreich darin, jedwede Person im Universum in ein zynisches Individuum zu verwandeln.

Niobe sammelte sich, trotzdem drohte ihre Stimme wegzubrechen, als sie die Worte entließ.

»Mein Name ist Niobe Anvar. Ich möchte zu Kommissar Brill, bitte.«

»Haben Sie einen Termin?«, fragte die Polizistin.

»Nein, ich ... Daran habe ich nicht gedacht.« Niobe biss sich auf die Lippe. Wieso war sie nicht auf die Idee gekommen, einen Termin zu machen? »Es tut mir leid, ich ...«

»Warum wollen Sie mit dem Kommissar sprechen?«

»Jemand schickt mir Drohungen. Kommissar Brill kenne ich aus einer anderen Ermittlung. Vermutlich ist er nicht einmal zuständig, er war bloß der Erste, der mir eingefallen ist und ... und ...« Niobe hörte sich selbst stammeln und fragte sich, welchen Anblick sie wohl bieten mochte. Sie schwitzte und gleichzeitig fror sie, trotz der regulierten Temperatur im Gebäude. Was hatte sie sich dabei gedacht, unangemeldet herzukommen?

»Warten Sie einen Augenblick«, sagte die Beamtin in akzentfreiem Erdstandard. Ihre Stimme klang nicht mehr ganz so kalt und ihr Blick wirkte nicht mehr ganz so anklagend. Beide Frauen schwiegen eine Weile, bis die Polizistin zu sprechen begann. »Kommissar Brill, vor mir steht eine Besucherin, die zu Ihnen möchte. Niobe Anvar. Sie sagt, sie wird bedroht.« Die Telar verstummte und hörte der Stimme in ihrem Ohr zu. »In Ordnung.« Sie beendete die Verbindung, sah an Niobe vorbei und wies in Richtung der Stühle, die an einer Wand gegenüber aufgestellt waren. »Setzen Sie sich. Kommissar Brill hat gleich Zeit für Sie.«

»Danke.« Niobe atmete erleichtert aus, setzte sich auf einen der Besucherstühle und klemmte die kalt gewordenen Hände zwischen die Knie. Die erste Hürde war genommen. Wenn ihr Körper sich bloß beruhigen und aufhören würde, all das unnütze Adrenalin auszuschütten.

Ein blauer Kreis leuchtete nach ein paar Minuten um Niobes Füße auf und ihr Neurolink erkannte die Anfrage des Gebäudewegweisers. Sie erhob sich, gab den Wegweiser frei und das vertraute silberne Band erschien auf ihrem Thinkscreen. Sie folgte dem glänzenden Pfad durch die sich öffnende Türe und die Rollbahn in den ersten Stock hinauf. Niobe war diesen Weg vor ein paar Monaten schon einmal gegangen und hätte nicht gedacht, dass sie aus eigenem Antrieb zurückkommen würde.

Von der Rollbahn trat sie auf den Gang mit seinen kalten Lichtröhren und folgte dem Wegweiser bis ins Büro des Ermittlers. Es wirkte leerer und aufgeräumter als bei ihrem letzten Besuch. Die Regale waren all ihrer persönlicheren Gegenstände beraubt worden. Der Kommissar schien bereit, seinen Arbeitsplatz hinter sich zu lassen.

»Setzen Sie sich, Ke Anvar«, hörte sie ihn sagen und Niobe gehorchte bereitwillig. Ihre Beine waren mehr Proteingelee als alles andere. Brill setzte sich selbst an seinen Holodesk, auf dem Statusnachrichten über das Glas liefen. Er wischte darüber, woraufhin das Nachrichtenfenster verschwand.

»Also dann, Ke Anvar. Was kann ich für Sie tun? Möchten Sie ein Geständnis ablegen?«, fragte er fast sanft.

Für einen Moment drückte Niobe die Handballen auf die Augen. Wie gerne sie an einem Tag wie heute in die Dunkelheit fallen und einschlafen würde. Schlafen, bis der Albtraum endete und sie in einen weniger feindseligen Morgen starten durfte.

»Nein, tut mir leid, Sie zu enttäuschen, Kommissar Brill.« Sie sah ihn an. Er wirkte unvoreingenommen, genau wie beim letzten Mal. Vielleicht war sie deshalb zu ihm gekommen, weil er ihr trotz der Umstände nicht das Gefühl gab, bereits ein Urteil über sie gefällt zu haben. »Ich brauche Hilfe. Jemand bedroht mich«, gestand sie zögerlich.

»Wer?«

»Ich kenne die Identität nicht. Die Person nennt sich selbst Geist und schickt mir Nachrichten. Hasserfüllte Gedichte. Es fing mit ein paar unschönen Kommentaren auf meinem Asteria-Profil an. Den ersten bekam ich kurz nach dem Tod meiner Mutter. Damals habe ich mir noch nichts dabei gedacht und die Nachrichten gelöscht. Ich hielt die Person für jemanden, der einfach schlechte Laune hat und sie an mir auslässt oder sich ein paar Minuten lang mächtig fühlen will. Sie wissen sicher, wie das ist.« Niobe zuckte gleichgültig mit den Schultern. »Bis der zweite Kommentar kam, sind fast zwei Wochen vergangen. Es ist dreimal passiert, dann hörte es plötzlich auf. Ich hoffte, wer auch immer es war, hätte das Interesse verloren, doch nun sind da diese Umschläge.«

»Umschläge?«

Niobe griff in die Tasche und holte den Datenträger heraus, auf dem Geists digitale Werke gespeichert waren, und schob ihn Brill über den Tisch. »Trauerkarten. Die erste tauchte gestern auf meiner Laufstrecke in der Simulation auf – davon gibt es einen SimClip. Auch das habe ich nicht weiter beachtet, doch als ich vorhin nach Hause kam, erwartete mich eine echte Karte aus Papier, in derselben Aufmachung wie das digitale Gegenstück.«

»Eine tatsächlich physische Karte?«, fragte der Kommissar mit sichtlich gewecktem Interesse.

Niobe nickte. »Der Umschlag steckte außen am Codefeld meiner Wohnung. Kein Versandetikett, keine Adressangabe. Es sieht so aus, als wäre er persönlich abgelegt worden.« Erneut griff sie in ihre Tasche. Diesmal zog sie den seidenweichen Umschlag heraus. »Meine privaten Daten teile ich im Cluster nicht. Trotzdem kennt diese Person das SimCenter, das ich besuche, meine Kontaktdaten, und nun weiß sie offenbar auch, wo ich wohne. Sie muss mir nach Hause gefolgt sein.«

»Oder es ist jemand aus ihrem privaten Umfeld, der sie bereits kennt«, warf Brill ein, während Niobe ihm das selten gewordene Papier auf den Tisch legte. »Täter dieser Art stammen meist aus dem nahen Umfeld.«

Sie erwiderte nichts. Der Gedanke, dass jemand, mit dem sie bekannt, vielleicht sogar befreundet war, solche Dinge tat, verstörte sie mehr als die Nachrichten selbst.

Kommissar Brill nahm schweigsam den Umschlag an sich, zog die Karte heraus und las die Worte darauf. Sein Gesichtsausdruck verfinsterte sich. Als Nächstes legte er den Datenträger auf den Sensor seines Holodesks. Der goldene Ballon schwebte augenblicklich als holografische Projektion empor und Niobe wandte den Blick ab. Kommissar Brill dagegen studierte die Aufnahme und weiteren Daten. Kommentare, die sie unter Beiträgen erhalten hatte. Alle signiert mit demselben Alias: Geist. Brill sagte noch immer nichts, doch seine Gesichtsmuskeln arbeiteten rege.

»Wie lange, sagten Sie, geht das schon?«

»Die Nachrichten auf dem Asteria-Profil haben vor gut sechs Monaten angefangen«, antwortete Niobe. »Etwa zwei Wochen, nachdem ich mich dort für ein Werbeprofil habe freischalten lassen.«

Brill fragte nicht, weshalb sie das überhaupt getan hatte. Als Tochter einer Politikerin, wenn auch einer der kleinen Parteien, wusste Niobe ihre Privatsphäre normalerweise zu schützen. Mona hatte sie von Kindesbeinen an dazu erzogen, sich bedeckt zu halten, um kein leichtes Ziel für Monas politische Gegner zu werden. Doch Mona war tot und der Kommissar konnte sich gewiss selbst ausmalen, weshalb sich Niobe zu diesem Schritt gezwungen sah.

»Vor sechs Monaten also. Zur selben Zeit ist der anonyme Hinweis bei uns eingegangen, dass Sie für den Mord an Ihrer Mutter verantwortlich seien«, stellte Brill fest. »Wieso haben Sie mir das nicht schon bei ihrer Vernehmung damals gesagt, Ke Anvar?«

Niobe schluckte die aufwallenden Emotionen herunter. »Damals waren es nur Kommentare. Das Cluster ist ein Ort voller Selbstdarsteller. Es gibt immer wieder welche, die mir und anderen Passagieren der Asteria verstörende Kommentare hinterlassen. Erdanhänger meistens, die uns Auswanderer verurteilen, andere, die verärgert sind, weil sie sich den Flug selber nicht leisten können und uns für reiche Snobs halten. Wie hart viele der Passagiere um ihren Platz kämpfen müssen, sehen sie nicht oder sie wollen es nicht sehen. Man gewöhnt sich irgendwann an diese Kommentare und überspringt sie. Mir ist damals einfach nicht in den Sinn gekommen, dass es einen Zusammenhang geben könnte.«

»Haben Sie darüber nachgedacht, das Profil eine Weile pausieren zu lassen?«

Niobe schüttelte den Kopf. »Das würde ich gerne. Sehr gerne sogar. Ich war nie jemand, der Aufmerksamkeit sucht. Aber ich brauche die Credits, wie Sie sich denken können. Die letzte Rate für die Flugtickets ist bald fällig. Solange die Versicherung nicht zahlt und die Konten meiner Mutter gesperrt sind, habe ich also keine andere Wahl.«

»Hm«, machte Brill. Sein Blick richtete sich unzufrieden auf den goldenen Ballon, dessen Projektion weiterhin über dem Holodesk hin und her wippte. »Sie wissen, dass man Sie nicht abreisen lassen wird, sollten wir Sie bis dahin nicht als Mörderin Ihrer Mutter ausschließen können.«

Niobes Wutpegel stieg im Nu auf Maximalwert und veranlasste ihren Neurolink dazu, eine neuerliche Warnung in ihrem peripheren Sichtfeld einzublenden. »Ich habe sie nicht ermordet!«, gab sie schroff zurück und senkte sofort den Blick. Den Ermittler anzublaffen, der ihre Unschuld beweisen musste, war sicher nicht hilfreich. Doch diese Anschuldigungen taten weh, ebenso wie der Verlust, gegen dessen emotionale Folgen Niobe jeden Tag aufs Neue ankämpfte. »Es war keine gute Idee, hierherzukommen. Ich weiß nicht, was ich mir dabei gedacht habe. Es war naiv anzunehmen, dass Sie mir glauben könnten.« Niobe stand auf und hielt die Hand auf, um ihren Datenträger und die makabre Trauerkarte zurückzufordern.

Brill sah sie mit einer hochgezogenen Augenbraue an. »Setzen Sie sich wieder, Ke Anvar. Ungeachtet der Vorwürfe gegen Sie werde ich diese Nachrichten nicht einfach ignorieren.«

»Werden Sie nicht?« Niobe fiel zurück auf den Stuhl. »Heißt das, Sie glauben mir?«

»Ich glaube nichts, bis ich Beweise sehe. Allerdings machen mich anonyme Hinweise, wie der Anruf damals, immer ein wenig misstrauisch. Insbesondere dann, wenn sie im Doppel mit Bedrohungen daherkommen. Hätten Sie mir damals schon von den Kommentaren erzählt, hätten wir uns vielleicht nicht so einseitig auf Sie konzentriert bei unseren Ermittlungen.«

»Sie fragen mich nicht, ob ich mir meinen Verfolger nur ausdenke, um von den Vorwürfen gegen mich abzulenken?«

»Sollte ich danach fragen, Ke Anvar?«, erkundigte sich der Kommissar in strengem Ton.

Niobe sah ihn stumm an und spielte mit dem silbernen Ring an ihrem Zeigefinger. »Ich sage die Wahrheit, Kommissar Brill. In beiden Fällen.«

»Dann habe ich vorerst keine weiteren Fragen.«

»Ich war mir sicher, dass Sie mich abweisen und nach Hause schicken würden.«

»Nun, digitale Nachrichten und Streamjumps sind das eine. Wie Sie selbst sagen, davon gibt es zu viele, um sie alle ernst nehmen zu können. Das hier allerdings«, er wedelte mit der antik anmutenden Trauerkarte in seiner Hand, »ist etwas ganz anderes. Diese Karte dürfte einiges gekostet haben. Papier ist nicht gerade billig. Dass sie außerdem vor Ihrer Wohnungstür platziert wurde, sagt deutlicher und lauter als die Worte selbst: ›Ich bin hier. Ich bin in deiner Nähe.‹ Falls Sie lügen und das alles erfinden, Ke Anvar, komme ich früh genug dahinter und werde Sie dafür zur Verantwortung ziehen. Aber falls Sie die Wahrheit sagen, will ich nicht derjenige sein, der die Bedrohung verharmlost hat. Für den Moment gestehe ich Ihnen also zu, dass Sie wirklich bedroht werden und meine Hilfe brauchen.«

Niobe wäre am liebsten vor Dankbarkeit in Tränen ausgebrochen. Jede Kleinigkeit brachte sie dieser Tage ins Wanken. Doch sie kämpfte gegen die Verzweiflung und Hoffnungslosigkeit in ihrem Herzen an, drängte die heranpreschenden Gefühle einmal mehr zurück in die Dunkelheit. »Danke.«

Brill nickte. »Fällt Ihnen jemand ein, der Grund haben könnte, sich an Ihnen rächen zu wollen? Jemand, der sich von Ihnen unfair behandelt fühlt?«

Niobe schüttelte den Kopf. »Meine sozialen Kontakte sind stark begrenzt. Um die Kundschaft im Laden kümmert sich meistens mein Kollege Tim und der hätte sicher keinen Grund, mir den Tod zu wünschen. Wir verstehen uns sehr gut. Durch die Arbeit meiner Mutter bin ich vielleicht in die Schusslinie von GUmS-Befürwortern geraten. Allerdings nehmen die Nachrichten an mich keinen Bezug zu dem Thema und Mona hat immer darauf geachtet, dass von Julie und mir keine Aufnahmen ins Cluster gestellt werden. Sie hat sehr strengen Gebrauch von der Regelung gemacht, die die Privatsphäre von Angehörigen öffentlicher Personen schützt.«

»Eine vernünftige Frau.«

»Ob sie vernünftig war, da bin ich mir nicht ganz so sicher. Auf jeden Fall war sie unbeugsam. Wäre sie an meiner Stelle, sie hätte diesen Stalker längst an den Haaren hinter sich her und in Ihr Büro gezerrt.« Niobe lachte bei dem Gedanken. Sie hatte Mona für unbesiegbar gehalten. Wie sehr sie sich geirrt hatte. Mona war tot, weil sie irgendjemandem im Weg gestanden hatte.

»In einer der ersten Nachrichten an Sie, sehe ich, heißt es:

Richtung Gaia reckst du deine Flügel,
doch ich schlage sie dir ab.

Es klingt für mich, als wolle jemand verhindern, dass Sie nach Gaia gehen. Das Ganze könnte der Versuch sein, Ihnen genug Angst zu machen, damit Sie Ihren Platz auf dem Schiff aufgeben. Ist jemand diesbezüglich an Sie herangetreten? Jemand, der glaubt, der Platz stünde ihm mehr zu?«

Niobe schüttelte den Kopf. »Nichts, was ich als extrem empfunden hätte. Es gibt eine allgemeine Verärgerung darüber, dass Cybes und Tweaks Plätze auf der Asteria angeboten werden, aber der Zorn richtet sich gegen die Silverline Company. Geist hat Julie bisher auch nicht erwähnt.«

»Ihre Cousine hat keine Nachrichten erhalten?«

»Zum Glück nicht. Da sie keinen Zugang zum Cluster hat, ist sie natürlich schwerer zu erreichen. Hätte sie eine physische Nachricht erhalten, wäre mir das aber zu Ohren gekommen.«

»Verstehe.«

»Denken Sie, Julie könnte in Gefahr sein?«

»Dazu sehe ich keinen Grund. Vorsichtshalber werde ich dennoch im Delta-Komplex nachfragen, ob es irgendwelche Auffälligkeiten gab«, sagte Brill. »Erst einmal nehme ich jetzt eine Anzeige gegen unbekannt auf, dann sehen wir weiter.«

Niobe senkte den Blick und spielte mit dem Ring ihrer Mutter, wie sie es so oft tat, wenn sie dieser Tage unter Druck stand.

»Haben Sie meine Kontaktdaten noch?«, fragte Brill. Sie nickte zur Antwort. »Falls Sie weitere Nachrichten bekommen, geben Sie mir sofort Bescheid.«

»Das werde ich, Kommissar.« Sie stand auf und bedankte sich bei ihm. Dann verließ sie das Büro mit etwas weniger verkrampften Schultern. Vielleicht war sie noch nicht ganz verloren.

.../SimFile_07

LOSLASSEN UND ABHEBEN

ID: L

»Ich lass loooos! Lass jehetzt loohoos!«, kreischte das Kind mit Inbrunst in all den schiefen Tönen, die eine Kinderstimme fabrizieren konnte. Es hielt sich dabei an den Händen eines Elters fest, während der Rest von ihm in der Schwerelosigkeit des Shuttles schwebte. Offenkundig bereitete ihm das einen Wahnsinnsspaß.

L dagegen bis die Zähne zusammen und seufzte leise. Von all den Filmstudios, die es einst gegeben hatte, wieso musste ausgerechnet dieses den Krieg und die Zeit überdauern? Nahezu das komplette Filmarchiv hatte gerettet werden können, so dass auch 160 Jahre nach dem Ausbruch der Ressourcenkriege jedes Kind diese Nerven zertrümmernden Lieder sang. Und *dieses* spezielle Lied war das schlimmste von allen.

»Lass jetzt loooooooos!«, schnitt die Stimme erneut durch die Kabine.

L rutschte tiefer in den Sitz und schaute aus dem Fenster des Shuttles. Die Asteria kam gerade in Sichtweite und lag wie ein schlafender Riese da, eingehüllt in die Dunkelheit des Weltalls. Wartend darauf, ihre lebende Fracht in sich aufzunehmen. So viele Menschen, die bereit waren, ihrer Heimatwelt den Rücken zuzukehren. L verstand nicht, warum man das tun wollte. Keiner wusste mit Sicherheit, was genau die Auswanderer auf Gaia erwartete. Nicht einmal die Aufklärungssonden der Telarin konnten alle Fragen vorab beantworten. Es war ein Abenteuer mit unvorhersehbaren Bedrohungen. Zumindest nach Ls Einschätzung. T-Tech hin oder her, wie könnte ein unerschlossener Planet nicht gefährlich sein? Doch die Passagiere der Asteria schienen das weniger drastisch zu sehen als L. In ihren Feeds berichteten sie von dem Leben, das sie auf Gaia führen wollten, oder davon, was sie zurückließen. Welche Dinge sie vermissen würden und weshalb sie bereit waren, alles aufzugeben. Die Plätze auf dem Schiff, das gut 13.000 Menschen und 2.000 Telarin nach Gaia transportieren würde, waren heiß begehrt und die Tickets unverschämt teuer. Trotzdem schrumpfte ihre Verfügbarkeit jeden Tag mehr. Einer dieser Plätze wurde L auf einem silbernen Tablett angeboten. Fachpersonal erhielt Vergünstigungen. Das milliardenschwere Unternehmen hinter der Asteria lockte mit fairen Konditionen und einzigartigen Perspektiven. Arbeit für alle, Fläche für ein Eigenheim und für die persönliche Entfaltung. Alles Dinge, von denen es auf der Erde zu wenig gab. Und das trotz einer streng regulierten Populationsdichte, die von den Telarin scharf kontrolliert wurde. Es gab trotz der Regeneration des Ökosystems noch zu viele nicht nutzbare Areale auf der Erde, die in Schutt und Asche lagen. Andere wurden von den Telarin beansprucht und standen den Menschen nicht länger zur Verfügung. Von den einst zehn Milliarden Menschen, die zu Spitzenzeiten auf der Erde gelebt hatten, war nach den Ressourcenkriegen bloß ein Bruchteil übrig und trotzdem waren es zu viele. Für L war die erneuerte Erde dennoch ein Paradies.

Um ehrlich zu sein, L hätte nie damit gerechnet, dass der Planet nach 131 Jahren, 3 Monaten und Pi mal Daumen 6 Tagen noch existieren würde. Zumindest nicht in einer Form, dass darauf zu leben möglich war. Vor ihrem langen Schlaf hätte sie nicht gezögert, an Bord eines Kolonieschiffs zu gehen und zu einem neuen Planeten aufzubrechen. Damals wäre das eine Chance zu überleben gewesen. Aber heute? Die Erde war in einem so viel besseren Zustand als zu Ls Zeit. Es gab wieder Vögel am Himmel, Fische in sauberen Flüssen und man konnte ohne Atemmaske nach draußen gehen. Die Erde war nicht mehr der zornige Leviathan, der alles daransetzte, die infektiösen Keime namens Mensch auf seiner Haut loszuwerden. Nein. Die heutige Erde war einladend und freundlich, wie in den Geschichten, in die sich L zwischen Gefechtspausen geflüchtet hatte.

»Werte Passagiere, wir befinden uns im Anflug auf die Asteria. Der Andockvorgang wird in Kürze gestartet. Bitte begeben Sie sich auf Ihre Plätze und legen Sie die Sicherheitsgurte an«, erklang die Stimme der Pilotin über das Audiosystem der Passagierkabine.

Der Co-Pilot wiederholte das Ganze in Telarinstandard, derweil richtete sich das Shuttle neu aus. Ls Blick fiel auf das nahegelegene Sprungtor, das scheinbar gemütlich zwischen den Sternen rotierte und einem gewaltigen Wälzlager ähnelte. Außen drehte sich der Ring mit den Wohnkabinen der Wartungscrew – Servicebots und Tweaks hauptsächlich –, der innere Ring dagegen fing die Reibungsenergie auf und gab sie an das Kraftfeld ab, das im Zentrum erzeugt wurde. Es flimmerte, immer wenn ein Schiff den Ereignishorizont passierte.

Sol-Hub-17 war das zentrale An- und Abflugportal der Erde für interstellare Langstreckenflüge. Es war außerdem das erste von 23 Sprungtoren, das die Asteria durchfliegen würde, ehe das Schiff auf seinem Weg nach Gaia in den nicht erschlossenen Raum eintrat. Beeindruckend und beängstigend.

Während es L schon beim Blick aus der Ferne eiskalt über den Rücken lief, tauchte ein weiteres Schiff aus dem Sprungtor auf. Der Hüllenkennzeichnung nach zu urteilen handelte es sich um einen Großhändler, der auf Keppler 22b registriert war. Ein inzwischen bewohnter Mond am Rande des Sonnensystems. Verrückt.

Es gab Tage, an denen L kaum glauben konnte, wie sehr sich die Welt während ihres langen Schlafs verändert hatte. Den Höhepunkt der Ressourcenkriege hatte sie ebenso verschlafen wie die Entdeckung von außerirdischem Leben – oder vielmehr das entdeckt Werden *durch* außerirdisches Leben. Damit einhergehend hatte L auch das abrupte Ende des Krieges und die Rekonstruktion des irdischen Ökosystems verpasst. Der Wermutstropfen bestand freilich darin, dass sich die Erde seitdem nicht mehr in menschlichem Besitz befand. Andererseits hatten die Menschen ihre Chance gehabt und darüber, wie das für den Planeten ausgegangen war, konnte L nur zu gut aus erster Hand berichten. Sie wusste, dass die Menschheit ihre anhaltende Existenz den Telarin verdankte, obwohl dies teuer erkauft war. Die Telarin sahen sich dabei mehr als Denkmalschützer. Für sie war ein Planet schützenswerter als der Fortbestand seiner vermeintlich intelligentesten Lebensform.

Soweit es die Aufzeichnungen hergaben, waren die Telarin seinerzeit alles andere als erfreut gewesen über den Zustand der Erde. In einer kurzen und schonungslosen Übernahme, die einem Genozid nahekam, wiesen sie den verbliebenen Rest der Menschheit in seine Schranken und machten ihm ein unmissverständliches Angebot, das in etwa lautete: *Respektiert euren Planeten oder wir beschlagnahmen ihn und katapultieren eure parasitären Ärsche in den offenen Raum* – milde ausgedrückt. Seitdem waren gut hundert Jahre vergangen und die Erde stand ebenso lange unter dem Protektorat der Telarin. Die Menschen waren nicht mehr als geduldete Gäste darauf, die eine Menge Auflagen befolgen mussten, um bleiben zu dürfen.

L wusste all das nur aus historischen Texten. Nach nunmehr fünf Jahren kam sie einigermaßen mit all dem verpassten Wandel zurecht. Dennoch hielt der Kulturschock an, der sie seit ihrem Aufwachen begleitete. Jeder Tag bot neue Überraschungen.

Der Raumgleiter korrigierte seine Ausrichtung erneut und L spürte die scharfe Kurve in einem Anflug von Schwerkraft. Das Vehikel befand sich im Wendemanöver und steuerte die Schleuse der Asteria an. Derweil entfernte sich Sol-Hub-17 langsam aus Ls Sichtfeld. Die Nähe zu dem enormen Energiefeld des Sprungtors sorgte nicht gerade dafür, dass sich L wohler dabei fühlte, die nächsten Stunden auf der

Asteria zu verbringen. Allerdings schien ihr das Portal dann doch weniger besorgniserregend als dieser ruckelnde und scheppernde Passagiergleiter, der sie beim Verlassen der Erdatmosphäre gründlich durchgeschüttelt hatte. L glaubte, die Vibration noch immer in den Zähnen zu spüren. Glücklicherweise lag der schlimmste Teil damit hinter ihr. Kaum hatte sie den Gedanken beendet, bereute sie ihn auch schon wieder. Denn just in diesem Moment zündeten die seitlichen Antriebsspulen dieser klapprigen Blechbüchse.

Für einen Moment glaubte L, in ihrem Sitz zerquetscht zu werden. Ihre Finger bohrten sich in die Stuhllehnen, sie presste die Zähne fest aufeinander und kniff die Augen zusammen. Ihr Innerstes schien sich nach außen stülpen zu wollen und L fragte sich, wieso man dieses Prozedere freiwillig mehrmals täglich über sich ergehen ließ. So wie es Markus tat, der vor einem Monat seine Kabine auf der Asteria bezogen hatte und für die Restdauer seines Beamtentums bei der Polizei zur Erdoberfläche pendelte.

Zu Ls Ausbildung zum Close Protection Operative hatte ein Trainingskurs auf einer der kleineren Orbitalstationen gehört, die die Erde umkreisten. Drei Wochen, in denen der Ausfall der Gravitation, Evakuierungsmaßnahmen und – der größte Horror von allen – Weltraumspaziergänge den Ausbildungsplan bestimmten. Wer war eigentlich auf die absurde Idee gekommen, diesen Vorgang als *Spaziergang* zu bezeichnen? Allein die Erinnerung daran trieb L den Panikschweiß auf die Stirn. Nach Abschluss dieser Ausbildungssequenz war sie daher auf schnellstem Wege zur Erdoberfläche zurückgekehrt, mit der festen Absicht, sie vor ihrem Ableben nicht mehr zu verlassen. Das Fehlen einer Planetenoberfläche unter ihren Füßen gehörte ganz weit oben auf die Liste von Dingen, auf die L problemlos verzichten konnte.

Ein kräftiger Ruck schüttelte sie zurück in die Gegenwart. Die Anker des Shuttles rasteten ein. Das Schwerkraftfeld des Raumdocks dehnte sich auf das Vehikel aus und normalisierte sich auf 1,1 g, was der Anziehungskraft auf Gaia entsprach. Ls Organe krochen reumütig an ihre angestammten Positionen zurück.

»Andockvorgang abgeschlossen«, verkündete die Stimme aus dem Cockpit routiniert. »Danke, dass Sie mit der Silverline Company geflogen sind.«

L löste die Finger aus den frischen Dellen in der Armlehne, öffnete den Sicherheitsgurt und eilte dem Ausgang entgegen. Sie hasste den Weltraum und Markus verdiente es, dass sie sich ausgiebig bei ihm beschwerte. Sie durchquerte die Schleusen und Gänge und erreichte das Atrium.

L war sich nicht sicher, was sie erwartet hatte. Die vielen Menschen und Telarin, die wie geschäftige Ameisen umherliefen, jedenfalls nicht. Das Schiff flog erst in sechs Wochen ab und dennoch eilten hier unzählige Personen durch die Gänge und Hallen. Wenn es nach Markus ginge, würde L ein Teil dieser Gruppe werden und die nächsten knapp einhundert Jahre auf der Asteria verweilen. Zugegeben, die meiste Zeit davon würde sie im Kälteschlaf verbringen. Der Gedanke ließ L sich schütteln. Den Kälteschlaf mochte sie noch weniger als den Weltraum. Dieses Schiff würde folglich auf sie verzichten müssen.

»Emon ta uin, Gra«, begrüßte sie ein Telar, der ihren fragenden Blick bemerkt haben musste.

»Willkommen, Schwester«, übersetzte Vee die telarischen Worte blitzschnell und soufflierte sie L ins Ohr.

»Uin ta emon, Ke«, erwiderte L gebrochen. *Ich grüße auch dich, Freund*in.*

»Kaluh i men krath?«

»Brauchst du Hilfe bei der Orientierung?«, übersetzte Vee.

L seufzte und neigte im Geiste einer respektvollen Entschuldigung den Kopf. »Er i tel-aru.« *Ich spreche wenig telarisch.*

Er bedachte sie mit einem etwas skeptischen Blick. »Du bist eine von uns, aber sprichst unsere Sprache nicht?«, fragte der Telar. Diesmal in Erdstandard mit einem Akzent, der seinen Worten scharfe Kanten und Ecken verlieh.

L versuchte Standard-Telarisch zu erlernen, doch es fiel ihr schwer und die fortschrittliche Technik ließ sie an dieser Stelle leider ebenfalls im Stich. Mit Vee konnte sie nur in eine Richtung kommunizieren, ohne ihr Defizit in Sachen Sprachkenntnissen preiszugeben. In Ermangelung eines Neurolinks, der ihr eine Kommunikation über Gedankenbefehle ermöglicht hätte, musste sie ihre Antworten stets laut aussprechen, bevor Vee ihr dafür eine Übersetzung geben konnte. L hatte schnell erkannt, dass die Telarin es als respektlos empfanden, wenn sie das tat. Insbesondere, weil sie stets als eine von ihnen begrüßt wurde. Mit Offenheit fuhr sie meist besser.

»Nur ein telarisches Implantat in einem menschlichen Körper, Ke.«

»Ah. Ein Teil von Mutter Kathui, ein Kind von Mutter Kathui!«

L lächelte und neigte noch einmal das Haupt zum Dank.

»Das erste Mal auf dem Schiff?«

Sie nickte. »Ich besuche einen Freund. Mir war nicht bewusst, dass schon so viele Passagiere an Bord sind.«

»Keine Passagiere, bloß ein Teil der Besatzung und Servicekräfte, Gra. In sechs Wochen wird es hier ganz leise sein. Für einen guten Schlaf.« Er versuchte, humorvoll zu zwinkern. Eine Geste, die ihm Probleme zu bereiten schien. Vermutlich besaß er seine menschliche Gestalt erst seit kurzem.

»Fliegen Sie ebenfalls nach Gaia?«, erkundigte sich L.

»If-ra Tum! Portalingenieur!«, antwortete der Telar stolz und nickte dabei, ehe er nachsetzte: »Die Asteria ist ein gutes Schiff. Nicht so gut wie ein Schiff der Telarin, aber es wird uns wohlbehalten nach Gaia bringen. Wir sehen uns, Gra!« Der Telar tippte sich zwei Finger zum traditionellen Gruß an die Stirn und verschwand in der Menge.

L stand einen Moment lang nur da. Der Anblick der Aliens, mit ihrer durchscheinenden Haut und den lumineszierenden Lichtern in blauen und violetten Tönen darunter war einer, an den sie sich bisher nicht vollständig gewöhnt hatte. Dabei sollte sie ihnen vermutlich näherstehen als irgendein anderer Mensch.

Auf der Erde begegnete man den Telarin normalerweise nicht allzu häufig. Diejenigen, die sich fest ansiedelten, lebten in abgesperrten Habitaten, zu denen die Menschen nur begrenzt Zutritt bekamen, der Rest kam zu touristischen Zwecken auf einen kurzen Besuch vorbei. Bei der letztgenannten Gruppe war sich L fast sicher, dass sie im Anschluss ihr Reisebüro wegen der verschwendeten Credits verklagten. Im Vergleich zu Kathui – der Heimatwelt der Telarin – musste die Erde doch wie ein von Termiten zerfressenes Haus wirken, das nach Jahren der Renovierung noch immer nicht wieder vollständig bewohnt werden konnte.

Ls Ohrclip gab einen vertrauten Signalton von sich und sie schob sich die Smartbrille auf die Nase. Eine ungelesene Nachricht von Markus wartete auf der Benutzeroberfläche. Sie wischte über das Sensorpad auf ihrem Handrücken und die Nachricht sprang auf:

MARKUS B.:
WO STECKST DU?

L T.:
BIN UNTERWEGS.

Sie brachte ihren Rucksack in eine angenehmere Position, loggte sich in den Navigationsplan der Asteria ein und folgte den aufleuchtenden Markierungen, hin zu den Kabinen der Besatzungsmitglieder. Im Nu stand sie vor Markus' neuem Zuhause. Die Kennzeichnung auf der Tür leuchtete L in unübersehbarer Schrift entgegen und erfüllte sie mit Wehmut.

Markus Brill, Chief of Security | K-el tu aan.

Plötzlich wurde L bewusst, wie real sein Vorhaben war, die Erde zu verlassen und zu einem fernen Planeten aufzubrechen. Sie würde ihn nie wiedersehen. Bei all dem Neuen und Unbekannten, das damals auf sie eingeströmt war und sie zu überwältigen gedroht hatte, hatte ihr Markus zur Seite gestanden und ihr geholfen, sich trotz ihres Handicaps zurechtzufinden. Er war der einzig konstante Mensch in ihrem Leben, seit sie aus dem Kälteschlaf erwacht war. Was würde sie ohne ihn machen? Ohne seine Freundschaft? Verdammt, sie konnte nicht fassen, dass er wirklich fortging.

.../SimFile_08

EINE UNERWÜNSCHTE ZUSATZLEISTUNG

ID: NIOBE

Zwei Tage nach dem Besuch auf dem Polizeirevier betrat Niobe ihr Lieblingsbistro und suchte sich einen Eckplatz am Fenster, so dass sie hinaussehen konnte und gleichzeitig die Wand im Rücken spürte. Es gab ihr Sicherheit zu wissen, dass nicht irgendjemand unerwartet hinter ihr auftauchen und ihr ein Messer zwischen die Schulterblätter stoßen konnte. Wenn sich schon jemand auf sie stürzen wollte, dann wenigstens von Angesicht zu Angesicht. Nach drei weiteren Nachrichten von Geist über die Asteria-App waren Niobes Nerven inzwischen zum Zerreißen angespannt. Hinter jedem Busch und jeder Hausecke erwartete sie, dass jemand aus dem Schatten springen und ihr die Kehle durchschneiden würde. Jedes unbekannte Geräusch ließ sie zusammenzucken. Sie hasste es, Angst zu haben und die ganze Sache nicht einfach ignorieren zu können.

Welche Art Mensch ergötzte sich daran, andere derart zu terrorisieren? Was genau wollte Geist von ihr? Warum war diese Person hinter Niobe her, von der sie nicht einmal wusste, ob ein Er, eine Sie oder ein Es dahintersteckte? Mensch oder Telar? Geist schien Niobe bloß tot sehen zu wollen, ohne ihr eine Alternative anzubieten. Was war denn aus dem guten alten Ultimatum geworden? *Tue dies oder das und du darfst am Leben bleiben!* Gehörte es sich nicht, einem Opfer wenigstens diesen mickrigen Anschein einer Wahl zu lassen?

In Gedanken gab Niobe ein sarkastisches Grunzen von sich. Ihre Stimmung wankte hin und her zwischen Furcht und Wut. Noch immer hoffte sie darauf, dass Geist bald das Interesse verlieren würde. Früher oder später würde ihm das Spiel doch sicher zu langweilig werden, wenn Niobe ihm keine Beachtung schenkte. Und bis dahin würde sie sich nicht einschüchtern lassen.

Darum saß sie heute, wie an jedem ersten Mittwoch im Monat, in dem Brückenbistro über dem Fluss und bestellte einen Kafflon. Nie hatte sie das belebende Getränk dringender gebraucht als in diesen Tagen. Sie erweiterte ihre Bestellung um ein Sandwich, und während sie darauf wartete, weckte sie ihren Neurolink auf. Ein Thinkscreen öffnete sich und schwebte unsichtbar für die übrigen Gäste vor der Kulisse des Bistros. In einem Datenordner lag die Teilsequenz des SimBooks zum neuen Roman von Talulah York. Niobe freute sich darauf, seit Julie ihr die Daten bei dem letzten Besuch im Delta gegeben hatte. Niobe öffnete die erste Datei, und sobald sie das Intro sah, schlich sich ein Lächeln auf ihre Lippen. Sie beherrschte kaum die Basics der Programmierung von SimBooks, doch Julie war eine echte Meisterin. Sie besaß dieses beeindruckende Talent, Ideen auf eine Weise sichtbar zu machen, dass es schwerfiel, die Realität von der Fiktion zu unterscheiden. Julie war stets so konzentriert, wenn sie ein SimBook entwarf, dass sie sich stundenlang in einer wenige Minuten andauernden Sequenz verlieren konnte. Detail um Detail fügte sie den Figuren und der Umgebung hinzu, jedes noch so kleine Teilchen bekam eine Textur, die für ein natürlicheres Abbild sorgte. Jede Tonlage der Figuren wurde solange editiert, bis einem ihre Stimmen mit jedem Wort unter die Haut krochen. Der Erfolg von Talulah Yorks Werken hatte wesentlich damit zu tun, dass die von Julie umgesetzten Simulationen zu den besten gehörten und einen tief in die fiktiven Welten der Autorin hineinzogen. Nur dass niemand wusste, dass Julie für diese Meisterwerke verantwortlich war.

Unter fairen Bedingungen besäße Julie einen Schrank voller Auszeichnungen, doch das Gesetz untersagte es Cybes, außerhalb des Delta-Komplexes einer Erwerbstätigkeit nachzugehen. Deshalb war es Niobe, deren Name, in den Auftragsbüchern stand und auf deren Konto die Credits für Julies Arbeit landeten. Es machte Niobe so furchtbar wütend. Sie sehnte sich nach dem Moment, da Julie ein eigenes Leben bekam und die Lorbeeren im eigenen Namen ernten durfte. Nicht mehr lange, und alle würden erfahren, wer das wahre Genie hinter Talulah Yorks SimBooks war. Doch für den Augenblick konnte Julie nur dank dieser Lüge tun, was sie liebte, und ihre Simulationen mit der Welt teilen.

»Ihre Bestellung ist servierfertig: Kafflon Nr. 31 und Gurkensandwich Nr. 17«, sagte der Servicebot, der an Niobes Tisch stehenblieb. Eines seiner Fächer leuchtete auf. »Bitte entnehmen Sie Ihre Bestellung.«

Niobe folgte der Aufforderung des Servicebots, öffnete das Fach mit der grün aufleuchtenden Umrandung und hob die Bestellung von der Transportfläche. In ihrer Brust bildete sich sofort ein emotionales Leuchten. Wie eine so profane Kleinigkeit wie ein Mittagssnack im Lieblingsbistro die Stimmung doch schlagartig heben konnte. Der Duft des Kafflon liebkoste Niobes Geruchssinn und machte ihr den Mund wässrig. Angesichts ihrer kontinuierlich schrumpfenden Creditvorräte erlaubte sie sich nicht mehr viel Luxus, doch der Kafflon im *Bistro zur blauen Brücke* musste sein. Es waren die letzte Freude, die ihr in diesen schwierigen Zeiten geblieben war, und einer der wenigen Orte, die sie vermissen würde, wenn sie erst auf Gaia war.

Genüsslich sog sie den Duft des Getränks ein, schloss die Augen, um das Aroma in seiner ganzen Fülle auszukosten, während unter ihr der Fluss vorbeirauschte. *Hmmmm ...*

»Bitte entnehmen Sie die Zusatzleistung«, fuhr der Roboter unerwartet fort und störte damit Niobes Ritual der Entspannung. Schon wieder ein Moment der Glückseligkeit ruiniert. Die Woche gefiel ihr immer weniger.

»Ich habe keine Zusatzleistung bestellt« hielt Niobe dagegen. Es fiel ihr nicht leicht, die Verärgerung aus der Stimme zu verbannen. Nicht, dass ihre Gefühle den Roboter interessierten.

»Bitte entnehmen Sie die Zusatzleistung«, wiederholte das blecherne Ding.

Ein zweites Fach leuchtete grün auf, wie Niobe nun feststellte. Eine Aufmerksamkeit des Hauses? Sie öffnete die Lade und ihre Hand zuckte sofort zurück, als hätte sie sich verbrannt. Eine weiße Geschenkbox mit einer schwarzen Satinschleife lauerte ihr aus dem Inneren auf.

»Bitte entnehmen Sie die Zusatzleistung«, wiederholte der Roboter noch einmal.

Niobe begann zu zittern. Schon wieder. Ihr Herz raste. Schon wieder. »Wer hat diese Zusatzleistung in Auftrag gegeben?«

Der Servicebot gab verschiedene Prozesstöne von sich, ehe er schließlich antwortete: »Die Auftrag gebende Person konnte nicht ermittelt werden. Bitte entnehmen Sie die Zusatzleistung.«

»Wie kannst du nicht wissen, von wem der Auftrag gekommen ist?«

»Bitte entnehmen Sie die Zusatzleistung. Bitte entnehmen Sie die Zu…«

»Ist gut! Ich entnehme die verdammte Zusatzleistung ja schon!«

Kaum dass sie die Geschenkbox aus dem Fach herausgenommen hatte, sauste der Servicebot mit Tempo los. Vermutlich um den zeitlichen Rückstand aufzuholen, den Niobes Zögern verursacht hatte.

Sie stellte das Päckchen ab und starrte es an, als wäre es eine tickende Zeitbombe. Nach allem, was sie wusste, mochte sich tatsächlich eine Bombe darin befinden. Großartig. Die einsetzende Entspannung, die Niobe eben erst empfunden hatte, war dahin und der Kafflon kühlte unangetastet in seiner Tasse ab. Wenig überraschend gab es keinen Absender auf dem Päckchen, nur das Kärtchen mit Niobes Alias darauf.

Hatte sie den Mut, die Geschenkbox zu öffnen? Hatte sie eine Wahl?

Niobe beendete die Vorschau von Julies Entwurf und startete stattdessen die Live-Aufnahme. Ihre Hände begannen noch stärker zu zittern, als sie nach dem Ende der Schleife fasste. Sie löste den Knoten und nahm das Kärtchen auf, drehte es herum, doch die Rückseite war leer. Kurz keimte die Hoffnung in ihr auf, dass es diesmal keine mörderische Botschaft geben würde. Wie naiv konnte man sein?

Sie atmete durch, hob den Deckel von der Geschenkbox. Ihr Herzschlag geriet aus dem Takt, für einen Moment wurde ihr schwindelig. Ohne es zu bemerken, war sie vom Tisch aufgesprungen und gegen die Wand in ihrem Rücken geprallt. Das Quietschen der Stuhlbeine, die dabei abrupt über den Boden gestoßen wurden, veranlasste die anderen Besucher dazu, ihre Köpfe in Niobes Richtung zu drehen. Zehn oder mehr Augenpaare richteten sich auf sie und schienen eine Erklärung zu erwarten. Doch sie beachtete die Gäste nicht. Ihr Blick war starr auf den Inhalt der Geschenkbox gerichtet.

Ein abgetrennter Puppenkopf lag darin und lächelte sie aus hellgrünen Augen an, die ihren eigenen so ähnlich waren. Das Haar der Puppe war schwarz, gelockt und wie ihr eigenes auf Kinnlänge geschnitten. Die Hautfarbe der Puppe nahezu identisch mit der von Niobe. Aus dem Hals tropfte künstliches Blut und tränkte das weiße Seidenkissen darunter. Auf der Innenseite des Deckels fand Niobe dann doch die Worte, die diese neuerliche Botschaft begleiteten:

Schnipp-Schnapp!
Der Kopf muss ab!

Du hast sie zerstört,
dafür musst du leiden.
Bald komme ich zu dir
und werde dich zerschneiden.

– Geist –

Niobe schaute auf, als das Getuschel der anderen Gäste endlich zu ihr durchdrang. Alle starrten sie Niobe an, als hätte sie den Verstand verloren.

»Wünschen Sie eine weitere Bestellung aufzugeben?«, fragte der Servicebot, der erneut angerauscht kam.

Einen Moment verharrte Niobe reglos unter all diesen Blicken. Menschliche wie synthetische. Was sollte sie tun? Sie wollte dieses Päckchen und seinen Inhalt weder anfassen noch ansehen, doch sie konnte es auch nicht einfach stehen lassen und gehen.

»Nein, ich wünsche keine weitere Bestellung aufzugeben«, antwortete sie schließlich leise.

»Wie Sie wünschen. Das Bistro zur Blauen Brücke bittet Sie, sich an die Hausordnung zu halten und den Ablauf nicht noch einmal zu stören«, sagte der Roboter, ehe er wieder davonsauste.

»Tut mir leid«, entschuldigte sie sich unnötigerweise und setzte sich zurück auf ihren Platz. Wie ferngesteuert wies Niobe ihren Neurolink an, den Kontakt anzuwählen, von dem sie gehofft hatte, dass sie ihn nicht mehr brauchen würde.

.../SimFile_09

ASTERIA

ID: L

»Und da hast du Ke Weber wirklich die Nase gebrochen?«, fragte Markus, nachdem L ihm berichtet hatte, wie es dazu kommen konnte, dass sie auf dreißig Tage Zwangsurlaub blickte.

Sie nickte. »Es war nicht direkt Absicht. Ich habe bloß reagiert, bevor ich nachdenken konnte.«

»Sie hätte dich nicht derart unverschämt angrabschen dürfen.«

»Nein, sicher nicht, aber ihr die Nase zu brechen, verbessert meine Lage nicht gerade. Ich kann nicht beweisen, dass es Ke Weber war, die mich belästigt hat, und nicht umgekehrt. Wenn ich bei Falcon Security rausfliege und sich das Gerücht verbreitet, dass ich die Klientel belästigen würde, dann war es das für mich mit dem Personenschutz. Zumindest in den gehobenen Klassen. Wenn ich Glück habe, nehmen sie mich noch als Türsteherin eines ranzigen Clubs.«

»Ich habe noch immer einen Posten für dich auf der Asteria frei!«, warf Markus voller Enthusiasmus ein.

»Das klingt mir viel zu begeistert, Markus. Wenn ich es nicht besser wüsste, würde ich dir vorwerfen, dass du das alles eingefädelt hast, damit ich dich auf die Asteria begleiten *muss*.«

Markus lachte. »Ich wünschte, ich könnte so skrupellos sein. Gaia wäre ein viel besserer Ort für dich als die Erde.« Er seufzte. »Ich kann kaum glauben, dass ich dich wenigstens für einen Besuch auf dieses Schiff locken konnte.«

»Ich auch nicht, Markus. Ich auch nicht. Das war ein ganz fieser Trick.«

L kannte Markus gut. Sie hätte vorhersehen müssen, dass er sie in eine Bar auf seinem Raumschiff locken würde. Was für ein absurder Satz. Vor ein paar Jahren noch hätte sie das für einen Witz gehalten oder für eine Wahnvorstellung. Bei der konstanten Dehydration und der allgemeinen Erschöpfung, die Ls Dasein einst bestimmt hatte, kam das nicht selten vor. Manchmal wachte sie morgens auf und war davon überzeugt, dass sie sich ihr aktuelles Leben nur einbildete. Es war ein verdammt weiter Weg von streng rationierten Wasservorräten, die man in halb eingestürzten U-Bahn-Schächten trank, bis hierher. Auf dieses saubere und moderne Schiff zwischen den Sternen, mit einer solchen Menge an Wasser und Nahrung im Frachtraum, dass es bei damaligen Standards für ein ganzes Leben gereicht hätte.

L nippte an ihrem fruchtigen Mocktail und dachte darüber nach, wie ihre Kameraden und Kameradinnen mit all dem Überfluss umgehen würden, wenn sie hier beisammensitzen könnten. Leeta würde skeptisch an Ls Mocktail nippen, der pürierte Erdbeeren enthielt. Sie würde ...

Leeta. Nein, denk nicht an Leeta.

»Ist ein tolles Schiff, oder?«

Markus' Frage verhinderte, dass sich L in Bereichen ihrer Erinnerungen verlor, die sie lieber vergessen würde. »Ein beeindruckendes Schiff«, antwortete L. »Anders, als ich erwartet habe.«

Die Asteria war deutlich größer als in Ls Vorstellung. Die Ausmaße waren enorm und das Potential, sich zu verlaufen, beträchtlich. Ohne die Wegweiser hätte sie vermutlich die erste Woche ihres Zwangsurlaubs damit zugebracht, Markus' Kabine zu finden. Wo immer es möglich war, nutzte die Asteria dieselbe Technologie wie die bewohnten Raumstationen und erzeugte einen künstlichen Himmel über den Passagieren, der so überzeugend war, dass L zwischendurch vergaß, dass sie sich auf einem Raumschiff befand. Im Vergleich zur Asteria wirkte der kleine Personenfrachter, der sie hergebracht hatte, wie eine verbeulte, schaukelnde Konservendose. Angesichts der soliden Hülle, die sie hier umgab, schrumpfte Ls Misstrauen gegenüber dem Weltraum sogar ein wenig. Aber nur ein wenig.

»Wie gefällt dir unser neues Zuhause?«

»*Dein* neues Zuhause«, korrigierte L sofort.

»Solange dieses Schiff noch im Raumdock liegt, werde ich nicht aufgeben. Irgendwie kriege ich dich auf die Passagierliste der Asteria.« L lachte bloß und Markus fuhr fort: »Wie war dein Flug?«

»Unsanft genug, um mir die Zähne noch bis morgen klappern zu lassen. Erkläre mir doch mal kurz, warum du freiwillig weiter zur Erde pendelst. Solltest du nicht längst freigestellt sein?«

»Es ist dieser letzte Fall«, antwortete Markus nach einem Moment des Schweigens. »Du weißt, wie sehr ich es hasse, wenn ich eine Akte nicht vernünftig schließen kann.«

»Muss ein interessanter Fall sein, wenn du dich so ungerne von ihm trennst.«

»Er wird gerade erst richtig interessant. Begonnen hat es mit dem Mord an einer Politikerin. Keine echten Spuren, überall nur lose Enden. Und jetzt wird die Tochter plötzlich von jemandem bedroht. Sie erhält Nachrichten, die in Reimen verfasst sind.«

»In Reimen?«

Markus nickte. »Meine Neugier ist geweckt. Zu schade, dass mir langsam die Zeit ausgeht. In den letzten sechs Monaten gab es kaum brauchbare Hinweise und nun taucht so kurz vor unserem Abflug dieser *Geist* auf. Spannend!«

»Spannend genug, damit du vielleicht doch auf der Erde bleibst?«, fragte L. Sie klang, als würde sie scherzen, doch insgeheim hoffte sie, dass er wenigstens mit einem *vielleicht* antworten würde. Wenn er versuchen konnte, sie an Bord der Asteria zu locken, solange das Schiff noch im Raumdock lag, dann konnte sie auch versuchen, ihn von seinem Vorhaben abzubringen. Das war nur fair.

»Auf keinen Fall«, erstickte er Ls Hoffnungen jedoch im Keim. »Ich werde mit der Ungewissheit leben müssen, falls in den nächsten Wochen niemand spontan ein Geständnis ablegen will. Auch wenn das meine makellose Statistik versaut.«

»Du willst das wirklich durchziehen? Alles zurücklassen?«

»Was lasse ich denn zurück?«

»Mich!«, erwiderte L empört.

»Mein Angebot steht. Das Sicherheitsteam braucht noch gute Leute, L, und wir beide sind doch wie dafür gemacht, zu einem neuen Planeten aufzubrechen. Wir haben keine Verpflichtungen, die uns an die Erde binden. Keine Familie, der wir das Herz brechen. Wir können dem Ruf des Abenteuers folgen, ohne offene Wunden zu hinterlassen. Außerdem würde es dich mit den anderen Passagieren näher auf eine Stufe bringen. Wir werden alle unserer Zeit entrückt und müssen erst einmal mit der Technologie auskommen, die uns heute zur Verfügung steht. Einiges davon wird obsolet, sobald wir den erschlossenen Raum verlassen haben«, sagte er mit Begeisterung und Vorfreude im Herzen.

Er hatte schon recht. Markus war ein Waisenkind wie L und wie sie hatte er vor ein paar Jahren seinen Pinguin verloren. Verstorben nach einem Unfall. Rashas Patientenverfügung lehnte lebenserhaltende Maßnahmen ab, die kybernetische Erweiterungen erforderten. Sie wollte kein Cybe werden, nur um anschließend im Delta weggesperrt zu werden. Markus respektierte Rashas Entscheidung, aber er hatte den Verlust nie richtig verwunden.

»Du musst weniger nachdenken und mehr wagen!« Worte, die Markus zu jeder Gelegenheit wiederholte. Seit einem Jahr versuchte er, L an Bord zu holen. Er lag ihr seit Wochen damit in den Ohren, dass sie ihn zu einem der nächsten Regionaltreffen der Passagiere begleiten solle. Er war ihr bester Freund. Der Erste, der ihr zur Seite gestanden und ihr einen Platz in dieser neuen Welt verschafft hatte, nachdem sie aus dem Kälteschlaf erwacht war. Der Gedanke, ihm Lebewohl sagen zu müssen und ihn nie wiederzusehen, missfiel ihr massiv. Aber die Erde für immer verlassen? Noch einmal hundert Jahre in einer Schlafkammer verbringen? Undenkbar. Zu viel verband L mit diesem heruntergewirtschafteten Steinbrocken im Universum.

»Es ist im Grunde nur ein größerer Umzug, L. Vom einen Kontinent auf den anderen.«

Sie bedachte ihn mit einem kritischen Blick. »Zwischen Kontinenten liegen nicht fast einhundert Jahre Kälteschlaf und ... ich weiß nicht einmal wie viele Lichtjahre.«

Der Freund zuckte die Schultern. »Das ist es wert. Eine neue Welt, L. Wir fangen ganz von vorne an. Lassen zurück, wer wir waren, und erfinden uns neu.«

»Du klingst wie ein Werbeslogan«, erwiderte L kopfschüttelnd. Diese Welt war ihr Zuhause. Sie hatte L hervorgebracht. Sie hatte Ls Schweiß, Ls Tränen und oft genug ihr Blut getrunken. Der Staub, aus dem L gemacht war, stammte von diesem einen kostbaren Gesteinsbrocken im Universum. L war ein Teil davon. Es bedeutete etwas, auch wenn das mehr ein Gefühl war, als dass man es greifen konnte.

»Es sind nur drei Monate, die wir im Wachzustand auf der Asteria verbringen werden, aber die lassen sich schon aushalten, meinst du nicht?«

»Es sind nicht die drei Monate, Markus. Nichts von dem, was ich kannte, existiert noch. Nur dieser Planet, auf dem ich geboren wurde. Außerdem habe ich so viele ungeklärte Fragen, auf die ich nur hier eine Antwort finden kann.«

»Du suchst seit fünf Jahren nach diesen Antworten und findest nichts. Es wäre außerdem kein Abschied für immer. Nach unserer Ankunft auf Gaia werden wir ein provisorisches Sprungtor errichten. Auch wenn es einige Jahre dauern wird, bis es betriebsbereit ist und Personen hindurchgeschickt werden können, so wird es doch noch zu unseren Lebzeiten eine Verbindung zwischen der Erde und Gaia geben.«

»Eine Erde, die ich nicht mehr kennen werde.«

»Du kennst auch die heutige Erde kaum, L.«

»Das ist wahr, aber ich habe mich hier eingelebt. Obendrein bin ich im Grunde erst seit gestern wieder wach und verspüre keine Sehnsucht danach, mich noch einmal in eine Schlafkammer zu legen. Das letzte Mal wurde ich in einem unterirdischen Labor vergessen und verschüttet. Wer weiß, was diesmal passiert, während ich schlafe?«

»Wäre das nicht passiert, wärst du heute nicht hier. Lebendig und gesund«, sagte er mit einem zufriedenen Ausdruck.

Ein Argument, das sich nicht widerlegen ließ. »Ist dir nie in den Sinn gekommen, dass die Asteria auf dem Weg von einem Asteroidenhagel getroffen und zerstört werden könnte?«, wandte L ein. »Ein Meteor, ein schwarzes Loch oder Materie fressende Monsternebel. Was weiß ich, was da draußen alles herumfliegt.«

»Monsternebel«, lachte Markus. »Du lebst jetzt im 23. Jahrhundert. Die Asteria besitzt ein Energiefeld, wie es die Telarin schon seit Jahrhunderten erfolgreich auf ihren Reisen durchs All nutzen. Zusätzlich wird das Schiff von fünfzehn voll automatischen Drohnen flankiert, die Gefahren erkennen und darauf reagieren können.«

L seufzte. »Ich mag es, am Leben zu sein, Markus. In einer Zeit ohne Kriege und ohne den täglichen Überlebenskampf. Was würde uns in 100 Jahren erwarten? Das ist eine verdammt lange Zeitspanne. Vielleicht wachen wir auf und die Erde ist nur noch ein zerbröselter Haufen Steine und Dreck, weil irgendjemandem mit zu viel Macht endgültig die Sicherungen durchgebrannt sind.«

Markus wurde ernst, schwieg, ehe er schließlich mit schwerer Stimme weitersprach. »Ich verstehe dich, trotzdem hoffe ich, du überlegst es dir noch anders. Du bist die einzige Person, die mir etwas bedeutet.«

»Du wirst mir auch fehlen, Markus. Viel zu sehr.«

Er lächelte beklommen und rief den Servicebot herbei, um die Rechnung zu begleichen. »Ich zeige dir jetzt erst einmal die Highlights der Asteria. Vielleicht kann ich dich doch noch von deinem Pessimismus befreien und das tragische Ende dieser hervorragenden Freundschaft verhindern.«

»Da müsstest du mir schon ein Wunder präsentieren, damit ich mich umstimmen lasse.«

»Ein Wunder? Gut, dass du keine hohen Anspr...«

L konnte es weder hören noch sehen, doch an Markus' Blick erkannte sie, dass ihm sein Neurolink irgendeine Nachricht geschickt haben musste.

»Entschuldige, ein Anruf, der als dringend markiert ist. Den muss ich eben annehmen.«

»Nur zu«, antwortete L und lehnte sich in den Sessel der Bar zurück, während sich Markus dem Anruf widmete. Sie blickte aus dem Fenster hinaus zu den Schiffen, die in allen Größen und Formen vorbeiflogen. Die Erde schien reglos unter ihnen zu schweben. Eine Welt, die von hier oben auf L ebenso fremd wirkte wie die Welt, auf die Markus sie bringen wollte. Was hielt sie tatsächlich hier, wenn nicht die Erinnerung an Menschen, die es längst nicht mehr gab?

»Sie haben *was* erhalten?«, fragte Markus die Person am anderen Ende der Verbindung.

L warf ihm einen interessierten Blick zu. Der Freund wirkte verärgert.

»Wo sind Sie jetzt?«, fragte er weiter. »Nein, bleiben Sie dort. Es war gut, dass Sie angerufen haben.« Pause. »Selbstverständlich. Ich schicke eine Streife zu Ihnen und mache mich selbst gleich auf den Weg, Ke Anvar.«

Markus beendete das Gespräch. Er wirkte unzufrieden.

»Stimmt etwas nicht?«, fragte L.

»Die Arbeit. L, es ist ein mieser Zug von mir, nachdem ich dich hergelockt habe, aber ich muss gehen. Da hat sich etwas ergeben, das ich mir ansehen muss.«

L zuckte die Schultern. »Kein Problem. Zieh dein Ding durch.«

»Meine Kabine steht dir offen, falls du noch bleiben willst. Du könntest dir das Schiff ansehen. Es sind nicht alle Shops geöffnet, aber ...«

»Markus, ich komme klar. Geh und rette ein paar Menschen!«

»Ich mache es wieder gut, versprochen. In der Zwischenzeit kannst du eine Liste von Dingen aufstellen, die du für deine Reise nach Gaia einpacken willst.«

L lachte und winkte ihm zum Abschied kurz zu. Als er aus der Bar hinaus war, setzte sie die Smartbrille auf, öffnete die Asteria-App und ging auf Ebonis Profil. Keine neuen Beiträge. Soweit L wusste, gehörte Eboni nicht zur Besatzung oder Servicecrew, aber vielleicht ja doch? L saß in diesem Moment in ebenjener Bar, in der ihr Lieblingsholo von Eboni aufgenommen worden war. Sie konnte den Platz sehen, auf dem Eboni und TimTinTin gesessen hatten.

»Und wenn sie tatsächlich hier wäre? Was dann? Gar nichts wäre dann. Du wärst zu feige, sie anzusprechen«, sagte L zu sich selbst. Mit einem Seufzen schloss sie die App und rief stattdessen den Orientierungsplan des Schiffs auf. Wenn sie schon einmal hier war, konnte sie sich wenigstens umsehen.

.../SimFile_10

EIN KOPF ZU VIEL

ID: NIOBE

»Ke Anvar.«

Niobe zuckte zusammen. Sie war am Ende. Sie fühlte sich so exponiert und schutzlos wie nie zuvor in ihrem Leben. Als sie den Kommissar entdeckte, atmete sie daher erleichtert auf.

»Kommissar Brill! Danke, dass Sie so schnell gekommen sind.«

»Also, was haben wir hi...?«

»Willkommen im Bistro zur Blauen Brücke. Was darf ich Ihnen bringen?«, fragte der Servicebot, bevor der Kommissar seinen Satz vervollständigen konnte.

»Nichts, danke.«

»Das Bistro zur Blauen Brücke bedankt sich für Ihren Besuch und wünscht Ihnen einen guten Tag.«

Der Kommissar wartete darauf, dass die Maschine davonfuhr, die aber regte sich keinen Millimeter vom Platz und erwartete ihrerseits, dass der kaufunwillige Gast das Geschäft verließ.

»Wir brauchen nichts«, sagte Markus Brill in härterem Ton.

»Das Bistro zur Blauen Brücke bedankt sich für Ihren Besuch und wünscht Ihnen einen guten Tag«, wiederholte die Maschine und blieb stehen.

»So werden wir ihn nicht los«, sagte Niobe. »Das Ding muss auf Dickköpfigkeit programmiert sein.«

»Hm«, machte der Kommissar. Er schickte seine ID samt Dienstnummer an den Servicebot. »Dies ist ein Polizeieinsatz. Der Bereich ist für den Service gesperrt.«

Der Roboter gab eine Abfolge von Tönen von sich. »Die Anweisung wird umgesetzt.« Er drehte sich auf seinen Rädern so schnell um, dass es einmal mehr quietschte, dann rauschte er dem nächsten Tisch entgegen.

»Na bitte. Wo waren wir?«, fragte der Kommissar.

Niobe trat zur Seite, so dass er *das Geschenk* in seiner ganzen Pracht bewundern konnte. Markus hatte schon einiges in seinem Beruf gesehen, abgetrennte Puppenköpfe gehörten nicht dazu. Die kannte er bisher nur aus Unterhaltungsmedien.

»War Ihre Mutter in einer romantischen Beziehung zu jemandem?«, fragte er, nachdem er die Nachricht studiert und den Puppenkopf eingehend betrachtet hatte.

»Nicht, dass ich wüsste. Mona war mit ihrer Arbeit verheiratet.«

»Was ist mit Ihrem Vater?«

»Ich bin das Ergebnis einer künstlichen Befruchtung. Mona sagte immer, sie wollte mich, aber keinen Partner dazu, der nur unnötige Arbeit gemacht und ihr die Energie ausgesaugt hätte.« Der Kommissar warf ihr einen verwundert wirkenden Blick zu. Niobe lachte wehmütig. »Das klingt hart, ich weiß. Mona war kein subtiler Mensch. Sie wusste genau, wie die Dinge zu laufen hatten, und wer da nicht mithalten konnte, war ein Störfaktor für sie. Ich selbst habe viel Zeit in der Gesellschaft von Nannybots verbracht, nachdem ihr die politische Entwicklung nicht ausreichend schnell voranging und sie anfing, sich selbst zu engagieren. ›Wenn man will, dass sich etwas ändert, muss man es selbst machen‹, pflegte sie zu sagen. Innerhalb von drei Jahren hatte sie sich an die Parteispitze der Humanitas gearbeitet.«

»Eine Gegnerin, die man sich nicht wünscht.«

»In der Tat«, gab Niobe mit einem zaghaften Lachen zurück. »Denken Sie, Geist war ein Liebhaber meiner Mutter?«

»Auszuschließen ist es nicht. Natürlich könnte mit ›Du hast *sie* zerstört‹ auch etwas völlig anderes gemeint sein. Eine entgangene

Karrierechance, eine unerwiderte Liebe oder die Hoffnung auf etwas. Solche Mitteilungen ergeben oft erst Sinn, wenn man die Tatperson kennt und das eigentliche Motiv erfährt.«

»Haben Sie irgendeinen Hinweis gefunden, Kommissar Brill? Es muss doch eine Spur geben. DNA, Fingerabdrücke ... irgendwas.« Niobe drehte wie so oft den Ring an ihrem Finger herum und herum. Geist war kein echter Geist. Er konnte nicht durch die Welt gehen, ohne irgendeine Form von Fußabdrücken zu hinterlassen.

»Wir konnten den Hersteller der Karte ausfindig machen, aber es ist fraglich, ob uns das weiterbringt. Das Unternehmen erhält viele Anfragen, trotz der hohen Kosten für Papier. Es werden außerdem auch immer mal wieder Muster gestohlen, das fällt kaum auf in einem so großen Unternehmen. Kennen Sie jemanden, der bei Luxor Papers angestellt ist?«

»Sagt mir nichts.«

»Hm«, machte der Kommissar.

»Was mache ich jetzt? Egal, wohin ich gehe, Geist scheint zu wissen, wo ich lebe und wo ich meine Freizeit verbringe. Wie lange wird es dauern, bis aus den Botschaften Taten werden?«

Markus schnalzte unzufrieden mit der Zunge. »Haben Sie die Möglichkeit, für eine Weile bei Freunden oder Verwandten unterzukommen?«

»Ich stehe niemandem mehr nahe genug, um einen solchen Gefallen einfordern zu können, und von meinen Verwandten ist nur noch Julie übrig. Auf dieser Familie lastet ein Fluch«, gab sie sichtlich müde von sich.

»Wie sieht es mit einer Pension aus? Könnten Sie für eine Weile in ein anderes Hexagon wechseln?«

Auch hier schüttelte Niobe den Kopf. »Nicht genug Credits. Was ich habe, kann ich nicht für so etwas vergeuden. Es ist in Ordnung. Ich werde vorsichtig sein und meine Aktivitäten einfach noch mehr einschränken, bis ...« Sie hielt inne und Markus Brill schien zu sehen, wie das letzte Leuchten in ihren Augen erlosch. »Ich werde es nicht auf die Asteria schaffen, habe ich recht? Selbst wenn Sie Geist finden, ist nicht gesagt, dass er Monas Mörder ist.«

»Stecken Sie den Kopf noch nicht in den Sand, Ke Anvar«, entgegnete Markus Brill nicht unbedingt zufrieden.

»Wenn ich wenigstens wüsste, weshalb Geist hinter mir her ist. All unsere Pläne, all die Arbeit und persönlichen Einschränkungen, die ich in Kauf genommen habe. Mona, ich und Julie. Wir wollten ein neues Leben auf Gaia beginnen. Eines fern des GUmS. Eine Heimat, in der sich Julie frei bewegen darf und keine Benachteiligung erfahren muss. Doch nun ist Mona tot und ich habe das Gefühl, im falschen Film gefangen zu sein. Ich kann nur noch dafür sorgen, dass Julie dieses Leben bekommt, auch wenn sie es ohne mich führen muss. Glauben Sie, Sie könnten ein Auge auf Julie haben, wenn Sie auf Gaia sind?«

»Sollte es tatsächlich so weit kommen, dass die Asteria ohne Sie startet, werde ich dafür sorgen, dass es Ihrer Cousine gutgeht.«

Niobe nickte. Unglücklich, aber dankbar.

»Sagen Sie, wie stehen Sie zu Mitbewohnern, Ke Anvar?«

KÄSESTICKS UND NINJAKATZEN

ID: L

L warf zwei Elektrolytkapseln in die Wasserflasche, schnappte sich eine Packung Käsecracker und ließ sich im Schneidersitz auf ihrem Gaming-Sessel nieder.

»Willkommen, L«, leuchteten die Worte sofort auf dem Wanddisplay auf.

Sie rief ihre Datenbank auf und wählte das aktuelle Spiel aus. Das Intro von *Mighty Ninja Cat* wurde gestartet und L nutze den Moment, um zu Ebonis Feed zu wechseln. Kein neuer Beitrag und das seit fast einer Woche. Ein Anflug von Enttäuschung machte sich in ihr breit. Es kam ihr beinahe so vor, als würde Eboni sie bewusst ignorieren. War das schon das erste Anzeichen für einen Lagerkoller?

Nichtstun stand L nicht. Je länger sie tatenlos herumgammelte, desto öfter fing sie an, darüber nachzudenken, wie viel netter es wäre, Gesellschaft zu haben. Jemanden, der sich an ihre Brust schmiegte und mit ihr lachte, wenn sie die kleine Ninjakatze über die Dächer steuerte oder eine Bulldoge mit absurden Sprung- und Fauchtechniken in die Flucht schlug. Das wiederum verlieh dem Gedanken an ein Blind Date allmählich neuen Glanz. L aktualisierte Ebonis Feed ein letztes Mal. Nichts.

»Weißt du, Eboni, normalerweise fangen Frauen erst nach ein paar Wochen an, mich mit Missachtung zu strafen, weil ich zu selten zuhause bin. Jetzt bin ich die nächsten vier Wochen ununterbrochen zuhause und du lässt mich trotzdem im Stich. Findest du das fair?«

Mit einem leisen Seufzen schloss sie das App-Fenster und stellte die Ninjakatze auf Vollbildmodus. Jetzt war sie also schon so weit, sich mit einer eingebildeten Partnerin zu streiten. L öffnete die Packung Käsecracker, schob sich ein paar in den Mund und griff nach dem Controller. Im Nu befand sich L mit der Ninjakatze auf der heiklen Mission, eine mutierte Riesenratte mit drei Schwänzen aufzuspüren, die den Katzen der Nachbarschaft auflauerte. L wusste nicht, weshalb die Ninjakatze ein Ninja sein musste oder wer sich solche Dinge ausdachte, doch das Spiel machte Spaß, und so stellte sie keine Fragen. Gerade als sie die Füße ausstrecken wollte, piepte es in ihrem Ohr und Markus' Name leuchtete auf dem großen Display auf. L pausierte die laufende Mission und nahm den Anruf grinsend entgegen. »Ich weiß nicht, ob ich schon wieder mit dir reden mag, nachdem du mich heimtückisch auf ein Raumschiff gelockt und dann dort sitzen lassen hast.«

Ein tiefes Lachen am anderen Ende der Leitung antwortete ihr. »So schnell, wie du ans Telefon gegangen bist, glaube ich, dass du sehnsüchtig auf meinen Anruf gewartet hast.«

»Pah. Mir steht ein Abend feinster Unterhaltung bevor: Sessel, Käsecracker und eine fiese Killerratte. Wer braucht da Freunde?«

»Wie konntest du in so kurzer Zeit so gründlich verwahrlosen? Trägst du dazu noch Schlabberhosen?«

L schaute an sich herunter. »Beobachtest du mich?«

»Habe ich also recht. Du brauchst eine Mitbewohnerin, L.«

»Falls du zufällig eine übrig hast, sag mir Bescheid.«

»Bescheid«, konterte Markus.

»Wie bitte?«

Er lachte. »Ich will dich für einen Job rekrutieren. Die Bezahlung ist mies, aber es winken Ruhm, Ehre und die ewige Dankbarkeit einer schönen Maid in Nöten.«

»Erzähl mir mehr.«

»Erinnerst du dich an meinen letzten Fall? Der, von dem ich dir auf der Asteria erzählt habe?«

»Sicher. Ich bin ja nicht dement.«

»Nun, ich habe nachgedacht. Die Lage spitzt sich zu und ich kann nicht viel tun, um dem Opfer zu helfen. Von ihrer Familie ist nur noch die ältere Cousine übrig, die ist jedoch in keiner Position, sie unterstützen zu können. Kurz gesagt, die Frau ist auf sich alleine gestellt und ich mache mir ernsthafte Sorgen um ihre Sicherheit.«

»Du willst Personenschutz für sie?«

»So ist es.«

»Du solltest in der Agentur anrufen, Markus. Ich bin beurlaubt, schon vergessen?«

»Keineswegs, deswegen ist meine Bitte so unverschämt. Das Opfer ist keine millionenschwere Persönlichkeit und keine wohlhabende Erbin. Theoretisch verfügt sie zwar über ein ausreichendes Erbe, das aber ist eingefroren.«

»Eingefroren?«

»Andere Geschichte. Sie macht eine harte Zeit durch. Im Moment hält sie sich mehr schlecht als recht über Wasser und wird von allen Seiten in die Enge getrieben. Mein Bauchgefühl sagt mir, sie ist eine von den Guten, aber ich muss Regeln befolgen. Ihre Situation ist kompliziert und ich kann nicht über alle Details mit dir reden. Sie kann sich jedenfalls keinen privaten Personenschutz leisten, hat ihn meiner Meinung nach aber so nötig wie du menschliche Gesellschaft.«

L hörte die Verlegenheit in der Stimme ihres Freundes, die er unter seinem Scherz zu verbergen versuchte.

»Es wäre nur für die Dauer deiner Beurlaubung oder bis wir die Tatperson geschnappt haben. Ich habe auch noch ein bisschen was gespart. Nicht so viel, wie du bei Falcon Security verdienen würdest, aber ...«

»Um Himmelswillen, behalte deine Credits. Wenn du so verzweifelt bist, dass du mich um Hilfe bittest, dann muss die Lage ernst sein, und wenn ich nichts zu tun bekomme, verwandle ich mich womöglich in einen Käsestick. Ich fühle bereits so eine ganz besonders innige Verbindung zu meinem Sofa.«

»Eigentlich dachte ich, dass ich Ke Anvar einen Gefallen erweise, aber wie es scheint, hast du diesen Auftrag nötiger als sie. Sie lebt ein Hexagon von dir entfernt. Wann könntest du da sein?«

L schaute an sich herunter, auf das schlabberige T-Shirt und die vollgekrümelte Jogginghose, hauchte sich den Atem in die Hand und rümpfte etwas angewidert die Nase. Käseatem vom Feinsten.

»Uh, schick mir die Adresse und gib mir einen Moment, damit ich mich in Form bringen kann. Ich gebe dir Bescheid, sobald ich mich auf den Weg mache.«

L lenkte ihren Wagen in die Zielstraße und steuerte einen der Parklifts an. Bevor sie ausstieg, warf sie einen letzten Blick auf ihr Spiegelbild. Die Frisur saß und ihre Augen wirkten durch die dezent gesetzten Highlights ein wenig größer, als sie tatsächlich waren. Nuanciert, aber nicht über die Maße auffällig. Den Schlabberlook hatte sie gegen ein weißes Hemd und schwarze Hosen getauscht, die Krawatte saß und eine frische Wolke aus Duschgel und Haarpflegeprodukten umgab sie.

Während ihr Wagen im Untergrund verschwand, sah sich L das erste Mal gründlich um. Nicht gerade eine einladende Nachbarschaft. Schmutzige Fassaden, dichte Bebauung, plattenartige Hochhäuser aus dem vorletzten Jahrhundert. L spürte sofort eine innige Vertrautheit zu der Gegend. Fast wie in alten Zeiten, nur grüner.

Sie fand das richtige Gebäude auf Anhieb. Markus wartete bereits auf dem Treppenabsatz. Seine linke Augenbraue wanderte hoch.

»Was soll der skeptische Blick?«

»Findest du das nicht ein klein wenig übertrieben?«, fragte er mit Blick auf ihre Kleidung.

»Der erste Eindruck ist wichtig.«

»Dein neuer Schützling ist nicht die Erdkanzlerin. Hast du dir mal angesehen, wo wir hier sind?«

»Das ist ein ganz gewöhnlicher Hosenanzug, wie ich ihn jeden Tag bei der Arbeit trage«, gab sie mit einem Achselzucken zurück.

»Zieh wenigstens die Krawatte aus.«

»Willst du mir jetzt vielleicht erstmal meine neue Klientin vorstellen, bevor du mir noch mehr Modetipps gibst?«

Markus presste die Lippen aufeinander und reichte L einen handlichen Holoscreen. Zu Ls Zeit hätte man es ein Tablet genannt, aber in dieser neuen Zeit bestand alles aus flexiblem Hologlas, wenn man denn eine Alternative zum Neurolink brauchte.

»Hier sind alle Informationen zusammengestellt, die ich rausgeben darf. Zu den geschwärzten Teilen solltest du Ke Anvar selbst befragen, falls du das für notwendig erachtest«, sagte Markus. »Ihr vollständiger Name ist Niobe Anvar, Identität weiblich, 28 Jahre alt. Sie übt mehrere Berufe aus, hauptsächlich entwirft und programmiert sie SimBooks.«

»Anvar ... Ist sie verwandt mit Mona Anvar? Die Parteivorsitzende, die vor ein paar Monaten ermordet wurde?«

»Mutter und Tochter«, antwortete Markus. »Schön, dass du dich endlich mit Politik anfreundest.«

»Nicht wirklich. Aber ich schnappe mitunter Dinge auf.«

»Wie willst du die Welt verändern, wenn du dich nicht mit ihren Gegebenheiten vertraut machst?«, fragte Markus.

»Ich will sie nicht verändern, Markus, ich will nur in ihr klarkommen.«

»Hoffnungslos«, kommentierte der Freund und fuhr fort: »Niobe Anvars einzige noch lebende Verwandte ist ihre ältere Cousine Julie Medina, die mit fünf Jahren als Waise in Mona Anvars Obhut kam. Die beiden haben ein sehr enges Verhältnis zueinander, Julie Medina lebt allerdings seit der Verschärfung des GUmS vor acht Jahren im Delta-Komplex. Sie ist ein Cybe der Kategorie 1. Falls dir das nichts sagt, schlag es später nach. Es steht alles im Dossier.« Er tippte auf die durchscheinende Oberfläche des Holoscreens. »Mona Anvar hat sich dafür eingesetzt, Grundrechte für Tweaks und Cybes zu erwirken. Es könnte ein Motiv dafür sein, weshalb sie ermordet wurde. Sie ist mit ihren Ansichten bei vielen Konservativen und etlichen Konzernen angeeckt, die ohne Tweakfarmen erhebliche Verluste machen würden. Plus dem Teil der Gesellschaft, der Angst hat, nicht mehr genügend Organe für Transplantationen zur Verfügung zu haben.«

»Hat sich die Klientin ebenfalls in dem Bereich engagiert?«

»Nicht aktiv. Ihre Cousine ist, wie gesagt, ein Cybe und Ke Anvar hat ein ausgeprägtes Schutzverhalten ihr gegenüber, darüber hinaus hat Mona Anvar ihre Tochter aus dem Geschehen herausgehalten.«

Markus zählte die weiteren Eckdaten auf, die sich mit Niobe Anvars eigentlichem Problem befassten: »... virtuelle Beleidigungen und Bedrohungen, die kurz nach dem Tod der Mutter begannen. Zu Anfang waren es nur Kommentare im Cluster, später folgten Einbrüche in ihre Simulationen, gefolgt von physischen Nachrichten. Die Tatperson nennt sich selbst Geist – Geschlecht und Spezies sind noch unbekannt. Sie kennt Ke Anvars Tagesablauf wenigstens teilweise und weiß, an welchen Orten sie sich regelmäßig aufhält. Es ist anzunehmen, dass die physischen Nachrichten persönlich von Geist abgelegt wurden.«

»Das erklärt, weshalb du mich hier haben willst.«

Markus nickte. »Der Wortlaut der Drohungen wird stetig aggressiver und die Abstände dazwischen kürzer. Ke Anvar steht auf der Passagierliste der Asteria. Es wäre denkbar, dass die Tatperson ihre Aggressivität steigert, weil die Zeit knapp wird.«

»Asteria. Bist du so besorgt um Ke Anvar, weil du eine persönliche Beziehung zu ihr hast?«, fragte L.

»Was du wieder von mir denkst.«

»Das ist kein Nein.«

»Es ist auch kein Ja. Ich mache nur meinen Job, L.«

»Hm-hm«, antwortete L. »Nicht gerade die beste Gegend hier. Wie kann sie sich das Ticket nach Gaia leisten?«

»Unter anderem, indem sie hier lebt«, antwortete Markus. »Bis zum Tod ihrer Mutter hat sie in Grünthal gewohnt.«

»Von einer gesicherten Wohnanlage in die Randstadt?«

Markus nickte erneut. »Ke Anvar hat einen ordentlichen Wandel hinter sich.«

»Wie ist das passiert?«

»Bürokratie.«

»Die stirbt nie.«

Markus nutzte seinen Polizeicode, um den Haupteingang des Hauses zu öffnen, und fuhr mit L in den siebten Stock. Er drückte den Finger auf die Klingel von Wohnung 7B.

Das Display der Gegensprechanlage leuchtete wenig später auf, doch eine reichlich abgewetzte und gesprungene Oberfläche verhinderte, dass man das Gesicht darauf erkannte. »Ja?«, fragte eine ebenso verzerrte Stimme.

»Kommissar Brill«, antwortete er und positionierte sich so, dass die Kamera über der Tür ihn gut einfangen konnte. Sofern sie denn funktionierte. Dieses Haus war in einem miserablen Zustand.

»Augenblick«, entgegnete die Bewohnerin.

Das unverkennbare Piepen des Codepanels ertönte sechsmal, bis sich die Tür einen Spalt öffnete. Der Teil eines Gesichts wurde sichtbar und ein hellgrünes Auge richtete sich erst auf Markus, dann auf L, wo es einen Moment länger verweilte. Die Tür ging zu, das Rascheln einer Kette war zu hören. *Sie ist vorsichtig*, nahm L zufrieden zur Kenntnis. Das machte die Arbeit einfacher. Dann öffnete Niobe Anvar die Tür, so dass L einen ordentlichen Blick auf ihre neue Klientin erhielt. Eine Abrisskugel schien L mit Wucht ins Gesicht zu fallen.

»Huh. Ty Priest ist viel attraktiver, als ich ihn in Erinnerung habe«, sagte Niobe Anvar mit dem Anflug eines Lächelns in den Mundwinkeln.

Mit ihrer Referenz zu dem Film *Mein sexy Bodyguard* versuchte Niobe Anvar vermutlich witzig zu sein, und L hätte sie gerne mit einem ihrer zahlreich vorhandenen Kommentare dazu abgestraft, wenn es ihr nicht die Sprache verschlagen hätte.

»Ich schätze, den Spruch haben Sie schon einmal zu oft gehört«, setzte Niobe Anvar hinzu, die Ls Schweigen offenbar verunsicherte, denn sie zupfte sichtlich verlegen an einer ihrer Locken.

L reagierte weiterhin nicht auf die Worte ihrer Klientin, blickte stattdessen auf Markus' Holoscreen, wischte hastig durch die einzelnen Seiten des Dossiers und verharrte schließlich auf dem Steckbrief. *Shit*, fuhr es L durch den Kopf, als die letzte Hoffnung auf einen Irrtum verpuffte. *Shit, shit, shit!*

»Bitte entschuldigen Sie den lahmen Scherz«, sagte die Klientin.

Und L, die nie gedacht hätte, dass sie der Protagonistin ihrer erotischen Träume einmal gegenüberstehen würde, konnte nicht mehr als ein mühselig erkämpftes »Hrmpf« erwidern.

So viel zum wichtigen ersten Eindruck.

…/SimFile_12

COUCHGEDANKEN

ID: L

L hatte einen Mann niemals so ungern gehen sehen wie in diesem Moment, da Markus durch die Tür verschwand und die Hausherrin hinter ihm das Sicherheitsnetz aktivierte. Da stand L nun, alleine mit Niobe Anvar, die niemand anderes war als ihre *Eboni.* Sie fühlte sich wie ein Kind, das man beim Stehlen in der Rationskammer erwischt hatte. Inklusive heiß glühender Ohren und einem beschämt ausweichenden Blick.

Konzentrier dich, L!

Es galt einen Job zu erledigen. Persönliche Empfindungen hatten dabei nichts zu suchen und so straffte L sich und richtete den Fokus auf den Auftrag.

Das Sicherheitssystem der Wohnung war, wie alles andere in diesem Gebäude, veraltet und von vornherein nicht das beste. Selbst L wäre in der Lage, den Türcode in wenigen Minuten zu umgehen. Ein halbwegs versierter Hacker brauchte vermutlich nur Sekunden. L behielt diese Tatsache aber lieber für sich, um ihre Klientin nicht unnötig zu verunsichern. Wer auch immer versuchen würde, durch diese Tür zu kommen, dem gedachte L eine böse Überraschung zu bereiten.

»Ke Anvar …« L unterbrach sich, räusperte sich und stählte ihre Stimme. Der Kloß in ihrem Hals saß fest. »Ke Anvar, Sie wissen, dass ich nur hier sein kann, weil ich aktuell beurlaubt bin. Kommissar Brill hat Ihnen das schon erklärt?« Die Klientin nickte. »Wenn ich richtig informiert bin, war Ihre Mutter in der Politik. Hatten Sie schon einmal Personenschutz?«

»Nein, aber ich weiß ungefähr, wie es läuft.«

»Nicht von Ty Priest, hoffe ich.«

Niobe schmunzelte und schüttelte dann den Kopf. »Meine Mutter brauchte zeitweise Begleitschutz. Sie stehen für gewöhnlich im Austausch mit anderen CPOs und arbeiten im Team.«

»Richtig. Jedes Teammitglied deckt bestimmte Aufgaben ab und wir würden uns in Schichten damit abwechseln, Sie zu begleiten. Es gäbe eine umfangreiche Gefahrenanalyse und eine psychologische Betrachtung der Situation. All diese Dinge würden dabei helfen, die Lage besser zu verstehen und die Gefahr besser einzugrenzen. Ich werde mein Bestes geben, Sie zu beschützen, aber meine Möglichkeiten sind unter den gegebenen Umständen begrenzt. Ihre Mitarbeit wird noch stärker erforderlich sein als bei meinen regulären Schutzaufträgen. Sollte meine Firma außerdem hiervon erfahren, werde ich aller Wahrscheinlichkeit nach gefeuert. Wenn ich Ihnen also helfe, dann nicht offiziell, sondern als Freundin, die einem Freund hilft.«

Niobe zog einen ihrer Mundwinkel zu einem schiefen Lächeln hoch. »Ich bin dankbar für jede Hilfe und es liegt mir fern, Ihnen Schwierigkeiten zu machen, Ke Tiernen.«

»Ich muss Sie bitten, mich frühzeitig in Ihre Pläne und Termine einzuweihen. Vorbereitung ist sehr wichtig, um Ihre Sicherheit zu gewährleisten. Ich kann Ihnen nicht verbieten, irgendwo hinzugehen, würde es aber begrüßen, wenn Sie sich meine Empfehlungen und Einwände zu Herzen nehmen würden. Auch wenn ich Ihnen damit ziemlich sicher bald auf die Nerven gehen werde. Erfahrungsgemäß werden Sie sich bald von mir beobachtet, bedrängt und in Ihrer Freiheit beschränkt fühlen. Ich habe nicht vor, Ihnen das Leben unnötig schwer zu machen, in den nächsten Wochen wird es jedoch darum gehen, dass Sie überleben, nicht darum, dass Sie dabei viel Spaß haben.«

»Kein Spaß, huh?«

L wandte sich der Klientin zu und schaute sie ein paar Sekunden lang forschend an. Da war so ein Funkeln in den grünen Augen, doch es verschwand so schnell, wie es gekommen war.

»Ich werde klarkommen«, sagte Niobe letztlich.

L hatte zumindest ein wenig Gegenwehr erwartet, doch ihre neue Schutzbefohlene wirkte eher dankbar als kampflustig. Müde. Anders als die immer fröhliche Eboni, die L aus dem Asteria-Profil kannte.

»Was antworte ich, falls ich gefragt werde, wer Sie sind?«

L beantwortete die Frage mit einem Schulterzucken. »Das liegt bei Ihnen.«

»Wie wäre es mit einem verlängerten Luvva-Date?«

»Wie bitte?«, fragte L so trocken, dass sie sich fast selbst von ihrer Gleichgültigkeit überzeugte. Benutzte Eboni wirklich eine Dating-App von derart zweifelhaftem Ruf? Und hatte sie gerade ernsthaft vorgeschlagen, L als ihre Bettgefährtin vorzustellen? Sie war sich nicht ganz sicher, was das mit dem emotionalen Karussell in ihrem Kopf veranstaltete. Hätte Felica Weber einen solchen Kommentar abgegeben, dann wäre L bereits auf dem Weg nach draußen. Aber es handelte sich hier nicht um Felica Weber, sondern um *Eboni.*

Während L einen einigermaßen interessanten Moment durchlebte, wirkte Niobe eher enttäuscht. »Ich werde Ihnen wohl sehr viel früher auf die Nerven gehen als Sie mir, Ke Tiernen. Ihnen wird schnell auffallen, dass ich ein breites Arsenal lahmer Scherze im Angebot habe, und ich neige dazu, sie zu benutzen, wenn ich ... Tja. Eigentlich immer, aber besonders dann, wenn ich gestalkt werde und mir jemand nach dem Leben trachtet. Humor ist meine letzte Zuflucht.«

Das wiederum passte zu Eboni. Stets einen frechen Spruch auf den Lippen. L hütete sich jedoch davor, sich ihre Freude darüber anmerken zu lassen. »In meinem Dossier über Sie steht, dass sie als Simulations-Designerin tätig sind. Arbeiten Sie zuhause oder in einem externen Büro?«

»Zuhause«, antwortete Niobe. »Ich nehme an, Ihre Frage zielt darauf ab, wie viele Kontakte ich im Alltag habe?« L nickte. »Nicht viele. Es steht schon seit Jahren fest, dass ich nach Gaia gehen werde, darum lebe ich eher zurückgezogen. Ein paar Mal die Woche helfe ich in einem Laden in der Innenstadt aus, bin dort aber hauptsächlich in der Werkstatt tätig und habe selten Kundenkontakt. Ich vermute, mein öffentliches Asteria-Profil ist das eigentliche Problem und der Ort, wo Geist auf mich aufmerksam wurde.«

Über dieses Profil wusste L besser Bescheid, als Niobe ahnen konnte, doch auch das verschwieg L lieber. Sonst müsste sie erklären, woher sie es wusste, und das war ein Gespräch, das L auf keinen Fall führen wollte. »Es wäre ratsam, nichts mehr in den Feed hochzuladen, bis die Person, die Sie bedroht, gefasst wurde.«

»Das hat Kommissar Brill bereits vorgeschlagen und ich weiß, es wäre vernünftiger, das Profil stillzulegen. Leider kann ich es mir nicht leisten, darauf zu verzichten. Die Teilnahme am Werbeprogramm gewährt Passagieren einen Rabatt auf die Flugtickets nach Gaia. In der aktuellen Situation bin ich auf diese Vergünstigung angewiesen.«

»Ich verstehe. Sie machen es Verfolgern dadurch allerdings leicht, Sie zu finden, wenn Sie ihnen Ihre Aufenthaltsorte auf dem silbernen Tablett präsentieren.«

»Dessen bin ich mir bewusst. Ich habe bloß keine Wahl.«

»Lässt es sich wenigstens einrichten, neue Beiträge mit einer zeitlichen Verzögerung zu veröffentlichen?«

Niobe nickte. »Da bin ich Ihnen einen Schritt voraus. Ob das etwas bringt, wage ich allerdings zu bezweifeln. Geist weiß, wo ich lebe.«

»Wir müssen Ihre Routinen ändern«, sagte L. »Dann zum Ha…« *Haus*, wollte sie sagen, wurde sich ihres Fehlers aber gerade noch rechtzeitig bewusst. »Uh, zur Wohnung.«

Niobe spielte an ihrem Ring. »Sie sind vermutlich eine Klientel gewohnt, die finanziell besser aufgestellt ist als ich, nicht wahr?«, fragte

Niobe mit einem schamvollen Blick durch ihre schlichte Behausung. Ordentlich, aber spärlich eingerichtet. Nicht ein Möbelstück passte zum anderen, der kleine Holodesk in der Ecke war alt und hatte einen Sprung im Glas. Man sah der Wohnung an, dass sie nur eine Übergangslösung war und kein richtiges Zuhause. »Es ist eine Weile her, seit ich in den besseren Kreisen verkehrte. Heutzutage kann ich mir nicht einmal mehr einen einfachen Servicebot leisten. Hat Kommissar Brill Sie über meine Situation und die Todesumstände meiner Mutter aufgeklärt?«

Kein Servicebot? Die bisher beste Nachricht des Tages!

»Er hat gewisse Details ausgelassen, die er als zu privat eingestuft hat, oder solche, die er wegen der Ermittlungen zurückhalten muss. Ihre Mutter ...«, L hielt inne und fuhr vorsichtiger fort. »Sie wurde ermordet, stimmt das?«

»Ja«, antwortete Niobe mit belegter Stimme. »Vielleicht sollte ich Sie erst einmal vollständig über alles ins Bild setzen, bevor wir hier weitermachen. Womöglich möchten Sie Ihre Entscheidung, mein Bodyguard zu werden, dann doch noch einmal überdenken.«

»CPO«, korrigierte L automatisch.

»Wie?«

»Ich bin ein CPO. Ein *Close Protection Operative*, kein Bodyguard.«

»Da gibt es einen Unterschied?«

»Mehrere«, antwortete L.

»Könnte ich ein Beispiel bekommen?«, fragte Niobe.

L war sich nicht sicher, ob da wieder eine Spur von Scherzhaftigkeit in Niobes Mundwinkeln saß oder echtes Interesse. Außerdem wusste sie nicht, wie sie die feinen Unterschiede dieser beiden Berufsgruppen in aller Kürze beschreiben sollte. L entschied sich daher selbst für den weniger sachlichen Ansatz. »CPOs wissen, was sie tun. Bodyguards sehen in erster Linie gut aus.«

»Nichts für ungut, aber das dürfte bei Ihnen schwer auseinanderzuhalten sein«, kam es ohne Verzögerung aus Niobes Mund.

L hatte keine Worte.

»Ich muss gestehen, Sie sehen anders aus, als ich Sie mir vorgestellt habe, Ke Tiernen.«

»Tatsächlich?«, fragte L rein rhetorisch. Hier kam die übliche Skepsis. L war weder überdurchschnittlich groß noch sehr muskulös. Genaugenommen waren sie und Niobe Anvar von einer ähnlichen Statur und Körpergröße. Der Vorteil bestand darin, dass L regelmäßig unterschätzt wurde. »Es geht beim Personenschutz nicht so sehr darum, Kämpfe mit Angreifern zu gewinnen. Es geht vielmehr darum, zu verhindern, dass es überhaupt zu einer körperlichen Konfrontation kommt. Lassen Sie sich von meinem Äußeren nicht täuschen, Ke Anvar. Sollte sich ein Kampf nicht vermeiden lassen, bin ich mehr als in der Lage, größere und kräftigere Gegner auszuschalten.«

»Daran habe ich tatsächlich keinen Zweifel«, gab Niobe mit Überzeugung zurück. »Vielleicht können Sie mir mehr darüber erzählen, sollten Sie sich dazu entscheiden zu bleiben.«

»Ich habe nicht die Absicht zu gehen.«

»Sie wissen noch nicht, wessen ich verdächtigt werde«, hielt Niobe dagegen.

»Das spielt keine Rolle. Markus ... Kommissar Brill hat mich gebeten, Sie zu beschützen, und das werde ich tun.« L wartete, ob Niobe etwas ergänzen wollte, doch sie schwieg und so widmete sich L den Details ihres Jobs. »Die Türe sollte verschlossen bleiben«, sagte sie mit Blick auf die offene Balkontür. »Keine offenen Türen und auch keine halb offenen Fenster, wenn Sie den Raum verlassen oder dem Fenster abgewandt sind.«

Niobe schaute ihren Nicht-Bodyguard mit gerunzelter Stirn an. »Wir sind hier im siebten Stock. Wem nützt ein offener Fensterspalt?«

»Tatpersonen, die motiviert genug sind, klettern in jedes Stockwerk«, beantwortete L die Frage. »Es ist durchaus möglich, über einen der benachbarten Balkone hier einzusteigen.«

Niobe seufzte. »Sie sind die Expertin.« Ohne weitere Worte zu verlieren, ging sie zu dem Balkon, der ohnehin kaum genug Platz für eine größere Topfpflanze bot, und schloss die Türe, anschließend das Fenster. »Ich hasse es, mich in meinen eigenen vier Wänden einschließen zu müssen.«

»Hoffen wir, dass es nur für kurze Zeit nötig sein wird.«

Niobe nickte. L hatte schon verschiedene Schutzbefohlene betreut, die sich gegen den Personenschutz wehrten. Es war nicht so, dass diese Menschen L oder den Rest des Teams grundsätzlich ablehnten. Die meisten waren sich der Notwendigkeit ihrer CPOs bewusst. Klienten rebellierten im Grunde nicht gegen das Schutzprogramm, sondern gegen die Situation, in der sie sich unfreiwillig befanden. Besonders schwierig war es für die Angehörigen einflussreicher Personen, denn denen wurde im Grunde keine Wahl gelassen. Sie wurden in das Leben ihrer exponierten Verwandten hineingezogen und mussten hinnehmen, dass sie dadurch ebenfalls ins Visier gerieten. Nicht alle waren in der Lage, gut damit umzugehen. L verstand das, war aber dennoch erleichtert, dass Niobe ihre Situation offenbar nicht an L auszulassen gedachte.

»Leben Sie hier alleine?«, erkundigte sich L.

»Ja.«

»Gibt es jemanden, der regelmäßig ein- oder ausgeht? Hat außer Ihnen noch jemand Zugang zur Wohnung?« In dieser Frage schwang eine nicht ganz uneigennützige Neugier mit.

»Fragen Sie mich, ob ich eine Beziehung unterhalte?«

L antwortete mit einem verkrampften Nicken. Sie schickte ein Stoßgebet in alle Himmelsrichtungen, mit der Bitte, nicht zuhören zu müssen, wie sich Eboni – *Niobe!* – mit irgendwem im Schlafzimmer vergnügte. »Ich will nicht versehentlich jemanden zu Boden werfen, der von Ihnen erwartet wird.«

»Passiert Ihnen das häufiger?«

»Öfter, als mir lieb ist.«

Die verführerischste Klientin aller Zeiten lachte und es tat gut, sie lachen zu sehen. Das war das Gesicht, das L kannte und vergötterte.

»Nein, es gibt niemanden«, antworte Niobe. »Ich hatte eine feste Beziehung, aber die liegt Jahre zurück. Wir haben uns im Guten getrennt, nachdem ich gestanden habe, dass ich nach Gaia gehen werde.«

»Tut mir leid.«

»So ist das eben«, antwortete Niobe. »Es wäre früher oder später sicher sowieso in die Brüche gegangen. Wir waren sehr verschieden.«

»Was ist mit ... Affären? Jemand dabei, der vielleicht verärgert ist, weil Sie nicht mehr investieren wollen als ... körperliche Nähe?«

»Sex, Ke Tiernen. Sprechen Sie es ruhig aus, wir sind erwachsen. Und nein. So jemanden gibt es nicht. Wie ich schon sagte, halte ich mich von anderen Menschen fern. Jede Begegnung, die ich mache, könnte dazu führen, dass es mir schwerer fällt, die Erde zu verlassen.«

»Was ist mit anderen Passagieren der Asteria?«

»Es gibt niemanden. Wenn ich ein bestimmtes Bedürfnis verspüre, greife ich auf synthetische Angebote zurück. Möchten Sie vielleicht, dass ich Ihnen die Termine meiner Besuche in entsprechenden Etablissements zusammenstelle? Es ist allerdings unwahrscheinlich, dass mich ein Intimbot stalkt.«

Die neue Spitze in Niobes Stimme entging L keineswegs. Sie war zu weit gegangen. Noch keine volle Stunde hier und ihr persönliches Interesse am Leben ihrer Klientin sickerte bereits durch. »Außer Ihnen kennt also niemand den Code für die Haustür?«, versuchte L die Richtung ihrer Fragen zu korrigieren.

»Nur Sie und ich.«

L hätte gerne nach TimTinTins Rolle in Niobes Leben gefragt, doch das Eis, auf dem sie sich bewegte, war schon recht brüchig. Und soweit Niobe wissen konnte, kannte L deren Asteria-Profil nicht näher und damit auch nicht TimTinTin.

»Was ist mit dem Rest der Wohnung?«, fragte L.

»Das wird ein sehr kurzer Rundgang.«

Niobe führte L in einen schmalen Flur, der den Wohnraum mit dem hinteren Teil verband. Zwei Türen gingen dort ab. Vor einer davon blieb Niobe stehen und öffnete sie. »Das ist das Schlafzimmer.«

L hielt inne und trat dann fast ehrfürchtig über die Schwelle in den neuen Raum. Schlicht, kaum größer als ein begehbarer Kleiderschrank. Es gab nur ein schmales Fenster, ein Schrank füllte die halbe Wand links der Tür aus, daneben stand das alte Modell eines Vitalspiegels, dessen Anzeige derzeit heruntergedimmt war. Gegenüber befand sich ein Doppelbett, das den größten Teil des Raumes einnahm. Ls Augen verharrten darauf. Sie stand in *Ebonis* Schlafzimmer und atmete *Ebonis* Gerüche ein.

»Die Tür am anderen Ende des Flurs führt ins Badezimmer. Mehr gibt es nicht. Es ist klein und bescheiden. Ich hatte eigentlich nicht vor, lange hier zu leben, darum war es mir egal, wo ich bis zum Abflug der Asteria wohne. Sie können sich hier im Schlafzimmer einrichten. Die Laken sind frisch aufgezogen. Ich werde auf dem Sofa im Wohnzimmer schlafen.«

Der Gedanke, sich zwischen Ebonis Decken und Kissen zu legen, war verlockend und löste ein Kribbeln in Ls Bauchgegend aus, das sich bis in ihren Lendenbereich ausdehnte. *Mehr als unangebracht, L.*

»Nein, ich nehme das Sofa und Sie bleiben im Schlafzimmer«, sagte L, nachdem sie ihr Sprachzentrum zur Mitarbeit bewegen konnte. »Das ist sicherer.«

»Sie opfern Ihren Urlaub für mich, da kann ich sie nicht auch noch auf dem klapprigen Sofa schlafen lassen, Ke Tiernen.«

»Zwangsurlaub. Es ist keine große Sache. Auch wenn ich einen anderen Eindruck vermitteln mag, ich kann überall schlafen und brauche keinen großen Luxus.« Niobe besaß keine Vorstellung davon, auf wie viel härteren Unterlagen als einem alten Sofa L in der Vergangenheit genächtigt hatte. Aber das sah man ihr schließlich nicht an. Schon gar nicht in diesem förmlichen Aufzug. In dem Moment bereute es L, den Anzug zu tragen. Sie hätte wissen müssen, dass sie damit für einen Job in der Randstadt völlig falsch gekleidet war und sicher wie ein Snob auf Niobe Anvar wirkte.

»Apropos Eindruck. So ungerne ich einen attraktiven Kleidungsstil kritisiere, Sie fallen in Ihrem Anzug auf wie ein bunter Hund.«

Als könntest du meine Gedanken lesen. Augenblick. Hatte sie L gerade attraktiv genannt? »Ich ... werde mich anpassen.« L hoffte inständig, dass das warme Gefühl in ihren Wangen keine auffällige Röte mit sich brachte.

»Entschuldigung, können wir uns duzen? Wir werden sicher eine Weile miteinander verbringen und ich fände es weniger befremdlich.«

L zögerte. »Sicher. Wenn Ihnen das lieber ist.«

Die schönste Klientin unter der Sonne lächelte. »Gut. Ich bin Niobe, freut mich, dich kennenzulernen.«

Sie reichte L die Hand und L schmiegte ihre mit aller gebotenen Vorsicht an die von Niobe. Ihr blasser Daumen strich über die dunkle Haut. *Was machst du da, L?* Hastig ließ sie ihre Klientin los. »L. Wie der Buchstabe.«

»Nur L?«

Sie nickte und spürte Niobes fragende Blicke auf sich, doch ohne das weiter auszuführen wandte L sich ab und gab vor, das Zimmer noch einmal zu begutachten. In Wahrheit brauchte sie einen Moment, um sich von dem Raum verabschieden zu können.

»Hast du schon zu Abend gegessen?«, fragte Niobe in die Stille von Ls Gedanken.

»Zählt eine Käsestick-Orgie?«

Niobe sah L zweifelnd an. »Definitiv nicht.« Ihre Augen wanderten einmal von oben nach unten und wieder zurück. Dann schüttelte sie leicht den Kopf. »Käsestick-Orgie. Schwer zu glauben.«

L spürte ein Prickeln, das wie eine zweite Haut über ihren Körper floss.

»Ich bin nicht gerade eine bemerkenswerte Köchin, aber schlimmer als Käsesticks kann es kaum werden«, setzte Niobe hinzu. »Der Foodprinter dürfte noch genug Vorrat für *pHuhn* haben. Sofern ich ihn ans Laufen bekomme. Es kann manchmal zum Glückspiel werden, ob er wirklich das druckt, was man ihm vorgibt. Neulich habe ich pRind drucken wollen und pLachs bekommen. Passte nicht ganz so gut zum bereits angesetzten Ragout.« Niobe lachte knapp.

»Kulinarische Experimente sind mein Hobby.«

»Dann bist du bei mir genau richtig. Komm mit. Ich zeige dir die tückischen Fallen meiner Küche. Der Recycler ist noch widerspenstiger als der Foodprinter, aber wenn man an der richtigen Stelle draufhaut ...«

Niobe erzählte und entfernte sich gleichzeitig. L hörte nur halb zu. Sie ließ den Blick noch einmal durch Ebonis ... *Niobes* ... Schlafzimmer schweifen. Nein, sie wollte nicht zurück. Sie wollte sich in dieses Bett legen, sich von Ebonis Geruch einlullen lassen und ... L wandte sich schnell ab und folgte Niobe.

Ein paar Stunden später machte es sich L mit einem eindeutig experimentellen Curry im Magen auf den Polstern des Sofas bequem. Im Dunkeln starrte sie an die Zimmerdecke, die zu viel Raum für aufdringliche Gedanken bot. Niobes Dossier warf eine Vielzahl von Fragen auf. Fragen von der Sorte, auf die L womöglich keine Antwort wollte. Die Informationen darin begannen bereits, an ihrer makellosen Vorstellung von Eboni zu kratzen. Inniglich begehrte Eboni, die nur ein paar Schritte entfernt in ihrem Bett lag und schlief und nichts davon ahnte, dass ihre Leibwächterin ausgesprochen unangebrachte Empfindungen und Gelüste für sie hegte. *Ein gottverdammter Albtraum ist das.*

L legte den Holoscreen beiseite, den Markus für sie dagelassen hatte. Ihre neue Klientin war nicht nur der Star ihrer erotischen Fantasien, nein, sie stand außerdem unter Mordverdacht. Halb verzweifelt drückte L sich ein Kissen vors Gesicht und entließ einen frustrierten Jammerlaut.

»Ich bin sowas von am Arsch.«

.../SimFile_13

DER WERT DES LEBENS

ID: NIOBE

Als Niobe ins Wohnzimmer kam und zur Küchenzeile schaute, stand ihr Bodyguard frisch und bereit für den Tag da. Als wäre L schon seit Stunden auf den Beinen. Niobe dagegen hatte länger als sonst und ewig nicht mehr so gut geschlafen. Ls pure Anwesenheit sorgte offenbar dafür, dass Niobe sich weniger ausgeliefert vorkam.

Niobe schmunzelte beim Anblick ihrer Leibwächterin. L hatte sich ihren Einwand vom Vortag zu Herzen genommen und sich lockerer gekleidet, im Wesentlichen war sie ihrem Stil jedoch treu geblieben. Statt des bürotauglichen Hosenanzugs trug sie nun eine eng anliegende, mattschwarze Hose in Lederoptik, darüber eines ihrer weißen Hemden, eine schwarze Jacke, die auf Hüfthöhe endete und die sie zusammen mit den Hemdsärmeln bis zu den Ellbogen hochgekrempelt hatte. Die Krawatte hing jetzt locker um Ls Nacken, mehr wie eine Halskette, und die obersten Knöpfe des Hemdes waren offen. Zuletzt hatte L die glänzenden Lederschuhe gegen bequeme Boots getauscht, die die Knöchel bedeckten. Diese Mischung aus sportlich und schick passte zu L und harmonierte mit ihrem schwarzen Haar und der blassen Haut. Niobe biss sich auf die Unterlippe. Sie war sich nicht sicher, wann sie das letzte Mal einen Menschen angesehen hatte und spontan in ihn hineinbeißen wollte.

»Du starrst mich an«, sagte L mit einem kühlen, stoischen Blick.

Niobe zuckte ein wenig zusammen. Ihre Wangen wurden warm. »Tue ich gar nicht«, antwortete sie und kam sich vor wie ein trotziges Kind. L lehnte sich daraufhin an die Küchenzeile, schlug das eine Bein über das andere und starrte erbarmungslos zurück. Eisblaue Augen, die ein violett schimmernder Ring umgab. Er pulsierte in einer regelmäßigen Frequenz. Irgendwo kribbelte es in Niobes Eingeweiden. »Starke Mod. Sieht sehr organisch aus. Nanos oder Wechsellinsen?« L runzelte leicht die Stirn, als wüsste sie nicht, was Niobe meinte. »Deine Augen«, setzte Niobe daher helfend nach.

»Ach das«, antwortete L bloß und wandte sich ab, ohne eine Antwort zu geben.

Niobe seufzte innerlich. Ihr Bodyguard war offenkundig sehr viel weniger kommunikativ als Ty Priest, den man getrost als Aufreißer bezeichnen durfte. »Hast du den Kafflon gefunden?«, fragte sie, bevor ihr Starren peinlich wurde.

L schüttelte den Kopf. »Ich glaube, an den Foodprinter traue ich mich so schnell nicht heran.«

»Keine Sorge. Meine Selbstkasteiung hat ihre Grenzen. Was Kafflon angeht, setze ich auf das gute Zeug.« Niobe schlurfte lachend in ihrem Schlafanzug zur Küchenzeile und öffnete einen der oberen Schränke, der sich dicht neben Ls Kopf befand. Die trat sofort einen Schritt zur Seite, um Platz zu machen. Sie tat das allerdings so abrupt, dass Niobe das Gefühl beschlich, ihr Bodyguard wolle vor ihr flüchten. L starrte Löcher in die Decke und nippte an einem Glas, in dem eine leicht rosa getönte Flüssigkeit schwamm.

»Ist das etwa Elektrolytwasser?«

Die Leibwächterin nickte und leerte den Rest in einem Zug. »Geht schneller ins Blut, wenn man die Kapseln auflöst.«

»Ist das eine besondere Diät?«

»Nein. Ein notwendiges Übel.«

Niobe sah sie fragend an, doch L setzte das Glas wortlos ab und verschränkte die Arme vor der Brust. Offenbar wollte sie auch das nicht näher erklären. Statt nachzubohren, füllte Niobe Kafflonbohnen in die Maschine und stellte zwei große Becher unter. L sagte weiterhin nichts, schaute Niobe nicht einmal an. Da war es, dieses unangenehme Schweigen zwischen Fremden, die einander ausgeliefert waren.

»Wusstest du, dass der Kafflon nach einem Getränk benannt ist, das bis zum 21. Jahrhundert sehr beliebt war?«, fragte Niobe aus purer Verzweiflung.

L nickte. »Kaffee. Ich verstehe allerdings nicht, warum Kafflon immerzu mit ihm verglichen wird.«

»Na, weil sich die Getränke ähnlich sind.«

»Die Wirkung ist ähnlich. Das Einzige, was sie ansonsten gemein haben, ist, dass sowohl Kaffee als auch Kafflon besser riechen, als sie schmecken.«

»Pure Blasphemie. Und woher willst du das wissen? Die Kaffeepflanze ist während der Ressourcenknappheit vor mehr als hundert Jahren ausgestorben.«

L zuckte die Schultern und signalisierte damit, dass sie alles gesagt hatte, was es zu sagen gab. Das Summen von Niobes Armband bewahrte glücklicherweise beide davor, sich mit weiteren trivialen Fragen zu beschäftigen.

»Geh, ich mache das hier«, sagte L.

Niobe ließ sich nicht zweimal bitten und ging zurück in den Wohnbereich, wo sie sich auf dem Sofa niederließ, den Neurolink aus seinem Nährbecken nahm und ihn sich in den Nacken setzte. Mehrere Nachrichten von Jannik Kilkønnen leuchteten sie auf dem Thinkscreen an.

JANNIK K.:

NIOBE? BIST DU DA?

JANNIK K.:

ES IST DRINGEND.

JANNIK K.:

NIOBE????

JANNIK K.:

FEIN. KONTAKTIER MICH, SOBALD DU DAS HIER LIEST!

»Etwas Wichtiges?«, fragte L, als sie neben Niobe trat und mit einem kühlen Blick zu ihr herabsah.

Niobe ließ den Thinkscreen verschwinden und griff nach der dampfenden Tasse, die L ihr reichte, woraufhin L um den Couchtisch herumlief und es sich in dem einzigen Sessel bequem machte. »Nein, nur jemand aus Monas Büro. Das hat später noch Zeit.«

L nickte und sah Niobe zögernd an. »Ich würde dir gerne eine Frage stellen.«

»Nur zu«, antwortete Niobe. Ihre Leibwächterin ließ sich Zeit, schaute in ihre Tasse, als ob der Kafflon darin irgendwelche Antworten bereithielte.

»Ich habe letzte Nacht das Dossier gelesen, das Kommissar Brill für mich zusammengestellt hat. Es gab einen Punkt, der mich stutzig machte«, begann L endlich. Ihre Stimme war ebenso neutral wie ihr Blick.

Niobe stöhnte leise. »Ich ahne, welche Stelle du meinst. Es geht um Mona, habe ich recht?« Herum und herum drehte sie den Ring an ihrem Finger.

»Warum nennst du sie beim Namen? Ist das heutzutage üblich?«

»Heutzutage? L, du hörst dich an, als wärst du hundert Jahre alt.«

»Knapp vorbei«, antwortete L. Niobe schaute sie fragend an, doch L ignorierte es. »Weiter, bitte.«

»Es hat sich einfach so ergeben. Meine Cousine Julie ist fünf Jahre älter als ich. Als Mona sie aufgenommen hat, wusste Julie bereits, dass Mona ihre Tante und nicht ihre Mutter war. Ich schätze, ich bin einfach damit aufgewachsen, dass Julie meine Mutter beim Namen nannte. Also habe ich das auch gemacht. Mona hat mich regelrecht ermutigt, es zu tun. Julie bekam dadurch nicht das Gefühl, dass sie weniger als eine Tochter für Mona war. Aber das ist sicher nicht deine eigentliche Frage.«

L schlug ein Bein locker über das andere und legte die Arme auf den Sitzlehnen ab. Die Kafflontasse in der einen Hand, mit den Fingern der anderen tippte sie leise auf die abgewetzte Lehne. »Ich will nicht in offenen Wunden bohren, es scheint mir jedoch wichtig zu sein, zu erfahren, was passiert ist.«

Niobes Griff um den eigenen Kafflonbecher wurde fester und sie drängte den Schmerz zurück, der wie eine Welle auf sie zurollen wollte. Immer wenn sie glaubte, Monas Tod einigermaßen verkraftet zu haben, sagte jemand etwas und die Tränen kamen zurück. Die Verzweiflung darüber, dass, egal, wie lange Niobe wartete, Mona nie wieder nach Hause kommen würde. »Sie wurde ermordet und im Augenblick bin ich die einzige Verdächtige.«

»Du wurdest bisher noch nicht angeklagt«, benannte L das Offensichtliche.

»Dafür fehlen die Beweise, aber man sucht danach. Kommissar Brill ist es, der gegen mich ermittelt. Es ist interessant, dass er mir gleichzeitig trotzdem hilft und dich zu mir schickt.«

»Er ist konsequent, was seinen Beruf angeht. Solange es keine Beweise gibt, fällt er kein Urteil. Was für mich die nächste Frage aufwirft. Wieso wirst du überhaupt verdächtigt?«

»Jemand hat die Polizei kontaktiert und behauptet, ich habe Mona ermordet. Sie wurde über Wochen vergiftet. Jemand hat die Nährflüssigkeit ihres Neurolinks mit Lidocain angereichert. Für Menschen ist das Mittel normalerweise ungefährlich, die Telarin reagieren jedoch hochgradig allergisch darauf. Bei einem Neurolink, der auf dem genetischen Code der Telarin basiert, bewirkt Lidocain, dass es ein für Menschen tödliches Abwehrhormon produziert und dieses an den Träger abgibt. Es hatten nicht viele Menschen Zugang zu Monas Nährbecken, und da der Anrufer auf mich zeigte, bin ich nun die glückliche Gewinnerin.« Sie lachte zynisch.

»Und du hast keine Vermutung, wer eine solche Anschuldigung äußern könnte? Oder wer wirklich für Monas Tod verantwortlich ist?«

»Wenn ich das wüsste, hätte ich es Kommissar Brill bereits gesagt, L. Es war ein anonymer Anruf, der nicht zurückverfolgt werden konnte und mir nichts als Ärger eingebracht hat. Soweit ich das beurteilen kann, habe ich mir nie jemanden zum Feind gemacht. Ein paar Streitereien im Freundeskreis oder mit Konkurrierenden, sicher, aber nichts, was erklären könnte, was momentan passiert.«

L sah sie noch eindringlicher an. »Dieser *Geist* beschuldigt dich also, einen Mord begangen zu haben, den er vermutlich selbst begangen hat?«

»Da bin ich nicht sicher. Zum einen lässt sich nicht beweisen, dass Geist den Anruf gemacht hat. Zum anderen passt es nicht recht zusammen. Er spricht oft von ›ihr‹ oder ›sie‹. Es scheint, als wolle mich Geist für das bestrafen, was Mona zugestoßen ist. Als hielte er mich wirklich für ihre Mörderin. Warum sollte er das tun, wenn er selbst für ihren Tod verantwortlich wäre?«

»Hm«, machte L.

Niobe lächelte. »Kommissar Brill kommentiert die Dinge auch häufig auf diese Weise, wenn er nicht recht weiterweiß. Ich frage mich, wer von euch beiden es sich beim anderen abgeschaut hat.«

»Hm«, wiederholte L und überging den Einwurf. »Vielleicht glaubt Geist, dass er Mona deinetwegen töten musste. Hattest du ein gutes Verhältnis zu ihr?«

»Wir hatten keinen Streit, wenn du das meinst. Sie konnte sehr distanziert sein. Mona hat ihre Eltern verloren, als sie im Jugendalter war, ein paar Jahre später ihre ältere Schwester. Besonders Letzteres hat ihr zugesetzt. Ich habe Mona oft an ihre Schwester erinnert, das hat es manchmal schwer gemacht zwischen uns. Aber sie hat alles getan, damit es mir gutging. Ich hätte keinen Grund gehabt, ihr zu schaden.«

»Verstehe. Welches Mordmotiv unterstellt man dir dann?«

»Credits«, antwortete Niobe mit einem Achselzucken. »Mona kam aus einer gut situierten Familie und hat einiges geerbt. Zusätzlich hatte sie eine hohe Lebensversicherung abgeschlossen, um vor allem für Julie vorzusorgen. Da Julie aber nach irdischen Gesetzen nicht selbst erben darf, hat sie mich als Begünstigte angegeben. Mit dem Vorwurf des Mordes wurden die Konten meiner Mutter allerdings eingefroren und die Versicherung freut sich über die Möglichkeit, eventuell gar nicht bezahlen zu müssen.«

»Natürlich tut sie das. Darum lebst du jetzt hier statt in Grünthal? Du hattest dort ein eigenes Apartment, richtig?«

»Mein Kapital war nie so hoch wie das von Mona. Ich durfte an ihr Konto gehen, wenn ich es mal brauchte, das war eine Sicherheit, die ich immer für selbstverständlich gehalten habe. Mein eigenes Einkommen würde reichen, um mich selbst zu versorgen, aber es ist bei weitem nicht genug, um Monas oder meine Wohnung in Grünthal halten zu können, Julies Operationen zu bezahlen oder das private Zimmer im Delta und obendrauf noch die letzte Rate für zwei Flüge nach Gaia. Ein Flug, den ich nicht einmal antreten darf, falls sich der Mordverdacht bis zum Start der Asteria nicht widerlegen lässt. Selbstverständlich gibt es auch keine Rückerstattung der Ticketkosten, sollte ich wirklich hierbleiben müssen.«

L nippte an ihrem Kafflon. Noch immer sah sie Niobe mit diesem kühlen, prüfenden Blick an. Sie schien sich nicht entscheiden zu können, was sie als Nächsten sagen wollte.

»Stell die Frage ruhig. Ich weiß, dass sie dir auf der Zunge brennt. Deine Augen mögen die Farbe eines arktischen Gletschers haben, aber ich sehe das Feuer der Neugier darin. Du willst wissen, ob ich es getan habe.«

»Hast du?«, fragte L ganz direkt.

»Nein«, antwortete Niobe. Sie sah ihren Bodyguard dabei fest an. »Aber ich kann kaum erwarten, dass du mir glaubst. Falls das also deine Einstellung zu mir ändert und du mich nicht mehr beschützen willst, dann verstehe ich das.«

Ls Mundwinkel zuckte leicht. War das der Anflug eines Lächelns? Der Moment verflog jedoch so schnell, dass sich Niobe nicht sicher war, ob sie es wirklich gesehen hatte.

»Weshalb braucht Julie einen Vormund? Nach allem, was das Dossier über sie sagt, ist sie geistig in bester Verfassung.«

»Das ist sie«, gab Niobe zurück. »Julie ist sogar überdurchschnittlich intelligent. Sie wollte sich an der ITU bewerben.«

»ITU?«

»Die Intergalaktische Technik-Universität. Es ist verflucht schwer, als Mensch da reinzukommen, aber ich weiß, dass Julie die Aufnahmeprüfungen mit wehenden Fahnen bestanden hätte. Wenn man ihr denn erlaubt hätte, die Prüfungen zu machen.«

»Warum durfte sie die Prüfungen nicht ablegen?«

»Weil sie ein Cybe ist, L. Die Telarin würden sie aufnehmen, aber unser Gesellschaftssystem erträgt es nicht, dass ein Cybe einem Menschen den Platz wegnimmt.« Niobe schnaubte verächtlich. »Ihre Erweiterungen sind zum Teil überlebensnotwendig. Das GUmS macht jedoch keinen Unterschied zwischen medizinisch notwendigen Implantaten und militärisch konstruierten Cybes, die kaum noch einen eigenen Willen besitzen. Vor dem Gesetz ist ein Cybe ein Cybe. Darum lebt Julie im Delta-Komplex. Darum braucht sie einen Vormund und darum gönnt man ihr nicht die Chance, auf die ITU zu gehen.«

»Okay. Gums? Ich nehme nicht an, dass damit Kaugummi gemeint ist?«

Niobe legte den Kopf schief. »Ist das eine Scherzfrage?«

»Ich mache selten Scherze.«

»Dann bist du entweder ignorant oder schlecht informiert.«

»Ein wenig von beidem«, gestand L ehrlich. »Ich war eine Weile im Kälteschlaf.«

»Oh. Gut, das lasse ich gelten. Was ich meine, ist das *Gesetz zum Umgang mit menschenähnlichen Subjekten*. Es wurde erstmals 2154 erlassen, kurz nach dem Voiper-Vorfall. Von dem hast du aber gehört, oder?«, fragte Niobe skeptisch.

»Kannst du es kurz zusammenfassen?«

Niobe seufzte. »Eine Gruppe von Cybes und Tweaks hat damals versucht, den weltweiten Finanzmarkt einstürzen zu lassen, um eine Änderung des Systems zu erzwingen. In einer rein digitalen Welt bedeuten Codes Macht und Cybes waren in der Lage, sehr schnell sehr sensible Codes zu ändern, wenn sie Zugang zu den richtigen Clusterpunkten bekamen. Solch ein Clusterpunkt befand sich damals im Voiper-Turm. Als sie merkten, dass sie es nicht bis zum Zugangspunkt schaffen würden, richteten sie ein Blutbad an. Sie haben wahllos Menschen ermordet, die sich im Voiper Turm aufgehalten haben. Die Aufarbeitung der Ereignisse war laut Mona aber bestenfalls schwammig. Sie hatte Zweifel daran, dass die Dinge wirklich so geschehen sind, wie es in der Berichterstattung steht. Ihre Ansichten waren manchmal ... kreativ.«

»Das bedeutet was genau?«

Niobe drehte einmal mehr den Ring an ihrem Finger. »Sie hat Beweise dafür gesucht, dass die damals involvierten Cybes fremdgesteuert wurden von Personen, die von der Einführung des GUmS profitieren würden. Die ebenfalls involvierten Tweaks waren laut Monas Verdacht angestellte Servicekräfte des Voiper-Turms, die man zum Sündenbock gemacht hat. Seitdem heißt es, Tweaks seien gemeingefährlich, weil

Klonen und genetisch veränderten Menschen die Seele fehle. Und wer keine Seele hat, der hat auch keinen moralischen Kompass. Wer glaubt noch an solch einen Unsinn?«

»Mona war also Verschwörungstheoretikerin.«

»Nein! Sie hat bloß verzweifelt einen Weg finden wollen, der Julie und all den anderen Modifizierten ein Leben in Würde ermöglicht hätte. Selbst wenn sie alle auf eigene Faust gehandelt hätten, nur weil sich wenige falsch verhalten haben, sind nicht gleich alle von ihnen Killermaschinen. Seit fünfzig Jahren spricht das GUmS modifizierten Personen jegliche Menschenrechte ab. Jetzt wollen die Verfechter des GUmS die Regeln noch einmal verschärfen, indem sie die Cybe-Technologie für Privatpersonen vollständig verbieten und nur noch industriell benötigte Cybes zulassen. So, wie es beim Tweaken bereits der Fall ist, obwohl sich damit schwerste Erbkrankheiten verhindern ließen.«

»Eine Ausnahme besteht vermutlich dann, wenn dir ein Großkonzern gehört und du billige Arbeitskräfte brauchst, während du gleichzeitig einen Scheiß auf den Arbeitsschutz gibst?«

»Ganz genau! Dann darfst du Tweaks in Massenhaltung züchten, sie genetisch für den jeweiligen Einsatz optimieren und ihnen simplifizierte Gedächtnisbilder aufspielen, damit sie von Tag Eins ihrer Geburt an funktionieren und ihre Arbeit machen können. Diese Heuchelei ...« Niobe schnaufte. Sie merkte, wie sie sich zunehmend in Rage redete, und atmete einmal tief durch, ehe sie fortfuhr. »Für viele Menschen würde eine weitere Verschärfung des GUmS den Tod bedeuten. Medizinisch mögliche Maßnahmen würden dadurch illegal. Deswegen war es Mona so wichtig, dass wir als Familie nach Gaia gehen. Vor dem irdischen Gesetz gilt Julie als Maschine, nicht als Mensch. Sie darf keine Verträge abschließen, nicht wählen, kein eigenes Bankkonto haben und nicht erben. In den neuen Kolonien gilt das GUmS jedoch nicht, denn sie stehen unter telarischer Gesetzgebung. Tweaks und Cybes der Kategorie 1, wie Julie einer ist, werden daher von der Silverline Company gezielt angesprochen und mit dem Versprechen angelockt, ein freies Leben in einer freien Welt führen zu dürfen. Vorausgesetzt, dass ihrem Antrag stattgegeben wird und sie nach einer psychologischen Prüfung als unbedenklich eingestuft werden, gibt es auf Gaia keine Kodierungspflicht mehr für Tweaks und keine Bewegungseinschränkungen für Cybes.«

»Und wo ist der Haken?«, fragte L.

Niobe lächelte. »Das Angebot ist nicht ganz uneigennützig. Jede neue Kolonie braucht Arbeitskräfte. Solche, die die weniger attraktiven Arbeiten beim Aufbau erledigen. Die wenigsten Tweaks und Cybes haben das Glück, dass jemand für sie sorgt und die Kosten der Überfahrt deckt. So wie Mona es für Julie getan hat. Die meisten von denen, die diese Reise antreten, stehen in der vertraglichen Verpflichtung zur Silverline Company.«

»Hm.«

»Du solltest dich wirklich besser informieren, L. Schließlich könnte es dich auch irgendwann betreffen.«

»Jetzt klingst du wie Markus«, murmelte L unzufrieden. »Engagierst du dich ebenfalls für die Ziele deiner Mutter? Bist du in irgendwelchen politischen Gruppen aktiv?«

»Bei allen Himmeln, nein. Mona hätte mich umgebracht. Sie wollte nicht, dass ich mich in irgendeiner Weise öffentlich positioniere. Sie hatte immer Angst, dass ich durch sie in die Schusslinie geraten könnte. Es war auch eigentlich nie Monas Ziel, in politische Ränge aufzusteigen. Durch Julie ist ihr wohl bewusst geworden, wie unmenschlich das System ist, in dem wir leben. Als sie Julie zu sich nahm, wurde es zu Monas Lebensziel, das GUmS zu bekämpfen.«

»Hm«, machte L einmal mehr.

»L, da du nun weißt, dass ich des Mordes an meiner Mutter verdächtigt werde, willst du mir da trotzdem noch helfen?«

.../SimFile_14

BITTE EINSTEIGEN

ID: L

Wie hätte L auf diese Frage mit einem Nein antworten können? Niobes hoffnungsvoller Blick hatte sie mitten ins Herz getroffen und sie den Rest des Tages und bis in die Nacht hinein nicht mehr losgelassen. L fehlte ganz eindeutig die professionelle Distanz zu ihrem neuen Schützling, aber zum Teufel mit der Distanz. Ihre Angebetete war in Gefahr. Sie konnte und wollte nicht wegsehen. Falls Eboni – *Niobe!*, ermahnte sich L zum wiederholten Male – wirklich etwas mit dem Tod ihrer Mutter zu tun hatte, dann würde sich L später noch Gedanken darüber machen können, was das mit ihren Gefühlen anstellte. Mit einem Quäntchen Glück würde sich Niobe im Laufe der nächsten Wochen als eine solch unsympathische Person herausstellen, dass sich Ls Fixierung auf sie von selbst auflöste. Der erste Eindruck machte ihr dahingehend jedoch wenig Hoffnung. Und wieso musste sie immerzu daran denken, dass Niobe Ls Augen als arktische Gletscher beschrieben hatte? Flirtete sie mit L?

Als hätte sie einmal zu oft an Niobe gedacht, hörte sie deren Schritte auf dem Gang. Tag zwei ihres persönlichen Härtetests brach an.

»Guten Morgen, L.«

»Guten Morgen, Niobe«, antworte sie, ohne von ihrem Holoscreen aufzusehen. »Du hast heute ›Schicht im Laden‹?«, fragte sie mit Blick auf den Terminkalender, den Niobe mit ihr geteilt hatte. Die nickte.

»Ist das ein Problem?«

»Keineswegs. Du lebst dein Leben, ich folge dir. Betrachte mich als deinen Schatten.«

»Ist das nicht eine etwas traurige Art, seine Zeit zu verbringen? Ständig anderen zu folgen und das eigene Leben hintanzustellen?«

L blinzelte Niobe verwundert an. Der Gedanke war ihr bisher nie gekommen. Warum hatte sie plötzlich das Gefühl, sich verteidigen zu müssen? »Hm«, machte sie und blickte zurück auf den Holoscreen.

»Du redest nicht gerne, kann das sein?«

L war in der Tat recht gut darin, Konversationsversuche im Keim zu ersticken, machte es normalerweise aber nicht derart vorsätzlich, wie sie es bei Niobe tat. Sie versuchte lediglich zu verhindern, dass sie zu vertraut miteinander wurden und L den nötigen Abstand zu ihrem Schützling verlor. Es war sicherer, die Gespräche auf das beruflich Notwendige zu reduzieren.

»Können wir los? Es fährt gleich eine Tram ab«, sagte Niobe.

»Wir nehmen meinen Wagen.«

»Du hast einen eigenen Wagen? Als Einzelperson? Wie bist du an die Genehmigung dafür gekommen?«, kam die überraschte Frage zurück.

L zuckte die Schultern. »Öffentliche Verkehrsmittel sind nicht die beste Wahl, wenn es um Personenschutz geht.«

»Hm«, machte diesmal Niobe und L verkniff sich ein Schmunzeln.

Niobe ging zur Tür und wartete. Denn das hatte sie in den letzten vierundzwanzig Stunden bereits gelernt: Ab sofort war L diejenige, die Türen öffnete, und auch diejenige, die als Erste durchging.

Der Parklift gab Ls Wagen frei und Niobe richtete einen missbilligenden Blick darauf. »Wow. Der ist noch viel protziger, als ich befürchtet habe.«

»Protzig?« Ls Frage klang mehr wie eine Beschwerde. Sie liebte ihren schwarzen Nexus. Er war einer der vielen Gründe, weshalb ihr die Arbeit bei Falcon Security so gut gefiel.

»Der hat doch bestimmt ein Vermögen gekostet«, fuhr Niobe kritisch fort.

»Ich nehme es an.«

»Du nimmst es an?«

»Er gehört mir nicht. Ist ein Firmenwagen.« Sie verdiente ordentlich bei Falcon Security, aber so gut dann doch wieder nicht.

Niobe verschränkte die Arme vor der Brust. »Und deine Firma lässt dich den benutzen, obwohl du beurlaubt bist?«

»Spricht denn etwas dagegen?«

»Hat der irgendwelche Extras, die man als Bodyguard so braucht?«

»CPO«, korrigierte L reflexartig. »Der Nexus ist eine Sonderanfertigung. Die Scheiben sind aus Sicherheitsglas, die Reifen halten den meisten Hartgeschossen und Energiewaffen stand. Es gibt ein Trackingsystem für den Entführungsfall, eine EMP-Abwehr, einen Geistmodus ...«

»Geistmodus? Ich bin nicht sicher, ob mir der Begriff aktuell so gut gefällt.«

»Eine Tarnfunktion«, bot L entgegenkommend an. »Im Dunkeln ist die Wirkung am besten. Im Licht sieht man schon mal ein Flimmern. Schwache Konturen, eine Unebenheit in der Luft. Daher der Name. Im Ernstfall ist es eine Hilfe, die über Leben und Tod entscheiden kann.«

»Musstest du diese Funktion schon einmal benutzen?«

»Einmal«, antwortete L. »Der Klient ist wohlauf«, fügte sie schnell hinzu.

»Darf ich mal anfassen?«

L hätte fast gelacht. »Es ist nur ein Fahrzeug, Niobe.«

»Ich will es nicht verkratzen.«

»Wenn du es schaffst, den Nexus mit deinen zarten Händen zu verkratzen, wäre es vielleicht doch sicherer, die Tram zu nehmen.«

Niobe schmunzelte. »War das gerade ein kleiner Scherz, Agent Eiszapfen?« Ihre Fingerkuppen glitten über den tiefschwarzen Lack des Wagens. Die Oberfläche schimmerte in dunklen violetten, blauen und grünen Tönen, je nachdem, aus welchem Winkel man darauf sah und wo das Licht hinfiel. Die Farben schienen ständig in Bewegung zu sein und harmonierten seltsamerweise perfekt mit der Besitzerin des Wagens.

»Agent Eiszapfen?«, fragte L wenig amüsiert. Wenn es etwas gab, worauf sie gut und gerne verzichten konnte, dann waren es Spitznamen wie dieser.

»Ich versuche noch herauszufinden, wie ich hinter deine harte Schale komme.«

»Spar dir die Mühe. Hinter meiner harten Schale wartet bloß eine noch härtere Schale«, gab L unbeeindruckt zurück.

»Abwarten. Ich bin gut darin, Schwachstellen zu finden«, sagte Niobe.

Immerhin erreichte sie damit, dass L ihr einen kritischen Blick schenkte, ehe sie selbst an den Nexus herantrat und die Hand auf das Fensterglas der Fahrertür legte. Die Sensoren leuchteten auf, rahmten Ls Fingerspitzen ein und bestätigten ihre Identität. »Vee, erstelle bitte ein neues User-Profil«, wies L ihre virtuelle Assistentin an. Das System reagierte. »Komm her«, wandte sich L an Niobe. »Du musst als temporäre Nutzerin gespeichert werden.«

»Wozu?«

»Damit du auch ohne mich einsteigen kannst, falls es die Situation erfordert.«

»Falls wir angegriffen werden und du von Geist niedergerungen wirst, meinst du?«

»Etwas in die Richtung.«

»Das gefällt mir nicht«, sagte Niobe leise, während sie neben L trat und tat, worum sie gebeten wurde. Sie legte ihre Hand auf das Glas, die Sensoren begannen ihre Arbeit, das Display leuchtete rot auf, doch bevor sich das System beschweren konnte, gab L ihre nächsten Befehle ein. »Macht dir das keine Angst? Dass dich jemand verletzen könnte, um an mich heranzukommen? Du riskierst dein Leben für fremde Menschen.«

»Würde mir das Angst machen, hätte ich den falschen Beruf«, gab L gleichgültig zurück.

»Registrierung abgeschlossen«, säuselte das System mit einer verführerisch klingenden Frauenstimme, die Niobe verwundert zu L blicken ließ.

»Probiere es aus«, forderte L sie auf.

Niobe löste die Hand vom Glas und legte sie erneut auf. Die Sensoren begannen ihren Tanz und die Beleuchtung schaltete auf Grün.

»Gut«, quittierte L.

»Darf ich fahren?«

»Nur über meine Leiche«, antwortete L. »Auf den Beifahrersitz mit dir.«

»Spielverderberin«, beschwerte sich Niobe. Ls beherrschte Fassade konnte unmöglich so glatt sein. Es musste Risse im Panzer geben, mit denen sich arbeiten ließ. Für den Moment schien Niobes Suche jedoch hoffnungslos, denn schon beobachtete L wieder ernst die Umgebung, als sie um den Wagen herumlief und die Beifahrertür für Niobe öffnete. Niobe stieg wie eine artige Klientin ein. »Angenommen Geist ist hinter uns her und ich erreiche den Wagen vor dir, darf ich ihn dann fahren?«

»Du darfst ihn fahren, wenn ich bewusstlos, gefesselt oder tot bin«, gab L zurück und schloss die Tür. Niobe starrte L noch immer entsetzt an, als sie längst auf dem Fahrersitz Platz genommen hatte. »Ein Scherz, Niobe. Ich wollte damit sagen, dass du diesen Wagen niemals fahren wirst.«

»Du bist ziemlich von dir selbst überzeugt, kann das sein?«

L zuckte wortlos mit den Schultern und schloss die eigene Wagentür.

»Willkommen, L. Bitte gib dein Ziel an«, sagte die virtuelle Assistenz. Erneut mit einer eindeutigen Schlafzimmerstimme.

»Hast du das Sprachdesign selbst eingestellt?«, fragte Niobe mit einem Gesichtsausdruck, den L irgendwo zwischen Interesse und Skepsis einordnete.

»Ist daran etwas auszusetzen?«

»Nicht im Geringsten. Ich stehe auf diese Rollige-Geliebte-Vibes, die sie von sich gibt.«

L starrte ihren Schützling einen Atemzug lang perplex an, dann richtete sie den Blick auf die Straße, legte die Hände auf das Lenkrad und startete kommentarlos den Antrieb. Was gab es an Vees Stimme zu bemängeln?

»Augenblick mal. Was tust du da?«

»Ich plane loszufahren.«

»Aber doch wohl nicht manuell!«, rief Niobe. »Hat das Ding etwa kein automatisches Leitsystem?«

»Doch. Aber ich traue Maschinen nicht.«

Niobe schloss hastig den Sicherheitsgurt und klammerte sich an die Armlehne. »Ich werde in diesem Wagen sterben.«

»Wir kennen uns erst seit gut sechsunddreißig Stunden und schon kritisierst du meinen Fahrstil?«

Niobe wimmerte leise zur Antwort, woraufhin L mit der Zunge schnalzte, um nicht laut lachen zu müssen. Dann gab sie Schub. Mehr, als nötig gewesen wäre.

.../SimFile_15

FLINKE HÄNDE

ID: L

Das Lachen verging L spätestens in dem Moment, als sie den Verkaufsraum der *Flinke-Hände*-Filiale betrat. Am liebsten hätte sie sofort auf dem Absatz kehrtgemacht. Warum musste es von allen Branchen, in denen sich Niobe einen Nebenjob hätte suchen können, ausgerechnet diese sein?

Entlang der Wände standen sie aufgereiht da auf ihren Podesten: Roboter. In allen Formen und Farben. Von den büchsenhaften Standardmodellen bis hin zu den menschenähnlichen Androiden. Letztere jagten L einen noch kälteren Schauer über den Rücken als die klobigeren Günstigmodelle. Ihre allzu menschlich wirkenden Augen folgten jedem von Ls Schritten und sie lächelten unverbindlich zu ihr herab, wie Welpen, die hofften, adoptiert zu werden. *Nicht in diesem Leben.* L hatte sich inzwischen damit arrangiert, dass ihr im Alltag ständig Servicebots begegneten, doch das hier, diese Armee von Maschinen ...

Äußerlich mochten sie unschuldig und menschlich wirken, doch die körperliche Kraft, die unter der falschen Haut steckte, ließ L die Haare zu Berge stehen. Sie hatte die älteren Geschwister dieser Androiden während der Ressourcenkriege in Aktion gesehen, wäre mehr als einmal fast von einem zerschmettert worden und konnte nicht verstehen, dass sich die Menschen heute freiwillig so ein Ding ins Haus holten. In Ls Vorstellung reichte ein Kurzschluss aus – egal ob nun im System des Servicebots oder im Oberstübchen des Besitzers –, um die Alltagsbegleiter zu schonungslosen Killermaschinen zu machen. Nicht, dass sie Menschen für weniger gefährlich hielt, aber gegen die hatte man, rein körperlich betrachtet, wenigstens eine realistische Überlebenschance.

»Hey, Tim. Das ist meine Freundin L. Es stört dich doch nicht, wenn sie mir etwas zur Hand geht?«, erklang Niobes Stimme aus dem Nichts.

L horchte auf. Tim? Wie in TimTinTin? Sie schenkte dem jungen Mann hinter dem Verkaufstisch einen prüfenden Blick, sah dessen Bartwuchs, der heute in Regenbogenfarben erstrahlte, und setzte einen mentalen Haken. Ohne Zweifel handelte es sich um Niobes kuschelfreudigen Fotokumpel. Er kam hinter seinem Tisch hervor und nahm Niobe zur Begrüßung in den Arm. L mochte ihn direkt noch ein Stück weniger.

Der junge Mann hingegen erwiderte Ls kühlen Blick mit deutlich mehr freundschaftlichen Gefühlen. »Stört mich nicht im Geringsten. Freut mich, dich kennenzulernen, L.« Tim reichte ihr die Hand, ehe er sich wieder an Niobe wandte. »Seit wann hast du Freunde?«

»Werd mal nicht frech, sonst ist es gleich einer weniger!«, mahnte sie mit erhobenem Zeigefinger. »Außerdem, schau sie dir an. Wie hätte ich widerstehen können?«

Tim lachte. »Vorsicht, L. Ehe du dich versiehst, hat sie dich am Haken und du willst ihr bis ans Ende der Welt folgen. Oder bis nach Gaia. Du gehörst nicht zu den Passagieren, oder?«

»Noch nicht«, antwortete Niobe an Ls Stelle. Sie griff nach Ls Hand und zog sie hinter sich her, weg von Tim.

»Sag ich ja!«, rief er ihnen amüsiert hinterher, während sich die beiden Frauen in Richtung Werkstatt entfernten.

Im Vorübergehen warf L einen Blick auf Tims gut sichtbaren Sindex. Gold mit mehreren Rillen darin und zwei blauen Punkten darauf. Die Rillen signalisierten, dass er polyamourös war, die blauen Punkte, dass er mit zwei Personen in einer festen Bindung war. Wofür die goldene Farbe stand, hatte L vergessen.

»Was bedeutet ein goldener Sindex?«, fragte L kurzerhand an Vee gewandt, doch Niobe schien zu glauben, dass die Frage an sie gerichtet war, und so antwortete sie, bevor Ls KI die Chance dazu bekam.

»Xenoamori. Tim bevorzugt die Gesellschaft von nicht menschlichen Individuen«, antwortete Niobe. »Enttäuscht?«

L verzog unabsichtlich das Gesicht und rieb sich in einem Reflex das Ohr mit dem eigenen weißen Sindex darin. »Nein.«

Niobe kicherte und warf die milchigen Folienvorhänge beiseite, denen sie sich genähert hatten. L erstarrte und blieb auf der Stelle stehen.

Mehrere Reihen sauber sortierter Regale trennten den Verkaufsraum von der Werkstatt und verbargen diesen Ort des Horrors, der sich L hier offenbarte. Überall lagen synthetische Körperteile herum. Beine, Arme, Hände … ganze Köpfe, deren Augen starr in die Leere blickten. Ein deaktiviertes, aber ansonsten intakt wirkendes weibliches Modell lag reglos auf einer Werkbank, neben ihm eine Reihe von Werkzeugen, die nur darauf warteten, benutzt zu werden. L schüttelte sich unmerklich und schob die Hände in die Jackentaschen. Ihre Finger waren plötzlich feucht und sie ließ den Blick scheinbar interessiert durch die Werkstatt wandern. In Wahrheit versuchte sie bloß zu verbergen, wie unwohl sie sich zwischen den mechanischen Teilen fühlte, und suchte einen Ruhepol, der nicht von Körperteilen belegt wurde.

»Was genau ist Tim für dich?«, fragte L in der Hoffnung, sich von den Horrorelementen dieses Ladens abzulenken.

Niobe hob eine Augenbraue und sah zu L, die gerade mit einer durchgeschmorten Energiezelle herumspielte. »Ein Kollege und ein Freund.«

»Ihr wirkt vertraut miteinander und du trägst keinen Sindex.«

»Ich trage keinen Sindex, weil ich kein Risiko eingehen will. Tim ist ein Passagier der Asteria, darum ist es sicher, mit ihm befreundet zu sein.«

»Sicher?«

»Ich kann es mir nicht leisten, mich auf jemanden einzulassen, der nicht ebenfalls nach Gaia fliegt. Jede Bekanntschaft, die ich auf der Erde mache, hat das Potential, mir das Herz zu brechen. Darum trage ich den Sindex nicht. So halte ich mir alle Interessierten vom Leib. Davon einmal abgesehen, habe ich ohnehin keine Zeit für Beziehungen. Wieso fragst du überhaupt? Darüber hatten wir doch schon gesprochen.«

»Rein berufliches Interesse«, erwiderte L.

»Inwiefern ist das beruflich relevant für dich?«

L schluckte. »Tatpersonen kommen oft aus dem persönlichen Umfeld der Opfer.« Immerhin die halbe Wahrheit.

»Das hat auch Kommissar Brill gesagt, aber Tim ist sicher nicht Geist. Er ist glücklich mit zwei Telarin liiert. Die eine gehört zur Brückenmannschaft der Asteria, der andere zur technischen Servicecrew. Ich würde meinen, Tim hat genug mit den beiden zu tun und weder Zeit noch Grund dazu, mir Drohbriefe zu schicken.« Niobe wandte sich der kaputten Synthetischen auf dem Tisch zu und nahm Klammer und Skalpell zur Hand. Als sie den ersten Schnitt ansetzte, um die Kunsthaut von der Verdeckung zu entfernen, verzog L das Gesicht. »Du weißt, dass sie keinen Schmerz spüren kann, oder?« Niobe zeigte auf die lebensecht wirkende Konstruktion aus Drähtchen und Teilchen.

»Sie ... *Es* sieht so echt aus«, antwortete L bloß.

»Intimbot der sechsten Generation. Sie sehen nicht nur echt aus und fühlen sich so an, sie passen ihre Reaktionen und Interaktionen auch selbstständig an die Bedürfnisse der Nutzer an. Diese Synthi hier hat einen Defekt im Wärmeregulator, dadurch ist sie ständig eiskalt. Gut, wenn man auf Nekromantie steht, nicht so gut, wenn man es lieber mit den Lebenden hält«, gab Niobe zurück. Sie öffnete die Verkleidung unter der Hautschicht und legte ein dichtes Paket aus Leitungen und Sicherungen frei. »Brauchst du vielleicht eine Synthi?«, fragte

Niobe leichthin. »Unsere Alice hier ist ein Premiummodell. Als Neuware kaum erschwinglich, aber als B-Ware kann man sie sich leisten. Wenn ich mit ihr fertig bin, wird sie wie neu sein. Inklusive perfekter Körpertemperatur.«

L trat zu Niobe an die Werkbank, nahm mal dieses, mal jenes Ersatzteil in die Hand und drehte es unschlüssig hin und her. »Danke, nein. Ich habe es nicht so mit Robotern.«

Niobe schaute verwundert auf. »Hast du etwa Angst vor ihnen?«

»Ich würde es als gesunden Respekt bezeichnen.«

»Und wie fängt man sich solch einen *gesunden Respekt* vor Synthetischen ein?«, fragte Niobe mit einem Mundwinkel, der sich anschickte, ein etwas hämisches Grinsen werden zu wollen.

»Indem man hin und wieder zusieht, wie ein Mensch von einem auseinandergerissen wird«, antwortete L, ohne nachzudenken. Niobes Lippen pressten in einer harten Linie aufeinander und ihre Augen wurden groß. L fluchte im Geiste. »Entschuldige. Das hätte ich nicht sagen sollen.«

»Bei welcher Gelegenheit hast du etwas derart Furchtbares mit ansehen müssen?«, fragte Niobe entsetzt.

L seufzte leise. »Während der Ressourcenkriege. Natürlich sahen die Kampfroboter von damals wesentlich weniger menschlich aus als deine Alice hier. Das waren kantige, hässliche Dinger, und sie waren in ihrer Funktion sehr viel einseitiger programmiert.«

Niobe blickte zwischen L und dem geöffneten Androiden hin und her. »Die Ressourcenkriege? L, wie lange warst du im Kälteschlaf?«

»Hm«, setzte sie an. »131 Jahre, 3 Monate und 6 Tage.«

Niobe brauchte einen Moment, bevor sie sagte: »Du weißt, wie man eine Bombe platzen lässt.«

»Sogar buchstäblich, aber ich nehme an du meinst, dass ich ein Stimmungskiller bin.« L versuchte, humorvoll zu klingen und die Richtung des Gesprächs damit zu ändern.

»Belasten sie dich?«, fragte Niobe jedoch vorsichtig. »Die Erinnerungen an diese Zeit?« Sie wechselte das Werkzeug und begann, in den Eingeweiden der Maschine herumzustochern.

»Nicht so sehr, wie es allgemein erwartet wird.«

»Albträume?«

»Manchmal«, gestand L. »Aber nicht direkt wegen des Krieges. Wenn man damit aufwächst, ist es Normalität.« Ihre Albträume konzentrierten sich meist auf diese letzten Minuten, bevor sie in ihren mehr als hundertjährigen Schlaf gesunken war. Der Rest ... Der Rest war Alltag gewesen. Sie hatte damals nichts anderes gekannt.

»Keine Sorge, mein Bodyguard, ich werde dich beschützen«, sagte Niobe mit einem Lächeln, das einem den Atem nahm. »Vor unseren Synthis brauchst du keine Angst zu haben. Sie sind alle mit Direktiven ausgestattet, die verhindern, dass sie Menschen Gewalt antun können. Und selbst wenn jemand versuchen würde, diese Direktiven zu umgehen, könnte ich mit dem Sender hier jederzeit den Killswitch aktivieren und den Synthi unschädlich machen.« Sie hielt ihren Mitarbeiterausweis hoch, den sie an einem Band um den Hals trug.

Niobe meinte es sicher gut, doch das beruhigte L nicht. Ihrer Erfahrung nach war jede Sicherheitseinstellung dazu verdammt, umgangen zu werden, und jedes Programm dazu, umgeschrieben zu werden. Sie wusste das, weil sie einst selbst sehr gut darin gewesen war, die Systeme von Bots zu hacken. Daher schwieg sie und ließ den Blick durch den Rest der Werkstatt schweifen.

»Ich habe eine Frage. Wenn Bots so lernfähig sind, wozu braucht man dann Tweaks als Arbeitskräfte?«

»Tweaks sind billiger zu produzieren und damit leichter zu ersetzen«, antwortete Niobe verbittert.

L raunte missbilligend und ließ den Blick umherschweifen, dabei entdeckte sie eine Synthetische, die an der gegenüberliegenden Wand stand. Ihr fehlte das Gesicht. *Gruselig*. Anders als Alice, deren Körperform einem in der Realität unerreichbaren Ideal entsprach, war die Gesichtslose natürlicher geformt. Vielleicht schon einer älteren Frau nachempfunden, mit einer birnenförmigen Kontur und einer weniger glatten Haut.

»Warum hat der Bot dahinten kein Gesicht?«

Niobe antwortete, ohne aufzusehen, während sie mit einem kräftigen Ruck etwas aus Alice herauszog. »Das ist Lou. Eine ehemalige Persona. Das Gesicht war in der Öffentlichkeit zu bekannt, um es weiterzuverwenden. Es wird durch ein neues ersetzt, sobald das Chassis verkauft wurde.«

»Uh, Persona ... eine Art Pseudonymbot, richtig?«

»Ja, ziemlich genau das. Lou war das Gesicht einer Schriftstellerin, die anonym bleiben wollte. Dank der Persona konnte die echte Person an Veranstaltungen teilnehmen und mit Fans interagieren, ohne selbst körperlich anwesend zu sein oder eben ihr wahres Gesicht zeigen zu müssen. Man klinkt sich ein und spaziert durch die Welt, ohne sich vom Holodesk wegzubewegen. Ziemlich praktisch, wenn man in der Öffentlichkeit stehen muss und gleichzeitig lieber anonym bleiben möchte.«

»Ist das legal?«

»Selbstverständlich ist das legal. Fällt unter das Identitätsschutzgesetz. Man braucht natürlich eine Genehmigung und muss die Persona an offizieller Stelle registrieren, die Klardaten dürfen aber nur im Falle einer Gesetzeswidrigkeit ausgelesen werden.« Ein Hinweis erschien in Niobes Sichtfeld. »Augenblick, ein Anruf aus dem Verkaufsraum. Ja, Tim?«

L ließ den Blick einmal mehr durch die Werkstatt gleiten, während Niobe ihr Gespräch führte.

»Niobe, vor mir steht eine Kundin, die ein Ersatzteil für einen alten Servicebot aus der Eco-3-Reihe bei dir bestellt haben will. Ich finde dazu keinen Auftrag im System. So alte Teile führen wir doch auch gar nicht.«

»Das ist sicher die Pflegerin meiner Cousine. Ich habe ihr geholfen, eine neue Energiespule zu finden. Sag ihr, ich bin gleich bei ihr.«

»Wird erledigt«, antwortete Tim und beendete die Verbindung.

»Kann ich dich einen Moment mit den Maschinen alleine lassen oder willst du mich nach vorne begleiten?«, fragte Niobe an L gewandt.

»Als dein CPO *muss* ich dich begleiten«, sagte L etwas zu motiviert und folgte ihrer Klientin zurück in den Verkaufsraum. Wenigstens waren die Synthetischen dort noch am ganzen Stück und lagen nicht wie filetierte Leichenteile überall im Raum verstreut herum. L schüttelte sich unbemerkt in Niobes Rücken.

…/SimFile_16

REGIONALTREFFEN MIT HINDERNISSEN

ID: L

L war heilfroh, dass Niobe nur an zwei Tagen in der Woche zur Schicht bei *Flinke Hände* erscheinen musste. Heute war kein solcher Tag. Stattdessen stand das Regionaltreffen der Asteria-Passagiere an. Zu Ls noch größerer Freude fand das Treffen in einer Simulation statt. Entspannt verriegelte sie daher die Tür der Simulationskammer und wandte sich anschließend zu Niobe um. »Gesichert.« Sie positionierte sich am Rand der Kammer, abseits des Cyberwalks, in dessen Mitte sich Niobe soeben in Position brachte.

Als Niobe merkte, dass L keine Anstalten machte, sich zu ihr zu gesellen, fragte sie verunsichert: »Kommst du nicht mit?«

L schüttelte den Kopf. »Ich werde mir die Simulation von außen ansehen. Sofern du bereit bist, den Stream mit mir zu teilen, versteht sich.«

»Selbstverständlich«, antwortete Niobe und wies ihren Neurolink sofort an, nach verfügbaren Links zu suchen. Die Ergebnisliste blieb jedoch leer. »L, ich kann deinen Neurolink nicht finden. Hast du ihn maskiert?«

»Ich trage keinen.«

Niobe schaute irritiert zu ihrer Leibwächterin. »Du trägst keinen Neurolink?«

Zur Antwort zuckte L gleichgültig mit den Schultern. Sie wunderte sich nicht über die tiefe Falte, die sich auf Niobes Stirn bildete. Die meisten Menschen trugen dieses biotechnische Gerät im Nacken, das L an einen Minitintenfisch erinnerte und vollständig über Gedankenbefehle gesteuert wurde. Im Grunde sehr praktisch. L zog stattdessen ihre Smartbrille aus dem Jackett und setzte sie auf. Ein rein elektronisches und wesentlich älteres System als das des Neurolinks. Ähnlich dem System, das L schon vor ihrem langen Schlaf benutzt hatte, nur ein ganzes Stück moderner, mit umfangreicheren Funktionen, und natürlich hatte es damals keine virtuelle Assistentin wie Vee gegeben.

»Was …«, begann Niobe mit großen, entgeisterten Augen. »L, was ist das?«

»Eine Smartbrille«, erwiderte L ganz selbstverständlich.

»Ich wusste nicht, dass es die Dinger überhaupt noch gibt. Warum benutzt du keinen Neurolink? Das wäre sehr viel komfortabler und erlaubt dir mehr Privatsphäre als ein derart altmodisches Gerät. Musst du damit nicht ständig verbalen Austausch halten? Da kann doch jeder zuhören!«

»Ich bin nicht altmodisch«, widersprach L sofort. Sie konnte den leicht gereizten Unterton in der Stimme nicht verhindern. Wie L dieses Wort nervte. Altmodisch. Vor allem deswegen, weil es ziemlich treffend beschrieb, was L mit ihren gerade einmal einunddreißig gelebten Jahren war, und das gefiel ihr überhaupt nicht.

»Was sonst könnte die Erklärung für dieses Ding sein? Bitte sag mir nicht, dass du neben deiner Roboterphobie auch zu jenen Menschen gehörst, die glauben, ein Neurolink stehle ihnen ihre Persönlichkeit und verwandle sie in willenlose Sklaven der Aliens. Denn, L, die Invasion der Aliens haben wir bereits hinter uns und wir sind in keiner Position, bei der sich der Aufwand einer Gedankenkontrolle für sie lohnen würde. Die Telarin haben herzlich wenig Interesse an uns oder daran, uns fügsam zu machen. Solange wir den Planeten nicht wieder ruinieren und uns von ihren beanspruchten Arealen fernhalten, sind wir ihnen egal. Falls wir uns danebenbenehmen, rotten sie uns einfach aus. Es ist nicht so, dass der Mensch ein wichtiger Teil des irdischen Ökosystems wäre. Eher im Gegenteil. Das Tragen eines Neurolinks zu verweigern, weil man bef…«

»Zu diesen Menschen gehöre ich nicht«, unterbrach L ihre Klientin. Himmel, manchmal redete sie wie ein Lexikon auf zwei Beinen. »Ich trage keinen Neurolink, weil er einen neurologischen Konflikt verursachen würde.«

Niobe verstummte und spürte, wie ihre Ohren heiß wurden. »Verdammt«, fluchte sie dann leise, schloss einen Moment die Augen und biss sich dabei auf die Unterlippe. »Entschuldige, L. An einen medizinischen Grund habe ich nicht gedacht. Mein vorlautes Mundwerk bringt mich nochmal ins Grab. Wahrscheinlich ist es einer dieser vorschnellen Schlussfolgerungen zu verdanken, dass ich mir Geist eingebrockt habe.« Sie warf resignierend die Arme in die Luft.

»Nichts passiert«, antwortete L. »Ich bekomme diese Reaktion häufiger.«

»Das macht es nicht besser«, meinte Niobe. Nach einem weiteren Schulterzucken von L und einem unangenehmen Moment des Schweigens fragte Niobe: »Wie lautet deine Netzwerk-ID?«

L nannte ihr die erforderlichen Daten und nur eine Sekunde später leuchtete Niobes Einladung auf dem Glas der Smartbrille auf. L aktualisierte ihre Kontakte und kurz darauf folgte sie Niobe über den Einladungslink zu dem Regionaltreffen. Während Niobe mit allen Sinnen in die Simulation eintauchte, stand L da und blickte durch ihre Smartbrille auf die Szenerie wie auf eine cineastische Leinwand. Die allsehende Beobachterin.

»Ich bin gleich hinter dir und passe auf dich auf«, sagte L.

Niobe wandte sich kurz in Richtung der Stimme um. An ihrem glasigen Blick erkannte L, dass ihr Schützling längst nichts mehr von ihrer realen Umgebung sah. Trotzdem schien sie L direkt anzusehen. Niobe lächelte ihrer Leibwächterin zu, dann mischte sie sich unter die Gäste. *TimTinTin*, der in ein eifriges Gespräch vertieft war, erwartete Niobe bereits und winkte ihr zu. Sie eilte zu ihrem Freund, schloss ihn in die Arme und L beobachtete, wie auch der Rest der Gruppe Niobe voller Begeisterung begrüßte. So wenige Kontakte sie in der realen Welt besaß, so viele pflegte sie unter den Passagieren der Asteria. Für L stieg die Anzahl der möglichen Verdächtigen schlagartig an.

Sie ließ den Blick durch den Raum wandern, der dem Atrium der Asteria nachempfunden war. Die Beleuchtung unterschied sich von dem Original, wirkte gedämpfter und stimmungsvoller. Es gab hier Pflanzen, während die echte Asteria Holos davon projizierte. In einem anderen Teil des Atriums entdeckte L Markus. Selbstverständlich war auch er hier.

»Vee, kannst du eine holografische Projektion von mir an Markus' Position einfügen?«

»Selbstverständlich, L.«

Es dauerte nicht lange, bis L eine Abbildung von sich selbst sah. Markus zuckte kurz, da er nicht mit ihr gerechnet hatte. L aktivierte ihren Ohrclip und stellte eine Direktverbindung zu dem Freund her. »Hallo, Markus«, begrüßte sie ihn leise lachend. Sie wollte Niobe nicht stören, die auf dem Cyberwalk hin und her marschierte und dabei nichts als Heiterkeit und Lachen verströmte. »Habe ich dich erschreckt?«

»Eher schockiert! Was machst du hier?«, fragte der Mann erfreut.

Ls holografisches Abbild nickte in Richtung ihrer Klientin, die zwischen den vielen Gästen umherwanderte und praktisch jede einzelne Person begrüßte. Niobe war ganz in ihrem Element. Fröhlich, laut, vollkommen unbekümmert. Hier auf dem Treffen schien sie viel mehr Eboni als Niobe zu sein. Die Frau, die L in der Abgeschiedenheit ihres Zuhauses kennengelernt hatte, wirkte meistens nachdenklich und einsam. Eboni dagegen glich eher einer Bienenkönigin. Sorglos und umworben von ihrem Schwarm. Niobe hatte deutlich mehr mitgemacht als die Online-Version von ihr, die gerade ein Selfie mit Freunden machte und laut lachte. Ein kleines aufblinkendes Icon auf Ls Brille verriet ihr, dass besagtes Selfie sofort in Ebonis Asteria-Feed gelandet war. L seufzte kurz in sich hinein und machte sich eine mentale Notiz dazu, Niobe zu sagen, dass das zeitversetzte Posten von Beiträgen nicht nur für ihre realweltlichen Aktivitäten galt. Da es nun ohnehin zu spät war, beließ es L dabei und gewährte ihrer Klientin diesen Moment purer Heiterkeit. Sie schien nicht sehr viele davon zu erleben. Es kam L fast so vor, als hätte Niobe alle schwermütigeren Eigenschaften von sich in ein Verlies gesperrt und eine andere Persönlichkeit angenommen. Sie fragte sich, welche dieser beiden Versionen die echte Niobe war.

»Habe ich es also doch geschafft, dich herzulocken«, sagte Markus zufrieden.

L schmunzelte. »Wenn ich es nicht besser wüsste, würde ich behaupten, dass du das alles geplant hast, nur damit ich zu diesem Treffen komme.«

»Ich bin unschuldig. Das Schicksal war auf meiner Seite!«, gab Markus grinsend zurück. »Komm, ich stelle dich ein paar Leuten vor.«

Doch L schüttelte den Kopf und ihr Hologramm machte es ihr in Echtzeit nach. »Danke, nein. Ich bin nur hier, um ein Auge auf meine Klientin zu haben.«

»Zwei Fliegen mit einer Klappe«, entgegnete Markus. »Vielleicht triffst du jemanden, für den es sich lohnt, mit nach Gaia zu fliegen.«

Ls Hologramm schenkte ihm ein schiefes Lächeln. »Glaubst du wirklich, ich würde eine so schwerwiegende Entscheidung treffen, für jemanden, den ich gerade erst kennengelernt habe?«

»Wenn es Liebe auf den ersten Blick ist?«

»An so etwas glaube ich nicht.«

Markus seufzte und wechselte das Thema. »Wie kommst du mit Ke Anvar zurecht?«

L zuckte in der realen wie auch in der digitalen Welt mit den Schultern. »So weit läuft es gut, aber ich bin auch erst seit ein paar Tagen da. Ich hatte noch nicht viel Zeit, ihr auf die Nerven zu gehen.«

»Irgendwelche Nachrichten von Geist?«

»Bisher nicht«, antwortete L. Als hätte Markus' Frage einen alten Zauber gebrochen, blitzte etwas auf Ls Smartbrille auf. Eine schwarz gekleidete Person, die eine blutrote Maske mit einem schwarzen X darauf trug, hatte sich deutlich abseits der Gruppe in die Simulation eingeklinkt, ließ den Blick durch den Raum gleiten und blieb schließlich an einer Person hängen. Niobe. »Du hast den Bann gebrochen, Markus. Er ist hier.«

Markus straffte sich bei ihren Worten. »Wo?«

»Ein maskierter User. Von dir aus auf 10 Uhr.«

Markus' Blick ging nach links, doch von seiner Position aus, als Teil der Simulation, würde er den unbefugten User nicht so schnell entdecken können. Zu viele Gäste versperrten ihm die Sicht.

Der Streamjumper, bei dem es sich gewiss um niemand anderen handeln konnte als um Geist, setzte sich derweil in Bewegung und arbeitete sich zielstrebig zu Niobe vor. Die stand ahnungslos neben Tim und unterhielt sich. L beobachtete den Eindringling ungeduldig. Sie biss sich auf die Unterlippe. Das Sicherheitssystem der Silverline Company sollte längst Alarm geschlagen und den Streamjumper isoliert haben. Wieso brauchte die KI so lange, um den Sicherheitsverstoß zu erkennen? Sie wies Vee an, den Jumper manuell zu markieren und an das System zu melden.

»Niobe«, rief L dann. Doch ihre Klientin war so vollkommen in ihre Gespräche vertieft, dass sie Ls Stimme nicht wahrnahm. Als Geist nur noch wenige Schritte entfernt war, eilte L in der realen Welt zu Niobe und fasste sie vorsichtig am Arm. »Erschrick nicht, ich bin es nur«, sprach sie sanft in Niobes Ohr.

»L? Was ist los?«

»Da ist ein Streamjumper in der Simulation und er kommt auf dich zu.«

Niobe wirbelte sofort herum und suchte ihre Umgebung ab. Ihr Körper versteifte sich in Ls Arm, wie auch auf Ls Smartbrille. Die letzten Menschen traten beiseite und da stand sie. Die maskierte Gestalt mit dem monströsen Grinsen. Instinktiv wich Niobe einen Schritt zurück. L drückte sie ein wenig fester, um ihr zu zeigen, dass sie nicht alleine war.

»Geist«, brachte Niobe nur schwach hervor.

Geist legte den Kopf schräg, wodurch das aufgemalte, breite Grinsen der Maske noch schiefer wirkte.

»Markus Brill, Kommissariat 113. Identifizieren Sie sich!«, rief Markus, der mit großen, strammen Schritten schnell näherkam.

Geist sah zu dem Kommissar, dann warf er den Kopf in den Nacken und begann schallend zu lachen. Eine Stimme, die aus vielen bestand und wie ein gefülltes Stadion klang.

»Amateur«, sagte Geist und schnipste mit den Fingern. Die Gäste samt Kommissar verschwanden von der einen auf die andere Sekunde. Verpufften wie Rauch. Es wurde still und Niobe war von jetzt auf gleich mit Geist allein.

Der Raum verdunkelte sich, als würde jemand das Licht aus ihm heraussaugen. Die Wände versanken in völliger Schwärze. Nur ein einzelner Lichtkegel fiel auf Niobe und Geist. Niobe blickte sich nervös um. Klagende, jammernde Laute drangen aus den neu entstandenen Schatten, dazu Schnarren und Fauchen, ein matschiges Schlurfen. Aus der Dunkelheit schälten sie sich ins Licht. Menschliche Körper mit unnatürlich verdrehten Gelenken. Fahle, faulige Haut überzog ihre hervorstechenden Knochen, Blut floss ihnen aus durchschnittenen Kehlen oder verteilte sich in Schlieren auf dem Boden, wo abgetrennte Gliedmaßen darüber geschleift wurden. Jede dieser Kreaturen trug Niobes Gesicht. Dutzende Kopien von ihr humpelten und krochen auf sie zu.

»Eboni, Eboni, Eboni …«, wisperten die grotesk entstellten Abziehbilder.

Niobe wich einen Schritt zurück, bis ihr klar wurde, dass die monströsen Versionen ihrer selbst sie einkreisten und gierig ansahen.

L schüttelte es bei dem Anblick. Es war die reinste Horrorshow. »Beende die Simulation«, sprach sie leise in Niobes Ohr.

»Noch nicht. Ich will wissen, was Geist von mir will.«

Geist kniff die Augen enger zusammen. »Mit wem sprichst du? Es dürfte niemand mehr hier sein. Ich habe ... ah, ich verstehe. Jemand ist bei dir, in der realen Welt.«

»Blitzmerker«, erwiderte Niobe mit fester Stimme.

L war ein wenig beeindruckt davon, wie gefasst Niobe blieb, angesichts dessen, was sich vor ihren Augen abspielte.

»Niemand stellt sich zwischen uns, Eboni. Du gehörst mir allein.«

»Glaubst du, dieses Theater hier kann mich beeindrucken? Oder mir Angst machen? Wer bist du und was willst du von mir?«, entgegnete Niobe hart und unerschrocken.

L sah, wie sich Geists Hände zu Fäusten ballten. Das war offenkundig nicht die Reaktion, die er sich von Niobe erhofft hatte.

»Sicherheitsverstoß erkannt«, verkündete die monotone Systemstimme endlich und ein roter Lichtring leuchtete im selben Moment um Geist auf.

»Die frechen Worte werden dir bald vergehen, Eboni. Sie werden dir im Halse stecken bleiben, während ich mit beiden Händen zudrücke.«

Noch immer zeigte Niobe keine Regung und blickte Geist fast gelangweilt an. Sein Avatar begann zu flackern. Dann färbte er sich vollständig rot und zerbrach in tausende Pixel, die sich im Nichts auflösten. Die Dunkelheit verschwand und nahm die entstellten Duplikate von Niobe mit. Sie sank auf die Knie.

»Niobe«, sprach L in der realen Welt und berührte ihre Schulter.

»Simulation beenden«, flüsterte Niobe, deren Körper plötzlich zitterte, als wäre sie in einen Schneesturm geraten.

…/SimFile_17

KONFLIKTE

ID: NIOBE

Die Kafflonmaschine beendete ihre Arbeit, gerade als Niobe barfuß aus dem Schlafzimmer kam. Wenig überraschend war ihre Leibwächterin wie jeden Morgen perfekt angezogen. Schwarze Hose, weißes Hemd, Krawatte und Jacke. Es war erstaunlich, wie man jeden Tag etwas anderes tragen und doch jedes Mal gleich aussehen konnte. L war ganz allgemein das vollständige Gegenteil von Niobe, die zu dieser Uhrzeit völlig ohne Scham als Zombie beschrieben werden durfte. Niobe war ein überzeugter Morgenmuffel.

»Stehst du immer so früh auf?«, fragte sie halb gähnend. Immerhin schaffte sie es, sich dabei den Mund zu bedecken.

»Guten Morgen«, antwortete L, ohne auf die Frage einzugehen. Sie reichte Niobe einen dampfenden Kafflonbecher.

»Oh, L!. Du bist eine wahre Göttin!« Niobe mobilisierte ein paar versteckte Reserven an Lebensenergie und schlurfte im Eiltempo zu L. Sie stöhnte geradezu lustvoll auf, als der erste Schluck Kafflon ihren Gaumen berührte und in der genau richtigen Temperatur ihre Kehle hinunterlief. »Hmmmm, bei allen Himmeln, das habe ich jetzt gebraucht.« Als sie zu L blickte, wirkte die leicht verstört. »Stimmt etwas nicht?«

»Du gibst seltsame Töne von dir, wenn du deinen Kafflon trinkst«, antwortete L zögernd.

»Nicht so seltsam wie die Töne, die deine virtuelle Assistentin von sich gibt«, konterte Niobe mit einem anzüglichen Grinsen.

»Wie geht es dir?«

»Gut. Wieso fragst du?«, wollte Niobe wissen.

L tippte einen Moment lang schweigend gegen ihren eigenen Becher. »Wegen dem, was gestern passiert ist.«

Niobe winkte ab und nahm einen weiteren Schluck Kafflon. »Unwichtig.«

»Markus steht mit der Silverline Company in Verbindung und versucht herauszufinden, wie es Geist gelungen ist, die Sicherheitsprotokolle zu umgehen. Bist du sicher, dass es dir gu...«

»Ich muss zu meiner Cousine ins Delta«, unterbrach sie L hastig. Sie wollte nicht an die Simulation denken. Sie wollte die Bilder vergessen und so tun, als wäre es nie passiert.

»Geist ist besser, als ich dachte. Ein SimCenter ist leicht zu knacken, aber ein privater Stream von Silverline ...« L pfiff leise. »Dafür muss man gut sein.«

Eine Stunde später standen die beiden vor dem Anmeldeschalter des Delta-Komplexes.

»Kommunikationsgeräte und Datenträger in die Aufbewahrung und die Handfläche auf das Eingabefeld der Scheibe, bitte«, verlangte die Wachfrau hinter der Glasscheibe. L folgte der Aufforderung, legte Smartbrille, Ohrclip und auch Sensorpad in die ausgefahrene Schublade. Anschließend drückte sie die Hand auf das Hologlas. Sie wartete, während das System ihre Abdrücke und andere biometrische Daten auslas. Ls digitale Persönlichkeit leuchtete auf dem Display auf und Niobe betrachtete das dreidimensionale, holografische Abbild ihrer Leibwächterin. Genauso ernst wie das Original. Name, Größe und die genetische Kodierung nebst Geschlechtszuordnung ploppten in einem weiteren Fenster auf. Niobe runzelte die Stirn.

»Du bist eine Telar? Aber du siehst total menschlich aus«, meinte Niobe, nachdem sie sich beide im Besuchsprotokoll registriert hatten und die Schleuse zum Patientenbereich passierten.

»Ich bin *total* menschlich. Eine Telar bin ich nur laut meiner ID. Meine Schlafkammer wurde in einem von ihnen beanspruchten Hexagon ausgegraben. Ist eine lange Geschichte. Man könnte sagen, dass sie mich adoptiert haben.«

»Huh. Und dein Name ist wirklich L? Einfach nur L?«

»Nein.«

»Aber so steht es in deiner ID!«

»Wie gesagt. Eine lange Geschichte.«

»Die würde ich gerne hören«, sagte Niobe neugierig.

»Ein andermal vielleicht.«

Niobe seufzte. »Dich in ein Gespräch zu verwickeln, ist schwerer, als einem Huhn das Tanzen beizubringen, L.«

»Ich bin kein sehr gesprächiger Mensch.«

»Gelogen.«

»Gewagte Behauptung für jemanden, der mich erst vor wenigen Tagen kennengelernt hat.«

»Tatsächlich bin ich eine miserable Menschenkennerin. Aber so wie es aussieht, habe ich genug Zeit herauszufinden, ob ich mich bei dir irre«, gab sie unzufrieden zurück.

»Hm-hm. Viel Glück«, meinte L dazu bloß.

Niobe war kurz davor, sich gründlich das Haar zu raufen. »Wir sind da«, erwiderte sie stattdessen etwas grantig. »Eine Sache noch, bevor wir da reingehen.«

»Ja?«

»Kein Wort über meinen Stalker. Julie weiß nichts von Geist und all den anderen Dingen, die seit Monas Tod schieflaufen.«

»Du hast ihr nichts erzählt?«, fragte L verständnislos.

»Selbstverständlich nicht. Sie hat schon genug Sorgen.«

»Das kannst du ihr nicht verschweigen.«

»Wieso nicht? Julies Schlafphase beginnt bald. Warum sollte ich ihr jetzt noch von meinem Stalker erzählen? Damit sie sich so kurz vor dem Abflug vor Angst verrückt machen kann?«

»Was machst du, wenn dir nicht erlaubt wird, sie nach Gaia zu begleiten? Sie wird in einer fremden Galaxie aufwachen und keine Ahnung haben, was passiert ist.«

Niobe brauchte ein wenig länger, um zu antworten. »In dem Fall wird sie in gut dreiundneunzig Jahren eine Videobotschaft von mir erhalten, in der ich ihr alles erkläre.«

L schnaubte unzufrieden. »Das fühlt sich nicht richtig an.«

»Es ist eine Entscheidung, die ich treffen musste«, gab Niobe zurück und öffnete die Tür. Zu spät wurde ihr klar, dass sie in ihrem Ärger vergessen hatte anzuklopfen. Die beiden Personen im Zimmer waren ihrerseits zu beschäftigt, um die Neuankömmlinge zu bemerken.

Julie und einer ihrer Betreuer saßen mit dem Rücken zur Tür auf der Kante des Bettes. Die Arme von Niobes Cousine hingen schlapp herunter und der Pfleger hielt ihren nackten Oberkörper im Arm wie den einer Marionette, der man die Fäden abgeschnitten hatte. Zahlreiche alte und neuere Narben und Wunden liefen entlang einer kybernetischen Wirbelsäule über Julies Körper. Die sichtbaren Geschichten eines Lebens voller Operationen und Schmerzen. Die Verbindungen klickten leise und die Statusleuchten begannen zu blinken, als der Pfleger verschiedene Bioports miteinander verband.

»Okay, Julie, ich reaktiviere jetzt den Energiefluss. Bereit?«

»Bereit«, antwortete Julie mit belegter Stimme.

Der Mann gab mit der freien Hand eine Reihe von Befehlen auf einem Holopad ein. »Aktivierung erfolgt ... jetzt«, sagte er und tippte noch einmal auf das Display.

Ein hochfrequentes Summen erklang. Julies Arme bewegten sich, klammerten sich um einen des Pflegers. Sie stöhnte. Dann wurde das

Summen leiser, während die vielen Dioden von einer wilden Jahrmarktsbeleuchtung in eine stete Gleichschaltung wechselten.

»Alles in Ordnung?«, fragte der Mann an ihrer Seite sanft und sah sie mitfühlend an.

»Es geht mir gut.«

Er nickte. »Wie ist die Reaktionszeit?«

Julie richtete sich ein wenig auf und ließ die Finger der rechten Hand tänzeln. Kybernetische Finger, an einem kybernetischen Arm. »Eine Abweichung von 0,1 Millisekunden«, gab sie zurück.

»Perfekt. Versuch aufzustehen.«

Julie verlagerte ihr Gewicht vorsichtig auf die Füße und drückte sich mit den Händen von ihrem Sitzplatz ab. Unsicher brachte sie sich in eine aufrechte Position. Sie ächzte und stöhnte dabei. Zunächst schien sie ihren Halt zu finden, dann begann sie zu wanken, wedelte mit den Armen in der Luft und versuchte das Gleichgewicht nicht zu verlieren. »Oh Mist!«

Julie fiel, doch ihr Betreuer fing sie auf und setzte sie vorsichtig wieder auf der Bettkante ab.

»Julie!«, rief Niobe gleichzeitig und nun wandten sich Julie und der Pfleger mit überraschten Blicken um.

»Niobe! Ist es schon so spät?«

»Julie, was ist hier los?«, fragte Niobe in Sorge.

»Die Wunden um die Ports haben sich wieder entzündet. Wir sind gerade damit fertiggeworden, sie noch einmal zu reinigen«, erklärte der Mann an Julies Seite, dessen ID ihn als Alan Emir auswies. Der neue Pfleger mit den kybernetischen Augen, wie sich Niobe jetzt erinnerte.

Während er Julie half, sich ein Oberteil überzuziehen, presste Niobe die Lippen aufeinander. Es war nicht fair, dass Julie in ihrem Leben so viel Leid ertragen musste.

»Mach nicht so ein besorgtes Gesicht, Nio. Erzähl mir lieber, was dich zum zweiten Mal in dieser Woche herführt.«

»Ich wollte dir eine Freundin vorstellen.«

»Was?« Julie wandte sich voller Neugier herum, um einen besseren Blick zu bekommen. Die Schmerzen schienen vergessen angesichts von Niobes Ankündigung. »Das wäre das erste Mal, dass du jemanden mitbringst. Wer ist …«

Julie verstummte und blickte ausdruckslos zu der fremden Person, die noch immer im Türrahmen stand. Sie wurde so starr, dass Niobe glaubte, die Systeme ihrer Cousine seien abgestürzt, doch der Blick des Pflegers ging in exakt dieselbe Richtung und wurde finster.

»Was ist?« Niobe folgte den Blicken der beiden Cybes und entdeckte L, die Julie geradezu entsetzt anstarrte und die Hände zu Fäusten geballt hatte.

/switchProfile
ID: L

In dem Moment als L Julie sah, konnte sie spüren, wie ihr das Blut aus allen Gliedern wich. Blut, das ihr warm den Nacken hinab lief, während ihr Kopf schmerzte und der Rest von ihr nicht länger zu existieren schien. Arme und Beine waren taub geworden, nicht einmal Worte wollten der Schwere ihres Körpers entkommen.

Schweiß trat L auf die Stirn, sie hatte Mühe, ihre Atmung unter Kontrolle zu halten. Ihr Herz war kurz davor zu zerbersten. Sie durfte jetzt nicht in Panik geraten. Nicht hier, nicht vor Niobe. Sie schloss die Hände zu Fäusten und öffnete sie wieder. Ihr Körper war weder taub, noch ignorierte er die Befehle ihres Gehirns. Doch in ihrem Schock bemerkte L erst jetzt, dass alle Anwesenden still geworden waren und sie ansahen.

»Raus hier«, befahl Niobe plötzlich und klang dabei so frostig, dass L die Kälte auf der Haut und bis tief in die Knochen spürte. Was gut war, denn so durchbrach ihre Stimme den Bann, der L gefangen hielt.

»Niobe, ich ...«, setzte L an, doch sie kam nicht zum Abschluss.

»Raus hier!«, schrie Niobe wutentbrannt.

Unerwartet schnell kam sie auf L zu und stieß sie so hart vor die Brust, dass L rückwärts aus der Tür stolperte. Um Haaresbreite wäre L mit einer weiteren Mitarbeiterin des Deltas zusammengestoßen, die gerade das Zimmer betreten wollte und im letzten Moment japsend zur Seite sprang.

»Was ist denn hier los?«, fragte die ältere Frau.

»Nichts. Ke Tiernen will gerade gehen«, gab Niobe scharf zurück und ließ L dabei nicht aus den Augen. Zornigen, hasserfüllten Augen.

»Ich kann nicht für deine Sicherheit garantieren, wenn d...«

Die Tür knallte laut und endgültig vor Ls Nase zu und ließ die Leibwächterin perplex auf dem Gang zurück.

L fluchte leise und lehnte sich an die Wand. Gedämpfte, aber aufgebrachte Stimmen wechselten sich hinter der Tür ab. L ärgerte sich über sich selbst. Wie hatte sie derart die Kontrolle verlieren können?

In Ermangelung von Alternativen lief sie zurück zur Schleuse und holte ihre Habseligkeiten ab. Nachdem sie auf einem der Stühle im Wartebereich Platz genommen hatte, setzte sie sich die Smartbrille auf und navigierte zu Ebonis Profil. Die Holos bauten sich vor ihr auf und von jedem lächelte Eboni sie fröhlich und warmherzig an. Hier im Feed war die Welt noch in Ordnung. L pustete einen Schwall Luft durch die Lippen und versuchte, die wütende Version dieses Gesichts aus ihren jüngsten Erinnerungen zu löschen. Doch Niobe war so viel dominanter als Eboni.

»Es war viel einfacher mit dir, als du noch nicht real warst«, sprach sie leise zu ihrer imaginären Geliebten.

.../SimFile_18

WIE FEUER UND EIS

ID: NIOBE

Als Niobe Julies Zimmer verließ und auf den Gang trat, war von ihrem Bodyguard nichts zu sehen. Doch die Hoffnung darauf, sich nicht weiter mit L auseinandersetzen zu müssen, verpuffte, als sie die Schleuse passierte. L saß auf einem der Stühle, die Arme vor der Brust verschränkt und die Augen geschlossen. Entspannt und gelassen. Wie immer. Niobe zog die Tür schwungvoll hinter sich ins Schloss. Der Knall riss L aus den offenbar friedlichen Träumen. Dennoch hob sie nur kurz den Blick, wagte es aber nicht, Niobe in die Augen zu sehen. *Gut so.*

Niobe marschierte los in Richtung Ausgang, ohne ein Wort zu verlieren. L folgte ebenso stumm. Sie durchquerten die Halle zum Hauptausgang, ohne etwas zu sagen, und traten ins Freie.

»Können wir ...«

»Nein«, fuhr Niobe sofort dazwischen. Mit wütenden Schritten lief sie voran und hätte L gerne abgehängt, doch ihr Bodyguard hielt das Tempo mühelos. Sie hörte L bloß unzufrieden in ihrem Rücken atmen. Als sie den Parklift erreichten, wurde Ls Wagen gerade in die Abholbucht geschoben. »Ich nehme die Tram«, verkündete Niobe, woraufhin L ihr unbeeindruckt den Weg versperrte. Sie starrte L mit loderndem Zorn an, L starrte mit gleichgültiger Kälte zurück. Die Sekunden vergingen, L gab nicht nach. »Fein!«, schimpfte Niobe.

Wortlos öffnete L die Beifahrertür für Niobe und schloss sie anschließend mit einer Sanftheit, die Niobes Blut weiter zum Kochen brachte. Dass L so ruhig und entspannt agierte, als wäre nichts weiter vorgefallen, war unerhört.

Die kurze Fahrt zurück zu Niobes Wohnung dehnte sich daher zu einer Ewigkeit und ihre Wut füllte den Wagen aus. L warf ihr immer wieder einen schnellen Blick zu und schien darauf zu warten, dass Niobe etwas sagen würde. Doch sie starrte stattdessen zornig aus dem Fenster und mahlte mit den Zähnen. Als L den Nexus schließlich in den nächsten Parklift stellte, sprang Niobe schon aus dem Gefährt, bevor es vollständig zum Stehen gekommen war.

»Niobe!«, rief L ihr ermahnend hinterher, doch sie beachtete den Protest ihres Bodyguards nicht.

Im Innern des Hochhauses fluchte Niobe, weil der Fahrstuhl noch immer – oder mal wieder, wer wusste das bei dem Ding schon so genau? – nicht funktionierte. Sie zögerte nicht und stürmte in Rekordzeit die sieben Stockwerke durch das Treppenhaus hinauf. Zu ihrer großen Enttäuschung hielt L aber auch hier mühelos Schritt. In der Wohnung angekommen, kickte Niobe zornig die Schuhe von den Füßen und marschierte noch zorniger im Zimmer auf und ab.

»Pack deine Sachen und geh«, sagte sie.

»Wie bitte?«, fragte L.

»Geh!«, wiederholte Niobe. Laut. Ihr Blick bohrte sich voller Verachtung in den von L und diesmal schien ihr Bodyguard zurückzuzucken, als wäre sie tatsächlich getroffen worden.

»Niobe, lass mich ...«

»Du traust Maschinen nicht und fürchtest dich vor Robotern! Wie habe ich das nicht sofort verstehen können?«, rief Niobe.

»Das war nicht auf ...«

»Ich will niemanden in meiner Nähe haben, der Julie ansieht, als wäre sie ein verdammtes Monster«, fuhr Niobe erneut dazwischen. »Lieber lasse ich mir von Geist ein Messer zwischen die Rippen jagen.«

»Ich halte Julie nicht für ein Monster«, gab L betont sanft zurück. Glaubte sie etwa, das könnte Niobes Wut und Enttäuschung einfach verschwinden lassen?

»Dein Blick im Delta war eindeutig.«

»Das verstehst du falsch. Es tut mir leid, dass ich diesen Eindruck vermittelt habe.« L versuchte, sich zu erklären, doch Niobe hatte nicht vor, ihr auch nur genug Zeit zu lassen, um kurz Luft holen zu können.

»Wirklich? Und was bitte schön war es, wenn nicht Abscheu, was ich in deinem Blick gesehen habe?«

»Panik!«, rief L, deren ruhige Fassade zu bröckeln begann. »Es war Panik, Niobe.«

Niobe blieb stehen und starrte sie an. »Und du denkst, das macht es besser?«

»Wenn du mich erklären lassen würdest ...«

»Es war wirklich sehr entgegenkommend von dir, dass du mir helfen wolltest, L. Aber das funktioniert nicht. Ich kann nicht mit jemandem unter einem Dach leben, der Cybes verachtet oder Angst vor ihnen hat. Menschen wie du sind der Grund dafür, dass wir von hier weg wollen. Weg *müssen*!«

»Ich bin nicht ...«

»Es könnte außerdem Monate dauern, bis die Polizei die Person findet, die mich verfolgt. So lange kannst du nicht auf mich aufpassen. Es wird Zeit, dass ich zur Vernunft komme und realistisch denke. Früher oder später wird Geist das Interesse verlieren, wenn ich der Sache einfach keine Aufmerksamkeit schenke. Also geh.« Damit wandte sie sich ab und marschierte wütend in ihr Schlafzimmer.

»Niobe!«, rief L ihr nach, doch Niobe ignorierte sie einmal mehr und warf die Tür mit Nachdruck hinter sich zu. Sie würde hier nicht wieder herauskommen, bis L gegangen war.

…/SimFile_19

ALTES SPIELFELD, NEUE AKTEURE

ID: NIOBE

Niobe kroch aufs Bett und kuschelte sich unglücklich in ihr Kissen. Warum sie von L so enttäuscht war, konnte sie nicht recht erklären. Schließlich kannten sie sich kaum ein paar Tage und L gehörte auch nicht unbedingt zur redseligen Sorte Mensch. Trotzdem hatte sie etwas an sich, das sie für Niobe auf Anhieb sympathisch gemacht hatte. Bis zu diesem Moment im Delta wenigstens. Vermutlich war Niobe bloß geblendet gewesen von der Tatsache, dass L bereit gewesen war, einer völlig fremden Person zu helfen, und das auch noch ohne Bezahlung. Musste jemand, der so hilfsbereit war, nicht ein guter Mensch sein?

Niobe schnaubte unzufrieden. Sie musste auf andere Gedanken kommen. Kurzerhand startete sie das SimBook aus der Histo-Rekonstruktionsreihe, das ihr Julie vor kurzem gegeben hatte. Diesen Roman hatte Julie von einigermaßen gut erhaltenen Papierseiten abgetippt, wo nötig ergänzt und anschließend in ein modernes SimBook verwandelt. Niobes Aufgabe wäre es nun eigentlich, die Qualität von Julies Arbeit zu kontrollieren, doch da gab es nie viel für Niobe zu tun, so dass sie die Geschichte genießen konnte. Julie war gut in dem, was sie machte. Viel besser als Niobe.

Die Protagonistin des Romans lief gerade durch die Reihen magisch begabter Festgäste, deren Roben in bunten Farben schillerten und auf denen sich Muster bewegten, wie lebendige Bilder. Sie war auf der Suche nach ihrer heimlichen Liebe und Niobe hatte so das Gefühl, dass eine Stelle in der Erzählung erreicht war, in der sich die beiden entweder bald das erste Mal küssen würden oder von einer furchtbaren Katastrophe getrennt wurden. Niobe hoffte sehr auf Ersteres und ließ die Handlung ebenso voranschreiten, wie die Protagonistin in ihrem weiß-goldenen Anzug. Doch als sich die beiden Figuren endlich trafen und das Knistern zwischen ihnen spürbar wurde, brach Niobes SimBook plötzlich ab und sie fand sich auf einem stark vereinfachten Spielfeldraster wieder. *Pac-Man* – leuchteten die neonbunten Buchstaben über ihr auf. Ein Computerspiel, das Julie schon vor Monaten rekonstruiert hatte, bei dem eine gelbe runde Figur Punkte fressen und dabei vor einer Schar bunter Geister fliehen musste.

Ein Frösteln lief Niobe über den Rücken. Geister gehörten dieser Tage nicht gerade zu ihren Lieblingsfiguren.

Sie wunderte sich darüber, dass Julie ein solch grober Fehler unterlaufen sein sollte, zwei Projekte in einer Datei zu speichern. Das sah ihrer akribischen Cousine nicht ähnlich. Doch bevor Niobe diesen Gedanken weiter verfolgen konnte, sendete ihr Neurolink einen scharfen Schmerz durch ihren Körper, der nur eines bedeuten konnte.

»Nicht schon wieder!«, fluchte sie und suchte das Spielraster nach dem Streamjumper ab, der sich hier irgendwo eingenistet haben musste. Sie ertappte sich bei dem Wunsch, L herbeizurufen, leider war das nun keine Option mehr.

Aus dem Augenwinkel sah Niobe etwas aufblitzen, doch was auch immer es war, bewegte sich zu schnell für ihren Blick. Das Phänomen wiederholte sich, Niobe wandte sich blitzschnell herum, mehr als bunte Lichtstreifen erkannte sie jedoch nicht. Irgendwo verhallte ein Lachen und schon rauschte das nächste Lichtwesen an ihr vorbei. Noch eins und noch eins. Es wurden stetig mehr und sie kamen immer näher. Niobes Herz begann schneller zu schlagen. Nein, das konnte sie heute wirklich nicht gebrauchen. Sie brauchte dringend einen Zugang, der weniger anfällig für Streamjumper war.

Simulation beenden, befahl sie ihrem Neurolink.

Niobe starrte in die dunkle Weite des Spielfeldes. Ihr Neurolink reagierte nicht. *Simulation beenden!,* befahl sie erneut.

Nichts.

Niobe hob die Hand um nach dem Neurolink in ihrem Nacken zu greifen, doch in dem Moment schossen dornige Ranken aus dem Boden, umschlagen ihre Handgelenke und zerrten an ihr. Sie zwangen Niobe mit einem kräftigen Ruck auf die Knie, bohrten ihre Dornen in Niobes Fleisch. Sie trieben ihr die Tränen in die Augen und die Angst bis in die Haarspitzen.

Das war nicht möglich. Die Einstellungen von Niobes Neurolink verhinderten, dass sie in einer Simulation die Kontrolle verlor oder echten Schmerz empfinden konnte. Doch der Schmerz, den die Dornen verursachten, und Niobes Unfähigkeit, in der realen Welt nach ihrem Neurolink zu greifen, erzählte eine andere Wahrheit. Jemand hatte nicht nur ihren Stream gekapert, sondern auch ihren Neurolink gehackt.

»Simulation beenden!«, befahl sie diesmal laut. »Beenden!«, versuchte sie es erneut. Die einzige Antwort, die Niobe erhielt, war ein weiteres Lachen im weiten Raum des Spielfeldes. »Aufhören!«, rief sie wütend. Die bunten Lichter erstarrten urplötzlich und endlich war Niobe in der Lage zu erkennen, was sie waren: Geister.

»Nein«, keuchte sie.

Die Geister setzten sich wieder in Bewegung, steuerten aufeinander zu und verschmolzen miteinander. Zu einem immer größer werdenden Supergeist.

.../SimFile_20

STRIPTEASE

ID: L

Ein spitzer Schrei kam aus Niobes Zimmer. L reagierte sofort und stieß nur Sekunden später die Türe auf. Niobe kniete in einer seltsam gezwungen wirkenden Haltung auf dem Bett. Ihre Arme waren fest an ihren Körper gepresst, jeder Muskel schien angespannt, als kämpfe Niobe gegen unsichtbare Ketten.

»Was ist hier los?« Ihre Klientin antwortete nicht, schrie einmal mehr auf und zuckte vor einer für L nicht sichtbaren Gefahr zurück, kniff die Augen zusammen und versuchte sich aus ihren unsichtbaren Fesseln zu befreien. »Niobe!«

Der Neurolink in Niobes Nacken leuchtete und flackerte, viel heller und chaotischer, als es sein sollte. Irgendetwas stimmte nicht. Die biologische Masse sah aus, als würde sie kochen. L eilte zu Niobe, versuchte, den Neurolink von ihrem Nacken zu lösen, doch der klebte fest an ihrer Haut und reagierte auf keine der üblichen Druckanwendungen.

Niobe schrie erneut, schüttelte sich. »Beenden! Beenden!«, rief sie angsterfüllt.

L sah keine Alternative. Sie riss den Neurolink von Niobes Nacken und entfernte die Reste festgesaugter Tentakelspitzen mit schnellen Handgriffen. Niobe sog im selben Moment scharf die Luft ein, als wäre sie um Haaresbreite ertrunken. Sie warf sich desorientiert herum, suchte den Raum mit weit aufgerissenen Augen ab und zitterte am ganzen Körper. Ihr Blick fiel auf L und sie wurde schlagartig ruhiger, sackte in sich zusammen und rieb sich die Arme.

»Geht es dir gut?«, fragte L mit ernster Miene. »Was ist passiert?«

»Was ... Ich ... Geist ...«, stammelte Niobe. Dann entdeckte sie die zerfetzten Teile ihres Neurolinks und nahm ihn in die Hände. Zärtlich strich sie über die sonst sanft leuchtende Oberfläche, die nun dunkel geworden war. »Oh nein«, sagte sie mit einer Stimme, die Ls Herz dazu veranlasste, sich zusammenzuziehen.

»Tut mir leid. Er ließ sich nicht ohne Gewalt entfernen. Ich werde ihn dir ersetzen. Ein Neurolink mit DNA-Kodierung ist schwerer zu hacken.«

Niobe sah von dem Neurolink zu L. »Du bist nicht mehr mein Bodyguard. Warum bist du noch hier?«

»Niobe ...«

»Danke, dass du mir geholfen hast. Aber du solltest jetzt gehen.«

»Ist das dein Ernst? Ich weiß nicht was genau gerade mit dir passiert ist, aber es sah aus, als wärst du in Gefahr gewesen.«

»Es war ...«, Niobe schüttelte den Kopf. »Spielt keine Rolle. Geist ist mein Problem, nicht deins.«

L schnaubte unzufrieden. »Weißt du wie viele Stalking-Opfer bestenfalls in der Notaufnahme enden, schlimmstenfalls aber in der Leichenhalle? Muss ich dir erzählen, was diesen Menschen angetan wurde, bevor man sie gefunden hat? Diese Einbrüche in deine Streams sind nichts im Vergleich zu dem, was in der Realität geschieht.«

»Danke, dass du mich noch einmal daran erinnerst, dass ich weder in der realen Welt noch in einem Stream sicher bin«, gab Niobe zynisch zurück. »Warum kannst du nicht einfach gehen? Was kümmert dich, was mit mir passiert? Wir kennen uns nicht. Du solltest irgendwo Urlaub machen, statt den Babysitter für eine Fremde spielen zu müssen.«

»Du bist keine Fremde!«, rief L ungehalten dazwischen. Sie konnte nicht zulassen, dass Niobe etwas zustieß. »Ich kann nicht einfach gehen. Wenn ich dich jetzt alleine lasse und dir dann etwas zustößt, was glaubst du, was das mit mir macht? Denkst du etwa, ich schüttle das einfach ab? ›*Selbst schuld, sie hat es ja nicht anders gewollt*‹?«

»Warum denn nicht? Ich bin niemand für dich.«

»Du bist alles für mich!«, rutschte es L in ihrem Ärger heraus und sie biss sich sofort auf die Zunge. »Das klang falsch«, setzte sie schnell nach. Sie drückte die Handballen vor die Augen, weil sie so besser nachdenken konnte und sich beruhigen musste. Niobe war nicht Ls Fantasie-Eboni. Sie war eine völlig andere Person. Wieso war L nicht in der Lage, das voneinander zu trennen? Himmel, sie hätte Niobe wirklich gerne unter anderen Umständen getroffen. Selbst ein Kennenlernen über die Luvva-App wäre besser gewesen als dieses Desaster von Situation. Sie nahm die Hände runter und fuhr gefasster fort: »Deine Sicherheit ist mir wichtig, Niobe. Im Moment ist sie das Einzige, was zählt. Markus hat hunderte Holos und Berichte in seinen Akten, deren Inhalte ich dir gerne ersparen würde. Zwing mich bitte nicht, dich mit ihren grausamen Details zu konfrontieren, damit du den Ernst deiner Lage verstehst.«

Niobe schüttelte zögerlich den Kopf. »Es würde nichts ändern. Deine Einstellung gegenüber Cybes ist für mich nicht zu ertragen.«

»Du missverstehst, was im Delta mit mir passiert ist. Meine Reaktion hatte nichts damit zu tun, dass ich eine Abneigung gegen Cybes hätte.«

»Na, wenn das so ist ... vergeben und vergessen!«, spottete Niobe und verschränkte die Arme vor der Brust.

L presste die Zähne aufeinander. Sie würde es Niobe zeigen müssen. Immerhin war dies ein Geheimnis, für das sie sich nicht schämen musste. »Ich kann nicht glauben, dass ich das jetzt mache«, sprach L zu sich selbst, während sie ihre Jacke mit harten, wütenden Bewegungen auszog und sie neben Niobe auf das Bett pfefferte. Sie hatte sich unzählige Male vorgestellt, in Ebonis Schlafzimmer zu stehen und sich vor ihr auszuziehen, doch in diesem Moment lief ein ganz falsches

Drehbuch ab. L stülpte die Krawatte wirsch über den Kopf und warf auch sie auf das Bett. Die Knopfleiste des Hemdes musste als Nächstes leiden und nur dank Klickmechanismus blieben alle Knöpfe dran.

Nun runzelte Niobe die Stirn. »Was wird das? Deine Hingabe an den Job in allen Ehren, L, aber wir kennen uns nicht gut genug für diese Art von Konfliktbeilegung.«

»Jetzt sei doch mal einen Augenblick still!«, rief L fast schon verzweifelt. »Ich versuche dir zu erklären, wieso mich der Anblick deiner Cousine derart aus der Bahn geworfen hat.«

»Und das macht man am besten nackt?« Niobe schnaubte.

»In diesem Fall ja«, gab L mit einem verbitterten Lachen zurück. Wie gerne sie doch in einer Position für jene Art von Streitschlichtung wäre, an die Niobe offenbar dachte. L würde mit Freuden dafür sorgen, dass Niobe wenigstens für eine Weile die Worte ausgingen. Stattdessen streifte sie das Hemd ab und wandte Niobe gleichzeitig den Rücken zu, bevor sie auch das weiße Tanktop auszog. Sie hörte, wie Niobe einen unzufriedenen Grunzlaut von sich gab, und fragte sich, was ihrer aufgebrachten Klientin durch den Kopf ging. L kam sich entblößt vor, wie sie da nur noch in ihrem Sport-BH stand, doch wenigstens hatte Niobe aufgehört, sie anzuschreien. Nur das Geräusch davon, wie sie überrascht aufatmete, ließ L vermuten, dass Niobe den Grund für Ls Verhalten erkannt hatte.

Sah sie die Narbe? Diese perfekte, glatte Linie, die Ls Wirbelsäule entlanglief? Dort, wo ein Skalpell einst sauber die Haut geöffnet hatte? L wusste, dass ein violettes Leuchten entlang dieses Wundmals lief und durch ihre blasse Haut hindurch schimmerte. Es begann mit dem Haaransatz und folgte den Wirbeln den ganzen Weg hinab, bis es unter Ls Hosenbund verschwand. Nicht so hell, dass es sofort auffiel, aber hell genug, um zu verraten, was es war.

»Bei aller Himmel Götter«, flüsterte Niobe, endlich ihrer Munition an harten Worten beraubt. L hörte, wie sie näherkam, und stellte sich vor, wie Niobe die haarfeinen Äderchen entdeckte, die sich unter Ls Haut ausbreiteten wie ein leuchtendes Netzwerk. Die Intensität des Schimmerns wurde schwächer, je weiter sich die Adern von der Wirbelsäule entfernten und je feiner sie wurden. Niobe berührte Ls Rücken und strich mit zwei Fingern über die Narbe. L sog scharf die Luft ein und versteifte sich.

»Entschuldige, tue ich dir weh?«, fragte Niobe und zog die Hand rasch zurück. Sie klang jetzt nicht mehr wütend, sondern mitfühlend.

»Nein«, antwortete L. Ihre eigene Stimme wirkte im Gegensatz zu Niobes ziemlich angestrengt. »Ich war nur überrascht.« Nicht die ganze Wahrheit, aber auch keine Lüge.

»Mir war nicht bewusst, dass es gelungen ist, einem Menschen Telar-Gentechnik einzupflanzen. Wurden die Forschungen in diese Richtung nicht aufgegeben, weil es zu gefährlich war?«

L nickte. »Während der aktiven Forschungszeit hat bloß einer von etwa einhundert Probanden überlebt. Es ist kein Problem, menschliches Erbgut in die Genstruktur der Telar zu integrieren. Sie sind dazu geschaffen, sich an andere Spezies und deren Lebensräumen anzupassen. Menschen nicht. Wenn unser Körper das Implantat nicht sofort abstößt, dann besteht noch immer die Gefahr, dass es uns ausbrennt. Soweit ich weiß, bin ich einer von nur drei Menschen, die die Prozedur überlebt haben und nicht innerhalb des ersten Monats die Kontrolle über den eigenen Energiehaushalt verloren haben.«

»Nur einer von dreien ... Du bist ein Wunder.«

»Ich hatte sehr viel Glück. Habe es noch.«

»Deshalb haben sie dich adoptiert.«

»Hm?«

»Die Telarin. Ist dir klar, was sie für dich getan haben? Wie viel Glück du wirklich hast?« Es klang weniger nach einem Vorwurf als nach einer ernst gemeinten Frage.

»Sie haben mich geheilt?«, bot L an.

»Mehr als das. Sie gaben dir die telarische ID nicht, weil du auf ihrem Terrain gefunden wurdest. Sie gaben sie dir, um dich vor dem GUmS zu schützen. Ein Implantat wie deines würde vor dem menschlichen Gesetz als Modifikation gelten, die aus dir per Definition ein *menschenähnliches Subjekt* macht. Aber deine ID sagt, du bist eine Telar, und niemand wagt es, sich mit den Telarin anzulegen. Deswegen bist du sicher.«

L kam sich mit einem Mal wirklich naiv und ignorant vor. Wieso war ihr diese Erklärung in den letzten fünf Jahren nicht selbst in den Sinn gekommen?

»Was ist mit dir passiert, dass du das Implantat brauchst?«, fragte Niobe, bevor L etwas zu der neuen Erkenntnis sagen konnte.

»Ein Unfall bei meinem letzten Einsatz. Mehrfach durchtrenntes Rückenmark.«

»Du warst gelähmt. Wie Julie.«

»Vom Hals an abwärts«, bestätigte L.

»Deswegen hat dich ihr Anblick in Panik versetzt?«

L nickte. »An den meisten Tagen vergesse oder verdränge ich, was mir passiert ist. Aber als ich Julie gesehen habe … Sie hat mich für eine Sekunde zurückgeworfen. Zurück in diese Minuten nach dem Sturz und in diese Tage, nachdem ich auf der Krankenstation der Telarin aufgewacht bin und meinen Körper weder bewegen noch spüren konnte.«

Niobe sagte erstaunlich lange nichts. Dann: »Das ist unglaublich, L.«

Ihre Finger berührten erneut Ls Haut, diesmal dicht unter dem Haaransatz. Sie folgten der Narbe über die Nackenwirbel, zwischen den Schulterblättern hindurch und den Rücken entlang. Alles in Ls Körper geriet in Aufruhr, und wenn sie das nicht sofort beendete, würde sie etwas sehr, sehr Dummes versuchen. Übereifrig trat sie einen Schritt von Niobe weg, drehte sich wieder zu ihr um und streifte in derselben Bewegung das Top über den Körper.

»Benutzt du deswegen keinen Neurolink?«, wollte Niobe wissen.

Wieder nickte L. »Die Signale des Neurolinks stören die des Implantats. Aber das ist ein sehr geringer Preis für das, was ich bekommen habe und – wie mir jetzt erst richtig klar wird – was mir erspart geblieben ist. Es tut mir dennoch leid, dass sich Julie meinetwegen schlecht fühlt. Sie konnte nicht wissen, weshalb ich so auf sie reagiert habe. Ich werde mich bei ihr entschuldigen.«

Niobe schwieg, während sie die neuen Erkenntnisse auf sich wirken ließ. Sie griff nach Ls Hand, nahm sie in ihre eigene und strich über die Innenfläche. Sie sah nicht, wie L die Kiefer aufeinanderpresste und sich die Härchen auf ihren Armen aufstellten. Sie ahnte auch nichts von dem Prickeln, das Niobes Berührung in Ls Implantat auslöste und das durch die vielen Verästelungen in ihrem ganzen Körper verteilt wurde.

»Fühlt es sich anders an als mit menschlichen Nervenzellen?«

»Nein«, antwortete L mühsamer, als ihr lieb war. »Nicht mehr.«

»Hat es ... weh getan?«

L atmete hörbar schwer aus. »Willst du das wirklich wissen?« Niobe nickte. »Das Implantat wachsen zu spüren, war schlimmer als jeder Schmerz, den ich bis dahin kannte. Ich war mir sicher, dass ich die Prozedur nicht überleben würde. Aber immerhin spürte ich etwas. Dann kehrten nach und nach die äußeren Reize zurück, nur um ein Vielfaches verstärkt. Warmes Wasser fühlte sich wie Feuer an, kühles wie Messerstiche. Die Bettlaken schienen aus Reibeisen gemacht zu sein. Einfach alles tat weh und mein Kopf schien permanent in Flammen zu stehen. Eine Weile musste ich ins künstliche Koma versetzt werden, anders wäre es nicht zu ertragen gewesen. Ich wollte es nicht. Hatte Angst, nicht mehr aufzuwachen, Angst, erneut hundert Jahre zu schlafen.« L hatte außerdem geschrien, gefleht und gebettelt, dass der Schmerz aufhören möge. Doch das erzählte sie nicht. »Es wurde besser, je weiter sich das Implantat in meinem Körper ausbreitete und sich daran anpasste. Eines Morgens wachte ich auf und das Feuer in mir war erloschen. Ein paar Tage später erkannte ich keinen Unterschied mehr zum *Davor*.« Niobe schaute sie voller Mitgefühl an. »Wenn du mich so ansiehst, wäre es mir fast lieber, du schreist mich weiter an.«

Niobe lachte knapp. »Hat sich nichts für dich verändert?«

»Meine Reflexe werden durch das Implantat schneller, wenn ich es will. Aber das ist gefährlich. Telarische Zellen benötigen viel mehr Energie als menschliche.«

»Schluckst du deswegen ständig Elektrolyte?«

L nickte. Sie wartete, ob Niobe weitere Fragen stellen wollte, und genoss ihre Finger auf sich noch einen Moment, bevor sie die Hand zurückzog und in die Hosentasche schob. Niobes Berührung war zu schön, zu gefährlich, um sie lange ertragen zu können. »Kannst du mir meine Reaktion im Delta verzeihen? Wirst du mir erlauben zu bleiben?«

»Das muss ich wohl«, antwortete Niobe gewohnt schalkhaft. »Du hast jede Basis ruiniert, dich guten Gewissens vor die Tür setzen zu können.«

L erlaubte sich ein Lachen, wenn auch ein eher verzweifeltes.

.../SimFile_21

HALBE KRÄHE, FALSCHER OKTOPUS

ID: L

»Meine Cousine ist ein Cybe!«

L fiel unsanft aus ihren morgendlichen Ritualen. Ihre Krähenform verlor die Balance und sie landete mit dem Hintern wenig elegant auf der Trainingsmatte. Niobe bemerkte L nicht, als sie schimpfend und wild gestikulierend ins Zimmer rauschte. Deutlich zu früh für Niobes Verhältnisse. Der brandneue Neurolink in ihrem Nacken pulsierte angeregt, aber in normalen Frequenzen, was bedeutete, dass Niobe mit jemandem telefonierte. Angesichts von Niobes Stimmung war L sehr froh, dass sie nicht am anderen Ende der Leitung saß. Sie gab ihre Position auf und ging in die Küche, um Niobes liebstes Heißgetränk aufzusetzen.

»Sie kann sich nicht selbst darum kümmern, weil niemand ihr zuhören will, Sie rückständige Ablaufversion!« Damit beendete sie das Gespräch, fauchte laut und sah sich kurz um. Ihr Blick blieb an den Sofakissen hängen. Sie marschierte zu ihnen, schnappte sich eines und schlug es wütend gegen die Lehne. Wieder und wieder.

»Rückständige Ablaufversion?«, fragte L an die Küchenzeile gelehnt.

»Ich wollte in deiner Anwesenheit nicht vulgär werden«, schimpfte Niobe.

L lachte leise. »Worum ging es da?«

»Diese Aasgeier von der Versicherung wollen nicht bezahlen. Ich muss die letzte Rate für den Flug nach Gaia begleichen, derweil bringen mich aber schon die Kosten für Julies Einzelzimmer um. Ist es nicht eine Frechheit, dass sie gezwungen wird, im Delta zu leben, und gleichzeitig auch noch dafür bezahlen muss?« Niobe grunzte verächtlich. »Wenn Julie selber erben könnte, wäre es viel einfacher. Jetzt beruft sich die Versicherung darauf, dass sie mir das Geld nicht auszahlen dürfen, bis meine Unschuld an Monas Ermordung bewiesen wurde. Sie weigern sich auch, wenigstens die Pflegebeiträge für Julie auszuzahlen. Ich sehe ja ein, dass sie mir die Credits nicht geben wollen, aber wieso können sie sie nicht direkt ans Delta schicken? Ich weiß einfach nicht, wie ich das alles schaffen soll. Julie muss auf dieses Schiff. Egal wie. Sie muss nach Gaia.«

Damit warf sich Niobe fluchend auf einen der Hocker des Küchentresens und ließ den Kopf so hart auf Letzteren fallen, dass L innerlich zusammenzuckte.

»Warum muss das alles so schwierig sein? Wer soll sich um Julie kümmern, falls ich wegen Mordes verurteilt werde? Ich bin nicht erpicht darauf, ins Gefängnis zu gehen, noch dazu für etwas, das ich nicht getan habe, aber ich mache mir Sorgen darum, was aus Julie wird, wenn ich ihr nicht mehr helfen kann. Du hast gesehen, wie es im Delta-Komplex aussieht. So viele Menschen, die dort weggesperrt und wie Kriminelle behandelt werden. Menschen, die nicht am echten Leben teilhaben dürfen.« Niobe rieb sich die Schläfen. »Warum kann Mona nicht durch die Tür spaziert kommen und alles wird wieder wie früher? Sie konnte solche Paragraphenreiter auf eine derart kunstvolle Art zusammenfalten, dass es eine wahre Freude war, ihr dabei zuzusehen. Ich schaffe es nicht mal an dem verdammten Servicebot des Callcenters vorbei«, murmelte Niobe gegen die Steinplatte. »Ich hatte keine Ahnung, wie anstrengend das Leben für sie gewesen sein muss. Wie unfassbar viel Kraft und Ausdauer sie hatte. Bei ihr sah immer alles so einfach aus, aber das ist es nicht. Überhaupt nicht. Habe ich dich bei etwas gestört?«, fragte Niobe in einem plötzlichen Themenwechsel.

»Nur ein paar morgendliche Übungen. Du bist deutlich früher wach als sonst.«

»Entschuldige. Für einen Moment habe ich vergessen, dass ich nicht mehr alleine lebe. Du bist meine erste Mitbewohnerin!« Niobe lachte. »Ich gehe in mein Zimmer, dann kannst du ungestört weitermachen.«

L schüttelte den Kopf. »Ich war ohnehin so gut wie fertig. Sie scheint eine starke Persönlichkeit gewesen zu sein. Deine Mutter.«

»Stark? Mona war nicht stark. Sie war furchterregend.«

»Inwiefern?«, fragte L vorsichtig.

»Nicht in der Art, dass sie mir gegenüber gewalttätig geworden wäre und ich sie deswegen heimtückisch ermorden musste«, antwortete Niobe.

»Das wollte ich damit nicht sagen.«

»Wir waren oft unterschiedlicher Meinung«, fuhr Niobe unbeirrt fort. »Sie konnte manchmal wie eine Besessene wirken. Hin und wieder fühlte ich mich von ihren Regeln und ihrer Vorsicht eingeengt und bevormundet. Aber sie wollte bloß dafür sorgen, dass ich vor ihren Gegnern sicher bin und es leichter habe, die Erde zu verlassen. Ich hätte ihr nie etwas antun können. Nie.« Niobe seufzte. »Es sollte mir egal sein, was du denkst, aber ich weiß, wie es aussieht. An deiner Stelle würde ich mich auch verdächtigen.«

L studierte ihre Klientin. Die allzu schweren Augenlider, die hängenden Schultern. Niobe wirkte erschöpft. »Ich urteile nicht über dich, Niobe. Ich versuche lediglich zu verstehen, was passiert ist. Gehen wir einmal davon aus, dass du es nicht warst. Jemand hat den Neurolink deiner Mutter vergiftet. Wenn sie es nicht selbst war, was ich nicht annehme, wer aus ihrem näherem Umfeld käme in Frage?«

»Ich wüsste wirklich niemanden, der Mona schaden wollen würde. Es muss mit ihrer Arbeit zu tun haben. Nachdem Julies Eltern beide verstorben waren, hat Mona sie bei sich aufgenommen. Mona fing an, sich politisch zu engagieren und sich gegen das GUmS zu stellen. Fast dreißig Jahre lang hat sie dafür gekämpft, dieses Gesetz zu lockern. Sie war unnachgiebig und ist nicht selten damit angeeckt.«

»Hat sie Drohungen bekommen?«

»Hin und wieder, aber in den Monaten vor ihrem Tod schien es ruhig zu sein. Sie war ziemlich zufrieden, weil sie es geschafft hatte, dass ihre Partei in den Erdrat aufgenommen wurde. Bloß mit einem Sitz, aber der ist ein enormer Gewinn für die Partei und zukünftige Abstimmungen. Die Zustimmung aus der Bevölkerung ist ebenfalls gewachsen. Mona war glücklich darüber, dass endlich etwas in Bewegung kam. Die letzten Wochen vor ihrem Tod sprühte sie vor Energie. Darum habe ich ihren Krankheitssymptomen auch keine große Bedeutung beigemessen. Es schien ihr ja gut zu gehen. Sie hat so viel gelacht. Ich habe sie selten so viel lachen sehen.«

»Keine Nachrichten wie die, die du von Geist bekommst?«, fragte L, bevor sich Niobe in schmerzhaften Erinnerungen verlieren konnte.

Niobe schüttelte den Kopf. »Falls es da etwas gab, hat sie es mir nicht gesagt.«

»War das Nährbecken im Haus das einzige, das Mona besaß?«

»Es gab noch ein Ersatzbecken in ihrem Büro, und hier ist das Problem. Als ihr Arbeitsplatz geräumt wurde und man mir ihre Sachen übergab, war das Becken nicht dabei. Es wurde mir erst später klar, als die Polizei anfing zu ermitteln und danach fragte.«

»Hattest du Zugang zu ihrem Büro?«

»Nicht außerhalb ihrer Arbeitszeiten. Die Türcodes kannte ich nicht. Ich habe sie auch nie gebraucht, weil ich selten dort war. Mona mochte es nicht, bei der Arbeit gestört zu werden.«

»Was ist mit ihrer Stellvertretung? Der Kollegenschaft? Mitarbeitenden? Die hatten doch sicher Zugang zu ihrem Büro.«

Niobe nickte. »Eine Handvoll Leute, aber die wurden von der Polizei befragt. Offenbar kam niemand verdächtig rüber. Ich wüsste auch nicht, weshalb. Sie haben alle für die gleiche Sache gekämpft.«

»Hm«, meinte L dazu, setzte die Smartbrille auf und verfasste eine Nachricht an Markus. Es konnte nicht schaden, sich zu erkundigen, was bei den Befragungen herausgekommen war. Danach rief sie Niobes Terminplan auf. »Ich sehe keine Pläne für heute. Hast du nichts vor?«

»Heute ist Heimarbeit angesagt. Falls du etwas Zeit für dich brauchst, nimm sie dir. Ich werde das Haus nicht verlassen müssen.«

»Ich weiche dir nicht von der Seite, Niobe.« *Außerdem ist es nirgends so schön wie in deiner Nähe,* fügte L nur für sich hinzu.

»Du wirst dich langweilen.«

»Ich habe genug Lesestoff dabei.«

»Du liest? So richtig altmodisch?«

»So richtig altmodisch«, bestätigte L zähneknirschend.

»Und was liest du?«

Zu viele zuckersüße Liebesgeschichten. »Bloß ein paar Fortbildungsblätter für die Arbeit«, log L.

»Keine spannenden Thriller, wenn man es mit echten Stalkern zu tun hat, hm?«

»So in etwa«, gab L unschuldig nickend zurück.

»Du ...«, begann Niobe unsicher.

L sah sie mit leicht hochgezogener Augenbraue an und wartete auf den nächsten Teil des Satzes. »Ja?«

»Du passt auf mich auf, während ich arbeite, oder? Ich meine, Geist scheint sich nur über die Simulationsprotokolle in meinen Stream einklinken zu können. Aber für den Fall, dass er es schafft, sich auch außerhalb einer Simulation in meinen neuen Neurolink zu hacken ...«

Es gefiel L nicht, dass sich Niobe davor fürchtete in den Stream zu gehen. Soweit sie es beurteilen konnte, war das der Ort, an dem sich Niobe bisher sicherer und mehr zuhause gefühlt hatte als in der realen Welt. »Ich habe die ganze Zeit ein Auge auf dich und deinen neuen Oktopus«, bestätigte L.

Niobe strich schmunzelnd über den Neurolink. »Oktopoden haben acht Arme. Ein Neurolink hat zwölf«, gab Niobe zurück.

»Klugscheißerin.«

Niobes Schmunzeln wurde zu einem breiten Grinsen, dann machte sie sich an die Arbeit.

.../SimFile_22

KLOPF, KLOPF

ID: L

Niobe tippte seit knapp vier Stunden Dinge in eine für L unsichtbare Tastatur. Sie wirkte höchst konzentriert und ihre Finger standen selten still. Manchmal saß sie aber auch minutenlang fast reglos da und schien sich den Kopf über das zu zermartern, was sie auf ihrem Thinkscreen sah. L wagte es nicht, sie zu stören, und versuchte stattdessen, sich auf den Roman zu konzentrieren, den sie in der Nacht neu in ihren Speicher geladen hatte. Niobes größte Kundin, Talulah York, schrieb genau das romantisch-schnulzige Zeug, das L so gerne verschlang. Liebenswerte Figuren und absurd kitschige Situationen. Perfekt.

»L.«

Schon an der Art, wie Niobe ihren Namen flüsterte, erkannte L, dass es vorbei war mit dem ruhigen Nachmittag. Niobe tippte nicht länger auf die unsichtbare Tastatur ein, stattdessen starrte sie auf einen Punkt ihres Thinkscreens.

»Niobe?«

Ihre Klientin eilte zu dem ramponierten Holodesk in der Ecke, schaltete ihn ein und rief ein schwebendes Fenster auf, auf dem sie die Anzeige ihres Thinkscreens spiegelte. Sobald L die aufleuchtenden Worte sah, presste sie die Zähne zusammen.

GEIST:
KLOPF, KLOPF.

L setzte sich vollends auf.

GEIST:
EBONI, SEI NICHT UNHÖFLICH. DU MUSST JETZT FRAGEN: ›WER IST DA?‹, DAMIT ICH ANTWORTEN KANN: ›DER GEIST DEINES ZUKÜNFTIGEN ABLEBENS‹.

Niobe sprang auf, wich von dem Holodesk zurück und sah L mit großen Augen an.

»Nicht antworten«, sagte L.

GEIST:
EBONI? EBONI! WIESO IGNORIERST DU MICH, EBONI? ANTWORTE GEFÄLLIGST! WENN DU MICH WEITER IGNORIERST, MUSS ICH ZU DIR KOMMEN.

»Was soll ich machen?«, fragte Niobe. Ihr Körper zitterte gegen ihren Willen.

»Nichts. Er will nur eine Reaktion von dir erzwingen«, antwortete L ruhig.

GEIST:
ALSO GUT. DU HAST ES SO GEWOLLT.

KLOPF-KLOPF, leuchteten die Buchstaben erneut auf.

Niobe schrie auf, als im selben Moment jemand gegen die Tür hämmerte.

»Geh ins Schlafzimmer und schließ dich ein.«

»L …«

»Jetzt, Niobe!«

Niobe gehorchte. »Sei vorsichtig.«

»Das bin ich immer.«

Während Niobe im Schlafzimmer verschwand und die Tür hinter sich abschloss, ging L zur Tür und schaltete die Kamera ein. Auf dem Monitor wirkte der Gang leer, doch es gab viele tote Winkel. Sie zog ihre Energiewaffe aus dem Halfter. Noch ein letzter tiefer Atemzug, dann öffnete sie die Tür einen Spalt, spähte nach draußen. Es war niemand zu sehen und es versuchte auch niemand, in die Wohnung zu stürmen. L zog die Tür weiter auf, trat mit einer schnellen Bewegung auf die andere Seite. Der Gang war leer, Geist längst geflüchtet.

Während L die Waffe wieder unauffällig verschwinden ließ, stieß sie mit dem Fuß gegen ein leichtes Hindernis und sie blickte sie zu Boden. Auf Niobes Fußmatte lag eine weiße Schachtel mit einer schwarzen Schleife darum.

»Verdammter Feigling«, murmelte L und sendete Markus ein Holo der Szene, bevor sie die kleine Box an sich nahm und mit ihr in die Wohnung zurückging. Nachdem L das Sicherheitsnetz wieder aktiviert hatte, klopfte sie an Niobes Schlafzimmertür. »Du kannst rauskommen.«

L hörte, wie die Türe entriegelt wurde. Niobe linste zunächst vorsichtig durch einen Spalt, überzeugte sich davon, dass L alleine war und niemand hinter ihr stand, dann erst öffnete sie vollständig und ließ L ins Zimmer treten. Niobe wirkte angespannt.

»Geist ist weg. Beruhige dich.«

»Das ist es nicht.«

»Was dann?«

Niobe biss sich auf die Unterlippe. »Mir war bisher einfach nicht so richtig bewusst, dass du dich meinetwegen in Gefahr begibst. Ich weiß, du bist mein Bodyguard ...«

»CPO ...«

»... und das ist, was du tust. Dennoch ... Es gefällt mir nicht. Ich will nicht, dass dir etwas passiert, L.«

»Mir passiert auch nichts, Niobe.« Doch Niobe schüttelte bloß unzufrieden den Kopf. Dass sich Klienten Sorgen um L machten, war neu.

»Hast du jemanden gesehen?«, fragte Niobe schließlich.

»Nein. Wer auch immer an der Tür war, ist nicht lange geblieben. Wäre das Gebäude nicht so groß, hätte ich mich umgesehen, aber es gibt hier zu viele Stockwerke, auf denen man sich verstecken kann. Ich werde Markus bitten, die Kameras in der Umgebung zu kontrollieren.«

»Irgendetwas sagt mir, dass Geist in dem Punkt vorgesorgt hat.«

Das befürchtete L ebenfalls und so nickte sie bloß. Dann fiel ihr die Geschenkbox in ihrer Hand wieder ein und sie hielt sie hoch. »Das hier lag auf der Fußmatte.«

»Noch ein Päckchen ohne Absender.« Niobe wich nervös zurück.

»Soll ich es für dich öffnen?«

Niobe schlang die Arme um den Oberkörper. Sie kämpfte stur gegen ihre Furcht an und nickte. Gemeinsam setzten sie sich auf die Bettkante und L zog die Schleife von der Schachtel. Als sie den Deckel abnahm und hineinblickte, sah sie zunächst nur die Karte, auf der in geschwungenen Lettern *Eboni* geschrieben stand. L nahm sie heraus und entdeckte den Gegenstand darunter. Auf dem Seidenkissen lag eine milchig weiße Kugel, nicht größer als ein Golfball, mit einer Aufhängung an einer Stelle. Neben L sog Niobe scharf die Luft ein und griff erschrocken nach dem Arm ihrer Leibwächterin.

»Ein ausgebranntes Everlight«, flüsterte Niobe.

»Hat das eine besondere Bedeutung für dich?«

»Nicht speziell für mich. Die Symbolik ist allerdings eindeutig.« Niobe wusste nicht, wie sie das beklemmende Gefühl in ihrer Brust in Worte fassen sollte. »Was steht in der Karte?«

L legte die Schachtel zur Seite und klappte die Karte auf. Sie las die Botschaft zunächst leise für sich, schnaufte verärgert, dann wiederholte sie die Worte laut.

Ein Everlight, ein Totenlicht,
der Seele zum Gedenken.
Leuchten soll es ewiglich,
den Weg ins Jenseits lenken.

Dir aber schenke ich die Dunkelheit,
denn mehr verdienst du nicht.
Für dich, da gibt es kein Geleit,
nahmst du mir doch mein Licht.

- Geist -

»Großartig«, fluchte Niobe. »Einfach großartig. Geist will mich also nicht nur tot sehen, er gönnt mir auch keinen Seelenfrieden nach meinem Dahinscheiden. Was will mir dieses hasserfüllte Individuum mit seinen götterverdammten Reimen sagen?« Niobe sprang wütend vom Bett auf und lief auf und ab.

L erhob sich ebenfalls. »Zieh dir Sportsachen an.«

»Was?«

»Du läufst normalerweise regelmäßig, oder?« Niobe nickte. »Gut. Du brauchst ein Ventil und körperliche Betätigung hilft, den Kopf frei zu bekommen.«

»Geist wartet sicher nur darauf, dass ich wieder eine Simulation starte«, gab Niobe wenig begeistert zurück. »Und nach der letzten weiß ich nicht, ob ich dafür gerade genug Kraft habe.«

»Es gibt Wälder und Parks, Niobe. Mir ist schleierhaft, warum du lieber ins SimCenter gehst statt einfach raus in die Natur. Ihr habt in dieser Zeit so viel davon und seht sie nicht.«

»Bist du denn sicher, dass du mit mir mithalten kannst?«, fragte Niobe herausfordernd.

»Ich gebe dir sogar einen Vorsprung«, antwortete L. Niobe kniff die Augen argwöhnisch zusammen.

…/SimFile_23

DER BAUM DER SEELEN

ID: L

Zwei Tage später lenkte L den Wagen in den Parklift des Friedhofs und schaltete den Antrieb ab. Die Hände auf dem Lenkrad platziert, schaute sie auf die Baumreihe vor sich.

»Du hast kein gutes Gefühl bei der Sache, habe ich recht?«, fragte Niobe vom Beifahrersitz aus und schenkte L einen verschmitzten Blick.

»Nein. Ich habe ein ganz beschissenes Gefühl«, antwortete L. Sie war sich zu 99,9 % sicher, dass etwas geschehen würde.

»Es war deine Idee, öfter in Parks zu gehen.«

»Ein Friedhof ist kein Park, er ist eine verdammte Einladung, Niobe. Ich weiß, dass heute ein wichtiger Tag für dich ist, aber das weiß auch die Person, die hinter dir her ist. Sie wird das ausnutzen. Es war sicher kein Zufall, dass in dem letzten Päckchen ein Everlight lag.«

»Das weiß ich«, antwortete Niobe gelassen. »Trotzdem muss ich gehen.«

L seufzte und stieg aus dem Wagen. Wie üblich suchten ihre Blicke die Umgebung ab, während sie um den Nexus herumlief, um die Beifahrertür zu öffnen. »Sicher«, sagte L, was Niobes Signal dafür war, dass sie aussteigen durfte.

Der Friedhof glich in der Tat einem botanischen Garten. Bäche plätscherten zwischen Bäumen und Sträuchern dahin und Menschen verweilten auf Parkbänken und Hochsitzen dazwischen. Blau und weiß schimmernde Everlights hingen von den Ästen. Bei Nacht würde sich diese Anlage in eine mythische Feenwelt verwandeln. L sprach den Gedanken vorsichtshalber nicht laut aus, aus Furcht, Niobe könnte es für eine geniale Idee halten, sich das anzusehen.

Orte wie dieser faszinierten L nach wie vor. Grüne Wälder, Gärten, Wiesen. Überall der Geruch von Leben und feuchter Erde. Die Gesänge von Vögeln und das Summen von Insekten. Diese Zeit war so völlig anders als ihre eigene, in der es hauptsächlich Sand und Trockenheit gab, aber kaum grüne Flächen. Insbesondere keine wilde Natur. Diese Vielfalt an Pflanzen und Tieren. Manchmal fiel es L schwer, zu glauben, dass dies dieselbe Welt war, in die sie hineingeboren worden war.

Sie hätte den Anblick gerne tiefergehend auf sich wirken lassen, doch sie war nicht zum Vergnügen hier. Unauffällig, aber nicht weniger aufmerksam beobachtete sie die Menschen, die ihnen auf dem Weg begegneten. Einer von ihnen mochte die Person sein, die Niobe nach dem Leben trachtete.

»Wohin genau gehen wir?«, fragte L.

»Ins Zentrum, zum Baum der Seelen. Es ist nicht weit.«

Niobe ging voraus. Sie kannte den Weg offensichtlich gut, wusste, welche Abzweigungen sie nehmen musste. Als sich der Pfad um eine letzte Kurve wand, lichteten sich die Bäume, und der Weg wurde zu einem Steg, der über einen großen, runden Teich führte. Koi-Karpfen und andere bunte Fische glitten unter ihnen durch das klare Wasser, versteckten sich zwischen Wasserpflanzen und in den Löchern einzelner Gesteinsbrocken. Es gab verschiedene Stege auf dem Teich und alle führten sie zum selben Ziel. Dem Baum der Seelen.

Als L ihn sah, blieb sie stehen und stieß den Atem aus, lauter als beabsichtigt. Niobe hielt deshalb inne und schaute sich zu ihr um.

»Stimmt etwas nicht, L?«

Der Baum der Seelen nahm L die Worte. Sie wusste nicht recht, was sie erwartet hatte, doch dieses weiß schimmernde Kunstwerk war es nicht. Der Stamm reckte sich mit seinen vielen Ästen etwa fünfzig Meter in die Höhe und trug eine üppige, blau glänzende Blattkrone, die nur dank des ebenso leichten wie stabilen Baustoffs Alysin den Gesetzen der Statik standhielt. Von den Ästen hingen Laternen mit Namensschildern darauf, die sich bei näherer Betrachtung als Urnen erwiesen. An den Böden der Behälter waren Everlights in verschiedenen Blautönen angebracht, deren Licht über die weiße Oberfläche des künstlichen Baumstamms tanzte. Menschen standen auf Podesten, die sich schwebend durch die Baumkrone bewegten, und sprachen zu den Seelen, die nicht mehr waren. Manche weinten hörbar, andere ließen ihren Nächsten stumme Tränen da.

»Wunderschön«, flüsterte L ehrfürchtig.

»Bist du noch nie auf einem Friedhof gewesen?«, fragte Niobe etwas verwundert.

L dachte darüber nach, wie sie die Frage beantworten sollte, ohne diesen Ort mit den Dämonen ihrer eigenen Vergangenheit zu verunreinigen. Zu Ls regulärer Lebzeit schien die ganze Welt ein einziger großer Friedhof gewesen zu sein. Die Gebeine der Toten wurden verscharrt, wo immer gerade Platz und Not war. Löcher im Boden, wenn man Glück hatte, eine lose Plane oder rostiges Blech, wenn die Zeit für ein Begräbnis fehlte. Die meisten Grabstätten in Ls Erinnerung trugen nicht einmal mehr Namen. Auch von den alten Friedhöfen, die es vor den Ressourcenkriegen einst gegeben hatte, waren damals nur noch wenige erhalten geblieben. Viele waren in Sturmfluten weggespült worden, bevor die Trockenheit kam. Den Rest zerstörten die Bomben. Doch diese alten Gräber ließen sich alle nicht mit dem vergleichen, was L hier sah.

»Zu meiner Zeit waren sie anders. Etwas wie das kenne ich nicht.«

Niobe nickte. »Heutzutage werden ausnahmslos alle Menschen kremiert, wie du sicher weißt. Es gibt keine Bodengräber mehr. Sie nehmen zu viel Platz weg. Die Urnen kommen hierher in die Gärten und jede neue Urne bleibt ein Jahr lang an dem großen Baum der Seelen hängen. Danach findet sie einen neuen Platz in den umliegenden

Wäldern. Sie bleiben dort, so lange, wie jemand die Verstorbenen besucht und die Everlights erneuert.«

»Was für ein schöner Brauch, um der Toten zu gedenken.«

»Ja. Aber bleiben die Everlights über einen längeren Zeitraum dunkel, werden die Urnen als verwaist markiert, abgenommen und in die Regale des Mausoleums gebracht. Monas Urne würde schnell dort abgestellt werden. Außer mir gibt es niemanden mehr, der ihr Everlight erneuern könnte. Aber Mona begleitet Julie und mich selbstverständlich nach Gaia. An einen neuen Baum der Seelen, in einem neuen Garten.« Sie zögerte. »Zumindest war das der Plan.« Sie schien über etwas nachzudenken. »Darf ich dich um etwas bitten, L?«

Alles, was du willst. »Was brauchst du?«

»Falls mir etwas zustößt …«

»Ich lasse nicht zu, dass dir etwas zustößt.«

»*Falls* mir etwas zustößt«, wiederholt Niobe. »Könntest du Monas Everlight ab und an erneuern?«

»Niobe …«

»Wenn es nicht zu viel verlangt ist. Wir kennen uns schließlich kaum. Ich will bloß nicht, dass Mona so schnell vergessen wird.«

»*Falls* dir etwas zustößt, was nicht passieren wird«, begann L, »werde ich euer beider Everlight erneuern, bis ich selbst als Urne am Baum hänge.«

Das entlockte Niobe ein schiefes Lächeln. »Ich hoffe, er wird noch mindestens hundert Jahre auf deine Urne warten müssen.«

L konnte Niobe nicht länger ansehen. Der Moment fühlte sich zu intim, zu vertraut an. »Da wird gerade eine Plattform frei«, sagte sie mit einem Wink in Richtung des Baumes. Eine erwachsene Gestalt und zwei Kinder verließen in diesem Augenblick eine der gelandeten Schwebeflächen.

»Danke«, sagte Niobe und dann küsste sie L überraschend auf die Wange, ehe sie auf die Ebene stieg.

Ls Körper kribbelte überall und das Phantom von Niobes Lippen brannte ihr auf der Wange. Sie beobachtete, wie die Plattform die Sicherheitsbarriere hochfuhr und sich dann geräuschlos mit Niobe in die Luft erhob. L war unwohl dabei, Niobe alleine dort oben stehen zu sehen. Falls aus der Ferne jemand auf sie zielte, würde L nur hilflos zusehen können, wie ihr Schützling zu Boden ging. Ihr einziger Trost war der Absorber, den sie Niobe zugesteckt hatte. Der schützte nicht gegen alle Projektile, die meisten konnte er zumindest dämpfen.

L setzte die Smartbrille auf und nahm die anderen Besucher näher ins Visier. Vee spielte ihr die IDs und sonstigen verfügbaren Daten ein. Niemand wirkte verdächtig, niemand schenkte Niobe Aufmerksamkeit. Doch das Bauchgefühl sagte L, dass Geist sich hier herumtrieb.

Die Plattform erreichte das Ziel und Niobe tippte etwas in die schmale Kontrollsäule. Ein Zweig löste sich kurz darauf aus der Baumkrone und trug eine der Urnen an Niobe heran. L sah zu, wie ihr Schützling das schwach schimmernde Everlight vom Boden des bauchigen Gefäßes abnahm und ein neues anbrachte. Sie sprach Worte, die L aus dieser Entfernung nicht hören konnte, dann tippte sie die Säule erneut an und der Zweig kehrte samt Urne an seinen Platz zurück. Das Everlight leuchtete nun wieder mit ganzer Kraft und Niobe strich sich über die Wangen. Tränen für die Toten.

L wünschte sich, es gäbe an diesem Baum eine Urne mit dem einen Namen darauf, den sie so gerne gesagt hatte und nun nicht einmal mehr zu denken wagte. L käme gerne her, um das Licht zu wechseln und vielleicht ein paar Worte zu der Verstorbenen zu sagen. Stattdessen lagen ihre Gebeine vermutlich in einem der vielen anonymen Gräber, die als namenlose Skelette unter den Trümmern auftauchten, wenn ein weiteres Hexagon rekonstruiert wurde.

Niobe kehrte an Ls Seite zurück. Sie wirkte bedrückt und L hegte das Bedürfnis, ihren Schützling in die Arme zu nehmen, sie an ihre Brust zu drücken und ihr über das dunkle Haar zu streichen. Selbstverständlich beließ sie es bei der Fantasie. »Geht es?«, fragte L vorsichtig.

Niobe nickte. »Es ist schwer. An manchen Tagen stehe ich da und frage mich, wo sie bleibt. Dann fällt mir ein, dass sie nicht mehr lebt. Ich dachte immer, ich habe Zeit, mich daran zu gewöhnen, bevor sie stirbt. Ich dachte, es gibt eine Art Warnung, wie dass sie alt und gebrechlich wird. Einen Zustand, der mich langsam an das Unvermeidliche heranführt. Aber Monas Tod kam aus dem Nichts. Mit einem Knall. In den letzten Wochen wirkte sie häufiger erschöpft, aber das war nicht ungewöhnlich. Sie hatte solche Phasen. Dann kamen die ersten Erkältungssymptome, ab und an Kopfschmerzen, aber wer denkt da an eine Neurolink-Vergiftung? Menschen haben ständig Erkältungen. Mitten in der Nacht bekam ich einen Anruf. Monas Servicebot hatte Alarm geschlagen und ein medizinisches Notfallteam gerufen, aber es war zu spät.« Niobe schluchzte ungewollt auf, kämpfte die Tränen zurück. »Es ging zu schnell, kam zu früh«, sagte sie mit einem verzweifelten Wimmern. »Es fühlt sich an, als würde er immer da sein. Dieser Schmerz und das Vermissen, die Fragen in meinem Kopf. Sie hat ihre Gesundheitschecks immer schleifen lassen. Hätte ich darauf bestehen müssen, dass sie sich wenigstens dann untersuchen lässt, wenn sie sich krank fühlt? Wäre sie noch am Leben, wenn ich wenigstens einen Medibot zu ihr geschickt hätte? Habe ich sie durch mein naives Nichtstun ermordet? Ich weiß nicht, wie ich damit fertigwerden soll.« Niobe drückte sich beide Handballen gegen die Augen, presste die Arme dabei dicht an ihren Körper.

Situationen wie diese waren L fremd. Während der Ressourcenkriege waren andauernd Menschen gestorben und ihr Tod hing stets über allem. Es gab niemanden, der nicht irgendjemanden verloren hatte, und das machte den Umgang miteinander in gewisser Weise leichter. Damals saßen alle im selben Boot, niemand musste etwas sagen, um dem anderen mitzuteilen, dass man seinen Schmerz verstand und teilte. Doch hier war es anders. Es gab Menschen in dieser Zeit, die sich unter einem solchen Verlust noch nichts Konkretes vorstellen konnten oder die, wie Niobe, das theoretische Sterben gerade erst von seiner realen Seite kennenlernten. Was sagte man zu jemandem, der nicht mit dem Tod an allen Ecken aufgewachsen und nicht völlig abgestumpft war?

Über ihnen zog der Himmel zu. Dunkle, schwere Wolken warfen einen Schatten auf sie. Das typisch perlmuttfarbige Schimmern legte sich vor den Himmel darunter, als das Detox-Schutzfeld des Hexagons hochgefahren wurde und sich nahezu unsichtbar über die Stadt legte. »Sieht nach Regen aus«, merkte L sanft an.

»Mona liebte Regentage«, entgegnete Niobe und wischte sich die Tränen von den Wangen.

»Vielleicht sind diese Wolken dann ihr Geschenk für dich. Ihre Art, dir zu sagen, dass du nicht schuld bist an dem, was passiert ist.«

»Vielleicht«, sagte Niobe, während die ersten sauber gefilterten Regentropfen auf den Boden fielen.

Niobes trauriger Ausdruck fuhr L direkt ins Herz. Um sich nichts anmerken zu lassen, wies sie Vee an, sich um die Ausgabe des Wagens zu kümmern, und sie machten sich auf den Rückweg.

.../SimFile_24

BEWEGENDE EREIGNISSE

ID: L

Die Wolken zogen sich schneller zusammen als erwartet. Doch bis auf ein paar vereinzelte Tropfen ließ der große Regenguss noch auf sich warten. Die Lufttemperatur dagegen sank schnell ab. Während L dazu ansetzte, das Tempo zu erhöhen, blieb Niobe auf einmal stehen und wandte sich hastig in die Richtung, aus der sie eben erst gekommen waren. »Verflucht. Der hat mir gerade noch gefehlt. Hat er uns gesehen? Ist es zu spät, um ...«

»Niobe!«, rief ein Mann, der von den Parklifts zu kommen schien, und beantwortete damit Niobes unvollendete Frage.

»Fakke!«

»Wer ist das?«, erkundigte sich L schnell und schob sich schützend vor Niobe. Der Mann beschleunigte seine Schritte und winkte im Lauf.

»Jannik Kilkønnen. Einstiger Stellvertreter und nun Nachfolger meiner Mutter. Er baggert mich seit Monaten an und ich habe gerade nicht die Geduld für seine Annäherungsversuche. Ich muss dich schon wieder um einen Gefallen bitten, L.«

Niobe legte die Arme um Ls Nacken. In Ls Kopf schlugen mehrere Signale Alarm. »Was ...?«

»Bitte spiel mit«, flüsterte Niobe so leise, dass L sie kaum verstand. Dann drückte sie ihre Lippen auf die von L.

L war so geschockt, dass sie völlig vergaß, wie man sich bewegte. Oder atmete. Niobe schien es zu bemerken und zog sich wieder zurück, blickte besorgt in Ls weit aufgerissene Augen, in denen violettes Licht hell pulsierte.

»Es tut mir leid. Das hätte ich nicht tun dürfen. Das ist dir eindeutig unange...«

Weiter kam Niobe nicht. In Ls Kopf kippte ein Schalter um. Sie schloss die Arme um Niobes Taille und drückte sie fest an sich. Ihre Augenlider fielen zu und dann küsste sie Niobe. Sie *küsste* Niobe. Mit allem, was dazugehörte. Hungrige Lippen, Zungen, die sich im Tanz der Leidenschaft aneinanderschmiegten, sanfte Elektroschocks, die durch jeden Winkel des Körpers sausten, Seelen, die ineinander schmolzen ... Und Niobe, die den Kuss mit derselben Hingabe beantwortete. *Heilige Scheiße*!

L hörte sich selbst zufriedene Klänge von sich geben, die sich zwischen kurzen Atemzügen hinausschlichen, und Niobe quittierte sie mit einer ähnlich sinnlich anmutenden Tonvielfalt. Sie schlang die Arme fester um Niobe, gab sich hin und vergaß die Geister dieser Welt. Was passierte hier?

»Ähem.«

Jemand räusperte sich. Mehrfach. L riss die Augen auf. Der Kuss zerbrach. Eine Sekunde lang starrten sich L und Niobe an. Voller Entsetzen über das, was sie gerade getan hatten. Ob die Chance bestand, dass L bloß träumte? Niobe aber blickte mit eintausend Fragen in den Augen zurück und L fühlte sich bezwungen. Ihr Körper stand in Flammen und sie war dankbar, dass man ihr das ganze Spektrum an Empfindungen nicht an einem verräterischen Körperteil ablesen konnte. Schamvoll wandte sie den Blick ab.

Du sitzt so tief in der Scheiße, L.

»Ich habe nach dir gerufen, Niobe. Dreimal. Hast du mich nicht gehört?« Der Fragende warf einen vorwurfsvollen Blick auf L.

»Jannik, hallo ... ich war gerade etwas abgelenkt«, antwortete Niobe mit dem Offensichtlichen, und um den Worten mehr Nachdruck zu verleihen, küsste sie L noch einmal zart auf die Wange.

Bei allen Himmeln.

»Schön, dich zu sehen, Niobe«, sagte der Mann. Dem Klang seiner Stimme nach war hier gar nichts schön. »Es ist schwer geworden, dich in Fleisch und Blut anzutreffen.«

»Ich bin ziemlich beschäftigt. Was machst du hier?«, erkundigte sich Niobe freundlich, aber ohne echte Freude.

»Ich bin hier, um Mona meinen Respekt zu zollen. Findest du, dass dies der richtige Ort ist für solche Aktivitäten?«, fragte er unterkühlt und meinte selbstverständlich diesen viel zu intensiven Kuss, dessen Echo noch immer auf Ls Lippen tanzte.

»Was könnte einen an einem Ort wie diesem mehr trösten als die Nähe eines Menschen, den du liebst?«, gab Niobe lächelnd zurück.

Oh, diese Worte würden L verfolgen. Sie wusste es genau. Es spielte keine Rolle, dass sie nur der Täuschung dienten.

Niobes Hand wanderte zu der von L und sie verschränkte ihre Finger miteinander. L war zu paralysiert, um sich zu beschweren. Sie konnte nur hoffen, dass sie in diesem Zustand keine Gefahr übersah.

»Verstehe«, kommentierte der Mann wenig begeistert. »Du solltest es ruhiger angehen. Du siehst schlecht aus, Niobe. Ausgelaugt.«

Ls Verstand zuckte und ihr Kopf fuhr zu dem Kerl herum. Welcher halbwegs taktvolle Mensch sagte so etwas?

Niobe musste Ls Ärger bemerkt haben, denn sie drückte ihre Hand und L schaute wieder zu ihr. Sie wirkte ruhig und entspannt. Das komplette Gegenteil von L. Wann genau hatten sie die Rollen getauscht?

»Mag sein. Ich hatte schon bessere Tage. Oder Wochen. Oder Monate«, antwortete Niobe wahrheitsgetreu. »Und um ehrlich zu sein, würde ich deswegen jetzt wirklich gerne nach Hau...«

»Niobe, darüber wollte ich ohnehin mit dir sprechen. Ich habe gehört, dass du in die Randstadt umziehen musstest. Ich hatte keine Ahnung, dass dir Monas Tod solche Probleme bereitet. Diese Vorwürfe gegen dich sind absurd. Ich möchte dir helfen. Ich kenne den Staatsanwalt und werde mit ihm reden. Auch finanziell werde ich dir he...«

»Jannik, nicht!« Niobe fuhr dazwischen und hob mahnend die Hand. »Danke für dein Angebot. Sicherlich meinst du es gut, aber ich will nicht, dass du deine Kontakte nutzt, um mir zu helfen. Ich habe nichts Falsches getan. Um meine Finanzprobleme kümmere ich mich ebenfalls selbst. Die Konten werden nicht für immer gesperrt bleiben.«

»Es könnte sich Monate hinziehen, bis sich die Dinge auf dem üblichen Weg aufklären.«

»Es könnte Niobe erst recht verdächtig wirken lassen, wenn Sie versuchen, die Ermittlungen zu umgehen«, meldete sich L zu Wort. Endlich kehrte ein wenig Denkvermögen zurück.

»Entschuldigung, aber wer sind Sie eigentlich?«, fragte Jannik und schenkte L einen abschätzigen Blick.

Niobe schmiegte sich in einer viel zu intimen Geste an ihren Bodyguard. »Mein Fehler. Ich habe euch nicht vorgestellt. Jannik, das ist L. Wir haben uns vor einer Weile über die Asteria-App kennengelernt.«

»Aha«, erwiderte Jannik.

»Wie lange ist das jetzt her, mein Herz? Zwei Monate? Ja, es werden nächste Woche zwei Monate«, beantwortete sich Niobe ihre Frage selbst. Die Lüge floss ihr von den Lippen wie Seide. Lippen, die noch ein wenig geschwollen waren von dem Kuss, den sie mit L geteilt hatten. Die allzu frische Erinnerung fachte das Feuer in Ls Körper weiter an.

Schluss damit!

»Sie sind Passagierin der Asteria?«, fragte Jannik an L gewandt. Seine gefasste Miene wirkte aufgesetzt und stand im Kontrast zu der Eifersucht, die in seinen Augen aufblitzte.

»Ich …«, begann L unsicher. Ihr Sprachzentrum kämpfte offensichtlich mit der Endorphinflut um die Vorherrschaft.

»Ist das nicht verrückt?«, schaltete sich Niobe schnell ein. »Wir sind bloß ins Gespräch gekommen, weil wir bei der Zuweisung unserer Kabinen gemerkt haben, dass wir Nachbarn sind«, erzählte Niobe glücklich. Himmel, sie war gut darin.

»Das überrascht mich ein wenig«, gestand Jannik. Er schien sich seine nächsten Worte genau zurechtzulegen, doch dann kippte seine Stimmung schlagartig um, als ihn ein Regentropfen mitten auf die Nase traf. Er blinzelte, als wäre er aus einem Traum erwacht. »Herrje, ich muss mich beeilen, sonst komme ich in den Regen. Solltest du deine Meinung ändern, Niobe, hab keine Scheu, mich anzurufen. *Ich* kann dir helfen.«

Sein Blick sprang kurz aber deutlich zu L und sie konnte den nicht genannten Teil dieses Satzes förmlich hören: *im Gegensatz zu der da.*

»Natürlich, Jannik. Danke.« Er eilte hastig den Gärten entgegen. Niobe atmete erleichtert aus, als er endlich fort war. »Den bin ich hoffentlich los.« Sie löste sich von Ls Seite und gemeinsam nahmen sie ihren ursprünglichen Weg wieder auf.

Der Szenenwechsel kam ein wenig zu schnell für L, doch sie riss sich zusammen und befahl ihrer Libido, Ruhe zu geben.

Als sie sich der Ausgabestation des Parklifts näherten, griff Niobe erneut nach Ls Arm. Diesmal jedoch nicht mit der Absicht, ihre Leibwächterin zu küssen, und auch L war schlagartig wieder klar im Kopf. Sie fluchte. Auf der Haube ihres Firmenwagens lag ein Totenkranz. Bunt und frisch. Auf zwei breiten Schleifenbändern stand groß und deutlich sichtbar:

Hier ruht
in naher Zukunft
Eboni

– Geist –

»Steig in den Wagen. Geist ist vermutlich noch in der Nähe.«

Niobe gehorchte, während L die Kamera ihrer Smartbrille aktivierte und eine Rundumaufnahme der Szenerie erstellte. Erst danach riss sie den Kranz von der Motorhaube und warf ihn in den Kofferraum. Sie würde das Gesteck später Markus geben.

Kommentarlos stieg sie auf der Fahrerseite ein.

»Vee, hast du eine ID der Person, die sich dem Wagen genähert hat?«

»Meine Annäherungssensoren haben niemanden registriert«, antwortete die virtuelle Assistentin über das Audiosystem des Nexus.

»Ein Servicebot?«

»Negativ.«

»Wie ist der Blumenkranz dann auf die Motorhaube gekommen?«, fragte L verstimmt.

»Diese Frage kann ich nicht beantworten, L.«

»Geist macht seinem Namen alle Ehre«, bemerkte Niobe leise.

L musste mit ansehen, wie sich Niobe mit hängendem Kopf im Sitz klein machte. Sie begann davon zu fantasieren, aus *Geist* einen echten Geist zu machen, sollte sie ihn je in die Finger bekommen. Als CPO wurde von L erwartet, dass sie neutral und sachlich blieb, doch in diesem Fall fühlte es sich für L persönlich an. Ihr lag zu viel an Niobe. Sie wollte Geist bluten sehen für das, was er ihrem Schützling antat.

Die Wolken öffneten sich und der Regen trommelte auf das Dach des Wagens. Niobe blickte nachdenklich aus dem Fenster, an dem sich dicke Tropfen sammelten. Ihr Zeigefinger folgte einem, der vom Wind über die Scheibe getrieben wurde. »Ärgere dich nicht, L. Du hast mich gewarnt, dass etwas in der Art geschehen würde.«

»Ich wäre lieber eines Besseren belehrt worden.« L startete den Antrieb und fuhr los.

.../SimFile_25

BODYGUARDS KÜSST MAN NICHT

ID: L

Markus hatte sie beide bereits vor Niobes Wohnung erwartet, nachdem L ihn informiert hatte. Eine Viertelstunde später war er im Bilde über die jüngsten Ereignisse, und L begleitete ihn zur Tür.

»Danke, dass du vorbeigekommen bist, um den Blumenkranz abzuholen. Das erspart ihr zusätzliche Belastungen heute.«

Markus kniff die Augen enger zusammen und warf einen vorsichtigen Blick zu Niobe. Die saß in dem alten, abgenutzten Sessel und tippte wie so oft energisch und konzentriert auf einer unsichtbaren Tastatur herum, während der Neurolink in ihrem Nacken entsprechend rege flackerte. »Wie kommt ihr zurecht?«

»Gut. Sie ist witzig, wenn sie nicht niedergeschlagen ist. Anstrengend, aber witzig. Redet wie ein Wasserfall«, gab L zurück.

Sie schmunzelte dabei wohl auf eine Art, die Markus stutzig machte. »Du verheimlichst mir etwas«, sagte er geradeheraus.

»Quatsch. Wie kommst du denn auf die Idee?«

»Du hast verliebte Augen, wenn du über sie sprichst.«

L warf einen panischen Blick über die Schulter. Niobe saß weiterhin in ihrem Sessel und tippte unverändert vor sich hin. Hastig packte L Markus am Arm und zerrte ihn hinaus auf den Hausflur. Sie zog die Tür hinter sich zu, um zu verhindern, dass Niobe etwas von dem Gespräch mitbekam. »Bist du verrückt geworden? Was redest du da für einen Unsinn?«, schimpfte L im Flüsterton.

»Schläfst du mit ihr?«

»Was? Nein!«

»Ich kenne dich, L. Irgendwas liegt hier in der Luft.«

»Es war einfach ein anstrengender Tag.«

»Ihr kennt euch erst seit einer Woche und es sieht dir nicht ähnlich, was mit deinen Klientinnen anzufangen. Was denkst du dir dabei? Vor allem während die Sache mit dieser Ke Weber noch nicht geklärt ist.«

»Ich sagte doch, dass ich nicht mit ihr schlafe!« L ging sich verärgert durch das Haar. »Himmel, das ist so unfassbar peinlich.«

»Raus damit. Was ist passiert?«

»Du hast mir diese verdammte App aufgeschwatzt, das ist passiert.«

»Was für eine App?«

»Die Asteria-App, Markus. Und ich bin an einem der Profile darin hängen geblieben. *Ihrem* Profil«, schimpfte L leise und deutete auf die Tür, hinter der Niobe wartete.

Markus bedachte L mit einem strengen Blick. »Du kanntest sie, bevor ich euch vorgestellt habe?«

»Nur ihr Profil. Ich habe nie mit ihr gesprochen und ich wusste nicht, dass es *sie* ist, als du mich um Hilfe gebeten hast. Wie stehen die Chancen, dass du mich bei fünfzehntausend Passagieren zu der einen Person schickst, die sich in meiner Fantasie eingenistet hat?«

»Eins zu fünfzehntausend.«

»Klugscheißer.«

Markus verschränkte die Arme vor der Brust und dachte nach. »Weiß sie davon?«

»Als ob ich ihr je davon erzählen könnte. *Hey, Niobe, übrigens: Ich bin wahnsinnig in dein Alter Ego verknallt. Wollen wir mal was zusammen unternehmen?*« Sie lachte abschätzig. »Das geht vorbei, Markus. Ich hatte einen schwierigen Tag, der ein paar schmerzhafte Erinnerungen wachgerufen hat, und sie hat ... Nein. Das ist alles. Mach dir keine Sorgen, ich halte meine Distanz zu ihr.« Es war die Wahrheit. Der Anblick der Urnen am Baum der Seelen hatte Erinnerungen in L geweckt, die sie aus gutem Grund verdrängte. Vielleicht hätte sie Niobes Kuss mehr Widerstand leisten können, wenn nicht beides am selben Tag passiert wäre.

»Das riecht nach Ärger«, murmelte Markus, während er sich entfernte. »Gewaltigem Ärger.«

L ging zurück in die Wohnung und schloss die Tür hinter sich.

»Ich rede also wie ein Wasserfall«, sagte Niobe, kaum, dass L einen Schritt ins Zimmer getan hatte.

»Wie es scheint, hast du außerdem das Gehör einer Fledermaus.«

Niobe lachte. »Dann pass besser auf, dass ich dir nicht des Nachts das Blut aussauge. Hat er recht?«

»Womit?«

»Hast du *verliebte Augen*, wenn du über mich sprichst?«

L erstarrte zur Salzsäule, als Niobes Blick sie unerwartet traf. Das Blut stieg ihr prompt in den Kopf und sie wollte nur zu gerne durch ein Loch im Boden fallen. Vielleicht nicht ganz so tief wie bei ihrem letzten Sturz, nur tief genug, um darin zu verschwinden.

»Markus hat eine ausgeprägte Fantasie und würde alles sagen, um mich an Bord der Asteria zu locken«, antwortete L. Sie hoffte, dass sich Niobe damit zufriedengeben würde. Natürlich hatte sie kein Glück.

»Hast du eine Freundin? Dein Sindex sagt nein, aber das kann ich mir kaum vorstellen. Und wenn du doch eine hast, ist sie so stoisch wie du oder steht sie nur auf diesen Eisköniginnen-Typ? Gleicht sie deine stoische Persönlichkeit mit ihrem feurigen Charakter aus?«

»Niobe …«, begann L, doch ihr Schützling schien offenbar einen Wettbewerb gewinnen zu wollen, bei dem es darum ging, möglichst viele Worte pro Minute zu produzieren.

»Wie auch immer, danke, dass du mich nicht hast hängen lassen. Das war wirklich hilfsbereit von dir.«

»Huh?« L nahm offenkundig strammen Kurs auf den letzten Platz.

»Jannik. Du hast gut reagiert, als ich dich geküsst habe.«

»Ach, das«, antwortete L mechanisch. Sie konnte unmöglich mit Niobe darüber reden, was während dieses Kusses wirklich in ihr vorgegangen war und noch immer in ihr vorging. Jedes Mal, wenn die Erinnerung daran in ihrem Geist aufblitzte, bekam ihr Körper einen Schlag.

»Bist du deswegen verärgert? Du hast mich kaum angesehen, seit wir losgefahren sind.«

»Deinen Bodyguard zu küssen, um einen Verehrer loszuwerden, ist nicht unbedingt eine gute Idee.«

»Ich dachte du bist ein CPO«, sagte Niobe mit einem vorsichtigen Lächeln.

L zuckte bloß die Schultern.

»Ich wollte dir nicht zu nahetreten, L. Mir sind die Sicherungen durchgebrannt, als ich Jannik gesehen habe, und dafür entschuldige ich mich.«

»Entschuldigung angenommen«, antwortete L knapp. Selbst so zu tun, als hätte es ihr nichts bedeutet, ging L gegen den Strich.

»Allerdings komme ich nicht umhin, mich zu fragen ...« Niobe biss sich auf die Unterlippe und spielte einmal mehr mit ihrem Ring.

Anbetungswürdig.

»Du hast meinen Kuss erwidert wie jemand, der ihn wirklich wollte. *Brauchte.* Daraus schließe ich, dass du entweder gerne mit mir schlafen würdest oder eine sehr viel bessere Schauspielerin bist, als ich vermutet hätte.«

Ls Ohren begannen zu glühen. »Dann bin ich wohl eine gute Schauspielerin«, log sie. »Es wird sich nicht wiederholen, also gibt es keinen Grund, weiter darüber zu reden.«

»Schade«, sagte Niobe beiläufig. »Das war ein verdammt guter Kuss. Steigt definitiv in meine Top 3 auf. Um zu klären, ob er den ersten Platz verdient, müsste ich aber nochmal eine Kostprobe bekommen.«

Wie bitte?

»Es war ein langer Tag, Niobe. Lass die Scherze und geh schlafen.«

Niobe seufzte und rieb sich die Stirn. »Okay, Agent Elsa.«

»*Agent Elsa*?« Das war deutlich empörender als der Kuss. Und sehr viel weniger schön.

»Ah, das lockt dich also aus der Reserve. Was irritiert dich daran mehr? *Agent* oder *Elsa*? Deinem Blick nach wohl beides, aber ich kann nichts dafür. Du ziehst dich an wie eine Geheimagentin und hast sogar nur eine Initiale als Name. War das Absicht?« Niobe rasselte die Worte sichtlich fröhlicher als zuvor herunter, so dass L kaum eine Chance hatte, Einspruch zu erheben. »Und *Elsa* ... nun. *Die Eiskönigin* ist der meistgesehene Film in der klassischen Mediathek. Jedes Kind kennt ihn und du scheinst eine ähnlich kalte Aura zu pfl...«

»Danke, ich kenne den Film, und wenn du jetzt anfängst, dieses unsägliche Lied zu singen, brauchst du dir um Geist keine Gedanken mehr zu machen, weil ich ihm zuvorkommen werde«, drohte L, was Niobe trotz ihrer ernsten Miene zum Lachen brachte. *Götter, dieses Lachen, diese Lippen ...*

»Du magst mich schon ein kleines bisschen, oder?«

»Du kannst freiwillig ins Bett gehen oder ich bringe dich dahin.«

»Ist das ein Angebot?«, fragte Niobe verschmitzt. »Was würde deine Freundin dazu sagen?«

L setzte eine böse Miene auf und machte einen Schritt auf Niobe zu. Die bekam große Augen und erhob sich rasch aus dem Sessel.

»Schön. Waffenstillstand. Ich schätze, ich habe deine Nerven für heute genug strapaziert. Darf ich dich nur um eine letzte Sache bitten?«

»Was?«, fragte L etwas schroff. Ein Mensch konnte nur eine begrenzte Anzahl von Treffern am Tag verkraften, ohne dabei die Fassung zu verlieren.

»Siehst du nach, ob jemand in meinem Zimmer ist?« Diesmal war jede Spur von Humor aus Niobes Stimme gewichen und ihre ganze Körperhaltung wirkte mit einem Mal zerbrechlich.

L pustete einen Schwall Luft durch die Lippen. »Sicher«, antwortete sie dann und machte sich auf den Weg in Richtung Schlafzimmer.

»Und wenn du schon mal da bist, bleibst du über Nacht?«

»Was?«, rief L aus und blieb wie angewurzelt stehen. Himmel, sie musste wirklich an ihrem Vokabular arbeiten.

»Aus rein beruflichen Gründen!«, setzte Niobe schnell nach. »Ich gelobe feierlich, ich werde die Situation nicht ausnutzen. Nicht einmal den kleinsten Witz werde ich reißen, versprochen. Ich habe neuerdings Angst vor der Dunkelheit und kann nicht einschlafen, wenn ich in jedem Schatten Bewegungen sehe, die gar nicht da sind. Vor allem nicht heute.«

L ballte die Hände zu Fäusten und biss sich auf die Zunge. »Ist das wirklich notwendig? Ich bin gleich hier draußen. Nur ein paar Schritte entfernt.«

»Bitte. So ungerne ich es zugebe, ich brauche meinen Bodyguard an meiner Seite.«

»CPO«, knurrte L in alter Tradition. »Fein. Aber nur diese eine Nacht!« Irgendwo in Ls Hinterkopf schrie die innere Stimme in purer Verzweiflung auf. »Und kein Wort mehr übers Küssen. Ich bin auch nur ein Mensch«, fügte sie grimmig hinzu.

L hätte Stein und Bein geschworen, dass sie Niobes breites Grinsen im Rücken spürte, während sie mit steifen Schritten auf die Schlafzimmertür zuging, oder, wie L sie von nun an nennen würde: die Tür zur Verdammnis. Warum konnte sie nicht einfach vom Blitz getroffen werden?

…/SimFile_26

EINE UNRUHIGE NACHT

ID: L

Der Kuss ließ L nicht los. Er zirkulierte durch ihre Blutbahnen und durch ihre Gedanken. Nicht zum ersten Mal schreckte sie deshalb aus dem Halbschlaf auf, nachdem sich die Szene in ihrem Kopf in Dauerschleife wiederholt, verselbstständigt und eigenmächtig weiterentwickelt hatte. Markus war vollkommen im Recht. Was hatte sich L dabei gedacht, Niobe zu küssen?

Du hast gar nicht gedacht, das ist das Problem!

Ls Körper lechzte nach mehr, während ihr Verstand sie mit der Stimme ihrer Ausbilderin anbrüllte: »Wir sind Profis! Wir unterhalten keine persönlichen Beziehungen mit unseren Schutzbefohlenen! Kein Händchenhalten und erst recht kein Knick-Knack!«

CPO 13 würde vor lauter Wut Schaum vor dem Mund bekommen, wenn sie hiervon erfuhr.

Verstimmt biss sich L auf die Zunge. *Gut gemacht. Wirklich gut gemacht.* Wusste sie denn nicht, wie gefährlich dieses Verhalten war? Selbst wenn Niobe keine Passagierin der Asteria gewesen wäre und L bald verlassen würde, gab es da schließlich noch den Vorfall mit Felica Weber. Falls auch nur eine Person bei Falcon Security davon erfuhr, dass L eine Klientin geküsst hatte, selbst eine inoffizielle, es würde wie ein Muster aussehen. Man würde feststellen, dass L es ›schon wieder getan hatte‹, und Webers falsche Anschuldigungen würden schlagartig an Glaubhaftigkeit gewinnen.

Neben ihr regte sich Niobe, gab im Schlaf leise Laute von sich und L wandte den Kopf in ihre Richtung. Ein weiterer kolossaler Fehler, der gegen alle Regeln verstieß. Sie hatte nichts, aber auch gar nichts im Bett ihrer Klientin verloren. Nicht einmal auf platonische Art. Noch dazu war es purer Masochismus, was L hier tat. Anstatt wenigstens nach dem Aufwachen Erlösung von ihren Träumen zu finden, fand sie sich Nasenspitze an Nasenspitze mit Niobe im Bett wieder. Gnädigerweise lag die diesmal nicht eng an L gekuschelt da, einen Arm um sie gewickelt und die Nase in Ls Halsbeuge vergraben. Welche sadistische Norne hatte sich diesen Schicksalsabschnitt für L ausgedacht? Das war einfach nicht fair.

Ls Adrenalinspiegel befand sich inzwischen außerhalb jeder messbaren Skala, so dass an Schlaf nicht länger zu denken war. Sie fühlte sich zerknittert und verspannt, elektrisiert und erregt. Ihr Körper dürstete nach Niobe und es wurde von Sekunde zu Sekunde unerträglicher. Die schmutzigen Fantasien überrannten ihren gesunden Menschenverstand und drifteten zu Szenarien ab, in denen L Niobe wahlweise sanft aus dem Schlaf küsste und die Hand in ihren Slip schob oder selbst von ihr wachgeküsst wurde. An Stellen, über die L nicht nachdenken durfte. Die Szenen wiederholten sich wieder und wieder und wieder mit jedes Mal zahlreicheren Details. Nicht mehr lange und L würde es tun. Sie würde Niobe aufwecken und aufs Ganze gehen. Sie hatte L praktisch eingeladen, es zu tun. Oder nicht?

Ls Kopf wandte sich Niobe weiter zu. So nah. Sie konnte die Wärme von Niobes Lippen dicht an ihren spüren und die Erinnerung an den Kuss fast schmecken.

»Niobe …«, flüsterte L und ihre eigene Stimme schien der Weckruf zu sein, den sie brauchte.

L sprang aus dem Bett und beobachtete die schwach beleuchtete Form darauf. Niobes Bauchnabel schaute unter dem hochgerutschten Trägertop hervor. L fuhr sich mit der Zunge über die Lippen. Sie tat das einzig Vernünftige und flüchtete aus dem Zimmer.

Auf dem Flur, hinter der sicher verschlossenen Tür, raufte sich L das Haar. Seit ihrer Ankunft bei Niobe drängte L die verbotenen Gedanken an *Eboni* stoisch zurück. Es war das eine, sich eine Beziehung mit einer fiktiven Person vorzustellen, aber etwas ganz anderes, wenn diese fiktive Person auf einmal lebendig vor einem stand und von einer Fantasie zu einem echten Menschen wurde. Mit echten Gefühlen, die es zu respektieren galt. Nicht einen einzigen Fehltritt hatte sich L geleistet. Sie war überzeugt gewesen, sich selbst im Griff zu haben. Und dann dieser Kuss, der wie ein Strikerbot über all ihre Grenzen hinwegfegte, als wären sie bloß Linien aus Kreide. Eine Woche, und schon steckte L knietief im Chaos.

»Fakke, fakke, fakke!«, fluchte sie in Ermangelung weiserer Worte. Ihr Job würde ab jetzt so viel schwieriger werden.

Es war klar, dass sie Niobe zu Markus aufs Revier bringen und Polizeischutz für sie verlangen sollte. Inzwischen mussten doch genügend Vorfälle zusammengekommen sein, um die Genehmigung dafür zu erhalten. Aber würde L damit klarkommen, wenn sie nicht mehr für Niobes Schutz verantwortlich war? Würden sich ihre Gedanken, nicht trotzdem um sie drehen? L konnte nicht einfach so aufhören sich um Niobes Sicherheit zu sorgen. Nicht auszudenken, welche Vorwürfe sie sich machen würde, wenn Niobe in ihrer Abwesenheit etwas zustieße. Aber konnte sie sich ausreichend konzentrieren, um Niobe eine gute Personenschützerin zu sein? Sie musste. Niobe Anvar war eine Klientin, nichts weiter. Eine verunsicherte und verängstigte Klientin, die auf Ls Hilfe angewiesen war und sicher keinen Ty Priest brauchte, der jede Gelegenheit nutzte, seinen Schutzbefohlenen an die Wäsche zu gehen.

»Reiß dich verdammt nochmal zusammen«, maßregelte L sich selbst verärgert. Sie musste diesen Job beenden, bevor sie all ihre Prinzipien über Bord warf und eine große, cineastisch perfekte Torheit beging.

…/SimFile_27

DER GEIST IN DER MASCHINE

ID: NIOBE

Die Chemie zwischen L und Niobe hatte sich verändert, doch leider nicht auf die Art, wie Niobe es sich wünschte. Sie war eindeutig zu weit gegangen und hatte zu viel auf einmal gewollt. Subtilität war nicht unbedingt ihre Stärke und möglicherweise hatte sie zu viel Zeit mit Robotern und zu wenige mit echten Menschen verbracht. Was wusste Niobe schon davon, wie man Menschen verführte und für sich gewann? Bis auf die Beziehung zu Ash beschränkten sich ihre Erfahrungen auf Intimbots und bei Ash war die Initiative nicht von Niobe ausgegangen.

Sie beobachtete L, die half, die neu gelieferten Waren auszupacken, und dabei nicht ein einziges Mal in Niobes Richtung blinzelte. Dieses gleichgültige Verhalten von L fuchste Niobe fürchterlich. Ls Blick war ein anderer, wenn sie Niobe ansah. *Wenn* sie Niobe denn ansah. Ihr Bodyguard schien plötzlich sehr darauf bedacht, möglichst an ihrem Schützling vorbeizusehen. Niobe hatte sich ursprünglich nichts Konkretes bei dem Kuss auf dem Friedhofsgelände gedacht, jetzt aber wollte sie, dass er etwas bedeutete. Bei allen Himmeln, Niobe bekam schon bei der Erinnerung daran schwache Knie. Doch statt sie einander näherzubringen, schien der Kuss sie weiter auseinandergetrieben zu haben. Denn seit dem Morgen danach wirkte L wie jemand, der sich schämte. Wofür, das verstand Niobe nicht recht. L hatte nichts falsch gemacht und sie waren beide erwachsen. Ein bisschen Leidenschaft schadete niemandem. Oder doch? Vielleicht machte sich L Sorgen um ihre Arbeit oder aber sie mochte Niobe einfach nicht auf diese Art. Zeit, es herauszufinden.

Niobe schubste ihre Werkzeugtasche vom Tisch und das Besteck darin schepperte klirrend zu Boden. L fuhr wie erhofft sofort zu ihr herum. »Ich bin so ein Tollpatsch!«

»Keine Einwände von mir an der Stelle«, antwortete L frech, kniete sich aber trotzdem zu Niobe, um ihr zu helfen.

Niobe machte sich daran, die verstreuten Werkzeuge wieder einzusammeln, dabei strich sie sich betont beiläufig das Haar hinters Ohr. Ein Sindex kam darunter zum Vorschein, wie sie wusste, der sich leuchtend weiß von ihrer dunklen Haut abhob. Sie hörte, wie L scharf einatmete. Als sie zu L aufsah, entdeckte sie, wie ihr Bodyguard Halt an der Werkbank suchte.

»Alles in Ordnung?«, fragte Niobe unschuldig.

»Bestens, nur ...« Da L nichts Besseres einzufallen schien, holte sie eine der Elektrolyt-Kapseln aus ihrer Reserve und warf sie sich in den Mund. »Nicht genug Energie.«

»Verstehe. Dann setz dich lieber«, schlug Niobe aalglatt vor. »In der Schublade über dir sind Snacks versteckt. Vielleicht hilft das deinem Energiehaushalt, bis wir dir etwas Vernünftiges vorsetzen können. Nach Feierabend machen wir auf dem Heimweg bei Dantes halt. Wahrscheinlich ruiniere ich mir wegen dem ganzen Stress mit Geist die Gesundheitswerte, aber ich habe das Bedürfnis nach einer fettigen Pizza. Mit extra Käse, der zerfließt und mir an den Mundwinkeln bis zum Kinn heruntertropft. Nicht sexy, aber notwendig.«

»Du warst nie attraktiver als in diesem Moment.«

Die Worte waren offenbar draußen, bevor L es verhindern konnte, und Niobe verzeichnete im Stillen einen Triumph, als sie die leichte Röte auf Ls Wangen sah.

»Wie war das?«, fragte Niobe.

»Ähm ... Nichts«, antwortete L mit einem gehetzten Blick.

Niobe grinste zufrieden. »Böser Bodyguard. Du stehst also doch auf mich.«

»Das tue ich nicht!«, wehrte L ab. Doch Niobe sah, wie ihrer blassen Beschützerin das Blut weiter in den Kopf stieg.

»Du willst mich kü-hü-hüs-sen«, sang Niobe lachend vor sich hin.

»Will ich nicht.«

»Bist du sicher? Jannik hält uns für ein Paar und wir werden auf der Gala wieder mit ihm zusammentreffen. Wir können natürlich auch brav Händchen halten, aber es wäre viel überzeugender mit dem ein oder anderen Kuss«, säuselte Niobe mit kokett geschürzten Lippen. Sie konnte praktisch sehen, wie Ls Puls durch die Decke ging.

Vermutlich wäre es das erste Mal, dass sich L als Partnerin einer Klientin ausgab. Es war ganz eindeutig das erste Mal, dass Niobe solch göttliche Lippen gekostet hatte, und auf jeden Fall das erste Mal, dass sie jemandem gerne die Kleider vom Leib reißen wollte, um zu Ende zu bringen, was sie angefangen hatte. Doch was das anging, musste Niobe vorerst einen Gang runterschalten. Katzen musste man zu sich kommen lassen, sexy Bodyguards offenbar auch.

»Dieser Auftrag wird mein Untergang«, murmelte L kaum hörbar vor sich hin, als hätte sie Niobes Gedanken gelesen.

»Was hast du gesagt?«

»Nichts, ich ... Augenblick mal. Welche Gala?«

Niobe wollte gerade darauf antworten, als das Licht plötzlich ausfiel und die Werkstatt in Dunkelheit versank. »Was ist denn jetzt los?« Sie sah zu den erloschenen Deckenleuchten hoch, als könnte ihr missbilligender Blick die Lampen dazu zwingen, wieder zu funktionieren.

»Lass uns nach vorne gehen und nachsehen.«

Als sie in den Verkaufsraum kamen, war auch der vollkommen dunkel. Nur die Standby-Anzeigen auf den Schläfen der geladenen Synthis spendeten ein wenig kaltes Licht.

»Genauso dunkel«, stellte Niobe überflüssigerweise fest.

»Wo ist Tim?«

»Vermutlich im Keller, um nach der Energiezelle zu sehen.« Niobe wies in Richtung einer offenstehenden Tür. In dem Moment setzte das Summen ein. Niobe zuckte zusammen. Die Melodie stellte ihr die Nackenhaare auf. Es kam irgendwo aus dem Verkaufsraum. »Das ist dasselbe Lied, das mir Geist mit einer seiner Karten geschickt hat.« Die Melodie schwebte tief und gedehnt durch die Reihen regloser Bots. Kalt und sphärisch.

»Ein altes Kinderlied. Ich kenne es gut, allerdings nicht mit einem derart unheimlichen Unterton.« L lauschte in die Dunkelheit, versuchte, in den Schatten der Standby-Lichter etwas zu erkennen und herauszufinden, woher genau das Summen kam.

»Er ist hier, L. Geist ist hier.«

Als hätte Niobe den Dämon durch die bloße Erwähnung zum Leben erweckt, regte sich einer der ausgestellten Bots. Der Kopf bewegte sich in die eine, dann in die andere Richtung, bis er Niobe fand. Trotz der schlechten Lichtverhältnisse erkannten Niobe und L ein verzerrtes, unheimliches Grinsen, das sich auf dem symmetrisch perfekten Gesicht ausbreitete.

»Mir kommen hier ein paar ernste Zweifel an der versprochenen Sicherheit von Robotern«, murmelte L leise.

Niobe war versucht zuzustimmen. »Geist benutzt den Bot als Persona.« Sie machte sich daran, die Steuerkonsole des Bots aufzurufen und schluckte schwer, als sie scheiterte. »Mein Zugang wurde gesperrt.«

Der Servicebot setzte sich in Bewegung, stieg nahezu geschmeidig von seiner Plattform und schritt durch die Reihen der anderen Ausstellungsstücke. Der Bot kam zielsicher auf Niobe und L zu. Langsam, als hätte er alle Zeit der Welt. Wenige Meter vor ihnen blieb er stehen und sah sie sekundenlang an.

»Buh!«, rief die Maschine dann plötzlich.

Niobe wich zurück und japste dabei, woraufhin der Bot den Kopf in den Nacken warf und schallend lachte. Niobe fasste verängstigt nach Ls Hand. Ihre eigene schwitzte, wie sie nun merkte, und das Herz hämmerte gegen ihre Rippen.

»Hallo, Eboni«, begrüßte sie der Bot amüsiert.

L holte die Energiewaffe hervor, schaltete auf die höchste Leistungsstufe und positionierte sich gleichzeitig zwischen Niobe und dem fremdgesteuerten Roboter. Sie schien ihn mit ihrem eiskalten Blick in einen magischen Käfig bannen zu wollen. »Hat das Ding einen Killswitch?«, wollte L von Niobe wissen.

»Ein Killswitch?«, meldete sich der Bot mit gespielter Empörung zurück. »Wer wird denn gleich mit Kanonen auf Spatzen schießen?«

»Er kann uns nichts tun«, sagte Niobe mit zittriger Stimme. »Die Direktiven des Bots verhindern, dass er Menschen schaden kann. Selbst wenn er von auswärts gesteuert wird, bleiben sie intakt.«

»Wer es schafft, sich unbefugt in das System eines Bots einzuklinken, ist vermutlich auch in der Lage, diese Direktiven umzuschreiben«, erwiderte L grimmig. »Ich gehe lieber vom Worst-Case-Szenario aus, Niobe. Verzeih also, wenn ich nicht allzu viel Vertrauen in die Unbezwingbarkeit der Programmierung habe. Also, her mit dem Killswitch.«

Während sie ihr kleines Wortgefecht austrugen, bewegte sich Geist gemütlich und unbeeindruckt im Körper der Maschine ein paar Schritte in die eine und dann wieder in die andere Richtung. Der Gesichtsausdruck des Bots wirkte dabei amüsiert.

»Ich ... habe ihn nicht hier«, gestand Niobe kleinlaut. »Den Sender für den Killswitch. Ich habe ihn in der Werkstatt liegen lassen.«

»Niobe ...«, seufzte L.

»Tim hat einen.«

»Tim ist im Keller.«

Niobe biss sich auf die Unterlippe. »Es tut mir leid.«

»Schon gut. Geh und hol den Sender.«

»Ich kann dich nicht hier alleine lassen, wenn ...«

»Ich bin schon mit größeren Maschinen fertiggeworden. Los.«

/switchProfile
ID: L

L ließ lieber unerwähnt, dass sie den Kampf damals eher versehentlich überlebt hatte. Wäre die emotionslose Kriegsmaschine nicht im richtigen Moment durch einen instabilen Boden gebrochen und steckengeblieben, hätte sie L in der Mitte zerteilt.

»Sei vorsichtig«, bat Niobe, ehe sie in Richtung der Werkstatt verschwand.

Geist schickte sich an, Niobe zu folgen. Er wusste sicher, dass L kein großes Hindernis sein würde. Trotzdem versperrte sie ihm den Weg und hob die Waffe. Wie erwartet, sah die Maschine sie mit einer Mischung aus Mitleid und Blutdurst an, verschränkte die Arme vor der Brust.

»Was für eine mutige Beschützerin hat sich unsere Eboni da gesucht?«, spottete Geist durch die Lippen des Bots. »Mit deiner Energiewaffe wirst du einem Androiden allerdings nicht viel anhaben können. Die ist ja nicht einmal für organische Lebensformen tödlich. Wer bist du?«

»Nenn mich Geisterjäger«, gab L schroff zurück. Das süffisante Lachen im Gesicht des Bots verschwand.

Entgegen ihrer mutigen Worte raste Ls Herz vor Furcht und sie kämpfte gegen den Fluchtreflex an. Himmel, sie hasste Maschinen.

Doch Niobes Sicherheit hing davon ab, dass L jetzt nicht die Nerven verlor. Dieser Bot wurde von einem Menschen gesteuert und mit Menschen konnte man reden. Selbst mit den soziopathischen.

Glücklicherweise schien Geist nicht aufs Äußerste gehen zu wollen. Er hob beschwichtigend die Hände und griff dann betont langsam mit einer davon in die Westentasche des Servicebots. Ein Umschlag kam zum Vorschein.

»Ich bin nicht gekommen, um sie zu töten. Heute noch nicht«, sagte Geist und zuckte die Schultern. »Ich habe bloß eine Nachricht für Eboni«, sagte der Bot.

L machte zwei schnelle und weite Schritte, schon schnappte sie dem Bot das papierne Gut aus der Hand. »Niobe! Ihr Name ist Niobe, du kaputtes Arschloch.«

Der Bot wich einen Schritt zurück, als hätte sich sein Pilot vor L erschrocken. *Gut so*, dachte sie. Die Hände des Servicebots ballten sich jetzt zu Fäusten. Mehrere Sekunden lang starrten sich Mensch und Maschine an. Ein Blick kälter als der andere.

»Mit dir habe ich kein Problem. Solange du mir nicht in die Quere kommst, hast du nichts vor mir zu befürchten. Aber vor ihr nimm dich besser in Acht. Sie ist eine Lügnerin und sie wird dich wegwerfen, wenn du keinen Nutzen mehr für sie hast. Das ist es, was sie immer mit denen macht, die ihr vertrauen«, warnte Geist mit einem Ausdruck, der ehrlich wirkte und L präzise wie ein Zielsuchgeschoss ins Herz traf. Mit gebrochenem Vertrauen kannte L sich nur zu gut aus.

Die Augenlider der Maschine begannen zu flattern, die Miene wurde starr, der Körper kehrte in die Standby-Position zurück. Die Lichter im Laden gingen an und der Servicebot stand reglos da, als wäre nichts geschehen. Geist war fort.

»Na bitte, es geht wieder alles«, rief Tim aus dem Nichts.

L drehte sich mit einem argwöhnischen Blick zu Tim herum. »Was genau hast du da unten gemacht?«

»Nach der Energieverteilung geschaut. Warum zielst du mit einer Waffe auf einen unserer teuersten Bots und weshalb steht er nicht mehr an seinem Platz?«, fragte Tim mit gerunzelter Stirn, während er auf die reglos rastende Maschine schaute.

»Das weißt du vielleicht besser als ich.«

»Hä?«, erwiderte Tim.

L nahm die Waffe runter und steckte sie ins Halfter zurück. »Wenn ich herausfinde, dass du dahintersteckst, wird es ungemütlich für dich«, sagte sie schließlich und ließ ihn mit seinen Fragen im Verkaufsraum zurück, um nach Niobe zu sehen.

/switchProfile
ID: Niobe

Niobe lief unruhig in der Werkstatt auf und ab, wühlte zwischen Schrauben, Leitungen und Transportboxen, kaute an den Fingernägeln und fluchte. Wo war dieser verdammte Sender? Falls Geist tatsächlich in der Lage dazu war, die Direktiven des Bots zu überschreiben, dann würde L womöglich ihr Leben verlieren. Nur weil Niobe keine Ordnung halten konnte und zu viel Vertrauen in die götterverdammten Codes einer Maschine hatte. Wie konnte sie derart naiv und verantwortungslos sein, während ein offensichtlich versierter Hacker ihr nachstellte? Sie schrak laut auf, als jemand aus den Regalen heraus und in die Werkstatt trat.

»Ich bin es bloß.«

»Bei allen Himmeln, L!«

»Entschuldige. Ich wollte mich nicht anschleichen«, gab L schuldbewusst zurück.

»Es geht dir gut!« Niobe stürmte auf sie zu und schloss sie in eine feste Umarmung. »Es tut mir leid, L! Es tut mir so leid! Sobald ich diesen verdammten Sender gefunden habe, werde ich ihn nie wieder aus den Augen lassen. Ich verspreche es bei allen Heiligen des bekannten Universums und ich werde dich nie wieder wegen deiner Roboterphobie necken. Die Dinger *sind* gruselig!«

»Jetzt beruhige dich erstmal. Geist ist fort, aber er hat etwas dagelassen.«

Niobe ließ von L ab. »Eine neue Botschaft?«

Ihre Leibwächterin nickte und reichte ihr den Umschlag mit seiner perfekten weißen Oberfläche und den ach so elegant geprägten Mustern darauf. Niobe verachtete die Schönheit dieses Dings, die im harten Kontrast zu der Hässlichkeit seines Inhalts stand.

»Augenblick. Ein Umschlag?« Niobe lehnte sich entgeistert gegen die Werkbank und schaute das Kuvert ausdruckslos an.

»Der Servicebot hatte ihn in der Jackentasche.«

Niobe verharrte und spürte, wie sie alle Farbe verlor. »Das heißt, Geist muss irgendwann hier im Laden gewesen sein.«

»Hat sich in letzter Zeit jemand verdächtig benommen?«

Niobe schüttelte den Kopf. »Ich bin nicht so oft vorne, wie du weißt. Es wäre mir nicht aufgefallen.«

»Sollen wir ihn öffnen?«, fragte L mit einem Nicken in Richtung des Briefumschlags.

Niobe schaute zu ihrem Bodyguard. L beobachtete sie aus Augen, die alles zu sehen schienen. Der violette Schimmer an den Rändern ihrer Iriden wirkte intensiver, wenn L angespannt war, und im Augenblick leuchteten sie hell wie Signalfeuer.

»Ich schaffe das, aber fang mich auf, falls ich gleich umfallen sollte. Meine Knie fühlen sich an wie Proteinpudding.« Niobe lachte halbherzig. Humor war ihre Waffe gegen alle Probleme, doch im Moment schien auch dieses Allzweckmittel an seine Grenzen zu stoßen.

L rückte näher an Niobe heran, legte einen Arm um ihre Taille. »Ich glaube, du machst mir falsche Hoffnungen darauf, dich wie eine

Heldin auffangen zu dürfen. Aber für den Fall, dass es doch passiert, bin ich hier.«

Sie sagte es mit einem heiteren Ton, der genauso erzwungen wirkte wie Niobes Lachen. Niobe wusste es dennoch zu schätzen, dass L versuchte, das Spiel mitzuspielen.

…/SimFile_28

DIE GALA

ID: L

»Mir ist nicht wohl dabei, Niobe.«

»Das sagst du jetzt schon zum dritten Mal.«

»Und ich werde es auch noch ein viertes und ein fünftes Mal sagen, wenn es sein muss. Es ist erst ein paar Tage her, dass Geist im Laden aufgetaucht ist, und nun diese Gala. Wer hat dir die Einladung zu der Veranstaltung überhaupt geschickt?«

»Jannik Kilkønnen.«

»Derselbe Jannik Kilkønnen, der auf dem Friedhof war, als der Blumenkranz auf meinem Wagen abgelegt wurde und der mehrmals versucht hat dich bei *Flinke Hände* anzutreffen.«

»Jannik ist ein Schmierlappen, aber bestimmt kein Stalker.«

L schnaubte unzufrieden. »Du kennst einen Menschen niemals wirklich, Niobe. Nicht einmal diejenigen, mit denen du dein halbes Leben verbracht hast.«

»Ist das ein wunder Punkt bei dir?«, fragte Niobe. L verzog keine Miene. »Mona hat *ihr* halbes Leben für diese Sache gekämpft. Jetzt endlich trägt ihre Arbeit Früchte. Es besteht eine echte Chance, das Leben von Cybes und Tweaks ein wenig besser zu machen oder wenigstens zu verhindern, dass es noch schlimmer wird. Ich muss zu dieser Gala, L. Für Mona. Sie hat so lange und hart für einen Sitz im Erdrat gekämpft.«

»Deiner Mutter wäre deine Sicherheit wichtiger als deine Anwesenheit bei dieser Pro-Forma-Veranstaltung. Kannst du dich nicht in die Übertragung zuschalten? Es gibt doch sicher eine Live-Simulation des Events.«

»Für meine Sicherheit habe ich dich.«

»Auf solchen Feiern sind unzählige Gäste und ich bin nur ein Bodyguard.«

»Werde ich nicht immerzu von dir darauf hingewiesen, dass du Personenschützerin bist und kein Bodyguard?«, rief Niobe aus den Tiefen des Wandschranks.

L atmete halb verzweifelt und gut hörbar aus. »Ich passe mich bloß deinem Niveau an.«

Niobe lugte hinter der Schranktür hervor. Sie trug schwarzen Lidschatten, der ihre grünen Augen heller denn je leuchten ließ. »Heißt das, ich darf dich ab jetzt immer meinen Bodyguard nennen?«

»Nenn mich, wie du willst, wenn du dafür auf mich hörst und dir das ganze aus sicherer Entfernung ansiehst.«

»Okay, mein sexy Bo...«

»Das nicht«, unterbrach L sie sofort.

»Pah. Fein. Auf dieser Veranstaltung sind viele hochrangige Politiker anwesend. Da laufen mehr Bodyguards herum, als du dir wünschen kannst.«

»Die haben nur Augen für ihre eigene Klientel.«

»Dann musst du eben ganz dicht an mir dranbleiben«, sagte Niobe mit einer Stimme, die mindestens so rauchig war wie ihr Make-Up.

»Lass mich darauf hinweisen«, entgegnete L so ernst wie möglich, »dass ich nicht davor zurückschrecken werde, dich vor Zeugen über meine Schulter zu werfen und rauszutragen, falls es die Situation erfordert.«

Niobe lugte erneut hinter der Tür hervor. »Das wagst du nicht!«

»Willst du darauf wetten?«

Niobe zögerte einen Moment, in dem sie ihre Optionen abzuwägen schien. »Ty Priest würde das sicher eleganter lösen, als mich über die Schulter zu werfen wie einen Sack Getreide«, beschwerte sich Niobe, ehe ihr Kopf wieder hinter der Tür verschwand.

»Ich bin nicht Ty Priest und du bist nicht so leicht, wie du aussiehst.«

»Unhöflich!«

»Es ist nicht meine Aufgabe, höflich zu sein.«

»Es schadet aber auch nicht.«

»Falls du noch länger brauchst, erledigt sich das Problem vielleicht auch von selbst.«

»Ha!«, rief Niobe aus ihrer urbanen Höhle. »Du bist selbst erst vor zehn Minuten fertiggeworden.«

»Wir wollten auch schon vor fünf Minuten aufbrechen«, konterte L. Da sie zu solch einem Event ihre übliche Arbeitskleidung tragen konnte, hatte sie möglicherweise einen Vorteil bei den Vorbereitungen.

»Fertig!«, rief Niobe.

»Na endlich.« L nahm die Smartbrille ab und machte sich bereit, loszugehen. Doch als Niobe vollends aus dem Schrank heraustrat, stockte L schon wieder der Atem.

Niobe trug ein türkisfarbenes Cocktailkleid, das ihre Figur betonte und knapp über den Knien endete. Ein durchscheinender schwarzer Schal mit winzigen funkelnden Steinen darauf bedeckte ihre Schultern und trug nichts dazu bei, von Niobes V-Ausschnitt abzulenken, der L viel zu viel Einblick gewährte. Sie senkte hastig den Blick. Niobes Füße steckten in Riemchen-Pumps, die sich um die schönsten Knöchel wanden, die L je gesehen hatte. Zugegeben, an diesem Punkt ihrer verwirrenden Beziehung zu Niobe war sie längst nicht mehr objektiv genug, um irgendetwas an ihr nicht attraktiv zu finden. Falls sie es überhaupt je gewesen war. Daher spürte L nun, wie sie einerseits das Atmen vergaß und ihre Gesichtsmuskeln andererseits unkontrolliert arbeiteten. Als Ausdruck ihrer Verzweiflung biss sich L auf die Zunge. Offenbar war das Ergebnis dieser Gesichtsakrobatik etwas, das einer Grimasse tiefer Missbilligung ähneln musste, denn Niobes eben noch fröhliche Mimik verfinsterte sich und sie stemmte die Hände in die Hüften.

»Was stimmt jetzt wieder nicht?«, fragte sie unzufrieden. »Sag schon. Du machst ein Gesicht, als würdest du mich gerne ohrfeigen.«

Niobe zu ohrfeigen wäre nun wirklich das Letzte, was L einfiele. Sie konnte ihr aber kaum sagen, was ihr stattdessen durch den Kopf ging. Dass sie vor Niobe auf die Knie gehen wollte, um ihre Hände auf diese anbetungswürdigen Beine zu legen und sie langsam hinaufwandern zu lassen. Dass sie Niobe das Kleid in Zeitlupe vom Körper schälen, ihre Bauchdecke küssen und dabei jede Sekunde so ausgiebig auskosten wollte, bis Niobe vor Verzweiflung wimmern und darum betteln würde, dass L sie gleich hier an die Wand drückte und …

L räusperte sich und griff nach dem einzigen Strohhalm, der sich ihr ad hoc bieten wollte: »Die Schuhe sind ungeeignet, falls wir in eine gefährliche Situation geraten und schnell wegmüssen.«

»Ich kann auf den Schuhen sehr gut … Nein, vergiss es.« Niobe hob ergeben die Hände, verschwand erneut hinter der Schranktür und kramte noch lauter und energischer durch irgendwelche Kisten und Fächer. Zwei Minuten später tauchte sie wieder auf. An den Füßen trug sie jetzt Stiefeletten mit gummiertem Blockabsatz von etwa fünf Zentimetern Höhe. Sie posierte für L. Eine Göttin in glitzerndem Schwarz und Türkis. »Besser?«

Nicht einmal ansatzweise, antwortete Ls überaktive Libido. »Besser«, antwortete ihr Mund.

»Wir sind zu spät!«

»Und wessen Schuld ist das?«, fragte L unbeeindruckt, während sie die letzten Meter zum Saal rannten.

»Die Schuhe musste ich bloß deinetwegen wechseln!«

»Zu dem Zeitpunkt waren wir bereits zu spät, weil du eine halbe Stunde dafür gebraucht hast, das erste Paar zu finden.«

»Na, wenigstens trage ich jetzt die richtigen Schuhe für einen Sprint«, gab Niobe lachend zurück.

L schnaubte und eilte die letzten drei Stufen hinauf. Ein Synthetischer in Abendgarderobe stand am oberen Absatz und prüfte die IDs der Nachzügler. Immerhin, durch ihre Verspätung waren der Treppenaufgang und der Gang zum Empfang bereits so gut wie menschenleer. Der Anflug von Erleichterung löste sich leider in Luft auf, als sie den Veranstaltungsraum erreichten und eintraten.

Niobe sendete ihre Einladung an einen Servicebot auf Rädern. Sein Korpus trug eine wechselbare Ummantelung in Schwarz und Weiß, inklusive Fliege.

»Bitte folgen Sie mir«, sagte die Maschine im Butler-Outfit und rollte geräuschlos voraus.

Alle Muskeln in Ls Körper waren angespannt. In dem Raum befanden sich gut einhundert Gäste, vermutlich mehr. Dazu das Personal. Ihr einziger Trost war, dass die meisten an ihren Tischen saßen und der Begrüßungsrede des Veranstalters lauschten. Doch sobald die Feier richtig in Gang käme, würde das hier zu Ls persönlichem Albtraum werden. Wie zum Teufel sollte sie Niobe ohne weitere Unterstützung in dieser Masse von Menschen beschützen?

»Niobe ...«

»Tsch!«, unterbrach Niobe ihre Leibwächterin und folgte dem Servicebot flink zu dem zugewiesenen Tisch.

Die Person am Rednerpult wechselte, während Niobe und L Platz nahmen, kommentiert von dem missbilligenden *tsch!-tsch!* der Tischnachbarn. L starrte sie gnadenlos nieder und richtete den Blick dann auf ihre Umgebung. Der Servicebot verschwand und kehrte wenig später mit einer Flasche teurem Wein und einer Platte mit frisch zubereiteten Appetithappen zurück, die er auf dem Tisch abstellte.

»Was macht die denn hier?«, flüsterte Niobe. Wohl mehr zu sich selbst als irgendjemandem sonst.

»Wer?«

Niobe nickte zu der Sitzreihe hinter dem Rednerpult. »Vin Aiken. Vertreterin der UKP.«

L zuckte die Schultern. Der Name sagte ihr rein gar nichts. Sie hatte während ihrer Zeit als Soldatin eine so gründliche Politikverdrossenheit entwickelt, dass sie sich nur in den seltensten Fällen mit den Figuren der Führer und Lenker befasste. Auch wenn seit damals nunmehr 136 Jahre verstrichen waren, glaubte L nicht so recht daran, dass heute weniger heiße Luft aus ihnen herauskam als in der Vergangenheit.

»Vin Aiken gehört zur Union Konservativer Philanthropen. Allein schon, dass sie sich als Menschenfreunde bezeichnen, ist blanker Hohn. Ihre Partei ist die Wurzel des GUmS. Das gefällt mir nicht, L. Das hier ist eine Veranstaltung der Humanitas. Vin Aiken sollte nicht da oben sitzen.«

Was L nicht gefiel, war der Mann, der ein paar Stühle weiter daneben saß und Niobe mit weit aufgerissenen Augen anstarrte. Sein Gesicht war in den letzten fünfzehn Sekunden kreidebleich geworden und seine Hände hatten offenbar angefangen zu schwitzen, denn er rieb sie mehrfach über seine Hosenbeine.

»Was macht dein Kumpel Jannik Kilkønnen auf der Bühne?«

»Er hat Monas Position inne und ist der neue Parteivorsitzende von Humanitas.« Niobe hob die Hand unauffällig zum Gruß, nachdem auch ihr aufgefallen war, dass er sie ansah. Seine Antwort kam als knappes Nicken, das ihn eine Menge Kraft zu kosten schien. »Er wirkt nicht gerade entspannt, oder?«, fragte sie L.

»Er sieht nervös aus«, bestätigte L.

»Ungewöhnlich. Normalerweise liebt er es, im Rampenlicht zu baden.«

»... und damit gebe ich das Wort an Jannik Kilkønnen ab«, sprach der Redner in das Mikro, trat ein Stück zur Seite und applaudierte im Kanon mit den Gästen im Saal.

Jannik Kilkønnen trat mit steifen Schritten an das Pult, bedankte sich und sprach über die Ziele der Partei, nun, da sie im Erdrat mitreden durfte. Niobe hörte nur halb zu, bis sich Vin Aiken plötzlich erhob und lächelnd neben Jannik trat.

»Was zum ...«, begann Niobe und verstummte gleich wieder.

»An dieser Stelle freue ich mich sagen zu können, dass wir der Zusammenarbeit mit der UKP mit Zuversicht entgegenblicken«, sagte Jannik. Für eine knappe Sekunde sah er zu Niobe, und was er dort erkannte, schien ihn einzuschüchtern. Er stolperte über seine nächsten Worte, räusperte sich, um den Fauxpas zu übertünchen, und wandte den Blick dann sofort in eine andere Richtung.

L verstand, woran das lag. Sie erlebte die schlagartige Verwandlung der bezaubernden Göttin Niobe in die furchterregende Furie Niobe. Sie war wütend. Doch es war nicht der kleine, bissige Zorn, den man unliebsamen Rivalen entgegenwarf, das hier war tiefe Verachtung, die aus jeder von Niobes Poren strömte. Eine kalte und mordlüsterne Wut tobte in ihren Augen, färbte sie dunkler. »Niobe? Was ist los?«

»Dieser verdammte Mistkerl. Er ist eine Koalition mit der UKP eingegangen. Ohne Zweifel, weil sie die stärkste Partei in der Erdregierung sind und sie ihm irgendetwas versprochen haben, das ihm Vorteile bringt. All das, wofür Mona jahrelang gearbeitet hat, ist mit dieser Entscheidung hinfällig. Es wird keine Lockerung des GUmS geben, kein Veto bei Anträgen der UKP, keine Gegenanträge, die der UKP nicht genehm sind.« Als Niobe die Schwere ihrer Worte klar wurde, füllten sich ihre Augen mit Tränen. Jannik hatte Mona verraten und alles, wofür die beiden gemeinsam hätten stehen sollen. Fast dreißig Jahre Arbeit, und er ging ein Bündnis mit dem Feind ein. Wie war es ihm gelungen, all die anderen Mitglieder der Humanitas zu überzeugen, dem zuzustimmen? Was war in den Monaten seit Monas Tod passiert, dass sie alle ihre Ziele derart verrieten?

Vin Aiken trat näher an Jannik heran und ergriff voller Enthusiasmus seine Hand. Niobe köchelte derweil leise vor sich hin wie ein schwelender Vulkan.

Der Mann räusperte sich und setzte seine Rede fort. »Viele Jahre lang war ich Mona Anvars rechte Hand und es betrübt mich, dass sie heute nicht hier sein kann, um dieses Bündnis mit uns zu feiern …«

»Fakke!«, rief Niobe laut dazwischen und sprang im selben Moment von ihrem Stuhl auf. »Du spinnst wohl!« Der Applaus der Gäste hatte keine Chance, sich zu festigen. Stattdessen kam leises Getuschel auf und alle Köpfe wandten sich zu Niobe herum, nun, da sie aufgebracht im Raum stand. Niobe scherte sich nicht im Geringsten um sie. »Wage es bloß nicht, Mona in diesen Bockmist mit reinzuziehen. Dieses Bündnis ist das genaue Gegenteil von dem, was sie wollte und wofür sie gekämpft hat!« Niobes Abscheu war fast greifbar.

»Verzeihung, wer sind Sie?«, fragte Vin Aiken.

»Die Tochter von Mona Anvar«, erklärte Niobe mit erhobenem Haupt. »Meine Mutter hätte dieser Koalition niemals zugestimmt. Sie hat Jahrzehnte damit zugebracht, gegen Sie und Ihre menschenverachtende Politik anzukämpfen, wie Sie nur zu gut wissen. Sie hat die UKP verachtet. Verachtet!«

»Niobe …«, begann Jannik.

»Sei still!«, fuhr Niobe so harsch dazwischen, dass er gleich noch ein bisschen bleicher wurde. »Dieses Bündnis ist ganz alleine dein Werk, Jannik. Monas Körper war noch nicht kalt, da hast du dich als ihr Nachfolger angeboten. Beleidige nicht auch noch ihr Andenken, indem du öffentlich behauptest, dass sie dieses Bündnis unterstützt hätte.«

»Menschen ändern ihre Meinung, Niobe.«

»Nicht Mona. Nicht, wenn es um etwas so Wichtiges geht. Um das Wohl ihrer Nichte!«, hielt Niobe unnachgiebig dagegen. Sie war so wütend, sie hätte diesem schmierigen Handlanger gerne ins Gesicht gespuckt. Noch in dieser Stunde würde sich die gesamte Medienlandschaft auf ihren skandalösen Ausbruch stürzen, doch es war ihr egal. Falls Jannik diese Behauptung über Mona öffentlich zu verbreiten gedachte, war es sogar wichtig, dass Niobes Worte nach draußen drangen. Dieses eine Mal durfte gerne alle Aufmerksamkeit auf ihr ruhen und das Holo unzählige Male im Cluster geteilt werden. Es sollten alle wissen, dass Mona Anvar nicht auf die Seite der UKP gewechselt war. »Das ist unverzeihlich, Jannik. Und dann hast du auch noch den Schneid, mir eine Einladung zu schicken, um mir diesen Verrat unter die Nase zu reiben? Schämen solltest du dich! Ihr alle solltet euch schämen!« Sie trat ihren Stuhl so energisch aus dem Weg, dass er scheppernd umfiel. »Lass uns gehen, L. Wir sind hier fertig.«

»Niobe, bleib bitte und lass uns darüber reden«, versuchte es Jannik, doch sie kehrte ihm und allen anderen den Rücken zu.

Noch in der Bewegung griff sie nach der Flasche des überteuerten, von sonstwo importierten Rotweins, der auf dem Tisch in seinem Kühler darauf gewartet hatte, zur Feier des Abends geöffnet zu werden.

»Den nehmen wir mit. Nach dieser Shitshow habe ich den Alkohol dringend nötig«, verkündete sie gut hörbar, ehe sie davonrauschte.

L folgte ihrem Schützling schweigend nach draußen. Auf halber Strecke zum Wagen blieb Niobe ohne erkennbaren Grund stehen, wurde stocksteif und dann schrie sie laut in die Abenddämmerung, stampfend, sich schüttelnd. L sah sie alarmiert an, schaute sich um, doch es war nur Niobe, die ihrer Wut Luft machte und wie ein zorniger Drache zum Finale ein letztes Mal fauchte.

»Dieser rückgratlose Mistkerl«, fluchte sie und damit schien die Sache abgeschlossen zu sein. Beinahe. Eine Träne war Niobes Auge entkommen. »Mist, verdammter. Mein Make-Up!«

»Lass mich sehen.« L hielt ihren Schützling davon ab, sich mit den Fingern über das Gesicht zu wischen, holte ein Taschentuch aus einer ihrer vielen versteckten Taschen und tupfte vorsichtig die Haut unter Niobes Augen ab. »Katastrophe abgewendet«, sagte sie und zeigte Niobe das weiße Tuch, an dem kaum Spuren des schwarzen Lidschattens zu sehen waren.

»Du kannst überraschend charmant sein«, sagte Niobe.

»Das gehört zum guten Service, Hoheit«, antwortete L, schwang die Arme in die richtige Position und deutete eine Verbeugung an. Wie erhofft, entlockte es Niobe ein Lächeln.

»Können wir auf dem Weg irgendwo halten und etwas essen? Ich brauche Trostfutter für die Seele.«

»Das würde ich ganz eigennützig begrüßen«, antwortete L und öffnete Niobe wie üblich die Wagentür.

.../SimFile_29

NOT SO OLD IRISH PUB

ID: L

»Das ist genau das, was ich jetzt brauche«, verkündete Niobe, deren Stimmung sich besserte, sobald sie über die Schwelle des Old Irish Pub traten. Während der Fahrt von der Veranstaltung bis hierher war Niobe ungewohnt still geblieben und hatte gedankenverloren aus dem Fenster geschaut. Doch der Duft warmer Speisen schien ihre Lebensgeister zu wecken.

Ein Servicebot kam auf leisen Rädern angefahren. Sein Gehäuse glänzte in Grün und Gold. Er erinnerte an einen irischen Kobold. »Willkommen im Old Irish Pub. Wie kann ich Ihnen helfen?«

»Einen Tisch für zwei, bitte«, antwortete Niobe.

Eine Sekunde verging, dann machte der Roboter eine Kehrtwende. »Bitte folgen Sie mir.«

Kurz darauf nahmen sie an einem Tisch im hinteren Bereich des Pubs Platz. L zog den Stuhl zurück und schob ihn heran, während Niobe sich darauf setzte. Der Vorgang schien sie zu amüsieren.

»Das macht man heute nicht mehr.«

»Was macht man nicht mehr?«

»Den Stuhl für jemanden ranschieben.«

»Ist das ein Gesetz oder verhandelbar?«, fragte L so neutral wie möglich und setzte sich auf ihren eigenen Platz.

»Verhandelbar«, antwortete Niobe amüsiert.

Der Servicebot brachte ihnen die Karten und nahm die Bestellung für die Getränke entgegen. Cider für Niobe, Saftschorle für L.

»Kein Cider?«, fragte Niobe.

»Kein Alkohol. Schon gar nicht während der Arbeit.«

»Es ist fast 22:00 Uhr. Die Arbeit ist vorbei, L.«

»Die Arbeit ist erst vorbei, wenn Geist gefasst wurde.«

Niobe seufzte und studierte die Karte. »Bangers & Mash. Oh, Baby.«

L war sich nicht sicher, ob Niobe diese letzten beiden Worte wirklich so lasziv sagte oder ob für sie inzwischen alles, was Niobe von sich gab, nach Dirty-Talk klang. In jedem Fall hatte dieser Auftrag das Potential, sie um den Verstand zu bringen, und je mehr Zeit sie mit Niobe verbrachte, desto mehr mochte L sie. *Schlecht, schlechter, am schlechtesten.*

Der Servicebot kehrte mit den Getränken zurück. Anders als das Modell im Bistro zur Blauen Brücke besaß der Bot im Old Irish Pub flexibel einsetzbare Greifarme, mit denen er ein Tablett transportierte und selbstständig die Gläser herunterhob und abstellte.

»Haben Sie sich bereits für eine Speise entschieden?«

»L?«, fragte Niobe.

»pFish & Chips.«

»Klassisch«, kommentierte Niobe gut gelaunt. »Für mich bitte pBangers & Mash, danke.«

Der Roboter nahm die Menükarten wieder an sich und verschwand in Richtung Küche. L nahm eine Elektrolytkapsel aus ihrem Etui und goss sich ein zusätzliches Glas Wasser aus der Karaffe ein, die auf allen Tischen gratis bereitgestellt wurde. Sie warf die Kapsel hinein und beobachte Niobe, die sich auf ihrem Stuhl zum Takt der Musik bewegte. Irgendein seltsamer Mischmasch, den L nicht einzuordnen vermochte. Authentisch waren die Songs sicher nicht, das verriet schon das telarische Emnivin zwischen den Instrumenten. Ein Klang, für den es keinen akkuraten Vergleich in der irdischen Musik gab.

»Bist du schon einmal schwach geworden?«

L blickte ratlos auf das inzwischen rosa gefärbte Wasser in ihrem Glas. »Wegen zu weniger Elektrolyte?«

»Nein, L. Wegen einer Klientin.«

Ls Griff um das Glas wurde fester. »Nein.«

»Noch nie?«

»Sagte ich doch gerade«, gab sie unfreundlicher zurück, als sie beabsichtigt hatte.

»Aber versucht warst du schon einmal.«

Nicht, bis ich dich getroffen habe. »Nein.«

Niobe lehnte sich zurück und schaute L streng an. »Das glaube ich dir nicht.«

»Ich nehme meine Arbeit ernst. Es ist gegen die Firmenpolitik und wäre zudem unprofessionell.«

Niobe studierte L lange Sekunden, in denen L sich vorkam, als würde sie einer Prüfung unterzogen. »Ich werde einfach nicht schlau aus dir. Magst du mich nicht oder magst du mich mehr, als du willst?«

»Was?« L wurde kalt.

»Meine Menschenkenntnis ist wirklich nicht die beste. Das kommt wohl davon, wenn man die meiste Zeit mit Synthetischen verbringt. Zuerst dachte ich, dass diese kalte Schulter wirklich dein Ding ist, aber dann machst du so spontane Sachen wie vorhin mit dem Taschentuch oder du schiebst den Stuhl für mich an den Tisch wie ein altmodischer Gentleman. Oder du küsst mich, als hinge dein Leben davon ab, nur um im nächsten Moment so zu tun, als hättest du mir bloß den Wetterbericht vorgelesen. Wenn du mit Brill sprichst, dann bist du auch anders. Lockerer. Liegt es also an mir oder bist du ein bisschen in unseren hübschen Kommissar verknallt?«

L griff sich in einem Reflex an den weißen Ring auf ihrer Scapha.

»Den habe ich gesehen«, nahm Niobe den Sindex zur Kenntnis. »Aber es könnte ja sein, dass Brill die Ausnahme von der Regel ist.«

»Es gibt keine Ausnahme von der Regel. Markus ist mein engster Vertrauter«, wehrte L sofort ab. »Dich kenne ich im Grunde gar nicht.«

»Dann wird es Zeit, dass du mich besser kennenlernst«, konterte Niobe. »Was willst du wissen?«

Alles, sagte Ls Kopf. »Nichts«, sagte ihr Mund. »Es ist nicht wichtig und erschwert nur den Job.«

»Autsch. Das tat weh.« Und tatsächlich wirkte Niobe gekränkt.

»Ich bin hier, um dich zu beschützen, Niobe, nicht um deine beste Freundin zu werden. Abstand ist wichtig.«

»Sagte jeder Bodyguard in der Geschichte der Bodyguards, bevor er mit seinem Schützling ins Bett fiel.« Niobe grinste und L rieb sich verzweifelt das Gesicht.

»Willst du mich provozieren oder sprichst du mit allen Menschen auf diese Weise?«

»Ersteres.«

»Natürlich.« L seufzte.

»Du könntest mir ganz einfach verbieten, mit dir zu flirten, und ich hätte das zu respektieren. Aber du tust es nicht und wirst es auch nicht tun, weil es dir insgeheim Spaß macht, dass ich dich umwerbe. Habe ich recht?«

Nein wäre die einzig richtige Antwort auf diese Frage gewesen, doch Ls Lippen verweigerten den Gehorsam, so dass kein Ton aus ihrem Mund kam. Niobe sah sie wartend an und eventuell mit einer Spur von Unsicherheit. War sie am Ende gar nicht so überzeugt von dem, was sie behauptete?

»Vielleicht«, rutschte es L heraus. Im Geiste ohrfeigte sie sich dafür, dass sich ihr Kopf von ihren Hormonen herumkommandieren ließ.

»*Vielleicht* wird der Abend dann nicht so bescheiden, wie ich bisher dachte.«

Bevor L Gelegenheit hatte, darauf zu reagieren, kam der grüne Kobold angefahren und zog die Aufmerksamkeit auf sich. »Ihre Bestellung ist angerichtet.«

Gerettet von einem Roboter. Ausgerechnet.

Der Servicebot stellte die Speisen vor ihnen ab. Das Essbesteck war in dunkelgrüne Servietten eingerollt und er legte beiden Frauen jeweils einen dieser Serviettenwickel neben die Speisen. »Guten Appetit!«, rief er zum Abschied und zog sofort wieder von dannen.

»Das sieht verdammt gut aus!«, gluckste Niobe glücklich und rollte ihr Besteck aus. »Ich verhungere gleich.« Sie ließ die Serviette neben den Teller fallen, hob den ersten kleinen Berg ihrer Stampfkartoffeln auf die Gabel und ...

Ls Hand schoss über den Tisch hinweg vor und packte Niobes Handgelenk, bevor die sich den Happen in den Mund schieben konnte.

»Hey, was soll das?«

»Leg die Gabel weg«, forderte L kalt. Ihr Blick war nicht auf Niobe oder die Gabel gerichtet, sondern auf die Serviette neben Niobes Teller.

»Bitte sag mir nicht, dass du jetzt erst vorkosten willst.«

»Besser wäre es womöglich.« L griff mit der freien Hand an die Serviette. Zwischen den grünen Lagen lugte eine weiße Spitze mit geprägtem Muster hervor, die dort nicht hingehörte. Sie zog daran und ein Stück Briefpapier kam zum Vorschein.

Niobe ließ sofort das Besteck fallen. Das Klirren brachte ihr ein paar neugierige Blicke ein. Das war schon das zweite Mal in zwei Wochen, dass sie von den Gästen eines Gastronomiebetriebs angestarrt wurde. »Ist das ...?«, flüsterte sie mit gebrochener Stimme.

L gab Niobe frei und glättete die Notiz:

Komm, mein Mäuschen,
in das Schlemmerhäuschen.
Gut sollst du es haben,
bis sich die Maden an dir laben.

– Geist –

»Wir gehen«, sagte L und stand auf. Die Notiz steckte sie in ihre Jackentasche. Ihre Augen suchten die Umgebung ab. Niemand verhielt sich verdächtig oder machte den Eindruck, nicht hierherzugehören, doch sie ging davon aus, dass die Person, die diese Botschaft verfasst hatte, noch in der Nähe war. Sie musste ihnen von der Gala bis in den Pub gefolgt sein.

»Nein«, begehrte Niobe wütend auf. »Ich lasse mir von diesem Arschloch nicht mein Essen verderben!«

»Niobe«, sagte L in ihrem ernsten Arbeitston, der keinerlei Raum für Diskussionen ließ und erst recht keinen für Humor.

Niobe schnaubte und erhob sich. »Fein. Kann dieser Tag eigentlich noch beschissener werden?«

L legte ihr die Hand auf den Rücken und blieb dicht hinter ihr, als sie sich durch die Lücken zwischen den Tischen manövrierten. Unter anderen Umständen hätte man sie für ein gewöhnliches Paar halten können. Doch zur Abwechslung waren Ls Gedanken ganz auf ihren Job gerichtet. L steuerte nicht sofort den Ausgang an. Stattdessen stoppte sie mit Niobe an der Infothek, wo sie den Servicebot zu sich rief. Die grüne Maschine erwartete wohl eine Beschwerde zu den gelieferten Speisen, denn das digitale Gesicht zog die Mundwinkel nach unten. »Ist etwas nicht zu Ihrer Zufriedenheit?«

»Wer hat Zugang zu den Bestellungen?«, fragte L.

»Ausschließlich die Mitarbeiter des Old Irish Pub.«

»Wie viele Personen sind das genau?«

»Es befinden sich derzeit keine menschlichen Mitarbeiter im Restaurant.«

L schnaubte. »Hat sich in der letzten halben Stunde jemand an dir zu schaffen gemacht?«, fragte L.

Diesmal brauchte die Antwort länger. »Ich verzeichne einen Ausfall für die Dauer von siebzehn Sekunden.«

»Wann?«

»Vor exakt acht Minuten und dreiundvierzig Sekunden. Darf ich anmerken, Ke, Sie wirken aufgebracht. Kann ich etwas tun, um Ihre Befindlichkeit zu verbessern?«

»Nein«, gab L schroffer als nötig zurück. »Wo befandst du dich, als der Ausfall stattfand?«

»Im Küchenbereich. Ich war im Begriff, Ihre Bestellungen abzuholen.«

Gäste hatten keinen Zutritt zur Küche, was nicht hieß, dass man nicht trotzdem dorthin gelangen konnte. Das Licht im Pub war gedimmt und niemand achtete darauf, wer sich im Mitarbeiterbereich bewegte. Servicekräfte waren in der Wahrnehmung der Menschen unsichtbar.

L ließ den Roboter stehen und schob Niobe zur Tür hinaus. Ihre Augen wanderten rastlos in alle Richtungen, bis sie die Fahrzeugausgabe erreichten und sie sicher im Innern des Nexus saßen.

»Jetzt haben wir gar nichts gegessen«, meinte Niobe leise und abwesend.

»Wir holen uns auf dem Weg etwas. Einverstanden?«, bot L sanft an. Sie hasste es, Niobe so niedergeschlagen zu sehen. Als hätte man ihr das Leuchten gestohlen.

.../SimFile_30

EIN EDLER TROPFEN

ID: L

Ein lautes Ploppen verkündete Niobes Sieg über den Korken der Weinflasche. Sie schlurfte in ihren Hauspuschen zum Sofa hinüber, ließ sich unzufrieden auf das alte Polster fallen und schaute nachdenklich ins Leere. L stellte die Tüten voller Fastfood auf dem Tisch ab. Nicht gerade ein würdiger Ersatz für das Menü auf der Gala oder die deftigen Speisen im Old Irish Pub, aber besser als nichts. Außerdem hatten sie bei der Zubereitung zusehen können und mussten sich nicht vor gefährlichen Zutaten fürchten, die Geist ihnen womöglich unterjubeln mochte. »Hier, trink etwas«, sagte L und hielt ihr ein gefülltes Wasserglas hin.

»Ich bin versorgt«, antwortete Niobe mit leiser Verärgerung in der Stimme, hob den Wein an die Lippen und trank ungeniert direkt aus der Flasche. Ein langer Zug.

»Ist das der Wein, den du von der Gala hast mitgehen lassen?«

Niobe nickte und schaute auf das Etikett. »Kann nicht behaupten, dass er seine sechshundert Credits wert wäre.« Sie signalisierte L, sich zu setzen, und reichte ihrem Bodyguard die Flasche.

»Na schön.« L erlaubte sich einen Schluck und rümpfte sofort die Nase, was Niobe auflachen ließ. Wenn auch ein raues Lachen. »Nicht, dass ich eine große Weinkennerin wäre, aber der ist mies«, stellte L fest. Zur Sicherheit kostete sie noch einmal. Jap, der Wein blieb ungenießbar. Bitter und holzig hinterließ er seinen pelzigen Geschmack auf der Zunge. »Wirklich ganz mies.« Sie reichte die Flasche an Niobe zurück und spülte mit ordentlich Wasser nach.

»Nicht wahr? Ob reiche Menschen den wirklich lecker finden? Oder trinken sie ihn nur, weil er teuer ist und es für sie ums Prinzip geht?« Niobes Lachen wurde noch ein bisschen rauer, und obwohl der Wein ungenießbar war, nahm sie weitere, großzügige Schlucke davon.

L wollte ihr sagen, sie solle es etwas langsamer angehen lassen, doch der entmutigte Anblick ihres Schützlings ließ sie schweigen. Vielleicht brauchte Niobe heute Abend die Freiheit, sich hoffnungslos und nach Strich und Faden zu betrinken. L würde hier sein und über die betrunkene Niobe Wache halten.

Mit einem inneren Zähneknirschen schaute L zu, wie Niobe die Flasche wieder und wieder an die Lippen hob. Irgendwann griff sie in die Tüte voller Fastfood und zog zwei Päckchen heraus.

»Hier, iss zwischendurch etwas«, sagte L und reichte Niobe einen Burger.

»Auf Janniks Party hätte es bestimmt echtes Fleisch zum teuer importierten Wein gegeben.«

»Wenn das genauso gut schmeckt wie diese Luxusplörre, bleibe ich gleich doppelt gerne beim Laborfleisch von der Fastfood-Kette.«

»Touché.« Niobe nahm noch einen letzten kräftigen Schluck, verzog angewidert das Gesicht, stellte die Flasche ab und grub ihre Zähne fest und tief in den saftigen *P!Cheesy*™. Sie ließ sich zurück in die Polster sinken, kaute mit geschlossenen Augen und gab wohlige Geräusche von sich, die bei L eine Gänsehaut verursachten. Konnte Niobe eigentlich irgendetwas zu sich nehmen, ohne dabei derart orgasmisch zu klingen?

L seufzte leise in sich hinein und biss in ihren eigenen Burger. Die nächsten Minuten saßen sie beide schweigsam da und lauschten dem genüsslichen Schmatzen der anderen.

»Wer schreibt so furchtbare Dinge, L? Und wieso? Wen habe ich derart verletzt oder beleidigt, dass man mir den Tod wünscht? Liegt es an meiner Hautfarbe? Meinen Augen? Der Art, wie ich gehe oder lache?« Niobes ganzer Körper sackte in sich zusammen.

»Ich lasse nicht zu, dass dir etwas passiert. Das verspreche ich dir«, versicherte L.

Niobe seufzte. »Dieser Wein hat eine absolut unterirdische Qualität. Meine Zunge fühlt sich jetzt schon wie ein Bärenfell an und in meinem Kopf dreht sich alles. Genug Party für heute. Ich gehe ins Bett. Willst du mich vielleicht begleiten?«

L verschluckte sich. »Lass gut sein für heute, Niobe. Du kannst mich morgen wieder ärgern, hm?«

»Den Versuch war es wert.« Niobe lachte, doch sie wirkte eher verstimmt. Sie stand auf, lief um das Sofa herum und stieß sich dabei das Knie am Couchtisch. »Verdammt!«, fluchte sie.

»Warte, ich bringe dich in dein Zimmer.«

»Warum ist alles so verschwommen?«

»Weil du eine halbe Flasche Wein auf mehr oder weniger leeren Magen getrunken hast?«, bot L zur Lösung des Rätsels an.

»Wer ist jetzt die Klugscheißerin?«, nuschelte Niobe und ließ sich von ihrem Bodyguard ins Bett bringen.

Kaum dass Niobe sicher unter der Bettdecke lag, schlief sie auch schon ein. Der Abend forderte seinen Tribut. L schaute sie noch eine Sekunde länger an, dann verließ sie das Zimmer und löschte mit dem Hinausgehen das Licht.

Der Couchtisch war voller Einwickelfolie aus der Fastfood-Bude. L begann die Abfälle einzusammeln und warf alles in den polternden Recycler, als ihre Knie urplötzlich nachgaben und sie unsanft zu Boden fiel. Ein brennender Schmerz schoss L durch die Glieder und sie biss die Zähne zusammen, um nicht laut aufzuschreien. Ihre Wirbelsäule schien in Flammen zu stehen und jeder Versuch, sich zu bewegen, scheiterte. »Nein, bitte nicht«, keuchte sie mit dem Gesicht auf den Fliesen. War es jetzt soweit?

L hatte sich vor diesem Tag gefürchtet. Dem Tag, an dem ihr Körper das Implantat doch noch abstoßen würde. Das medizinische Team, bestehend aus drei Telarin und einem Menschen, hatte sie seinerzeit davor gewarnt, dass es geschehen könnte. Niemand wusste mit Sicherheit, ob Ls Heilung fürs ganze Leben galt. Es gab keine Vergleichswerte.

Ihre Gedanken wanderten sofort zu Julie und all den anderen Cybes, die im Delta-Komplex eingesperrt waren. L würde das Leben dort nicht ertragen können. Die Vorstellung, vollständig gelähmt zu bleiben, machte ihr allerdings noch größere Angst.

Während Ls Verstand bereits begann, sich eine Existenz als Cybe und die damit verbundenen Folgen in allen erschreckenden Details auszumalen, kehrte die Kontrolle über Ls Körper langsam zurück. Vor Erleichterung stieß sie einen Klagelaut aus, der sowohl ihre Furcht als auch ihre tiefe Dankbarkeit in die Welt entließ.

L bewegte testweise die Finger, die Zehen, alles schien normal zu sein. Vorsichtig stemmte sie den Oberkörper hoch, brachte sich in eine sitzende Position, kreiste die Schultern. Das Implantat zeigte deutliche Signale einer Abwehrreaktion, doch die richtete sich offenbar nicht gegen Ls menschlichen Körper. Aber wenn es nicht an ihrem Körper lag, woran lag es dann? Der Alkohol konnte nicht schuld sein. Den trank L zwar selten, jedoch nicht zum ersten Mal. Außerdem hatte sie nur vorsichtig gekostet und ... Ihr Blick fiel auf die halb geleerte Weinflasche. Der bittere Geschmack lag ihr noch immer trocken und pelzig auf der Zunge. Ungewöhnlich für einen Wein, der sich mit diversen Auszeichnungen schmückte. War es möglich, dass ...

»Niobe ...«, keuchte sie, kam im selben Atemzug auf die Füße und stolperte mehr, als dass sie rannte, ungestüm in Niobes Zimmer. Das Licht flutete den Raum, erhellte die schlafende Frau. »Niobe!«, rief L diesmal laut und schüttelte die Angesprochene energisch an der Schulter. Doch ihr Schützling reagierte nicht. Das war kein normaler Schlaf. Niobes Haut wirkte fahl, ihr Atem klang angestrengt und sie schwitzte. »Niobe, wach auf!«, verlangte L noch einmal, laut und streng.

Niobe blieb stumm.

L schob Niobes Augenlider hoch. Die Pupillen waren weit wie die einer aufgeregten Katze. Ls Implantat stand weiterhin in Flammen, und wenn es kein Vorbote für eine Abstoßung war, dann blieb nur noch eine Erklärung. Gift. Es musste im Wein gewesen sein. Wie und wann das Gift in die Flasche hatte gelangen können, das war eine Frage für später.

»Vee: Medizinischer Notfall.«

»Bitte beschreibe die Art des Notfalls.«

»Vergiftung. Ein unbekanntes Toxin, vermutlich oral eingenommen. Die Patientin ist nicht ansprechbar, ihre Pupillen sind geweitet, die Atmung erschwert.«

»Das medizinische Notfallteam wurde informiert. Es wird in circa drei Minuten eintreffen.«

Drei Minuten. Was, wenn Niobe keine drei Minuten mehr blieben?

»Was soll ich tun? Was nur? Was?«

Sie dachte kurz darüber nach, Niobe zum Erbrechen zu bringen, doch es gab Wirkstoffe, bei denen das die Situation bloß weiter verschlimmerte. Immer wieder versuchte L Niobe daher zu wecken. Ohne Erfolg. Sie war machtlos. Gift war ein Gegner, dem sie nichts entgegensetzen konnte.

»Darf ich etwas vorschlagen?«, fragte Vee.

»Ja!«, rief L sofort.

»Im Badezimmer befindet sich ein Erste-Hilfe-Set. Es sollte eine Dosis medizinischer Nanobots enthalten, die Ke Anvars Überlebenschance verbessern dürften.«

L war bereits auf dem Weg, bevor Vee ihre Ausführung beenden konnte.

…/SimFile_31

KÄPT'N NIOBE, ARRR!

ID: L

L saß vornübergebeugt auf einem der Stühle im Wartezimmer und machte sich Vorwürfe. Sie hatte versagt. Weshalb hatte sie Niobe nicht verboten, den Wein mitzunehmen? Wieso …

»Ke Tiernen?« L sah auf. Ein etwas veraltetes und schon reichlich lädiertes Modell eines Medibots schaute zurück. »Die Patientin ist jetzt wach.«

»Geht es ihr gut?«, fragte L, die aufgeregt von ihrem Sitzplatz aufsprang.

Die Maschine verarbeitete die Frage, evaluierte, welche Informationen sie preisgeben durfte und welche unter das Patientengeheimnis fielen. »Ke Anvar ist wohlauf. Die verabreichten Nanobots haben dazu beigetragen, die toxischen Stoffe in ihrem Blutkreislauf zu binden und die Wirkung des Gifts einzudämmen. Inzwischen wurde ihr der Magen ausgepumpt. Sie wird sich noch eine Weile schlecht fühlen, es sind jedoch keine Folgeschäden zu befürchten. Wünschen sie zusätzlich mit einem organischen Mitarbeitenden des medizinischen Fachpersonals zu sprechen?«

Für einen Moment schloss L die Augen und atmete erleichtert durch. »Nicht nötig. Darf ich zu ihr?«

»Selbstverständlich. Die Patientin hat bereits nach Ihnen gefragt.«

L ließ sich nicht zweimal bitten, folgte dem Medibot den Flur entlang zu Niobes Zimmer und verharrte einen Moment im Türrahmen. Niobe wirkte klein und verloren in dem sterilen Bett. Eine frische Welle von Schuldgefühlen rauschte über L hinweg.

»Ich habe den übelsten Kater meines Lebens«, erklang Niobes Stimme leiser und kratziger als üblich. Ihr Kopf fiel in Ls Richtung. Sie lächelte.

»Das mag damit zusammenhängen, dass du vergiftet wurdest.«

»Davon habe ich auch schon gehört. Aber wie und wann?«

»Der Wein.«

Niobe blinzelte. »Wann hätte den jemand vergiften können? Ich habe die Flasche erst zuhause geöffnet«, sagte sie.

»Wahrscheinlich noch vor der Feier. Es war unverantwortlich von mir, dir zu erlauben, ihn mitzunehmen.«

»Lass das. Gib dir nicht die Schuld daran. Wie hättest du ahnen sollen, dass jemand den Wein vergiftet hat?«

»Es ist mein Job, so etwas zu bedenken.«

Niobe atmete tief durch. »Vielleicht war es ja doch etwas ganz anderes. Du hast auch von dem Wein getrunken und dir geht es gut.«

»Ich habe bestenfalls daran genippt, und hätte mein Implantat nicht so extrem darauf reagiert, wäre es mir vermutlich nicht einmal aufgefallen. Ein toxikologischer Schnelltest hat bestätigt, dass eine tödliche Menge Belladonna in dem Wein war. Genaugenommen dreimal mehr, als nötig ist, um einen erwachsenen Menschen zu töten.« L ging sich verärgert durch das Haar.

»Da wollte wohl jemand sichergehen, dass der Job erledigt wird. Zum Glück warst du da. Danke.«

»Danke mir nicht. Das hätte nicht passieren dürfen. Ich war … abgelenkt.«

»Es war nicht deine Schuld, L! Himmel, mein Schädel dröhnt so laut wie das Innere eines Gitarrenkörpers.« Niobe deutete mühsam ein Kopfschütteln an und runzelte plötzlich die Stirn. »Warte mal, sagtest du Belladonna?«

L antwortete mit einem Nicken. »Das ist ein Beerenstrauch.«

»Ich weiß«, bestätigte Niobe. »Was für ein seltsamer Zufall.«

L sah fragend auf. »Was für ein Zufall?«

Niobe benetzte sich die Lippen, ehe sie weitersprach. »Setz dich erstmal zu mir und halt mir die Hand. Schließlich bin ich krank und kann ein bisschen Mitleid gebrauchen.«

L lachte vorsichtig und gehorchte. Sie setzte sich zu Niobe auf die Bettkante, nahm ihre Hand und umschloss sie mit ihren beiden. »Zufrieden?«

»Ein guter Anfang«, antwortete Niobe und nickte.

»Also, was wolltest du mir zum Belladonna erzählen?«

»Meiner Tante wurde Belladonna untergemischt. Dadurch kam es damals zu dem Unfall, bei dem Julie so schwer verletzt wurde. Sie saßen im Wagen, als die Wirkung einsetzte, und dann ist das Leitsystem ausgefallen.«

»Das ... und deine Tante?«

»Die ist bei dem Unfall gestorben. Mona hat mich nach ihr benannt, wusstest du das?«

»Nein.«

»Ich habe sie leider nie kennengelernt. Sie starb vor meiner Geburt. Mona hat mir ständig von ihr erzählt, was für ein wilder Typ Mensch sie gewesen ist. Lustig, schön und willensstark. Musste ständig neue Dinge ausprobieren und konnte nicht lange still sitzen.«

»Scheint in der Familie zu liegen. Weißt du, wer ihr schaden wollte? Und weshalb?«

»Offiziell war es ihr primärer Lebenspartner Ravan Medina. Julies Vater. Zumindest wurde er aufgrund der Aussage der sekundären Lebenspartnerin angeklagt. Er hat immer seine Unschuld beteuert und ausgesagt, dass es die zweite Lebenspartnerin gewesen sei. Seiner Version nach war sie eifersüchtig, weil nach Julies Geburt das Band zwischen Ravan und meiner Tante stärker wurde. Sie fühlte sich ausgeschlossen. Wie das fünfte Rad am Wagen. Und deswegen wollte sie meine Tante loswerden. Ihre Aussage dagegen war die, dass Ravan meine Tante verlassen wollte, die ihn aber damit erpresst hat, die Investition in sein Unternehmen zurückzuziehen. Wer nun die Wahrheit gesagt hat, da bin ich überfragt. Das Gericht fand sein Motiv wohl überzeugender, denn er wurde dann ja auch verurteilt.«

»Hatte Mona noch Kontakt zu den beiden?«

»Ravan wurde wegen Mordes schuldig gesprochen und zu zwölf Jahren Haft in einer Arbeitskolonie auf einem der Bergbau-Asteroiden verurteilt.«

»Dann ist er inzwischen wieder frei. Hat er versucht, zu euch Kontakt aufzunehmen? Zu Julie? Hätte er einen Grund, dir nachzustellen?«

»Niemand überlebt zwölf Jahre auf den Asteroiden, L. Jeder weiß das, wenn dieses Urteil gesprochen wird. Ressourcen von einem Asteroiden zu bergen, ist der gefährlichste Job, den man haben kann. Er wird nicht grundlos von genetisch optimierten Tweaks und Straftätern ausgeübt. Es passieren ständig Unfälle. Teile des Asteroiden brechen weg und reißen die Arbeitskräfte ins All, Tanks explodieren, Schleusen implodieren, Schutzanzüge reißen ... Die Sicherheitsmaßnahmen sind ein Witz. Ravan ist vier Monate nach seiner Inhaftierung umgekommen.«

»Verdammt«, sagte L. Was sollte man auch sonst zu einer solch schrecklichen Geschichte sagen? »Besteht die Möglichkeit, dass er überlebt hat?«

Niobe zuckte leicht die Schultern. »Nichts ist unmöglich. Falls zufällig gerade ein Schiff der Schattenflieger in der Gegend war, könnte es Ravan aufgesammelt haben, bevor seinem Raumanzug die Luft ausgegangen ist. Die Chancen dafür stehen allerdings sehr schlecht. Was Schattenflieger sind weißt du, oder, L?«

»Nicht registrierte Raumschiffe, deren Besatzung aus Gesetzesbrechern besteht. Weltraumbanditen.«

Niobe lachte. »Mit der Gesetzestreue nehmen sie es wirklich nicht so genau, allerdings sind es nicht ausschließlich Verbrecher. Die Schattenflieger haben sich für ein Leben außerhalb des gesellschaftlich anerkannten Systems entschieden. Sie sind ständig in Bewegung und haben keine Heimatwelt. Ihre Schiffe sind ihr Zuhause. Viele Cybes und Tweaks sind damals in den Weltraum geflohen, als das GUmS auf den Weg gebracht wurde. Sie sollen sich den Schattenfliegern angeschlossen haben. Es geht das Gerücht, dass die Schattenflieger dank der Fähigkeiten von Cybes unentdeckt bleiben und darum auch die Systeme anderer Schiffe so schnell hacken können. Noch heute sind die Schattenflieger die einzige Zuflucht, wenn es ein Cybe oder Tweak doch einmal schafft zu entkommen.«

»Gleiches gilt leider auch für entflohene Mörder«, hielt L dagegen. »Die Schattenflieger sind keine noble Gilde. Es sind Piraten, die andere Schiffe überfallen und nicht selten jemanden dabei töten.«

»Zugegeben, das ist die Kehrseite der Medaille. Würde man mich vor die Wahl stellen, ob ich als Cybe ein Leben in Gefangenschaft führen will oder eines als Weltraumpiratin ... Ich denke, eine Augenklappe und ein Metallbein würden mir gut stehen. Meinst du nicht?«

L seufzte. »Dir würde alles stehen, Käpt'n Niobe.«

»Ha!«, gab Niobe heiter zurück. »Du darfst mein erster Maat werden.«

»Himmel, bewahrt mich! Zurück zur Frau deiner Tante. Lebt die noch?«

»Glaube schon. Ich weiß nur, dass sie damals in psychiatrische Behandlung kam. Es muss ein ziemlicher Schicksalsschlag gewesen sein. Die Lebensgefährtin ermordet, der andere Lebensgefährte ihr Mörder, die Tochter – wenn auch nicht die leibliche – schwer verletzt. Das Leben dieser Frau war zerstört. Laut Mona flüchtete sie sich in aufgezeichnete Holos der Familie und nahm eine Menge Lucid. Das ist eine Droge, die die Erfahrung von Simulationen verstärkt, aber auch schnell abhängig macht. Sie verbrachte am Ende so viel Zeit in der simulierten Welt, dass sie nichts mehr aß oder trank und eine Suchttherapie vorgeschrieben bekam. Was danach mit ihr passiert ist, weiß ich nicht. Mona hat sie eigentlich nie erwähnt, darum gehe ich davon aus, dass sie keinen Kontakt zueinander hatten. Es verband sie im Grunde ja auch nichts.«

»Was ist mit Julie? Sie war die Tochter von allen dreien, oder nicht?«

»Schon, aber Julie wurde durch den Unfall zum Cybe. Gut möglich, dass die verbliebene Mutter Cybes abgelehnt hat. So wie es bei der Familie von Ravan der Fall war. Ohne Mona wäre Julie schon als Kind ins Delta gebracht worden. Obwohl das bei Kindern damals noch nicht gesetzlich vorgeschrieben war.«

»Hm«, machte L nachdenklich. »Kennst du den Namen der Lebenspartnerin?«

»Nein. Falls Mona ihn mal genannt hat, habe ich nicht richtig zugehört.«

»Vielleicht kann Markus etwas über sie in Erfahrung bringen. Dass sowohl damals als auch heute Belladonna verwendet wurde, kommt mir verdächtig vor. Es gibt schneller wirkende und weniger leicht nachweisbare Gifte. Warum hat Geist sich also ausgerechnet dafür entschieden? Vielleicht ist er jemand, der mit den dreien in Verbindung stand.«

»Aber warum sollte er dann ein Problem mit mir haben? Mich gab es noch gar nicht, als das alles passiert ist.«

»Da bin ich überfragt, es schadet aber nicht, sich zu erkundigen«, antwortete L.

»Stimmt«, raunte Niobe und biss sich auf die Unterlippe. »Was denkst du, wie lange ich hier drin bleiben muss?«

»Solange, bis es dir wieder gut geht.«

»Mir geht es gut«, erwiderte Niobe. Doch der graue Schleier auf ihrer Haut sagte etwas anderes.

»Mach dir keine Hoffnungen, dass ich dir dabei helfe, früher entlassen zu werden.«

»Oh, komm schon. Im Bett herumliegen kann ich auch zuhause. Du legst dich zu mir und wir schauen uns einen Stream an. Mit Popcorn, Eis und was auch immer der Foodprinter noch hergibt. Wie wär's? Pyjamaparty? Bitte?«

In Ls Kopf zeichneten sich die Bilder einer gänzlich neuen Fantasie ab. Sie sah Decken und Kissen vor ihrem geistigen Auge, die ein kuschelweiches Nest bei romantischem Kerzenschein formten. Niobe und sie, Arm in Arm aneinandergeschmiegt in einer Festung der Zweisamkeit. Ab und an hauchte die eine der anderen einen Kuss auf die Lippen. L lächelte. Was für ein schöner Traum.

»L? Hallo? Jemand zuhause?«

…/SimFile_32

EIN UNERQUICKLICHER MORGEN

ID: L

Niobe stand in der Küche, an das Waschbecken gelehnt, und knabberte an einem Toast. L beobachtete sie unzufrieden. Laut medizinischem Personal bestand kein Grund mehr zur Sorge, doch Ls Meinung nach hätten sie Niobes Bitten und Betteln nicht nachgeben dürfen und sie wenigstens noch einen Tag im Krankenhaus behalten müssen. Ihr Schützling wirkte krank und erschöpft und unter Niobes Augen hatten sich dunkle Ringe gebildet. Ihr fehlten mindestens zwölf Stunden Schlaf.

»Du solltest dich hinle…«, begann L, wurde jedoch von dem Türsummer unterbrochen.

Niobe rief den Kameralink ab, um sich den Besucher anzusehen. »Da hat sich wohl jemand verlaufen«, meinte Niobe zynisch.

»Wer ist es?«

»Jannik.«

»Hast du ihn herbestellt?«, erkundigte sich L.

»Bist du verrückt? Den würde ich höchstens einladen, um ihn zu zerstückeln und die Einzelteile im Recycler zu entsorgen«, antwortete Niobe.

»Soll ich ihn wegschicken?«

»Nein. Lass ihn rein. Ich bin neugierig, was er zu sagen hat. Außerdem ziehe ich noch die Option mit dem Recycler in Erwägung.«

L lachte kurz darüber, dann ging sie zur Tür und öffnete. Der Mann wirkte überrascht, L anzutreffen. »Ich bin hier, um Niobe zu sehen.«

»Wer hat Sie durch den Haupteingang gelassen?«, fragte L.

»Es kam gerade jemand raus, als ich klingeln wollte«, gab Jannik Kilkønnen unfreundlich zurück. »Wäre es wohl zu viel verlangt, mich hereinzubitten?«

»Oh, bitte. Herein ins traute Heim«, rief Niobe spöttisch aus dem Hintergrund. L trat zur Seite, um dem Mann Platz zu machen.

Jannik marschierte in den Wohnraum, als gehöre ihm die Welt. Er sah sich abschätzig in dem Zimmer um. »Ich verstehe nicht, warum du lieber in dieser Bruchbude lebst, als dir von mir helfen zu lassen.«

»Was willst du hier, Jannik?«

Er wandte sich Niobe zu und jetzt mischte sich Besorgnis in seinen Blick. »Ich bin froh, dich auf den Beinen zu sehen. Mir wurde gesagt, du hast die Nacht im Krankenhaus verbracht. Was ist passiert?«

Niobe winkte ab. »Eine Magenverstimmung«, log sie. »Wahrscheinlich habe ich zu viele von deinen Lügen verschluckt.«

Oh, das war giftig. Diese Seite von Niobe kannte L noch nicht gut. Diesen alles vernichtenden und geradlinigen Zorn.

»Niobe, es ist nicht gut gelaufen gestern Abend. Ich habe nicht damit gerechnet, dass du dort sein würdest«, sagte Jannik und fuhr sich mit einer Hand durch das Haar.

»Du hast mich eingeladen«, gab Niobe frostig zurück.

»Nein, sicher nicht.«

»Was meinst du mit nein? Die Einladung ist von deiner ID verschickt worden.«

»Dann muss es jemand aus dem Büro gewesen sein. Oh, da fällt mir ein, das hier lag vor dei...« bevor Jannik aussprechen konnte, wurde er herumgewirbelt und gegen die nächste Wand gedrückt. Sein Arm steckte in einem Klammergriff und er fluchte. »Was soll das, verdammt nochmal?«

»Niobe, ruf die Polizei«, befahl L ohne jede Anwandlung einer Emotion.

»Die Polizei? Niobe, pfeif diese durchgeknallte Bulldogge zurück, sonst ...«

»Sonst was? Warum tust du das?«, fragte Niobe fassungslos.

»Warum tue ich was? Mich nach deinem Zustand erkundigen? Das macht man so, wenn man erfährt, dass jemand, der einem etwas bedeutet, ins Krankenhaus musste«, entgegnete Jannik angestrengt.

»Die Nachrichten. Warum schicken Sie ihr diese Nachrichten?«, fragte L und verstärkte den Griff, so dass Jannik schmerzvoll aufstöhnte.

»Ich habe keine Ahnung, wovon Sie reden!«

Niobe kam herangestürmt und riss Jannik den Umschlag aus der Hand, den er vor Schreck zerknittert hatte. »Diese Nachrichten!«, schrie sie ihn an und fuchtelte mit dem teuren Papier vor seinen Augen herum.

Janniks Blick verriet, dass er Fragen hatte. »Das Kuvert lag auf der Schmutzmatte vor deiner Tür. Ich habe es bloß aufgehoben, um nicht darauf zu treten.«

»Lügen«, sagte L.

»Weißt du was?«, brüllte Jannik, der sich gegen Ls Griff zu wehren versuchte. »Ruf die Polizei, Niobe. Ich bin gespannt, was die dazu sagt, dass deine gewalttätige Freundin mir hier gleich den Arm bricht.«

L ignorierte seinen Protest und lockerte auch den Griff nicht.

»Du hast den Umschlag wirklich aufgehoben? Du weißt nicht, was drinsteht, und du weißt auch nichts über die anderen Nachrichten, die ich bekommen habe?«

»Ich kann mit Fug und Recht sagen, dass ich nicht die leiseste Ahnung habe, wovon du sprichst«, antwortete Jannik so wütend, dass ihm der Speichel aus dem Mund flog.

Niobe und L sahen sich schweigend an und sie kamen zu einer wortlosen Übereinkunft. L gab ihn frei. In einer Vorhersehbarkeit, die L fast ein wenig Mitleid empfinden ließ, schlug er mit der Faust nach ihr. Sie wich ihm geschickt aus.

»Das gibt eine Anzeige!«, kündigte Jannik rot vor Wut an.

»Die Polizei weiß über L Bescheid«, konterte Niobe.

»Tatsächlich? Eine alte Bekannte also. Das wundert mich nicht.«

»Sie ist mein CPO«, fuhr ihm Niobe in die Parade.

Jannik stutzte. »Personenschutz? Wieso hast du den?«

»Jemand schickt mir Morddrohungen und du bist hier gerade mit einem der Umschläge hereinspaziert, die mir mein Stalker regelmäßig hinterlässt.«

Jannik schaute nun völlig desillusioniert zu Niobe. »Du glaubst, dass ich dir Morddrohungen schicke?«

»Nach gestern Abend traue ich dir so ziemlich alles zu, Jannik.«

Er presste die Lippen aufeinander. Zorn verdrängte den Anflug von Besorgnis in seinen Augen. »Ich bin hierhergekommen, um mich nach deinem Wohlergehen zu erkundigen und um mich dafür zu entschuldigen, dass du das gestern Abend miterleben musstest, und zum Dank beschuldigst du mich, dir Morddrohungen zu schicken?«

Niobes eigene Wut flammte auf. »Das ist deine Entschuldigung für den gestrigen Abend? ›*Schade, dass du da warst und gesehen hast, was für eine kolossale Scheiße ich fabriziert habe. Tut mir echt leid, Niobe.*‹«

»Nein! Ich dachte ...«

»Was dachtest du? Dass du hier den Ritter in schillernder Rüstung mimen kannst? Bietest mir deine Credits und deinen Einfluss an und ich vergesse, dass du das Schicksal aller Cybes und Tweaks für mindestens sechs weitere Jahre besiegelt hast? Du hast offenbar keine Vorstellung davon, wie sehr es mich anwidert, was du getan hast. Was haben sie dir für diesen Verrat geboten, Jannik?«

»Niobe, hör doch ... Ja, gut. Vielleicht hätte ich dich warnen sollen. Es war nicht alleine meine Entscheidung. Die Partei hat mehrheitlich für die Zusammenarbeit mit der UKP gestimmt. Ich bin bloß der Bote, der es verkünden musste.«

»Du hast behauptet, Mona hätte sich ebenfalls dafür entschieden. Das war eine eiskalte Lüge, Jannik. Du hast einer toten Frau, einer

Kollegin, die du angeblich geschätzt hast, der Ziehmutter eines Cybes, Lügen in den Mund gelegt. Hast du eine Vorstellung davon, wie sehr das Julie verletzen wird, wenn sie die Aufzeichnung dieser Rede sieht? Was die anderen Cybes womöglich aus Wut mit ihr machen, weil sie die Nichte von Mona Anvar ist?«

Er wich ihrem Blick aus. »Es geht nicht nur um Julie. Du hast deine Mutter nicht so gut gekannt, wie du denkst. Wenn du wüsstest ...«

»Wenn ich was wüsste?«, fragte sie ungehalten.

»Nichts. Vergiss es. Fakt ist, die Mitglieder hielten es für die richtige Vorgehensweise, sich der UKP anzuschließen.«

»Versteck dich nicht hinter den Mitgliedern!«

»Du musst versuchen, das zu verstehen.«

»Nein, das muss ich nicht. Eure Partei wurde gegründet mit dem Ansinnen, der UKP Einhalt zu gebieten, nicht um sich für mehr Einfluss anzubiedern. Verschwinde, Jannik. Ich bin fertig mit dir.«

»Tu das nicht, Niobe. Schließ mich nicht aus. Das wäre nicht gut für dich.« Seine Stimme wurde kalt und sein Blick hart. »So wie es aussieht, wirst du wegen Mordes angeklagt und nicht nach Gaia fliegen dürfen. Du wirst meine Hilfe brauchen, wenn du nicht am Ende auch noch im Gefängnis landen willst.«

»Raus hier«, fauchte Niobe.

»Niobe ...«

»Sie haben es doch gehört. Niobe möchte, dass Sie gehen«, mischte sich L ein und machte einen Schritt auf ihn zu.

Jannik schien einen Moment lang darüber nachzudenken, auf die Personenschützerin loszugehen, entschied sich letztlich aber doch dagegen. Kluge Entscheidung.

»Mona hat ein paar sehr wichtige Daten mit nach Hause genommen, bevor sie gestorben ist. Hast du einen Datenträger bei ihren privaten Sachen gefunden?«

»Das fragst du mich nach acht Monaten?«

»Ich frage dich *seit* acht Monaten und hättest du mir mal zugehört und mir den Datenträger gegeben, dann wären ein paar Dinge vielleicht anders gelaufen.«

»Ich habe keinen Datenträger von ihr, Jannik! Was ich nicht brauchte, habe ich verkauft, und die wenigen *persönlichen* Erinnerungsstücke habe ich bereits durchsucht.«

»Ich würde sie gerne selbst noch einmal durchsehen, vielleicht erk...«

»Du solltest jetzt wirklich gehen, Jannik, bevor es ein Blutbad gibt«, drohte Niobe.

Er bedachte sie mit einem wütenden Blick, dann drehte er sich um und ging ohne ein Wort des Abschieds.

Niobe blickte auf den zerknüllten Umschlag in ihrer Hand und riss ihn verärgert auf.

Ein Fisch am Haken,
er atmet schwer.
Einmal noch darfst du
zurück ins Meer.

Dem Netz entkommen,
es sei dir gewährt.
Bevor dein Sarg
ins Feuer fährt.

– Geist –

Niobe zerknüllte die Nachricht, warf sie achtlos hinter sich, durchquerte wortlos die Wohnung und verschwand in ihrem Schlafzimmer. Der Tag war bereits gelaufen, bevor er richtig begonnen hatte. Vielleicht sah die Welt in ein paar Stunden besser aus.

L sah ihr nach und wartete, bis Niobe verschwunden war, dann rief sie Markus an. Er nahm den Anruf sofort entgegen.

»Guten Morgen, L. Was gibt es?«

»Zu vieles auf einmal.« Sie berichtete ihm von allem, was seit der Gala passiert war, und von der Unterhaltung mit Niobe im Krankenhaus. »Kannst du den Namen der Frau herausfinden, mit der Niobe Medina damals liiert war?«

»Niobe Medina?«

»Niobe Anvars verstorbene Tante.«

»Ich wusste nicht, dass sie eine Tante hatte.«

»Steht das nicht in ihrer Akte?«

»Wir führen normalerweise nicht den kompletten Stammbaum einer Person auf. Du glaubst, die Vorfälle damals stehen irgendwie mit Geist in Verbindung?«

»Vielleicht ja, vielleicht nein. Welche Verbindung es geben könnte, erschließt sich mir nicht, aber das Belladonna macht mich stutzig. Außerdem: drei Giftanschläge innerhalb einer Familie? Da stimmt doch etwas nicht. Auch wenn da fast dreißig Jahre zwischen liegen. Ist dir das nicht komisch vorgekommen?«

»Das wäre es, wenn ich von den Vorfällen damals gewusst hätte.«

»Und noch einmal muss ich fragen: Akten?«

»Dreißig Jahre sind eine lange Zeit, L, und der Fall von damals gilt als abgeschlossen. Die Ermittlungsakten wurden längst archiviert. Gib mir ein bisschen Zeit, die Verweise zu prüfen und die entsprechenden Einträge anzufordern. Ich melde mich dann.«

»Wenn du schon dabei bist, kannst du Jannik Kilkønnen auch mal auf den Zahn fühlen?«

»Dem Abgeordneten Jannik Kilkønnen?«

»Jap. Irgendwas stimmt mit dem nicht und er war an verschiedenen Orten, an denen Niobe Drohungen erhalten hat.«

»Verstanden.«

L bedankte sich und beendete das Gespräch.

.../SimFile_33

SCHATTENELFEN UND POLIZEIWAGEN

ID: L

Als sie am folgenden Tag zum Delta-Komplex fuhren, war von dem Mordversuch an Niobe nichts mehr zu erkennen. Sie verstand es gut, zu verbergen, was in ihrem Leben wirklich vor sich ging. In diesem Moment kicherten und flüsterten Julie und Niobe miteinander wie die Kinder und einmal zu oft sprangen ihre Blicke zu L. Irgendetwas heckten die beiden aus und L war sich sicher, dass sie die Leidtragende sein würde. Dennoch schob sie ihre Rubinelfe stoisch ein Feld weiter auf dem holografischen Spielfeld. Sie tat dabei so konzentriert, als bemerke sie die Blicke und das Tuscheln der beiden Frauen nicht. Sie hoffte, dass sie zu abgelenkt waren, um zu erkennen, dass L ihre Spielfigur für einen Angriff auf Julies linke Phalanx in Position brachte.

Niobe und Julie waren einander in vielen Dingen ähnlich. Nicht nur ihr Aussehen ließ vermuten, dass sie eher Schwestern als Cousinen waren, auch ihre Stimmen und die Art, wie sie lachten, trugen zu diesem Eindruck bei. Sie besaßen denselben Sinn für Humor.

»Das habe ich gesehen!«, rief Julie anklagend und ihr Finger schoss in Richtung der Rubinelfe. »Deine Freundin will meine Verteidigungslinie mit ihrer Kristallarmee durchbrechen!«, sagte sie mit unüberhörbarer Empörung zu Niobe.

Erwischt.

»Ich habe dich gewarnt. Sie ist ein böses Mädchen«, raunte Niobe und sah L dabei auf eine Weise an, die einen neuen Schwarm Schmetterlinge im Bauch der Angeklagten freisetzte.

»Ich weiß nicht, wovon ihr sprecht«, behauptete L unschuldig.

»Das wird Konse…«, begann Julie, doch ein Klopfen an der Tür unterbrach sie. »Ja?«

Die Tür schwang auf und herein kam die Pflegerin, mit der L bei ihrem ersten Besuch fast zusammengeprallt wäre.

»Guten Tag, Ke Lambert«, begrüßte Niobe sie.

»Hoppla, hier ist ja was los! Damit habe ich heute gar nicht gerechnet«, gab die ältere Frau heiter zurück.

»Ich hatte Sehnsucht nach meiner Cousine, da habe ich meine Termine kurzerhand etwas umgelegt. Wie geht es Ihrem Servicebot?«

»Dank der neuen Spule funktioniert der Bot wieder tadellos. Danke, Ke Anvar. Es ist wirklich schwer geworden, noch Ersatzteile für die alte Maschine zu finden, aber einen neuen Bot kann ich mir einfach nicht leisten.« Die Pflegerin seufzte leicht.

»Verstehe ich nur zu gut«, entgegnete Niobe.

»Ich müsste Julies Ports noch einmal reinigen und nachsehen, ob es mit den Entzündungen besser geworden ist.«

»Fühlt sich eindeutig besser an«, gab Julie zurück.

»Das sagst du hoffentlich nicht nur aus Angst davor, dass du sonst nicht auf die Asteria transferiert wirst.«

Niobes Kopf fuhr ebenso vorwurfsvoll wie besorgt zu Julie herum. »Es ist so schlimm, dass dein Transfer auf der Kippe steht? Wieso hast du mir das nicht gesagt?«

Julie presste verkniffen die Lippen aufeinander und schenkte der Pflegerin einen scharfen Blick, ehe sie an Niobe gewandt sagte: »Ich wollte nicht, dass du dir unnötige Sorgen machst.«

Einander so ähnlich.

»Ane und Alan haben inzwischen alles im Griff. Stimmt's?«, richtete Julie diese rein rhetorische Frage an Ke Lambert.

Die nickte zufrieden. »Entschuldige, Julie. Ich dachte, du hättest deiner Cousine davon erzählt.«

»Nicht deine Schuld. Ich hätte es ihr sagen sollen.«

»Soll ich dann anfangen? Die beiden können bleiben, wenn es dich nicht stört.«

»Nein, schon gut«, warf Niobe ein. »L und ich müssen ohnehin noch einiges erledigen.« Niobe küsste ihre Cousine auf die Wange. »Wir sehen uns nächste Woche. Dann gebe ich dir einen Gute-Nacht-Kuss.«

»Komm nicht zu spät. Ich werde nur einmal in den Kälteschlaf versetzt.«

»Ich werde mich hüten. Auf Wiedersehen, Ke Lambert.«

»Bis nächste Woche, Ke Anvar.«

Niobe nickte und verließ das Delta. L folgte ihr wie immer schweigend hinaus.

Als sie eine halbe Stunde später Niobes Wohnkomplex erreichten, wurden sie von einer Schar Polizeiscooter und einem Polizeibot in Empfang genommen. Die Polizei in Niobes Haus?

»Da vorne steht Markus' Dienstwagen«, verkündete sie.

Also waren sie wirklich wegen Niobe hier. War Markus gekommen, um Niobe zu verhaften? Hatte er Beweise gefunden, die Niobe des Mordes an ihrer Mutter überführten? Warum sonst sollte er mit einem größeren Aufgebot von Polizeikräften hier erscheinen?

»Identifizierung erforderlich«, tönte der Polizeibot, der den Haupteingang bewachte.

Niobe stand wie erstarrt an Ls Seite. Sie zitterte, blickte die Maschine bloß an und brachte keinen Ton über die Lippen.

»Niobe Anvar. Sie wohnt im siebten Stock«, antwortete L für sie. »Ich bin ihr CPO, L Tiernen.«

»Sie werden erwartet«, gab der Bot zurück, nachdem er ihre IDs bestätigt hatte.

Ls Hoffnung darauf, dass es sich um einen Vorfall bei den Nachbarn handelte verpuffte. Niobe musste es ebenso ergehen. Sie schien in einen Schock verfallen zu sein.

»Niobe«, sagte L sanft und berührte sie am Ellbogen. »Lass uns nachsehen, was Markus will.«

»Ich weiß, was er will. Irgendetwas haben sie gefunden, das sie gegen mich verwenden können. Er wird mich verhaften und wegsperren«, sagte sie mit gebrochener Stimme.

Alles in Niobes Körper schien sich dagegen zu wehren, trotzdem setzte sie einen Fuß vor den anderen und ging ins Haus. Ls Hand verließ dabei nie ihren Ellbogen. Sie hoffte, dass es Niobe wenigstens ein kleiner Anker in einem tosenden Sturm war.

…/SimFile_34

TRÜMMER UND SCHERBEN

ID: L

»Natürlich funktioniert der verdammte Aufzug, jetzt, da er meine letzten Minuten in Freiheit noch verkürzen kann«, sagte Niobe.

L sah ihren Schützling mit einer Mischung qualvoller Gefühle an. Falls Markus tatsächlich hier war, um Niobe zu verhaften, würde L nichts dagegen unternehmen können. Sie wollte nicht, dass das geschah. Sie wollte Niobe nehmen und mit ihr fortlaufen. Selbst wenn sie eine Mörderin war. Alles in L flehte sie an, Niobe zu beschützen und sie nicht dem besten Freund auszuliefern.

Der Aufzug schob sich weiter durch den Schacht, quietschte und rumpelte dabei wie ein gebrechlicher Körper, dessen letzte Tage gezählt waren. Niobe stand starr wie eine Säule da, die Arme um sich selbst gewickelt, um zu verbergen, dass sie wie Espenlaub zitterte. Mit einem Rumpeln kam der Fahrstuhl zum Stillstand und Niobes Pupillen weiteten sich in heller Furcht. Sie sah L an. In ihren Augen standen Tränen, denen Niobe den Austritt verwehrte. Sie weigerte sich, zu zerbrechen.

»Ich habe es nicht getan, L. Egal, was er sagt und was er glaubt gefunden zu haben, ich habe Mona nichts getan. Mir ist egal, was die Polizei denkt, aber du musst mir glauben. Nur du. Behalt mich bitte nicht als Mörderin in Erinnerung.«

L schluckte schwer. Niobe wirkte so verloren, so verzweifelt. »Ich glaube dir«, brachte sie hervor. In dem Moment öffneten sich die Türen. Ihr beider Blick fiel sofort auf den Kommissar, der mit harter Miene auf sie gewartet hatte.

»Ke Anvar«, setzte Markus Brill an, »bevor Sie weitergehen, eine Warnung.«

»Ich werde keinen Widerstand leisten«, sagte Niobe mit brüchiger Stimme.

»Widerstand? Ke Anvar, ich glaube, Sie missverstehen weshalb wir hier sind.«

»Sind Sie nicht gekommen, um mich zu verhaften?«, fragte sie.

»Nein.« Markus sah zu L. »Ihr wisst gar nicht, was passiert ist?«

»Scheinbar nicht. Warum seid ihr hier?«, wollte L wissen.

»In Ke Anvars Wohnung wurde eingebrochen. Die Nachbarn haben uns angerufen. Sie sagten, eine maskierte Person würde in der Wohnung wüten.«

»Geist ...«, wisperte Niobe.

»Bin ich zu optimistisch, wenn ich frage, ob ihr die Person auf frischer Tat ertappt habt?«

Markus brummte missmutig. »Lange weg, bevor wir ankamen. Vermutlich hat die Tatperson angenommen, dass sie Ke Anvar heute hier antreffen würde, und sich dann an der Einrichtung abreagiert, als dem nicht so war. Zum Glück wart ihr nicht hier.«

»Das ist L zu verdanken«, kommentierte Niobe. »Sie sagt, Regelmäßigkeiten machen mich angreifbar. Darum ändert sie ständig meine Routinen und darum sind wir heute ins Delta gefahren, statt wie sonst üblich erst morgen.«

»Schlauer Zug«, meinte Markus.

»Haben die Nachbarn irgendetwas Nützliches über die Tatperson sagen können?«, fragte L.

»Nicht viel. Die Person war groß, sportlich, maskuline Statur. Leider sind das die einzigen Informationen. Körper und Gesicht waren vollständig verdeckt.« Der Kommissar wirkte genauso unzufrieden wie L und Niobe.

»Kann ich rein?« Niobe klang jetzt härter als noch kurz zuvor.

»Wir sind da drin soweit fertig«, antwortete Markus mit einem Nicken. Gemeinsam gingen sie auf die Wohnung zu.

Als Niobe durch die Tür in ihr kleines, bescheidenes Heim trat, versteifte sie sich und blieb inmitten des Zimmers stehen. Jemand hatte die Polster des Sofas aufgeschlitzt, dem Sessel fehlte die Rückenlehne. Die Kissenfüllung lag in Flocken auf dem Boden, Schranktüren hingen aus den Angeln. Zerschmettertes Porzellan dekorierte die Küchenfliesen, Schubladeninhalte den Teppich. Jedes Möbelstück war zertrümmert, selbst der Inhalt von Ls Koffer lag verstreut auf dem Boden. Irgendjemand hatte sich hier ordentlich dabei verausgabt, die angestaute Wut zu entladen. Es würde Tage dauern, die Wohnung wieder bewohnbar zu machen. Doch all die Zerstörung, all die ruinierten, wenigen Habseligkeiten, die Niobe geblieben waren, wurden unscheinbar im Kontrast zu dem Rot, das wie dunkles Blut von den Wänden tropfte. Das ganze Zimmer sah aus, als hätten zwei klauenbewährte Kreaturen hier drin um ihr Leben gekämpft. Und als letzter, finaler Todesstoß prangte eine wütend hingeschmierte Botschaft an einer der Wände:

Du bist tot!

»Immerhin keine Reime heute«, sagte Niobe. »War wohl zu wütend dafür.« Und plötzlich begann sie lauthals zu lachen, so dass sich alle im Raum erschreckten. Sie lachte und lachte, schüttelte sich und hielt sich den Bauch. Doch als sie den Kopf in Ls Richtung wandte, wirkte sie, als hätte sie Schmerzen. Die Tränen liefen ihr jetzt ungehemmt über die Wangen. Die Verzweiflung stand Niobe ins Gesicht geschrieben. Sie war am Ende.

»Shit.« L konnte nicht nur so dastehen und nichts tun. Sie zog Niobe an sich und schloss sie in eine feste Umarmung ein. Niobe reagierte zunächst verkrampft, dann schien sie in Ls Armen auseinanderzufallen. Die Schultern sackten herab und leise, klagende Laute erstickten an Ls Schulter.

.../SimFile_35

EIN SICHERER ORT

ID: L

»Sieh nach, ob Geist etwas übriggelassen hat, das du mitnehmen kannst«, sagte L. Sie nahm Niobe den geleerten Kafflonbecher ab und stellte ihn neben sich auf dem Boden ab.

Seit einer Viertelstunde saßen sie zwischen den Trümmern von Niobes Leben. Die Polizei war mittlerweile gegangen, und die Tränen waren getrocknet. Die Spuren ihres emotionalen Ausbruchs zeichneten sich jedoch deutlich sichtbar ab. Niobes Augen waren gerötet und geschwollen.

»Mitnehmen?«, fragte Niobe entmutigt. »L, wo soll ich denn hin? Ich habe nichts mehr. Diese schäbige Wohnung war alles, was noch übrig war.«

»Du kommst mit zu mir.«

Niobe hob den Blick, was L als Fortschritt betrachtete. Bisher hatte sie den Kopf zwischen den Knien vergraben und die Arme um die Beine gewickelt. Zusammengekauert wie ein verängstigtes Kind.

»Warum tust du das alles für mich? Ich bin nicht einmal eine richtige Klientin.«

»Genau deswegen«, antwortete L. Sie meinten unterschiedliche Dinge mit dieser Feststellung, doch das war nicht wichtig. Ohne darüber nachzudenken, was sie tat, strich sie Niobe über die Wange. Die legte ihre Hand auf Ls. Sie verharrten in dieser Position, diesem Blick in die Augen der anderen. Ein Moment, der L dazu einlud, Niobe zu küssen, in ihren Armen, ihrer Wärme zu versinken. Doch L zögerte zu lange und Niobe zog sich zurück.

»Ein romantischer Ausflug mit meinem Bodyguard also. Das ist der Stoff, der Filmgeschichte schreibt.«

Ah, da waren sie wieder. Niobes neckische Flirts. Während L Erleichterung darüber empfand, dass Niobe ein wenig zur alten Form zurückfand, verdrehte sie in etablierter Tradition die Augen. »Wir sind hier aber nicht im Kino.«

»Stimmt. Wenn das hier das Kino wäre, würden wir in eine einsame Hütte im Wald fahren. Weit abgelegen von jeglicher Zivilisation, wo mein Stalker mich in aller Ruhe finden und filetieren kann.«

»Also, um ehrlich zu sein …«, murmelte L etwas verlegen und fing sich einen irritierten Blick von Niobe ein. »Was? Ich mag die Abgeschiedenheit und die Ruhe.«

»Welche Überraschung.«

»Im Übrigen ist es eigentlich eine Ferienanlage für Eskapisten.«

»Eine Ferienanlage?«

»Anfangs war es nur als Übergangslösung gedacht, aber ich habe mich in die Aussicht verliebt.«

»Ist es nicht irre teuer da zu leben?«

»Die Anlage gehört der Mutter einer Kollegin. Ich habe das Glück, dass sie mich mag und mir einen Rabatt gewährt. So konnte ich eine der Unterkünfte dauerhaft mieten.«

»Das wiederum wundert mich nun gar nicht«, sagte Niobe und zog dabei eine Schnute, die irgendwo zwischen niedlich und argwöhnisch rangierte. »Wir ziehen also in eine Hütte? Im Wald?«

»Es ist nicht direkt eine Hütte und auch nicht im Wald.«

»Aber abgelegen ist es?«

»Ziemlich.«

»Und wenn Geist uns dort findet?«

»Wird er nicht.«

»Wie kannst du dir da sicher sein? Wahrscheinlich weiß er längst, wer du bist, wo du arbeitest und wo du wohnst.«

»Unwahrscheinlich. In der Firma werden wir CPOs nur mit Nummern geführt. Die Rückverfolgung meines Namens oder des Nummernschildes meines Wagens würde bloß auf ein Planungsbüro für Eventveranstaltungen verweisen. Einen offiziellen Wohnsitz habe ich nicht.«

»Also mehr Agent 355 als Agent Elsa?« Niobe schmunzelte.

»Viel angenehmerer Vergleich zumindest. Und jetzt Bewegung. Ich werde Markus informieren«, sagte L und schon setzte sie die Smartbrille auf.

»Eines ist dir aber klar, oder? Wenn ich in deiner Nicht-Hütte sterbe, wird dich *mein* Geist für die nächsten siebzig bis achtzig Jahre dort heimsuchen«, drohte Niobe. »Und danach werde ich im Totenreich auf dich warten, um dir auch dort auf die Nerven zu gehen.«

L lachte. »Versprechungen, Versprechungen.«

Niobes Lächeln löste sich einen Moment später auf und sie zögerte. »Bist du sicher, dass er mir dort nichts antun kann?«

»Weder hier noch dort. Nicht, solange ich in der Nähe bin, Niobe.«

Niobe biss sich auf die Unterlippe und schloss die Augen. »Du weißt, dass mich diese Mischung aus Selbstbewusstsein und Arroganz anmacht, oder, L?«

L, die gerade beherzt den letzten Schluck Kafflon runterkippte, schaffte es gerade noch so, die Flüssigkeit nicht in einem breiten Sprühnebel auf Niobe zu verteilen, und hustete, weil sie sich stattdessen daran verschluckte. »Weißt du, wenn wir schon dabei sind, derart forsche Ankündigungen zu machen ...«

»Ja?« Niobe schaute sie erwartungsvoll an.

»Dein Neurolink funktioniert dort nicht«, beendete L den Satz.

Das schelmische Grinsen auf Niobes Gesicht verschwand schlagartig. »Wie bitte?«

»Es ist eine Ferienanlage für Eskapisten, schon vergessen? Dort gibt es keine Anbindung ans Cluster.«

»Bist du verrückt geworden, L? Das geht nicht. All meine sozialen Kontakte beschränken sich auf das Cluster! Ohne Zugang dazu werde ich von der Welt abgeschnitten sein.«

»Das ist die Idee dahinter. Hast du keinen Zugang zum Cluster, hat Geist keinen Zugang zu dir.«

»Du machst Scherze!«, rief Niobe entsetzt. »Wie kann man ohne Cluster sein? Ich werde vor Langeweile sterben!«

»Die Menschen haben es für Jahrtausende geschafft ohne Cluster auszukommen.«

»Aber zu welchem Preis? Gibt es wenigstens einen vernünftigen Holodesk, auf dem ich arbeiten kann?«

»Offline, ja.«

»Bitte sag dieses Wort nicht«, wimmerte Niobe und verzog das Gesicht zu einer wehleidigen Grimasse.

»Es geht bloß um ein paar Tage. Bis die bestellten Servicebots deine Wohnung in Ordnung gebracht haben.«

»Tage?«, jammerte Niobe und schlurfte leise wimmernd in Richtung des zertrümmerten Schlafzimmers. »Tage ...«, klagte sie auf halber Strecke noch einmal.

»Höchstens eine Woche«, setzte L nach.

»Eine ganze Woche!«

L lachte. Punkt für den Bodyguard.

…/SimFile_36

KEINE HÜTTE IM WALD

ID: L

L beobachtete Niobe, die am Fuß des Skylifts stand und den Bungalow hinter den Baumkronen zu erkennen versuchte. Doch das Blattwerk war zu dicht und die Wohnkammer zu hoch darüber.

»Du hast gesagt, es sei keine Hütte im Wald, und wo stehen wir gerade?«

»Nun, technisch gesehen ist es ein Bungalow, der sich zweihundert Meter *über* dem Wald befindet.«

»Semantik.«

»Aber die Wahrheit. Ich hoffe, du hast keine Höhenangst.«

»Etwas spät für die Frage, meinst du nicht?«

»Noch sind wir ja nicht oben«, gab L ungewohnt heiter zurück.

»Dir macht das hier viel zu viel Spaß, Bodyguard.«

L legte ihre Hand auf das Scanfeld des Skylifts und sofort öffnete sich die hydraulische Tür mit einem Zischen. »Nervensägen dürfen als Erste eintreten.«

Niobe grunzte und betrat den Lift. Sehr viel moderner als das alte Rumpelgestell in ihrem Wohnhaus. Es gab sogar Sitzbänke, falls einem die Fahrt nach oben zu langwierig wurde. Die Tür zischte erneut, als sie sich hinter L schloss. Der Lift setzte sich umgehend in Bewegung, so sanft, dass man es kaum spüren konnte.

»Willkommen bei Azura. Ihrem Erholungspark mit der besten Aussicht. Wir wünschen Ihnen einen angenehmen und erholsamen Aufenthalt«, tönte eine geschmeidige Stimme durch die Lautsprecher der Kabine. Es folgten noch ein paar Sicherheitshinweise für den Notfall, dann kam der Lift auch schon wieder zum Stehen. Die Tür öffnete sich erneut und die beiden Frauen traten in einen lichtdurchfluteten Raum mit Panoramafenstern.

»Okay, ich habe eindeutig den falschen Job gewählt«, gab Niobe staunend von sich. Mit weit geöffneten Armen drehte sie sich um die eigene Achse. So viel Platz und alles war modern und sauber. »Ich habe fast vergessen, wie schön die Welt außerhalb der Randstadt sein kann.«

»Sieh dich ruhig um. Dein Schlafzimmer ist die Treppe rauf. Zweite Tür links.«

Niobe grinste. Einen Moment später war sie im oberen Stockwerk verschwunden und jauchzte in der Ferne.

L lachte und wandte sich dem Behälter zu, den sie aus dem Kofferraum des Nexus mitgebracht hatte. Sie öffnete ihn und aktivierte die handtellergroße Drohne, die darin verstaut lag.

»Sieh dir das an! Da ist ein Whirlpool im Badezimmer!«, rief Niobe aufgeregt.

»Ich weiß. Ich war schon mal hier«, gab L amüsiert zurück.

»Du sammelst antike Spielekonsolen?«, tönte es kurz darauf herunter. Niobe hatte offensichtlich Ls Spielezimmer entdeckt.

»Nein, ich benutze sie. Sind die einzigen, die keinen Neurolink brauchen.«

»Können wir die zusammen benutzen?«

L hielt eine Sekunde lang inne. »Wenn du das möchtest ...«

»Du wirst mir immer sympathischer.«

L durchquerte das Wohnzimmer, öffnete die Glastür zum Balkon. Sie hielt die Drohne raus und das handliche Gerät erhob sich in die Lüfte.

Niobes Kopf lugte von oben über das Treppengeländer zu L hinunter. »Warum steht neben den Konsolen ein Kaktus, der einen Zylinder trägt?«

»Das ist Cornichon. Sei nett zu ihm, sonst fallen ihm die Stacheln aus.«

»Huh«, gab Niobe von sich, die nun die Treppe hinunterkam. »Was treibst du da? War das gerade eine Drohne?«, fragte sie, als sie das flinke Ding verschwinden sah.

»Eine Überwachungsdrohne«, gab L nickend zurück. Die Drohne steuerte derweil eigenständig in die vorinstallierte Halterung auf dem Dach des Bungalows.

»Wir sind zweihundert Meter über dem Boden und der einzige Fahrstuhl ist mechanisch hier oben fixiert. Also wozu brauchen wir eine Überwachungsdrohne?«

»Na schön. Du hast mich erwischt. Sie dient mir als Link ins Cluster.« L seufzte, während Niobe, wie befürchtet, die Hände in die Hüften stemmte.

»Du hast gesagt, es gäbe hier keine Verbindung zum Cluster.«

»Du brauchst eine Auszeit, Niobe, und ich will verhindern, dass Geist dich über deine Aktivitäten im Cluster aufspüren kann. Ich brauche den Zugang bloß, um eine Verbindung zu Markus zu haben. Schließlich mache ich hier noch immer meine Arbeit, auch wenn man daran manchmal zweifeln könnte ...«

»Die muss ich auch machen. Kann sich der Holodesk da drüben mit der Drohne verlinken?«. Sie wies grob in die Richtung, in der sie Ls selten genutzten Holodesk entdeckt hatte.

»Nicht ohne meinen Freigabecode und rate, ob ich dir den geben werde?« Ls Smartbrille zeigte an, dass die Drohne fixiert war und in den Ruhemodus wechselte. Sie sendete eine Nachricht an Markus, um ihn wissen zu lassen, dass sie beide angekommen waren.

»Du hast mich noch nicht erlebt, wenn ich etwas wirklich will, L«, sagte Niobe und ging zurück in den Bungalow.

L schluckte. Warum klangen diese Worte wie eine unheilvolle Prophezeiung?

Während die Frage noch durch Ls Kopf geisterte, begannen die grauen Wolken, die sich schon bei ihrer Ankunft hier versammelt hatten, ihre feuchte Last abzuwerfen. Die Regenzeit war eine, die L besonders mochte.

L folgte Niobe und schloss die Glastür, nur Sekunden, bevor der Regenschauer einsetzte. Ein aufblinkendes Icon auf der Smartbrille informierte L über eine Textantwort von Markus.

MARKUS B.:
FRAG KE ANUAR, OB IHR DER NAME KAIDA LANE ETWAS SAGT.

L T.:
WER IST DAS?

MARKUS B.:
DIE LEBENSPARTNERIN IHRER TANTE.

L T.:
OKAY. SONST NOCH ETWAS?

MARKUS B.:
WUSSTEST DU, DASS DER VORNAME VON KE ANUARS TANTE NICHT **NIOBE** SONDERN **EBONI** LAUTET?

»Was?«, rief L laut aus und sah Niobe verärgert an.

.../SimFile_37

ZU VIELE OFFENBARUNGEN

ID: L

»Was ist los?«, fragte Niobe alarmiert.

»Der Name deiner Tante ist Eboni?«

Niobe atmete erleichtert aus. »Jag mir doch nicht einen solchen Schrecken ein! Ich dachte schon du hättest Geist im Schrank entdeckt.«

»Eboni! Ihr Name war Eboni!«, wiederholte L nicht weniger aufgebracht als zuvor. »Du sagtest, du seist nach ihr benannt worden!«

»Stimmt ja auch. Niobe ist ein Anagramm von Eboni. Mona wollte ihre Schwester ehren, ohne jedes Mal innerlich zusammenzuzucken, wenn sie meinen Namen sagt.«

»Warum hast du uns das nicht eher gesagt?«

»Weil ich mir nicht vorstellen kann, weshalb das wichtig sein könnte. Tante Eboni ist vor fast dreißig Jahren gestorben und es ist ein häufiger Name. Allein auf der Asteria befinden sich mindestens drei Mitreisende, die so heißen. Wenn es um den Namen ginge, hätte Geist denen auch Nachrichten geschickt«, verteidigte sich Niobe.

»Vielleicht hat er das und wir wissen es bloß noch nicht. Vielleicht hat das alles aber auch mit deiner Tante zu tun.«

Niobe seufzte. »Ich war nicht einmal in Planung, als Tante Eboni gestorben ist. Warum sollte jemand aus ihrer Vergangenheit hinter mir her sein? Das macht überhaupt keinen Sinn.«

»Ob es dir sinnvoll erscheint oder nicht, Niobe, es ist etwas, dem man nachgehen muss. Und sei es nur, um eine Verbindung ausschließen zu können. Findest du außerdem nicht, dass es allmählich so wirkt, als versuche jemand, deine gesamte Familie auszulöschen?«

»Das ist doch lächerlich!«, hielt Niobe nicht ganz so überzeugend dagegen.

»Hast du sonst noch irgendwelche *unwichtigen* Geheimnisse, von denen du mir erzählen willst?«, fragte L halb sarkastisch und halb vorwurfsvoll.

Niobe griff nervös an den Ring ihrer Mutter und spielte damit herum. »Also, wenn du so direkt fragst ...«

L kniff sich zwischen die Augen. »Bei allen Himmeln«, raunte sie mehr zu sich selbst. »Was kommt jetzt?«

»Weißt du, wer Talulah York ist?«

»Populäre Schriftstellerin um die sechzig Jahre. Du programmierst ihre SimBooks und wurdest dafür ein paar Mal ausgezeichnet«, gab L die Informationen wieder, die sie in den letzten Wochen über Niobe erfahren hatte.

»Dass ich SimBooks programmiere, ist nicht ganz richtig. Auf den Auszeichnungen müsste Julies Name stehen, nicht meiner.«

»Was hat Julie damit zu tun?«

»Vieles.« Niobe zögerte und drehte energischer an dem Ring, parallel dazu biss sie sich auf die Unterlippe, während sie angestrengt über etwas nachzudenken schien. »Kann ich dir vertrauen, L?«

»Ist die Frage ernst gemeint?«

»Ich meine es todernst. Ich bin im Begriff, dir etwas zu erzählen, wovon niemand außer Julie und mir weiß.«

L verschränkte die Arme vor der Brust. »Was habt ihr angestellt?«

»Schwöre mir, dass du kein Wort darüber verlierst. Du kannst Kommissar Brill nichts von dem sagen, was ich dir zu erzählen habe.«

»Inakzeptabel.«

»Dann habe ich nichts mehr zu sagen«, gab Niobe unnachgiebig zurück und stemmte die Hände in die Hüften.

»Jede Information ist wichtig, damit Markus Geist finden kann.«

»Nein. Es bleibt unter uns oder ich schweige.«

L biss sich so fest auf die Zunge, dass es schmerzte. »Fein.«

»Versprich es.«

»Ich verspreche es, Sturkopf.«

Niobe grinste knapp. »Erinnerst du dich an Lou?«

»Der gesichtslose Android im Laden?«

»Genau. Ich habe dir doch erzählt, dass Lou die Persona einer Schriftstellerin war.«

Eine unheilvolle Gänsehaut bahnte sich in Ls Nacken an. »Ja ...«

»Lou war Talulah York und Talulah York ist keine Frau um die sechzig, sondern zwei Frauen um die dreißig Jahre.«

»Wie bitte?«

»Ein streng geschlossenes Pseudonym mit einer so lebensechten Persona, dass die meisten vergessen, dass sie mit einer Synthetischen reden.«

»Bitte sag es nicht«, murmelte L.

»Julie und ich sind Talulah York. Ich schreibe, Julie programmiert.« Ein Schmunzeln hockte sich stolz in einen von Niobes Mundwinkeln.

»Das ist nicht dein verdammter Ernst«, sagte L. Sie rieb sich das Gesicht und atmete tief durch. Das waren eindeutig zwei Offenbarungen zu viel für Ls Geduld. »Einmal abgesehen davon, dass das gerade meinen Verstand sprengt, weiß Markus wenigstens über Teile davon Bescheid?«

»Niemand weiß etwas darüber, L. Du bist die Erste, der ich es anvertraue.«

»Es wäre wichtig gewesen, dass du uns das früher erzählt hättest. Oder mir«, tadelte L verärgert.

»Hey, warum bist du jetzt wütend auf mich? Ich teile hier gerade mein größtes Geheimnis mit dir.«

»Talulah York schreibt Liebesromane mit teils erotischem Inhalt.«

»Und?«

»Stalker lieben solche Opfer?«, bot L sarkastisch an.

»Geist ist nicht aus sexuellem Interesse hinter mir her. Außerdem ist es ein seit Jahren streng gehütetes Pseudonym«, verteidigte sich Niobe.

»Du solltest davon ausgehen, dass Geist absolut alles über dich weiß.«

»Das weiß er nicht. Du hast keine Ahnung, was wir alles unternommen haben, um aus Talulah eine echte Person zu machen. Was Julie und ich tun, ist illegal. Wir schmuggeln unsere eigenen Dateien zwischen denen des Instituts für Historische Rückgewinnung heraus.« Niobes Gesicht veränderte sich, legte die defensive Haltung ab und sah L mit einem forschenden Ausdruck an. »Sag mal, L, woher weißt du eigentlich, welche Art Romane Talulah York schreibt?«

L schloss einmal mehr verzweifelt die Augen und atmete tief durch. Sie wollte schreien, und das nicht nur, weil ihr Schützling offenbar jeden Bereich ihrer noch so privaten Interessen infiltriert hatte. »Dieser Auftrag ist ein Albtraum«, murmelte sie vor sich hin. Sie warf die Hände in die Luft, drehte sich um und marschierte in Richtung Terrasse. »Talulah York. Natürlich ist sie Talulah! Fakking! York! Ich bin nicht einmal mehr überrascht. Das Universum hat was gegen mich. Ganz klar.«

»Hey! Wo willst du hin? Es regnet!«, rief Niobe ihrem Bodyguard nach, während L mitten in den Schauer trat und offensichtlich fluchend hinter einer der nicht verglasten Außenwände des Bungalows verschwand.

.../SimFile_38

DER TOD VON KAIDA LANE

ID: MARKUS

Im Präsidium galt Markus Brill als geduldiger Mensch. Im Kommissariat kannte man ihn als jemanden, der nie die Fassung verlor und gleichzeitig keine Ruhe gab, bis er den Fall gelöst hatte. Doch diese Ermittlung drohte seinen guten Ruf zu ruinieren. Noch nie war ihm ein Fall derart auf die Nerven gegangen. Jedes Mal, wenn Markus einen Hinweis fand, dem er nachgehen konnte, landete er kurz darauf in der nächsten Sackgasse.

In diesem Moment leuchtete ihm der Totenschein von Kaida Lane im Thinkscreen entgegen. Die Frau war vor einem halben Jahr an einer Überdosis Lucid verstorben, nachdem es fast drei Jahrzehnte lang keine Spur von ihr gegeben hatte. Sie war eines Tages in ein privates Shuttle gestiegen und nie mehr gesehen worden. Bis zu ihrer Selbsteinweisung ins Rehazentrum vor sechs Monaten.

Kaida Lane würde Markus nicht nur keine Antworten mehr geben können, sie warf sogar zusätzliche Fragen auf. Wo war sie all die Jahre gewesen? Weshalb war sie plötzlich wieder aufgetaucht? War er misstrauisch oder nur verzweifelt, weil er es verdächtig fand, dass sie so kurz nach Mona Anvar verstorben war, und fast zeitgleich mit den ersten Drohungen gegen Niobe Anvar? Konnte es Zufall sein, dass Niobe Anvar mit dem gleichen Mittel vergiftet worden war, das man damals bei ihrer Tante – und Kaida Lanes Lebenspartnerin – verwendet hatte? Was war mit Mona Anvars Vergiftung? Andere Substanz, aber dieselbe Methode. Irgendetwas übersah Markus. Es gab zu viele Verbindungen zwischen diesen Menschen, um von einem Zufall sprechen zu können.

Nichts an dem Bericht wirkte jedoch verdächtig. Auch die Aussagen der Mitarbeitenden des Rehazentrums gaben keinen Anlass dazu, etwas anderes zu vermuten als eine selbst verschuldete Überdosis. In den Protokollen der Servicebots tauchten ebenfalls keine anomalen Aktivitäten auf. Die Besuchstagebücher schienen in tadellosem Zustand. Einzig die Frage, wie sich Ke Lane eine solche Menge Lucid hatte beschaffen können, blieb ungeklärt. Sie hatte sich selbst eingewiesen und war zwei Wochen später verstorben. Laut der Unterlagen hatte sie keine Besuche während dieser Zeit erhalten, doch sie war natürlich in Kontakt mit anderen Patienten gekommen. Es gab also so viele potentielle Bezugsquellen, wie es Patienten gab, die Besucher empfingen.

Markus brummte unzufrieden, stellte die wenigen brauchbaren Informationen zusammen und schickte sie an L.

GRAB TIEFER!, kam die unverfrorene Antwort prompt zurück.

Markus lachte. »Unverschämt wie üblich.«

.../SimFile_39

VOLLMUNDIGE ZUTATEN

ID: NIOBE

In der Küche hing der Duft von frischem Knoblauch. Sie standen dicht nebeneinander an den freistehenden Küchenblock gelehnt da. Niobe zupfte Salatblätter auseinander, L teilte mit einem Messer Tomaten in Würfel. Draußen regnete es nach wie vor und die Tropfen trommelten in einem beruhigenden Rhythmus auf das Dach des Bungalows.

»Bist du noch sauer auf mich?«, fragte Niobe in die seit einer Stunde anhaltende Stille. Und wie zuvor hörte sie nur ein Schnauben zur Antwort. »Na gut, wenn du lieber zuhörst als redest, dann erzähle ich dir eben von meinem aktuellen Projekt. Jetzt da du eingeweiht bist, habe ich endlich jemanden zum Austausch! Die letzten Monate hatte ich ein paar Schwierigkeiten, den Kuss der Muse zu spüren. Die Kreativität arbeitet nicht so gut, wenn man sich ständig in Gefahr sieht. Allmählich bin ich wirklich nervös geworden, weil mir einfach nichts einfallen wollte. Und dann bist du gekommen. Willst du wissen, worum es in Talulah Yorks nächstem Werk gehen wird?«

»Hm«, brummte L.

Oho! Ein Fortschritt!

»Es geht um einen Bodyguard, der den Verführungskünsten seiner heißblütigen Klientin verfällt.« Sie grinste schelmisch.

Ls Messerklinge verharrte einen Moment reglos über den Tomaten und ihre frostblauen Augen sahen eine volle Sekunde lang zu Niobe rüber. Dann senkte sich ihr Blick ebenso wie die Klinge erneut in das Fruchtfleisch der Tomate. »Komplett unrealistisch. Das reinste Klischee.«

Meine Güte. Gleich zwei Sätze auf einmal! Niobe war begeistert.

»Nicht alle Klischees sind schlecht. Manche machen sogar Spaß.«

»Stand das in einem Glückskeks?«

Niobe ließ sich den Wind nicht aus den Segeln nehmen. Ihr Blick wurde berechnend. »Ich könnte etwas Hilfe bei der Recherche gebrauchen.«

»Bei welchem Teil davon?«

Niobe lachte. »Dem klischeehaften selbstverständlich.«

L konzentrierte sich weiterhin stoisch auf ihre Tomaten und ignorierte Niobes Worte. »Bist du fertig? Dann reich mir die Schüssel, bitte.«

»Ausweichmanöver. Nicht sehr elegant«, gab Niobe amüsiert zurück und schob die Salatschüssel zu L.

»Erzähl mir, was ein Bodyguard in seiner Freizeit macht. Entschuldige, ein *Close Protection Operative*«, betonte Niobe die korrekte Bezeichnung.

L schüttelte sanft den Kopf. »Das, was alle anderen auch machen.«

»Mehr Details, bitte.«

»Warum interessiert dich das?«

»Neugier.«

»Neugier ist der Katze Tod.«

»Wer sich über Klischees beschwert, darf nicht mit Plattitüden um sich werfen.«

L hielt einmal mehr inne. »Touché.«

»Also?«

»Ich lese, treibe Sport, gehe gerne raus in die Natur, spiele mit meinen *antiken* Konsolen«, gab sie mit einem Wink in Richtung der oberen Etage zurück.

»Ist das alles?«

»Ist das denn nicht genug?«, fragte L mit einem Achselzucken. Sie schaufelte die Tomatenwürfel mit den Händen in die Schüssel.

Niobe seufzte leise. »Wie bist du zu deinem Job gekommen?«

»Zufall. Glück. Vielleicht beides. Offenbar ist der Personenschutz etwas, das ich gut kann und das noch nicht komplett von Maschinen ausgeübt wird.«

»Das kann doch nicht der einzige Grund gewesen sein. Du scheinst deine Arbeit gerne zu machen.«

»Schließt das eine denn das andere aus?«

»Sag du es mir.«

»Na schön. Da du mich wohl solange mit Fragen löchern wirst, bis ich dir irgendwas erzähle, fangen wir weiter vorne an.«

/switchProfile
ID: L

L atmete durch. »Nachdem ich aus dem Kälteschlaf aufgewacht war, war ich mit allem überfordert. Eure Zeit, eure Technologie, die Regeln, die Telarin ... alles war neu für mich. Es gab einfach nicht viel, was ich konnte. Mein erstes Leben bestand hauptsächlich daraus, zu überleben, Gefahren zu erkennen, bevor sie einem auf den Kopf fallen. Das war unser Lebensinhalt. In eurer Zeit schien es keine Verwendung mehr für mich zu geben und alle Menschen, die ich kannte, waren längst gestorben. Also habe ich einen Gelegenheitsjob nach dem anderen gemacht und mich nach Feierabend in die Bar gesetzt, um mich selbst zu bemitleiden. Nach ein paar Wochen sprach mich dann dieser Mann an, der sich darüber amüsierte, dass ich jeden Abend in eine Bar ging, um alkoholfreie Mocktails zu bestellen. Erst dachte ich, er baggert mich an, aber er lachte nur darüber und bot mir stattdessen einen Job an. Sechs Monate Ausbildung mit anschließender Anstellung, sofern ich das Training erfolgreich abschließe. Da habe ich nicht lange überlegt. Die Bezahlung war gut und die Aufgaben interessanter.«

»Und der Dresscode schicker«, ergänzte Niobe.

»Der Business-Chic-Look macht dich an, huh?«, fragte L und kippte die nächste Ladung Tomaten in die Schüssel. Sie sollte solche Dinge nicht sagen.

»Nicht nur der«, raunte Niobe. »Alles an dir ist verflucht sexy«, setzte sie mit einem Blick hinzu, der eintausend mikroskopisch kleine Explosionen auf Ls Haut zündete. Niobe streckte die Hand aus, ihre Finger strichen federleicht über Ls Ohr. »Ich kann nicht aufhören, daran zu denken.«

»Woran?«, fragte L. Sie hörte die Unsicherheit in der eigenen Stimme.

»An unseren Kuss. Ich bin noch nie so geküsst worden wie von dir. Es mag natürlich auch sein, dass ich bloß noch nie so auf jemanden reagiert habe wie auf dich.«

»Niobe ...«

»Sei ehrlich. Hat dir der Kuss wirklich gar nichts bedeutet?«

»Es ist gegen das Protokoll«, brachte sie unter Anstrengungen hervor.

»Das war nicht meine Frage«, hauchte Niobe und rückte näher an ihre Leibwächterin heran. In ihrem Blick lag etwas Ungezähmtes. »Tun wir einmal so, als wäre ich kein Job für dich. Würdest du dich dann für mich interessieren? Es sieht manchmal so aus, aber ... ich weiß einfach nicht, was in deinem Kopf vorgeht. Bilde ich es mir ein? Bin ich zu aufdringlich?«

L rührte sich nicht. Nur ihr Blick bewegte sich unruhig über Niobes Gesicht. Von ihren Augen zu ihren Lippen und wieder zurück. »Du bist meine Klientin.«

»Ist das so schlimm? Wehrst du dich deshalb gegen deine Gefühle für mich? Weil ich deine weiße Weste ruinieren würde?«

»Nein, du ... Ich bin ein Pinguin und du nicht.«

»Ein was?«

»Sie sind ausgestorben«, brabbelte L. Was redete sie da für einen Unsinn?

»Ist das dein Versuch, mich davon abzulenken, dich küssen zu wollen?«

L nickte, dann schüttelte sie den Kopf. Sie wollte es Niobe erklären, aber irgendwie kamen die Worte nicht in der richtigen Reihenfolge zusammen.

Niobe kam näher und hielt Ls Blick dabei fest. L wich zurück, bis sie mit dem Rücken gegen das nächste Küchenelement stieß und ihre schwache Flucht endete. Niobe wirkte zufrieden und schloss die letzte Distanz zwischen ihnen. Ihre Hand legte sich um Ls, die noch nass war vom Saft der Tomaten.

»Lass los, Agent Elsa«, hauchte Niobe dicht an Ls Lippen.

Zuerst wusste L nicht, was Niobe meinte, dann wurde ihr klar, dass sie den Griff des Küchenmessers umklammerte wie eine Rettungsleine. L gehorchte und löste die Finger. Das Messer wechselte von der einen zur anderen Frau.

Niobe schob das Werkzeug in sicherer Entfernung auf die Ablage. Dann fasste sie erneut nach Ls Hand, führte sie an die Lippen und fing mit der Zunge den Saft der Früchte auf. L sog scharf die Luft ein. Niobe lehnte sich weiter vor und gleichzeitig legte sie ihre Arme um Ls Nacken.

»Du willst mich, oder nicht? Was hält dich wirklich ab, L?«

Ja, was hielt sie eigentlich ab?

»Küss mich wie an dem Tag auf dem Friedhof«, forderte Niobe mit entwaffnender Zärtlichkeit.

Ihre Stimme floss wie flüssige Seide in Ls Verstand. Die Welt um sie herum geriet aus dem Fokus, und ehe sich L sammeln konnte, schlang sie beide Arme um Niobe und drückte sie fest an sich. Sie fielen ineinander. Lippen auf Lippen und Zunge an Zunge. Hände tanzten über Rundungen und vorsichtige Küsse wurden zu hungrigen Wölfen.

Ein Feuer breitete sich rasend schnell in L aus und entzündete Dutzende Feuerwerkskörper unter ihrer Bauchdecke. Niobe änderte minimal die Position ihres Körpers. Ein wollüstiger Ton entwich Ls Kehle. Sie warf Niobe herum, drückte sie gegen die Küchenzeile und lehnte sich tiefer in den Kuss. Niobe zu küssen, war intensiv und befreiend, beängstigend und … falsch. L raunte mit einem sanften Grollen. Niobe schien es für ein Zeichen von Zustimmung zu halten, denn sie antwortete ihrerseits mit einem Seufzen, das das Zeug dazu hatte, L alles außer diesem Kuss, diesem Körper an ihrem, vergessen zu lassen.

Sie schlug die Augen auf – wann hatte sie sie geschlossen? – und löste sich von dem Objekt ihrer Begierde. »Niobe«, sagte sie kaum hörbar. »Das ist nicht richtig.«

»Fühlt sich richtig für mich an«, hauchte Niobe zu verführerisch zurück und brachte L mit ihren Lippen erneut zum Schweigen.

Nur eine Sekunde noch, eine winzige Sekunde noch, dachte L. Bevor ihr klar wurde, dass es solange *nur noch eine Sekunde mehr* sein würde, bis es zu spät war.

»Stop.«

L hasste sich dafür, doch sie drehte sich mit einer schnellen, fließenden Bewegung aus Niobes Umarmung heraus und von ihr weg, verschränkte in Frustration beide Hände hinter dem Kopf. Sie konnte sich selbst nicht trauen, solange sich die Hitze von Niobes Körper mit ihrer eigenen vermischte und ihre Hormone Tango tanzen ließ.

»Wieso …«, begann Niobe, wurde jedoch von dem Zirpen von Ls Ohrclip unterbrochen.

Rettung in der Not. »Das ist Markus.« Sie nahm das Gespräch an, ehe Niobe etwas einwenden konnte.

»n'Abend, L. Wie läuft es?«

L warf einen verstohlenen Blick zu Niobe. »Frag nicht.«

»So schlimm?«, erkundigte sich Markus amüsiert.

»Schlimmer. Warum rufst du an?«

»Ist Ke Anvar in der Nähe?«

Bedauerlicherweise ja. »Warte kurz, ich verbinde dich mit dem Monitor«, sagte sie zu ihm und lief in den offenen Wohnbereich. Niobe folgte ihr und setzte sich auf das Sofa, während L ihre Smartbrille mit dem Holoscreen des Bungalows verband. »Bereit.« Sie ließ sich mit reichlich Abstand neben Niobe nieder. Niobe rückte frech zu ihr auf, so dass sich ihre Schultern berührten. Markus' Gesicht erschien auf dem großen Wandbildschirm und sah zu ihnen herunter.

»Guten Abend, Ke Anvar. Ist soweit alles in Ordnung?«

»Ihr Timing könnte besser sein«, entgegnete die Angesprochene lächelnd.

»Wie?«, fragte der Kommissar.

»Ignorier sie«, mischte sich L ein. »Hast du Geist gefunden?«

»Leider nein, aber wir haben ein paar Spuren, denen wir folgen. Die Überprüfung von Kaida Lane hat etwas Interessantes ergeben. Ke Lane hat während ihrer ersten Reha vor knapp dreißig Jahren ein Kind zur Welt gebracht.«

»Bitte sagen Sie mir nicht, dass meine Mutter gar nicht meine Mutter war«, meinte Niobe, die das inzwischen wohl nicht mehr überrascht hätte.

»Interessante Idee, aber nein. Julie Medina dagegen hat einen jüngeren Halbbruder. Falls er herausgefunden hat, wer er ist und wer Eboni Anvar-Medina war, hat Ihr Alias vielleicht etwas ausgelöst, Ke Anvar.«

L sah Niobe mit einer unmissverständlichen Ich-habe-es-dir-gesagt-Miene an.

»Sind Sie sicher, dass er Ravans Kind ist?«, fragte Niobe.

»Um ganz sicher zu gehen, müsste ich eine DNA-Probe des Sohnes besorgen. Ravan Medinas Daten habe ich dank seiner Strafakte vor mir liegen, aber vor dreißig Jahren wurden noch keine genetischen

Profile in die Geburtsurkunden von Neugeborenen aufgenommen. Das wurde erst vor ein paar Jahren eingeführt.«

»Hast du den Sohn schon befragt?«, erkundigte sich L.

»Das wird nicht ganz einfach. Ke Lanes Sohn wurde zur Adoption freigegeben. Wegen ihrer Lucidabhängigkeit hat man ihr das Sorgerecht entzogen. Dem Bericht zufolge hat sie sich nicht dagegen gewehrt und auch nach ihrer Entlassung nie versucht, ihn zu finden. Tatsächlich ist sie danach spurlos verschwunden.«

»Bei allen Himmeln, diese Geschichte wird immer trauriger«, murmelte Niobe mit einem sanften Kopfschütteln.

»Verschwunden?«, fragte L dagegen. »In der heutigen Zeit scheint es mir unmöglich einfach zu verschwinden.«

»Weltraumpiraten«, warf Markus ein. »Ich gehe davon aus, dass sie sich dieser Schattengesellschaft ohne Heimatwelt angeschlossen hat.«

»Weltraumpiraten«, murmelte L mit einem leichten Kopfschütteln.

»Ist Ke Lanes Sohn auch ein Weltraumpirat? Hat er Mona womöglich aus Rache umgebracht?«

»Ich sehe keinen Grund, weshalb er ein Motiv dazu hätte«, erwiderte Markus.

»Mona war es, die Kaida Lane in die Reha gebracht hat. Soweit ich weiß, war Ke Lane damit einverstanden, aber wenn ihr Sohn adoptiert wurde, weiß er vielleicht nichts über die tatsächlichen Umstände und fühlt sich von allen verraten.«

Markus dachte einen Moment darüber nach. »Ich werde das im Hinterkopf behalten. Gebt mir etwas Zeit, ihn aufzuspüren und ihn zu befragen, sofern möglich. Der Antrag auf Informationsfreigabe an die Adoptionsbehörde ist schon raus. Ich werde bald wissen, wer er ist und wo ich ihn finde. Hoffen wir, dass wir dann ein paar brauchbare Antworten bekommen.« Markus sah die beiden an und sein Blick wurde misstrauisch.

»Ist sonst noch etwas?«, fragte L schnell und hoffte, das Gespräch rasch beenden zu können.

»Ist bei euch alles in Ordnung?«

»Alles bestens«, antwortete L. »Halt uns auf dem Laufenden.«

Sie beendete den Videocall, bevor Markus weitere unangenehme Fragen stellen konnte.

»Wollen wir darüber reden?«

»Darüber, dass Julie einen Bruder hat?«

»Nein, L. Über das, was vor Brills Anruf passiert ist.«

L wollte schweigen. Doch Niobe war kein Mensch, der Dinge auf sich beruhen lassen konnte. »Niobe ... Ich wäre gerne mehr als dein CPO. Aber das wäre falsch. Du willst das hier nicht. Du bist seit Wochen mit mir eingesperrt, hast kaum Kontakt zu anderen Menschen. Es kommt vor, dass sich Schützlinge in ihre Leibwächter verlieben. Oder zumindest glauben sie, dass sie es tun. Wir geben euch Sicherheit, hören zu und spenden Trost, wenn es geht. Das löst etwas in euch aus. Aber es ist nicht echt.«

»Nicht echt.« Niobes Stirn legte sich für einen Moment in Falten und L hätte gerne gewusst, welche Gedanken ihr durch den Kopf gingen. Plötzlich stand Niobe auf und wandte sich ab, um zu gehen. War sie verärgert? Hatte L das Falsche gesagt? War sie der dümmste Mensch im Universum, weil sie Niobes Angebot ablehnte?

Ja, L. Ganz eindeutig, ja.

Nach ein paar Schritten drehte sich Niobe zu L um. »Kommst du? Das Essen macht sich schließlich nicht von selbst.«

L atmete erleichtert aus und folgte ihrem Schützling zurück in die Küche.

…/SimFile_40

GEDANKEN IN DER NACHT

ID: NIOBE

Niobe erwachte ohne ersichtlichen Grund. Von draußen fiel fahles Mondlicht durch die Vorhänge. Dann und wann sah sie in weiter Ferne das Energiefeld von Sol-Hub-13 aufblitzen und zum ersten Mal verspürte sie so etwas wie Zweifel, wenn sie an ihre bevorstehende Reise nach Gaia dachte.

»Hm«, murrte sie unzufrieden und kehrte dem Fenster den Rücken. Stattdessen traf ihr Blick auf die Zimmertür. Durch den Spalt fiel ebenfalls Licht. Wärmer als das Mondlicht und nicht hell genug, um ihre schlaftrunkenen Augen zu blenden. Sie schaute auf die Zeitanzeige: fast 1:00 Uhr. War L noch wach? Für gewöhnlich ging sie sehr viel früher zu Bett. Vielleicht hatte sie das Licht bloß brennen lassen, damit sich Niobe weniger fürchtete? Ihr Bodyguard war eine sonderbare Mischung aus fürsorglich und abweisend.

Während des Essens hatten sie kaum ein Wort miteinander gewechselt. L spielte außerdem eher mit ihren Beilagen, als dass sie etwas davon aß. Das machte sie sonst nie. Ihr letztes Leben hatte L gelehrt, dass jeder Krümel wertvoll war, so viel hatte Niobe inzwischen verstanden. Als Niobe sie dann fragte, ob es ihr nicht schmecken würde, hatte sich L schnell ein paar Bissen in den Mund geschoben ohne sie wirklich zu genießen.

Weshalb wehrte sich L gegen das, was sie offensichtlich beide wollten? Hatte sie solche Angst davor, das Klischee zu erfüllen? War es Ls Berufsethik, die sie davon abhielt dem Verlangen nachzugeben? Oder steckte etwas ganz anderes dahinter? Was meinte L mit ›nicht echt‹ oder damit, dass sie ein Pinguin sei? Was wusste Niobe über Pinguine, außer dass es Vögel waren, die nicht fliegen konnten? Verdammter Mist, wegen solcher Fragen vermisste sie das Cluster nun doch.

Niobe stand auf, öffnete geräuschlos die Tür und stieg die Stufen hinunter. Ls Schlafzimmer befand sich auf der unteren Etage, doch Niobe sah sie auf dem Sofa sitzen. Einen Atemzug lang verharrte sie auf dem Absatz und überlegte, was sie tun wollte. L hatte ihr den Rücken zugewandt und ließ den Kopf hängen, verloren in stille Gedanken. Niobe dachte darüber nach, L zu fragen, weshalb sie so spät noch auf war, doch etwas hielt sie davon ab zu sprechen. Stattdessen trat sie geräuschlos ans Sofa und schaute zu ihrem Bodyguard hinab. Ls Blick war auf einen Gegenstand in ihrer Hand gerichtet. Ein hölzerner, uneben gearbeiteter Anhänger an einem Lederband, der die Form des Buchstaben L hatte. Ls Daumen strich darüber, fast andächtig und noch immer wagte es Niobe nicht, etwas zu sagen.

Ein Seufzen löste sich von Ls Lippen. »Es ist gefährlich, sich an Menschen mit Kampfausbildung heranzuschleichen.«

Zu Niobes Verwunderung klang sie sanft, beinahe verletzt. »Menschen mit Kampfausbildung wissen, dass ich allenfalls eine Gefahr für ihre strapazierten Nerven bin«, konterte sie mit einer Spur von Humor, der seine Wirkung nicht verfehlte. Denn als L den Kopf hob und zu Niobe aufblickte, war einer ihrer Mundwinkel zu einem Lächeln angehoben. Dennoch wirkten ihre Augen traurig.

»Albträume?«, fragte L.

»Nein, nur das Haus mit seinen ungewohnten Geräuschen. Darf ich mich zu dir setzen?« Niobe wartete, bis L ein wenig widerwillig nickte. Dann lief sie um das Sofa herum, ließ sich neben L nieder, schlug die Beine unter und legte den Kopf auf Ls Schulter ab, als wären sie alte Freundinnen. »Was ist das?«, fragte sie mit Blick auf den Gegenstand in Ls Hand. L sagte lange nichts und Niobe glaubte schon, dass sie, wie so oft, keine Antwort bekommen würde, doch ihr Bodyguard schien in überraschend redseliger Stimmung zu sein.

»Ein Geschenk. Von jemandem, der mir einst viel bedeutet hat.«

Aus einem Impuls heraus streckte Niobe die Finger aus und ließ sie über das Holz gleiten. Sie war sich nicht sicher, was sie erwartet hatte, dass L ihr den Anhänger reichen würde, jedoch nicht. Vorsichtig nahm Niobe das Erinnerungsstück daher an sich und ertastete die Rillen und Kanten darauf.

»Hat das jemand für dich gemacht?«

L nickte. »Leeta. Wir haben in einer Ruine ein paar größere Holzsplitter gefunden und Dinge daraus geschnitzt. Leeta hat diesen Buchstaben für mich und ich einen anderen für sie gemacht.«

Die Puzzleteile fielen schlagartig an ihren Platz und Enttäuschung machte sich in Niobe breit. »Deswegen habe ich keine Chance bei dir. Du bist in jemanden verliebt. Warum hast du mir das nicht gesagt? Weiß sie davon?«

L sah Niobe mit einem schiefen Lächeln an. »Ich habe Leeta das letzte Mal vor knapp hundertvierzig Jahren gesehen.«

Niobe sog scharf die Luft ein. »Verdammt. Das tut mir leid, L. Sicher vermisst du sie.«

»Jeden Tag«, gestand L. »Allerdings habe ich meine Zweifel daran, dass wir uns in dieser Zeit so nah gekommen wären.«

»Warum denkst du das?«

»Es ist nur so ein Gefühl. Wir haben uns damals gebraucht, aber unsere Welt war eine ganz andere. Kälter, erbarmungsloser. Das Leben war viel kürzer. Wir sind jeden Tag mit den Geräuschen des Krieges aufgewacht und wieder darin schlafen gegangen. Wir haben das Leben gelebt, solange es ging, und wir haben ausgekostet, was wir an kleinem Glück finden konnten. Ohne groß darüber nachzudenken. Heute gibt es diese Angst nicht mehr. Die Ungewissheit, ob wir den nächsten Tag überleben. Ich bin hier ein ganz anderer Mensch geworden, als ich es damals war. Nicht völlig anders, aber eben doch ... anders. Ich wette, Leeta hätte ebenso Seiten an sich gefunden, für die es damals keine Zeit gab, um sie zu entdecken. Verstehst du, was ich meine?«

»Die Umstände beeinflussen, wer wir sind und sein können.«

L nickte. »Es bedrückt mich, dass ich nicht weiß, was aus ihr geworden ist. War sie noch am Leben, als die Telarin kamen? Hat sie die Ausdünnung überlebt oder ist sie darin umgekommen? Ist sie dafür verantwortlich, dass ich noch lebe? Es gibt nicht viele Aufzeichnungen aus der Zeit und in die Militärakten bekomme ich keine Einsicht. Es ist ohnehin unwahrscheinlich, dass ich darin etwas über sie finden würde. Nach allem, was ich weiß, kenne ich vermutlich nicht einmal ihren richtigen Namen. Sie könnte noch am Leben sein und wie ich einen anderen Namen benutzen. Ich weiß im Grunde gar nichts.«

»Ungewissheit ist ein Dämon, der einen langsam verzehrt. Davon kann ich selbst ein Lied singen«, sagte sie nach einer Weile. »L, wenn dieser Anhänger Leetas Geschenk an dich war, steht der Buchstabe L dann für ihren Namen, nicht für deinen?«

Ein bestätigendes Nicken von L. »Als ich in dieser Zeit aufgewacht bin, wusste niemand, wer ich war. Meine Schlafkammer wurde in Telarin-Gebiet gefunden, wie du weißt, und sie trug keine Kennzeichnung. Der Ort, an dem sie entdeckt wurde, war zerstört. Es grenzte an ein Wunder, dass die Kammer überhaupt noch intakt war und mit Energie versorgt wurde. Alles, was ich bei mir trug, war dieser Anhänger. Die Telarin nahmen an, dass das mein Name sei und haben »L« in das System eingetragen.«

»Und du hast das nie richtiggestellt?«, fragte Niobe.

»Wozu? Mir gefällt L.« Bevor Niobe nachhaken konnte, fuhr L fort: »Nach dem, was Leeta getan hat, sollte ich das Ding vermutlich verbrennen und sie vergessen, aber dieser Anhänger gehört zu den wenigen schönen Erinnerungen, die ich habe. Auch wenn diese Erinnerungen auf Lügen aufgebaut sind.«

Niobe schaute L an und wartete auf eine Erklärung. Die aber blickte weiter auf das Erinnerungsstück in Niobes Hand und schwieg. »Lass mich bitte nicht betteln, damit du mir erzählst, was das zu bedeuten hat.«

Ein kurzes, leises Lachen war Ls Antwort. Sie hatte vermutlich nur darauf gewartet, dass Niobes Neugier wieder zuschlug.

»Dazu muss ich weiter ausholen.«

»Ich habe die ganze Nacht Zeit.«

Darauf nickte L. »Leeta kam zu uns ins Waisenhaus, als sie dreizehn Jahre alt war. Ein stilles Mädchen, das irgendwo draußen im Ödland gefunden wurde. Die Füße blutig gelaufen, die Lippen von der Sonne und dem Wind rissig, entzündete Schnitte am ganzen Körper und krank von dem verunreinigten Wasser, das sie unterwegs getrunken haben muss. Sie hat kaum gesprochen. Niemand wusste, was sie durchgemacht hatte oder woher sie gekommen war. Sie blieb für sich alleine, erledigte all ihre Aufgaben, ohne sich auch nur einmal zu beschweren. Aber ihre Augen haben alles beobachtet, und wer sie anfangs für ein leichtes Opfer hielt, wurde auf schmerzliche Weise eines Besseren belehrt. Wer das Ödland überlebte, musste schließlich eine Kämpferin sein.« Ein liebevolles Lächeln umspielte Ls Lippen. »Ich dagegen war für die anderen ein leichtes Opfer. Leeta war mindestens einen Kopf kleiner als ich, aber sie besaß ein Feuer, das mir gänzlich fehlte. Ich war älter, aber schmächtig und schüchtern. Spott von den Älteren gehörte zu meinem Alltag. Leeta hat mich immer aus der Ferne beobachtet und so böse angesehen, dass ich dachte, eines Tages bringt sie mich im Schlaf um. Irgendwann hat mich dann unsere selbsternannte Bossbande in die Enge getrieben, doch bevor die auch nur schief blinzeln konnten, war Leeta plötzlich da und hat ihnen übel den Hintern verdroschen. An dem Tag hat sie das erste Mal gesprochen. ›*Ich brenne für uns beide, bis du dein eigenes Feuer findest*‹. Sie hat mir beigebracht, mich zu verteidigen und meine Schwächen in Stärken zu verwandeln. Niemals den Blick zu senken vor denen, die auf mich herabschauen wollen. Elf Jahre lang konnte uns nichts trennen. Wir lernten zusammen, trainierten zusammen, transferierten zusammen ins Ausbildungscamp.«

»Ausbildungscamp?«

»Alle Waisenkinder wurden zu *Verteidigern* ausgebildet, sobald sie alt genug waren. Ohne Leeta hätte ich vermutlich nicht einmal die erste Woche überlebt.«

»Bei allen Himmeln«, murmelte Niobe. »Ich kann mir nicht einmal vorstellen, wie es gewesen sein muss, während der Ressourcenknappheit aufzuwachsen.«

»Ressourcenkriege«, korrigierte L.

.../SimFile_41

EINE SCHWERE ENTSCHEIDUNG

ID: L

Als L dieses Gespräch begonnen hatte, war ihr klar gewesen, dass sie Niobe alles würde erzählen müssen. L wollte es ihr anvertrauen, aber sie hasste das Gefühl der Verwundbarkeit, das mit diesen Erinnerungen einherging. Sich zu öffnen, bedeutete auch immer, sich angreifbar zu machen. Und doch gab es jetzt kein Zurück mehr. Die Stimmen der Vergangenheit, die nicht einmal Markus im Detail kannte, wollten plötzlich gehört werden. Vielleicht lag es an Niobes eigenem Verlust oder an Ls wachsenden Gefühlen für sie. Daran, wie gut es sich anfühlte, sie zu küssen und ihre schlafende Gestalt in den Armen zu halten. Ls Empfindungen für Niobe gingen inzwischen klar über die sexuelle Komponente hinaus und das war noch viel gefährlicher als unangebrachte Fantasien. *Zu spät. Zu spät.*

»Einen Monat, nachdem der Anhänger in deiner Hand entstanden ist, wurden wir in eine alte Fabrik geschickt«, erzählte L. »Es hieß, eine der gegnerischen Fraktionen habe dort ein Lager eingerichtet. Leeta war merkwürdig an dem Tag. Unruhig. Als hätte sie eine schlimme Vorahnung. Sie wollte, dass ich beim Backup-Team bleibe, während sie mit der ersten Gruppe reingeht und erst einmal die Lage sondiert. Aber ich habe mich geweigert. Wir gingen immer zusammen rein und deckten den Rücken der anderen. Auch mein Bauchgefühl sagte mir, dass irgendetwas nicht stimmte, und ich behielt recht. Wir gerieten in einen Hinterhalt. Unser Team wurde niedergestreckt oder gefangen genommen und ich blickte plötzlich in den Lauf von einem Dutzend Waffen. Eine davon gehörte Leeta.«

Niobe schnappte nach Luft, sagte jedoch nichts.

»An dem Tag habe ich gelernt, dass Leeta zu dieser gegnerischen Fraktion gehörte. Schon immer. Von klein auf zur Spionin ausgebildet. Das hat niemand von uns erwartet. Am wenigsten ich. Elf Jahre Seite an Seite – fast unser halbes Leben – und sie verrät uns. Mich.«

»Oh, L. Es tut mir leid«, sagte Niobe mitfühlend. Sie beobachtete, wie L sich den Nacken rieb. Die feinen Äderchen des Implantats schimmerten unter ihrer Haut. »Das war der *Unfall*, bei dem du verletzt wurdest, habe ich recht?«

L nickte. »Leeta wollte mich auf ihre Seite ziehen. Sie flehte mich an, überzulaufen. Weißt du, Seiten, Fraktionen und Allianzen waren mir egal. Ich habe immer nur getan, was ich tun musste, um den Tag zu überleben und um die zu beschützen, die mir wichtig waren. Meine Freunde, meine Kameraden, Leeta. Ich wäre ihr überallhin gefolgt, aber in dem Moment, als sie da vor mir stand und mich bat, mich *ihnen* anzuschließen ... Diese riesige Lüge ...« L schüttelte den Kopf. »Ich erkannte die Frau vor mir plötzlich nicht mehr. Und da stand ich nun. Verstört, verraten und wütend. Wie fremdgesteuert habe ich Leeta als Geisel genommen und versucht, da wegzukommen. Sie hat ihren wahren Kameraden befohlen, Abstand zu halten. Sie wusste so gut wie ich, dass ich keine Chance hatte, lebend da rauszukommen, und auch, dass ich ihr nie wirklich schaden könnte. Sobald ich etwas mehr Freiraum hatte, habe ich Leeta weggestoßen und bin gerannt. Weit gekommen bin ich nicht. Einer ihrer Leute stellte sich mir auf einem schmalen Brückenübergang in den Weg. Wir kämpften, stießen gegen das rostige Geländer. Es brach und wir stürzten. Mit einer Hand bekam ich das Bodengitter zu fassen, mein Gegner schlug zwanzig Meter unter mir auf dem Boden auf. Irgendwo floss Blut aus mir heraus und ich merkte, wie ich den Halt verlor. Dann tauchte Leeta über mir auf. Sie wollte nach mir greifen, mich hochziehen. Als ich begriff, was sie vorhatte, ließ ich los. Ich ließ einfach los.« An der Stelle lachte L kurz und bitter auf. »Ich höre noch immer Leetas Schrei in meinen Träumen. Ihre Hand verfehlte meine bloß um Haaresbreite. Sie rief meinen Namen, während ich in die Tiefe stürzte und auf dem Boden aufschlug. Es kam mir alles so lang vor, in Wahrheit können es aber nur ein paar Sekunden gewesen sein. An das, was danach kam, erinnere ich mich kaum. Das Nächste, was ich weiß, ist, dass über mir drei Außerirdische stehen, die mir sagen, ich solle ganz ruhig bleiben, Fragen darüber stellen, wer ich bin, wie es mir geht und wie lange ich in der Schlafkammer lag. Ich wusste nicht einmal, was eine Schlafkammer ist. Bis heute frage ich mich, ob Leeta vielleicht versucht hat, mich zu retten, oder ob ich nur ein Versuchskaninchen mehr für sie war.«

»Warum sollte sie dich als Versuchskaninchen benutzen? Und für was?«, fragte Niobe alarmiert.

»Schlafkammern«, antwortete L. »Heutzutage sind sie nichts Besonderes mehr, aber damals waren sie noch Fiktion. Offensichtlich war Leetas Gruppe schon etwas weiter als andere. Ich mache wirklich keine Scherze, wenn ich sage, dass es an ein Wunder grenzt, dass ich noch lebe. So viele Umstände sprechen dagegen. Die unausgereifte Kryotechnik meiner Zeit ist nur einer davon.«

Niobe ließ das einen Moment einsinken. »Leeta hat dich nicht halten können, aber sie hat es versucht. Du sagst, du hast geblutet, bevor du gestürzt bist. Du warst verletzt, und wenn du so tief gestürzt bist, dann musst du dir einiges gebrochen haben. Brüche, die verheilt sind, bevor du in die Kammer gelegt wurdest. Das müssen Wochen oder Monate gewesen sein, in denen du irgendwo behandelt und versorgt wurdest. In den Augen von Leetas Fraktion warst du ein Feind. Sie hätten dich sterben lassen, wenn dich nicht jemand beschützt hätte.«

»Warum hätte Leeta mich beschützen sollen?«

»Weil sie dich trotz ihrer Doppelidentität offensichtlich geliebt hat, L. Genau, wie du sie geliebt hast und es noch immer tust.«

»Wie könnte ich? Sie hat mich und die anderen verraten.«

Niobe zögerte. »Ich verstehe dein Dilemma. Sie hat dir etwas weggenommen, was keine Technologie und kein Implantat ersetzen kann. Sie hat das Vertrauen, das du in sie gesetzt hast, gebrochen. Das ist etwas, das tiefer geht als Klingen und Kugeln.«

»Es ist kein Dilemma. Die Frau, die ich geliebt habe, existierte nie.« L seufzte. »Irgendwie scheint das mein Ding zu sein.«

»Es ist in Ordnung, um sie zu trauern, L. Egal, was sie getan hat.«

L lehnte sich zurück, mied Niobes Blick und schwieg. Schwieg und schwieg und schwieg. Sie hatte ihr mehr Einblick in ihre Persönlichkeit gewährt, als gut sein konnte, und L spürte die Kluft, die es zwischen ihnen erzeugte. War nicht das Gegenteil ihr Ziel gewesen? Niobe zu erklären, warum L mit ihr zusammensein wollte und es gleichzeitig nicht wollte?

Vielleicht spürte es auch Niobe, denn sie fragte mit einer Prise Heiterkeit: »Also, Agent Elsa, wie lautet dein richtiger Name?«

L lachte. Es ging nicht anders. »Dieses Geheimnis nehme ich mit ins Grab. Und jetzt geh wieder schlafen. Es ist spät.«

Niobe strich noch ein letztes Mal über das hölzerne L, dann nahm sie das Band, das daran befestigt war, in beide Hände und legte es ihrem Bodyguard um. Sie sah L dabei in die Augen und L schaute zurück. Niobe neigte sich zu ihr und küsste sie zart auf die Wange, zu dicht an Ls Mund. Nur knapp widerstand L dem Wunsch, ihre Lippen auf die von Niobe zu legen. Es wäre so leicht. Nur eine kleine Neigung ihres Kinns und sie würden sich küssen. Sie konnte Niobes Atem bereits schmecken, ihr Körper strahlte diese sinnliche Hitze auf L ab, die ein verbotenes Feuer in ihr entfachen wollte. Warum passierte ihr das? Ausgerechnet mit einem Menschen, der diese Galaxie bald verließ.

»L«, flüsterte Niobe so nah an ihrer Haut, dass Niobes Lippen beim Sprechen Ls Mundwinkel streiften. Leichter als der Flügelschlag eines Schmetterlings, aber mit der Wirkung eines Blitzschlags. »L, du musst dich jetzt entscheiden. Wenn du mich noch länger so hältst und warten lässt, sterbe ich vor lauter Verzweiflung auf diesem Sofa. Wollen wir, dass das passiert, mein schöner Bodyguard?«

»Nein, wollen wir nicht«, raunte L. Gänsehaut krabbelte ihr über den Nacken, die Wirbelsäule entlang bis in die Fußspitzen. Das war die harmloseste unter den vielen Reaktionen, die ihr Körper durchlebte. Wie lange saßen sie schon so in dieser Position? Festgefroren in dem Moment, bevor etwas begann oder endete? Wann hatte L ihre Hand auf Niobes Schenkel gelegt und sie an sich gezogen? Niobes Atem klang angestrengt. Ihre Arme umrahmten Ls Kopf und ihr Körper gab diese kleinen Kontraktionen von sich, die laut davon erzählten, wie angespannt und beherrscht Niobe hier verharrte. Wartete. Hoffte.

»Bitte sag etwas. Tu etwas«, flüsterte Niobe im Kampf mit sich selbst.

Tu etwas, L. Entscheide dich, L.

.../SimFile_42

KAPITULATION

ID: L

»Ich halte das nicht aus«, hauchte Niobe unglücklich. »Du machst mich wahnsinnig.«

L lachte und schnaubte im selben Atemzug. Niobe versuchte sich zurückzuziehen, doch L umschlang sie fester und zog sie auf den Schoß. Niobe schnappte überrascht nach Luft.

»Du hast keine Vorstellung davon, wie sehr *du mich* in den Wahnsinn treibst, Niobe.«

Niobes Schenkel flankierten L, umklammerten sie mit aller Kraft. Sie schaute L tief in die Augen. Niobes Lippen senkten sich dicht an ihre, verharrten darüber, bevor sie sich berühren konnten.

»Wirst du wieder flüchten, wenn ich dich jetzt küsse?«, fragte Niobe. Ihre Finger strichen über Ls Mund, der so sehr nach ihrem dürstete.

»Diesmal nicht.« Bevor die Vernunft alles verderben konnte, presste L ihre Lippen auf Niobes. Sie warf sich mit Niobe auf dem Schoß herum, drückte sie in die Polster. Küsse erstickten den überraschten Laut, der Niobes Kehle entkommen wollte. Ihre Körper sanken aneinander, befreiten sich von den Kleidungsstücken, die zwischen ihnen standen.

»Wie lange habe ich darauf gewartet«, flüsterte Niobe.

»Nicht so lange wie ich«, erwiderte L. Sie suchte Halt an Niobes Schenkel, während sie ihren Körper mit Küssen erkundete und dabei tiefer und tiefer wanderte. Sie küsste Niobes Halsbeuge und küsste ihr Schlüsselbein. Küsste den Pfad, der zwischen Niobes Brüsten hindurchführte, küsste die harten, dunklen Knöpfe, die sich darauf bildeten. Sie hörte Niobes Atmung, die zunehmend unruhiger wurde. Ein Konzert der lustvollen Klänge.

»L …«

L positionierte sich unter Niobes Schenkel, so dass er auf ihrer Schulter zum Liegen kam. Sie zog Niobe dichter zu sich und betrachtete die Frau, die entblößt und hingebungsvoll vor ihr lag. So schön, so bereit für diesen Moment. L hätte sie gerne noch eine Weile leiden lassen. Den Augenblick ausgedehnt. Doch ihre Sehnsucht danach, Niobe ganz und gar zu besitzen, sie zu schmecken und zu verschlingen, jeden Winkel von ihr zu erforschen, erwies sich als zu stark. Vielleicht war später Zeit dafür, die Grenzen von Niobes Geduld auszureizen. Süße, reale Niobe. So viel traumhafter als Traum-Eboni.

Kurz meldete sich Ls schlechtes Gewissen zu Wort. Diese lästige Stimme, die sie tadelte für das, was sie Niobe verschwieg.

Sei still, Jiminy Grille. Sei still.

»Du bist schöner als jede Fantasie, Niobe Anvar.«

L tauchte in die Furchen von Niobes geschwollenen Labien ab, ehe sie etwas erwidern konnte. Niobe wimmerte lustvoll auf, grub ihre Fingernägel in die Kissen des Sofas, während sich L genussvoll an ihr labte. Niobe war warm und weich und reagierte auf jede kleine Bewegung von Ls neugierig wandernder Zungenspitze. Ihre Lippen tanzten über Niobe hinweg, nahmen sie in sich auf, nur um sie kurz darauf verwaist zurückzulassen. Niobes Leib bäumte sich verärgert auf, wollte berührt und vereinnahmt werden. Doch L drückte ihn fest in die Polster zurück und verweigerte ihm, was er am meisten begehrte.

»L«, hörte sie Niobe klagen. »Bei allen Himmeln, hör auf, mich zu quälen!«

Niobes Hand fuhr in Ls Haar, packte es so fest, dass L keine andere Wahl blieb, als von ihrer ruchlos schönen Aufgabe abzulassen und aufzublicken. Niobes Augen waren zwei Stürme, dunkel und unberechenbar. Mit überraschender Kraft zog sie L zu sich hoch und küsste sie. L sank erneut in ihre Arme, wurde plötzlich herumgeworfen. Sie fielen vom Sofa und L fand sich auf dem Rücken wieder. Niobe drängte sich ohne Scheu zwischen Ls Schenkel, so dass es nun L war, die überrascht die Luft einsog. Niobes Gewicht presste gegen L und sie bewegten sich in sanften, rollenden Wogen aufeinander. Die sonst so reservierte Leibwächterin verwandelte sich in ein aufgelöstes Bündel aus Empfindungen.

So forsch war Eboni nie gewesen. In den vielen nächtlichen Fantasien hatte L stets die Kontrolle und gab die Richtung an. Niobe aber schien ihre eigenen Vorstellungen und Wünsche mitzubringen und L war überaus gewillt, mehr darüber zu erfahren.

»Ich kann nicht mehr!«, gab Niobe halb lachend von sich.

Seit Stunden fielen sie immer wieder übereinander her, nur unterbrochen von kurzen Phasen des Schlafs, die nie länger als ein paar Minuten anzuhalten schienen. Sie hatten keine Ahnung, wie sie es vom Wohnzimmer in Ls Schlafzimmer geschafft hatten. Sie wussten nur, dass sie mehr davon wollten. Mehr voneinander.

»Deinetwegen landen wir noch beide in einer Urne«, gab L kurzatmig von sich. Ihr schwitzender Körper glänzte im ersten Licht der Morgendämmerung und ihr Brustkorb hob und senkte sich hektisch bei dem kläglichen Versuch, mehr Sauerstoff zu bekommen. »Wenn jetzt ein Angreifer durch die Tür kommt, werde ich nicht einmal genug Kraft haben, um mich darüber zu beschweren.«

»Wenigstens sterben wir dann glücklich«, gab Niobe lachend zurück.

»Ich habe noch nie mit einer Klientin geschlafen«, beschwerte sich L daraufhin und verbarg das Gesicht in den Händen. »Noch nie!«

Niobe rollte sich auf die Seite und stützte den Oberkörper ab, so dass sie auf L hinabsehen konnte. Mit der anderen zeichnete sie kleine Muster auf Ls Bauchdecke und beobachtete mit Genugtuung, wie sich die Muskeln darunter in einem Reflex zusammenzogen. »Erwarte nicht, dass ich ein schlechtes Gewissen habe. So, wie du über mich hergefallen bist, bereust du gar nichts.« Niobe klang höchst zufrieden.

»Das tue ich in der Tat nicht«, antwortete L. Sie sah Niobe in die Augen. Trotz der Müdigkeit spürte sie noch immer dieses scheinbar unstillbare Verlangen in sich. Zu lange hatte sie ihm Widerstand geleistet und der Gedanke an all die verweigerten Momente machte es bloß schlimmer. »Fakke!«, fluchte L und warf sich einmal mehr auf ihre real gewordene Traumfrau. Ihr Mund fand den von Niobe und die ergab sich ein weiteres Mal Ls Hunger. Sie hatte das Monster befreit. Eines, das sie gerne zu füttern bereit war.

…/SimFile_43

DER VERSCHOLLENE SOHN

ID: MARKUS

»Darf ich mal erfahren, weshalb ich hier bin?«, fragte der Mann in Markus' Verhörzimmer.

»Sie sind Tadeus Park, Alter neunundzwanzig Jahre. Ist das korrekt?«

»So steht es in meiner ID.«

»Bitte antworten Sie mit Ja oder Nein, Ke Park.«

Der Mann tippte gelangweilt den Finger auf die Oberfläche des Holodesks. »Ja.«

»Sie sind Angestellter einer Papiermanufaktur?«

»Ja«, wiederholte Tadeus Park. »Luxor Papers.«

»Wie lange sind Sie schon dort angestellt?«

»Seit etwa sechs Monaten.«

»Sind Sie zufrieden mit Ihrer Arbeit?«

Tadeus Park hob eine Augenbraue, um seiner Verwunderung Ausdruck zu verleihen. »Sie ist besser als die vorherige.«

»Ich nehme an, die Aufgaben, denen Sie dort nachgehen, sind nicht besonders herausfordernd, und der Verdienst könnte besser sein?«, fragte Markus.

»Was für eine Frage soll das sein? Natürlich könnte der Verdienst besser sein. Für uns normale Menschen bleiben nicht viele Jobs übrig, seit überall Servicebots eingesetzt werden. Ich verstehe das ganze Theater um Tweaks und Cybes nicht. Meiner Meinung nach müsste man viel eher etwas gegen die ganzen Roboter unternehmen, die uns die Arbeitsplätze wegnehmen. Ein Normaler wie ich muss doch froh sein, überhaupt noch eine Arbeit zu bekommen.« Der Mann verschränkte die Arme vor der Brust und wandte den Blick von dem Kommissar ab.

»Verärgert Sie das?«

Tadeus Park blickte wieder zu Markus und zuckte mit den Schultern. »Wenigstens muss ich nicht durch enge Schächte auf einem Asteroiden kriechen. Was sollen diese Fragen zu meiner Arbeit? Wollen Sie sich vielleicht umorientieren?«, fragte Tadeus Park leicht spöttisch.

»Dazu komme ich noch. Ist Ihnen ein Mann namens Ravan Medina bekannt?«

Tadeus Park verzog grüblerisch das Gesicht. »Sagt mir nichts. Ist der mit meinem Chef verwandt?«

»Ravan Medina war bis 2176 der Besitzer von Luxor Papers. Nach seinem Tod ging die Firma an seinen älteren Bruder, den heutigen Geschäftsführer.«

»Und?«

»Sie ... wissen, dass Sie adoptiert sind?«, fragte Markus vorsichtig.

Der Mann lachte. »Nun, ich wurde von zwei Elternteilen mit Y-Chromosom aufgezogen. Die Idee, dass ich adoptiert sein könnte, kam mir gelegentlich. Geht es hier um meine biologische Mutter? Hat mich der alte Medina angezeigt, weil ich Kaida meinen Arbeitsplatz gezeigt habe? Ist das neuerdings ein Verbrechen?«

»Sie kennen Ihre Mutter?«, fragte Markus.

»Kennen wäre zu viel gesagt. Sie hat mich vor einer Weile kontaktiert und wollte mich kennenlernen.«

»Wie war Ihr Verhältnis zu Ke Lane?«

»Wie ich schon sagte, ich kenne sie nicht gut. Ich habe keine emotionale Bindung zu ihr. Weder im positiven noch im negativen Sinne. Sie hat nicht viel von sich erzählt und wollte eigentlich auch nicht viel von mir wissen. Wir waren uns einfach fremd.«

»Sie haben ihr keine Vorwürfe gemacht, weil sie Sie zur Adoption freigegeben hatte?«

»Warum sollte ich? Ich hatte eine sehr gute Kindheit und liebevolle Eltern. Sie sagten ›war‹, ist Kaida etwas zugestoßen?«

Markus zögerte. »Ich fürchte, Ke Lane starb vor einem halben Jahr während eines Reha-Aufenthalts.«

Tadeus antwortete nicht sofort. »Es tut mir leid, das zu hören. Vor einem halben Jahr, sagen Sie?« Markus nickte. »Dann muss sie gestorben sein, kurz nachdem sie bei mir war.« Er ging sich durchs Haar und wirkte ein wenig bedrückt. »War ihr Besuch bei mir so etwas wie ein Abschied? Sie kam mir ein bisschen seltsam vor. Viel mehr kann ich Ihnen aber nicht über sie sagen. Wir trafen uns nur dieses eine Mal, und um ehrlich zu sein, schien sie mehr an der Fabrik interessiert zu sein als an mir.

»Hm.« Markus machte sich eine Notiz. »Warum haben Sie sich überhaupt bei Luxor Papers beworben?«

Tadeus Park bekam einen leicht schamvollen Gesichtsausdruck. »Die Vermittlungsagentur hat mir die Stelle zugewiesen. Ich habe mich nicht beschwert. Die Bezahlung ist etwas besser als im alten Job.«

»Die Stelle wurde Ihnen zugewiesen?«, fragte Markus nach.

»Sagte ich doch gerade.«

»Hm«, erwiderte Markus einmal mehr. »Ke Park, sagen Ihnen die Namen Mona Anvar oder Niobe Anvar etwas?«

»Mona Anvar gehört zu dieser kleinen Partei, die Cybes und Tweaks Menschenrechte beschaffen will, oder? Der andere sagt mir nichts«, antwortete der Mann nach kurzer Überlegung.

Markus holte etwas aus einem Ordner und legte es Tadeus Park vor. »Erkennen Sie diese Karte?«

Tadeus Park betrachtete das weiße, samtige Papier, die gestanzten Muster. Er nickte. »Die ist aus unserer historischen Reihe. *Barocke Träume*. Ist unsere beliebteste Themenreihe. Wir haben ein breites

Produktangebot dazu. Einladungen, Geschenkboxen, Briefpapier oder wie hier Trauerkarten. Diese ist allerdings nicht aus unserer Produktlinie.«

»Wie meinen Sie das?«

»Nun, das Papier ist von uns, der Aufdruck aber nicht. Könnte allenfalls ein Ideenmuster sein.«

»Sind Sie sich sicher?«

Tadeus nickte. »Das Druckbild ist unsauber und die Tinte sicher nicht wasserfest. Sieht mir mehr nach einem alten Allzweckdrucker aus. So etwas benutzen wir im Werk nicht.«

»Hm-hm. Bitte sehen Sie einmal in die Karte«, forderte Markus ihn auf.

Tadeus folgte dem Wunsch des Kommissars. Es dauerte nicht lange, bis der Verdächtige die Karte erschrocken fallen ließ und Markus mit Entsetzen anblickte. »Was zur Hölle!«

»Sie wirken überrascht.«

»Natürlich wirke ich überrascht! Wer schreibt so einen Dreck?«

»Ich dachte, diese Frage könnten Sie mir vielleicht beantworten«, antwortete Markus ruhig.

»Ich? Woher soll ich das wissen?«

»Diese Karte ist nur eine von mehreren Nachrichten, die in den letzten sechs Monaten einem Stalkingopfer geschickt wurden. Immer auf diesem Papier. Wie sich herausgestellt hat, ist die Mutter des Opfers Mona Anvar, die seinerzeit dafür gesorgt hat, dass Kaida Lane vor knapp dreißig Jahren in die Reha kam. Dort wiederum wurde Ke Lane das Sorgerecht für ihren Sohn – das sind Sie – aberkannt. Mona Anvar wurde vor acht Monaten ermordet. Nicht lange also, bevor auch Ihre Mutter starb. Kurz danach begann jemand, Mona Anvars Tochter – Niobe Anvar – diese und andere Nachrichten zu schicken. Ich kann mir nicht helfen, aber es ist doch interessant, dass Sie als niederer Angestellter in dem Unternehmen arbeiten, aus dem dieses Papier stammt und das Ihnen erbrechtlich zugestanden hätte, wenn damals bekannt gewesen wäre, dass Sie der Sohn von Ravan Medina sind.«

»Ich bin was?« Tadeus Park wurde fast so weiß wie das Kartenpapier vor ihm, was angesichts seiner generell dunkleren Hautfarbe erstaunlich war. »Soll das heißen, dass die Firma *mir* gehören könnte?«

»Sie wussten nichts davon?«

»Ob ich ... Glauben Sie, ich würde mich mit diesen Peanuts von Credits zufriedengeben, wenn ich davon gewusst hätte?«, fragte der Mann und raufte sich das Haar. Falls er seine Reaktion vortäuschte, dann verdiente er dafür einen Schauspielpreis.

»Das ist genau der Punkt, auf den ich hinauswill, Ke Park. Ich frage mich, ob Sie Rache an den Menschen nehmen, die Ihnen ein Leben in Wohlstand vorenthalten haben.«

»Kommissar Brill, wenn ich irgendetwas von den Dingen geahnt hätte, die Sie mir hier gerade offenbart haben, dann wäre ich als erstes zu einer Anwaltskanzlei gegangen, um mich beraten zu lassen. Tatsächlich werde ich genau das tun, sobald ich hier rauskomme!«, rief Tadeus und sprang aufgeregt von seinem Stuhl auf. Er konnte nicht länger still sitzen, lief stattdessen rastlos hin und her.

»Ke Park ...«

»Ich kannte Kaida kaum«, fuhr Tadeus völlig geschockt fort. »Sie kontaktierte mich aus heiterem Himmel, kurz nachdem ich den Job bei Luxor Papers angefangen hatte. Sie bat mich um ein Treffen und sagte, dass es ihr genügen würde, einmal in meiner Mittagspause vorbeizuschauen. Ich hatte nichts dagegen, war selbst ein bisschen neugierig. Wir haben uns damals einfach nur unterhalten. Sie schien sich vergewissern zu wollen, dass ich ein gutes Leben führe und eine gute Kindheit hatte. Anschließend habe ich ihr das Werk gezeigt, wir haben uns verabschiedet und seitdem nicht mehr gesprochen. Sie hat kein Wort darüber verloren, dass die Firma meinem biologischen Vater gehört hat, oder darüber, dass mein neuer Chef auch mein Onkel ist.«

»Ist Ihnen nichts an ihr aufgefallen? Hat sie sich irgendwie eigenartig verhalten?«, fragte Markus.

»Würde ich nicht sagen«, antwortete er. Sein Blick fiel noch einmal auf die Karte. »Aber sie fand Gefallen an den Mustern. Wir haben draußen auf dem Hof einen großen Sammelcontainer für Verschnitte oder Fehldrucke, die zurück ins Recycling gehen. Kaida hat sich ein paar der größeren Bögen mitgenommen. Zur Dekoration oder als Erinnerung an mich.«

»Papierverschnitte als Erinnerung? Finden Sie das nicht etwas seltsam?«

»Warum sollte ich? Menschen und ihre Emotionen sind vielfältig. Nur weil ich etwas nicht verstehe, muss es ja nicht gleich seltsam sein. Ich nehme meiner Freundin gelegentlich auch ein paar Verschnitte mit. Sie macht daraus abstruse Dinge und nennt es Kunst. Furchtbar unnützes Zeug, wenn Sie mich fragen, aber es macht sie glücklicher als Diamanten«, antwortete Tadeus mit einem Schulterzucken. Er setzte sich wieder und rieb sich den Nacken. »Sie glauben doch nicht, dass Kaida diese Nachrichten geschickt hat?«, fragte er mit Blick auf die makabre Karte auf dem Tisch.

Markus schüttelte den Kopf. »Sofern sie die Nachrichten nicht aus dem Jenseits schickt, schwerlich. Aber jemand könnte die Papierbögen an sich genommen haben, die sie bei sich hatte. Fällt ihnen jemand ein, der sich in Ihrem Namen rächen könnte?«

»Ich habe nichts mit irgendwelchen Drohungen zu tun, das schwöre ich, und ich kenne auch niemanden, der meinetwegen so etwas tun würde«, beteuerte der Mann. »Ich hatte wirklich keine Ahnung, wer mein biologischer Vater ist. Die Menschen in meinem Umfeld wussten es auch nicht.«

Markus wollte eine weitere Frage stellen, doch in dem Moment leuchtete eine Benachrichtigung auf seinem Thinkscreen auf. Die Nachricht stammte von einer Kollegin und war als wichtig markiert.

Er öffnete sie und sah sich die Details an. Seine Augen wurden groß und Markus sprang vom Stuhl auf.

»Himmel!«, rief Tadeus Park erschrocken.

»Ke Park, danke, dass Sie gekommen sind. Ich muss los, um etwas zu überprüfen. Kommissarin Evi klärt mit Ihnen die letzten Fragen und begleitet Sie dann hinaus.« Er nickte dem Spiegel zu, hinter dem seine Kollegin das Verhör verfolgte.

»Wirklich? Was für eine Erleichterung. Für einen Moment ist mir hier der Allerwerteste auf Grundeis gegangen. Nicht, dass ich mir etwas vorzuwerfen hätte, aber man kann unschuldig sein und trotzdem Muffensausen bekommen, stimmt's?«

»Sie sind noch nicht entlastet, Ke Park. Ich werde nur gerade dringend woanders gebraucht«, gab Markus zurück.

»Oh.«

»Ke Evi wird die Befragung zu Ende führen und entscheiden, welche Maßnahmen weiterhin nötig sind.«

»Oh«, wiederholte Ke Park noch einmal, sichtlich enttäuscht.

Markus derweil rauschte aus dem Raum, sobald seine Kollegin ihn betrat.

…/SimFile_44

DER RUF DER REALITÄT

ID: L

Als L aus dem Schlafzimmer trat, prasselte den dritten Tag in Folge Regen auf das Dach des Bungalows. Das Wasser rann an den Fenstern herunter und ließ die Welt dahinter so gründlich verschwimmen, dass der Eindruck entstehen konnte, es gäbe außerhalb dieser Wände nichts mehr. Normalerweise konnte man von dem Balkon aus in alle Richtungen bis zum Horizont blicken. Ein Meer aus grünen Baumkronen unter sich und in der Ferne die hellen Türme der Städte. Doch jetzt lag ein Nebel über den Baumkronen und der Regen legte sich wie ein grauer Vorhang um den Bungalow.

Niobe saß mit untergeschlagenen Beinen auf dem Stuhlsessel vor dem Holodesk und tippte eifrig auf die leuchtenden Tasten. Sie trug eins von Ls Hemden als Überwurf. Der Anblick gefiel L. Niobe passte in dieses Hemd und sie passte in Ls Leben. Ein verbotener Teil von ihr wünschte sich, dass jeder Tag so sein könnte wie dieser. Nur sie und Niobe, bis ans Ende der Welt.

Träum weiter, L.

Während L vor sich hin fantasierte, schien auch Niobe tief in ihr eigenes Universum versunken zu sein. Ab und an raunte und murmelte sie etwas vor sich hin, dann ließ sie die nächste Salve von Tastenanschlägen los. Allmählich kamen L Zweifel daran, dass Niobe so clustersüchtig war, wie sie vorgab.

L lief auf leisen Sohlen zu ihr, beugte sich herunter und küsste Niobes Nacken. Ein zartes Zischen sprang von deren Lippen und L sah die feinen Erhebungen, die sich auf Niobes Haut bildeten. Sie genoss es, dass es ihre Berührungen waren, die auf Niobes Körper solche Reaktionen entstehen ließen.

»Guten Morgen«, raunte L rauchig.

Eine Hand legte sich überraschend schnell auf Ls Nacken, bevor sie sich wieder aufrichten konnte. Im selben Atemzug sah Niobe auf und küsste L, als hätte sie eine Ewigkeit auf diesen Moment gewartet. In einer fließenden Bewegung fand Niobe auf die Füße und sie schmiegten sich in eine Umarmung. Alles daran fühlte sich vertraut und natürlich an.

»Wird es jetzt zur Angewohnheit, dass du vor mir auf den Beinen bist?«

Niobe kicherte. »Ich hatte eine Idee und musste sie aufschreiben.«

L versuchte, einen Blick über Niobes Schulter hinweg auf das schwebende Arbeitsfenster zu werfen, doch Niobe blockte sie ab.

»Na, na, na! Hier wird nicht gespinkst!«, tadelte Niobe. »Geh und gib deine Wünsche in den Foodprinter ein. Ich mache das hier schnell fertig und dann können wir frühstücken.«

»Du führst ein scharfes Regiment«, erwiderte L und begab sich gehorsam in die Küche, wo sie die Zutaten für eine Obstschale eingab. Nicht ganz so schmackhaft wie gewachsene Früchte, aber bequemer, als den Turm runterzufahren, im Regen ins Azura-Besucherzentrum zu pilgern und sonnengereiftes Obst zu besorgen. »Du bist also im Talulah-Modus. Welche Idee hat dich aus dem Bett getrieben?«

»Das wird noch nicht verraten, aber Talulahs Fans werden es lieben und einen Fächer brauchen, um sich kalte Luft zuzuwedeln«, antwortete Niobe und setzte sich wieder auf ihren Stuhl.

»Huh«, entgegnete L misstrauisch. »Wehe, mir kommen die Szenen später zu bekannt vor«, warnte sie.

Niobe wandte den Kopf zu ihr herum und grinste frech. Sie öffnete die Lippen, um etwas zu sagen, doch in dem Moment wurde ihre Miene schlagartig bitter und sie sah zurück auf das Holofenster.

»Das klang vielleicht ernster, als ich es gemeint habe«, setzte L schnell nach.

Niobe schüttelte den Kopf. Zögerte. Wischte über den Holodesk und sowohl Arbeitsfenster als auch Tastatur verschwanden. Sie schien ihr eigenes Spiegelbild in dem dunklen Glas anzustarren. »Ich wollte einen scherzhaften Kommentar dazu machen, dass du gar nicht da sein wirst, um dich beschweren zu können, wenn diese Geschichte veröffentlicht wird. Aber dann wurde mir klar, dass du nicht da sein wirst, weil du dann nicht mehr lebst.«

Und mit einem Schlag hatte die Realität sie wieder.

.../SimFile_45

ERWISCHT ...?

ID: NIOBE

In dieser Nacht erwachte Niobe als der große Löffel, der sich an L schmiegte. Ihr Arm umschlang Ls Taille und deren Hand umfasste im Schlaf die von Niobe. Das Gefühl, neben L aufzuwachen, war eines, das Niobe seit dem Jugendalter nicht mehr in dieser Form verspürt hatte, und die Intensität, mit der sie es genoss, machte ihr Angst. Was auch immer hier zwischen ihnen geschah, war zum Scheitern verurteilt. Daran hatte sie der kleine Vorfall am Morgen schmerzlich erinnert. In wenigen Wochen würde sie nach Gaia aufbrechen und L würde auf der Erde bleiben. Doch Niobe wollte nicht über Wenns und Abers nachdenken. Was zählte, war das Heute, an jedem Tag, der ihnen blieb. Und vielleicht, nur ganz vielleicht, bestand eine winzige Chance, dass sie die Anzahl dieser Tage erhöhen konnte.

Das sanfte Schimmern von Ls Implantat war in der Nacht am deutlichsten sichtbar und ließ sie zu einem Fabelwesen werden. Die unzähligen feinen Äderchen spannten ein faszinierendes Muster unter ihrer Haut. Vorsichtig löste sich Niobe von der schlafenden Gestalt. Einen Moment lang hielt sie inne, da L sich im Schlaf regte. Niobe küsste ihre Schulter und L fiel zurück in ihre Träume. Als wären Niobes Lippen für den Augenblick von Hypnos gesegnet. Sie trennte sich nur ungern von L, selbst wenn es sich bloß um Minuten handelte, doch sie hatte eine Mission: Sie musste einen Gefallen vom Teufel einfordern.

Niobe wartete noch einen Atemzug länger, dann erhob sie sich und schlich auf Zehenspitzen um das Bett herum. Ls Smartbrille lag auf dem Boden zwischen den lieblos hingeworfenen Kleidern der beiden. Niobe setzte sie auf und sah sich wenig überraschend einem Sperrbildschirm gegenüber. Sie suchte nach dem Sensorpad und entdeckte es auf dem Nachttisch. Leise und fließend zog sie es über die Hand. Auf zum schwierigen Teil.

Ihr Herz klopfte etwas zu schnell in ihrer Brust, als sie dicht an L herantrat. Sie ging auf die Knie, ließ L dabei nicht aus den Augen, doch ihr Bodyguard rührte sich nicht. Kurz fragte sich Niobe, ob sie mit ihrem Personenschutz wirklich sicherer war als ohne. Dann grinste sie, denn sie war schließlich nicht ganz unschuldig an Ls Erschöpfung.

Sie legte die Hand mit dem Sensorpad dicht neben die von L. Nun kam die Stunde der Wahrheit. Sie hielt den Atem an und berührte Ls Zeigefinger. Erste Erleichterung machte sich breit, als auch das L nicht aus dem Schlaf riss. Doch die Strafe folgte auf dem Fuße. Ls Finger zuckten und griffen nach denen von Niobe. Fast hätte sie aufgeschrien. Das Adrenalin und der Schreck hatten Niobe glücklicherweise ton- und reglos gemacht.

L seufzte wohlig im Schlaf. Für eine halbe Sekunde lächelte sie. Niobe genoss Ls Anblick einen Moment länger. Sie war so verdammt schön und schwierig. Dann wandte sie hastig den Blick von L ab. Sie musste sich konzentrieren.

Vorsichtig löste Niobe die Finger aus dem Griff, hörte L kurz ein wenig tiefer einatmen, doch die Götter der unartigen Schutzbefohlenen waren auf Niobes Seite und ließen L einmal mehr weiterschlafen. Und so fasste sie den Zeigefinger ihrer Geliebten, hob ihn sanft einen Zentimeter an, schob das Sensorpad darunter und legte Ls Finger auf dem Pad ab. Der Sperrbildschirm auf dem Hologlas der Brille verschwand. *Heureka!*

Behutsam zog Niobe die Hand zurück, sah L noch einen Moment länger beim Träumen zu. Da sie ihr Glück nicht überstrapazieren wollte, huschte sie schließlich schnell und leise mit ihrer Beute zur Zimmertür. Vorsichtig schob sie sie auf und schlüpfte nach draußen.

»Geschafft!«, jubelte sie sich selbst im Flüsterton zu und setzte sich mit der Smartbrille auf das Sofa im Wohnraum. Sie hätte sich gerne ausgiebiger über dieses Tor in die Zivilisation gefreut, doch sie plante, Ls Clusterverbot nur minimal zu brechen und das auch noch für einen Anruf, auf den sie sich im Kern überhaupt nicht freute. Leider fiel ihr niemand ein, der besser geeignet wäre, die Antworten zu finden, die Niobe suchte. Über das Sensorpad tippte sie die ID manuell in das Eingabefeld ein und wartete. Nach sechs qualvoll langen Klingeltönen meldete sich die verschlafene Stimme eines Mannes. Die Bildübertragung war schlecht, sein Gesicht in dem dunklen Zimmer kaum auszumachen.

»Kilkønnen. Wer stört mich mitten in der Nacht?«

»Jannik, hier ist Niobe.«

Die Geräuschkulisse am anderen Ende wurde lauter und Jannik wurde deutlicher sichtbar, als er seine Nachttischlampe einschaltete und die Kamera ausrichtete. Diesmal klang seine Stimme hellwach, als er sprach. »Niobe! Wie geht es dir? Wo zur Hölle bist du? Ich habe sicher hundert Mal versucht dich anzurufen.«

»Ich habe nicht viel Zeit, Jannik, also hör zu. Was weißt du über Pinguine?«

»Pinguine? Sag mal, spinnst du?«

»Hm. Gut, das kann auch warten. Das Nächste aber nicht. Als Mitglied des Erdrats hast du Zugriff auf sämtliche Aufzeichnungen im Archiv.« Es war keine Frage.

Janniks Miene verfinsterte sich ein wenig. »Ich habe gehofft, du rufst aus einem persönlicheren Grund an.«

»Jannik, ich habe absolut kein Interesse an einer wie auch immer gearteten Beziehung mit dir. Ich trage verdammt nochmal einen weißen Sindex. Wieso glaubst du, dass für dich andere Regeln gelten? Außerdem weißt du, dass ich mit L zusammen bin.« *Und diesmal sage ich sogar die Wahrheit.*

»Und warum soll ich dir dann helfen?«

»Betrachte es als Wiedergutmachung für das, was du allen Cybes und Tweaks mit diesem verpfuschten Koalitionsabkommen angetan hast. Inklusive Julie, die im Gegensatz zu mir tatsächlich mal etwas für dich übrig hatte.«

Jannik presste die Kiefer aufeinander. »Was willst du?«

»Du musst für mich herausfinden, wer während der Ressourcenkriege mit Kryo-Technik experimentiert hat und ob in dem Zusammenhang eine Frau namens Leeta auftaucht.«

»Das klingt nach Material, das unter Verschluss liegt. Hast du eine Ahnung, was die mit mir anstellen, wenn jemand mitbekommt, was ich da mache?«

»Dann lass dich nicht erwischen«, schlug Niobe ohne Mitleid vor.

»Du bist genauso stur wie deine Mutter. Pass besser auf, dass du nicht auch genau wie sie endest.«

»Wie bitte?«, platzte es Niobe verächtlich heraus.

»Warum interessierst du dich für fast zweihundert Jahre alte Experimente?«, fuhr Jannik unverdrossen fort.

»Private Gründe. Wirst du mir die Daten besorgen oder nicht?«

»Ich werde sehen, was ich tun kann. Wie erreiche ich dich? Du wirst mir als unbekannter Anrufer angezeigt.«

»Schick mir die Infos an meine übliche ID. Ich sehe mir alles an, sobald ich wieder zuhause bin.«

»Können wi...« Eine helle Melodie unterbrach Jannik. »Was zum Teufel? Stehst du vor meiner Tür?«

»Nicht einmal in deinen Träumen«, gab Niobe frostig zurück.

»Sei nicht so verdammt abweisend und arrogant. Lass uns über das reden, was neulich passiert ist.« Im Hintergrund erklang die Melodie erneut, gefolgt von einem unfreundlichen Hämmern.

»Du solltest an die Tür gehen. Scheint wichtig zu sein.« Damit beendete Niobe die Verbindung. Eigentlich wollte sie sofort wieder ins Schlafzimmer zurückkehren und sich an ihren Bodyguard schmiegen, doch die Neugier verlangte, dass sie wenigstens einer weiteren Sache auf den Grund ging.

Seit sie L von Talulah York erzählt hatte, drangsalierte Niobe ein leiser Verdacht. Darum durchsuchte sie nun Ls Apps und siehe da: eine Lese-App für elektronische Bücher. Es wunderte Niobe nicht, dass L dieses klassische Format nutzte. Da sie keinen Neurolink tragen konnte, war es ihr schließlich nicht möglich, SimBooks zu erleben. Was Niobe jedoch brennend interessierte, war die Frage, *welche* Bücher L konsumierte.

Sie tippte die App an und es baute sich eine gut bestückte Bibliothek vor ihr auf. Von rekonstruierten Klassikern aus den 2000er Jahren bis hin zu … »Oh, ich habe es doch gewusst. Du böses, böses Mädchen, L.« Niobe grinste triumphierend, als sie etliche Buchicons erkannte. Talulah Yorks gesammelte Werke lagen in Ls digitalem Buchregal, ausnahmslos alle waren als gelesen markiert und der Anzeige nach steckten in jedem davon persönliche Markierungen und Notizen. Niobe ging nicht so weit, sich diese ebenfalls anzusehen, das schien ihr dann doch zu viel Eingriff in Ls Privatsphäre zu sein.

Nachdem Niobe auch alle anderen Buchtitel gesichtet, ein paar ihrer Favoriten wiederentdeckt und einige zu ihrer mentalen Wunschliste hinzugefügt hatte, wechselte sie zurück in die App-Übersicht und da sah Niobe sie: die Asteria-App. »Sieh mal an. Und was will ein überzeugter Erdling mit der Asteria-App? Besteht vielleicht doch die Chance, dass du mit uns kommen willst?«

Mit einem zarten Flattern in der Brust tippte Niobe das Icon der Anwendung an und beobachtete, wie sich das Bildraster aufbaute. Sie ertappte sich dabei, wie sie versuchte, die Smartbrille mit den Gedanken zu steuern, und kam sich vor ein Kind, das laufen lernte. Langsam und wackelig auf den Beinen. Ebenso langsam und mitunter rätselnd schob Niobe die Icons mit ungeübten Fingerbewegungen hin und her und musste sich immer wieder daran erinnern, zu tippen, statt einen

Gedankenbefehl abzugeben, den das Gerät nicht wahrnahm. Sie vermisste ihren Neurolink mit jeder Sekunde mehr.

Den Newsfeed übersprang Niobe. Sie navigierte sofort zu Ls Profil – ein Beobachter-Account. Das war nicht überraschend. L stand schließlich nicht auf der Passagierliste. Enttäuscht blickte Niobe jetzt aber auf den nahezu leeren Steckbrief von *Aurora-131*. War das womöglich Ls wahrer Name? Aurora? Es klang plausibel, dass andere Kinder L damit vielleicht aufziehen würden.

Das Profil gab ansonsten leider nichts über den schweigsamen Bodyguard preis, L besaß nicht einmal ein Profilbild und sie folgte nur einer sagenhaften Anzahl von zwei Accounts. Niobe wagte es kaum, die Liste der Abonnements anzuklicken. Womöglich waren es Personen, die L verdächtigte, Niobes Stalker zu sein, und Niobe war nicht bereit dafür, auf eventuell bekannte Gesichter zu treffen. Selbstverständlich siegte die Neugier dennoch und so blickte sie eine Sekunde später auf die zwei einsamen Avatare in Ls Liste. Der erste gehörte Markus Brill. Wie konnte Niobe ihn vergessen? Ls bester Freund und der Sicherheitschef der Asteria, außerdem künftiger Polizeichef von Gaias Kolonie. Für Niobe nicht gerade ein Grund zur Freude, dass ausgerechnet er nach Gaia flog. Sofern sie denn mit an Bord durfte. Doch das war eine Sorge mehr für später.

Das zweite Abonnement brachte Niobe dazu, die Stirn zu runzeln. *Eboni,* starrte sie der Name an und sie hob den Blick, um zu der Tür zu schauen, hinter der L schlief. Sie tippte ihren eigenen Account an, sah, wie sich ihr Feed aus Ls Sicht vor ihr aufbaute und fragte sich, weshalb ihr Bodyguard ihrem Asteria-Profil folgte. Wie mochte er ihr dabei helfen, Niobe zu beschützen? Die Person, die Niobe bedrohte, würde kaum ihre Adressdaten in die Kommentare schreiben.

Niobe tippte das erste Holo an, dann das zweite und das dritte … Auf jedem davon blinkte ein animierter goldener Stern in der Ecke. Niobe runzelte die Stirn. L schaute ihre Holos an? War das Teil des

Jobs? Sich unter die Abonnenten zu mischen, um so einen Hinweis auf Geists Identität zu finden? Da würde L enttäuscht werden, denn Geists viele Profile waren genauso nichtssagend wie Ls eigenes. Jetzt, wo sie darüber nachdachte ... Aurora-131 ... hatte sie den Namen nicht schon früher neben ihren Beiträgen gesehen?

Sie scrollte weiter runter. L hatte keines ihrer Fotos kommentiert, aber jedes davon positiv bewertet. Es reichte Monate zurück, genau genommen bis zu Niobes allererstem Holo. Hatte L ihre Wertung für sie alle in den letzten Tagen abgegeben? Seit sie hier im clusterlosen Nirgendwo waren und Niobe ihren Neurolink in der Wohnung zurücklassen musste? Es wäre ihr sonst aufgefallen, wenn jemand all ihre Holos in so kurzer Zeit markiert hätte.

»Huh«, machte sie nachdenklich und rief die Statistiken auf, sah in die Details.

Du folgst Eboni *seit 6 Monaten, 13 Tagen.*

Niobe richtete sich auf und starrte auf die Buchstaben und Zahlen. Die Anzeige leuchtete unheilvoll zurück. Sechs Monate? L folgte ihr bereits seit *sechs Monaten*? Sie kannten sich doch erst seit drei Wochen. Es sei denn ...

Ein Anflug von Panik überkam Niobe. Vor sechs Monaten hatten die Drohungen angefangen, die seltsamen Nachrichten und privaten Mitteilungen. Sechs Monate. Eine Frau, die im Personenschutz arbeitete, wusste sicher, wie man als Stalkerin Erfolg hatte. Außerdem war sie mit dem Kommissar befreundet, der Niobes Fall untersuchte. Hatte L das Ganze von langer Hand geplant? Hatte sie Brill angeboten, auszuhelfen, um sich als Bodyguard in Niobes Leben einzuschleichen? Bei allen Himmeln, war L womöglich beurlaubt worden, weil sie das schon bei anderen Klientinnen gemacht hatte?

»Unsinn«, flüsterte Niobe verunsichert. »Das kann nicht sein.«

»Was zur Hölle machst du da?«, brach Ls Stimme plötzlich durch die Stille. Vor Schreck riss sich Niobe die Smartbrille von der Nase und sie fiel zwischen ihr und L auf den Boden. »Was hatte ich zum Thema Cluster und Kontakte gesagt?«, fragte L verärgert. »Hast du jemanden angerufen? Nachrichten verschickt? Irgendeine Interaktion geführt? Weiß jemand, dass wir hier sind, Eboni?«

Eboni. Das Wort traf Niobe mit Wucht, warf sie zurück, bis sie die Lehne des Sofas im Rücken spürte. Jenes Sofa, auf dem sie und L vor drei Tagen das erste Mal miteinander intim geworden waren. Wo sie sich vollkommen hingegeben und L mit ihrer eigenen Gier überrascht hatte. »Mein Name ist Niobe«, gab sie mit gebrochener Stimme von sich.

»Was?«, fragte L und bekam große, erschrockene Augen.

L hatte sich verraten. Niobes ganzer Körper zitterte und kalter Schweiß brach aus ihr heraus. Vor ihr stand Geist. Sie war alleine mit ihm gefangen, abgeschottet von der Außenwelt, eingeschlossen in ein Haus zweihundert Meter über dem Boden. Und niemand wusste, wo sich Niobe aufhielt.

…/SimFile_46

DAS VERHÖR VON JANNIK KILKØNNEN

ID: MARKUS

Markus ging zum Eingang des Verhörraums, während seine Kollegin wie üblich den Posten hinter dem Spiegel bezog.

Wie die meisten Personen, die Markus Brill in das Verhörzimmer bat, wirkte Jannik Kilkønnen nervös. Das sagte zunächst nicht viel aus. Auch unschuldige Menschen bekamen es hier mit der Angst zu tun, wie Ke Park jüngst angemerkt hatte. Umgeben von dunkelgrau gestrichenen Mauern ohne Fenster, nur ein digitaler Zwei-Wege-Spiegel an einer davon, wirkte schon der Raum bewusst entmutigend. Nicht zu vergessen die Kameras und Sensoren, die in Echtzeit auswerteten, wie hoch die Wahrscheinlichkeit war, dass die befragte Person die Wahrheit sagte. Was Jannik Kilkønnen anging, glaubte Markus nicht an dessen Unschuld. Leider fehlten ihm echte Beweise und er konnte sich nur auf sein Bauchgefühl und ein paar interessante Indizien berufen. Falls Jannik Kilkønnen schuldig war, brauchte Markus ein Geständnis von ihm.

Er sammelte sich und legte alle unnötigen Teile seiner Persönlichkeit ab, bis nur noch der undurchschaubare Kommissar übrig war. Dann betrat Markus den Raum.

Jannik Kilkønnens Kopf fuhr herum. Im selben Moment hörte sein rastlos auf und ab wippendes Bein auf, sich zu bewegen.

»Guten Morgen, Ke Kilkønnen. Ich bin Kommissar Markus Brill. Meine Kollegin Nayar Evi, die sich in dem Beobachtungsraum hinter dem Spiegel befindet, wird diese Befragung gemäß der Statuten 73A und 14B überwachen.«

»Warum haben Sie mich mitten in der Nacht aus dem Bett gezerrt und hergebracht? Wissen Sie eigentlich wer ich bin? Was wirft man mir vor?«

»Sie haben recht, Ke Kilkønnen. Die Nacht war deutlich zu kurz, vergeuden wir also keine Zeit«, erwiderte Markus und schloss entgegen seiner Ankündigung gemütlich die Tür hinter sich, bewegte sich anschließend in aller Ruhe zum Verhörtisch, zog betont langsam den Stuhl heraus und setzte sich ohne jede Hast. Jannik Kilkønnen beobachtete ihn dabei und tippte ungeduldig mit seinem rechten Zeigefinger auf die Tischplatte. Markus lächelte im Innern, während seine Miene eine unbewegte Maske blieb.

»Ich habe einen sehr frühen Termin, Kommissar Brill.«

Markus räusperte sich, rutschte ein paar Mal auf seinem Stuhl hin und her, nur zum Schein auf der Suche nach einer bequemeren Position. »Es ist unwahrscheinlich, dass Sie den einhalten werden«, entgegnete Markus auf eine sachliche, unaufgeregte Art, die Jannik Kilkønnen weiter verunsicherte.

»Das ist inakzeptabel«, beschwerte sich der Verdächtige, der in seinem Pyjama vor Brill saß und die Arme vor der Brust verschränkte.

Markus erweckte den Holodesk zum Leben und rief die Akte auf. Er selektierte ein Holo heraus und warf es auf den schwebenden Monitor. Das dreidimensionale Portrait von Mona Anvar schaute unverbindlich auf sie beide herab. Jannik Kilkønnen wandte den Blick ab.

»Mona Anvar wurde ermordet. Eine Vergiftung, die über mehrere Wochen erfolgte und schließlich mit ihrem Tod endete. Aber das wissen Sie schon.«

»Jeder weiß davon«, sagte Jannik Kilkønnen und lachte auf eine humorlose Art. »Geht es hier um Niobe? Schiebt sie die Schuld nun auf mich, um von sich selbst abzulenken? Sie hat mich angerufen, kurz bevor Sie und Ihr Stoßtrupp mein Haus gestürmt haben. Wissen Sie das?«

»Übertreibungen machen diese Befragung für Sie nicht besser, Ke Kilkønnen«, erwiderte Markus. »Sehen Sie, die meisten Menschen sind ein bisschen faul. In der Anleitung zu jedem neuen Neurolink steht zum Beispiel: ›Wechseln Sie die Nährflüssigkeit alle zwei Tage und nehmen Sie das Nährbecken einmal die Woche vollständig auseinander, um die Einzelteile gründlich zu reinigen‹. Wie viele andere war Mona Anvar hier nicht ganz so gründlich. Sie hat das Nährbecken ausgewaschen, aber nicht immer auseinandergebaut. Ahnen Sie, worauf ich hinauswill?«

»Wenn Sie meinen, dass Mona offenbar einen neuen Servicebot gebraucht hätte?«, gab Kilkønnen unbeeindruckt zurück.

»Das Nährbecken von Mona Anvars Neurolink im privaten Wohnhaus wurde kurz nach ihrem Tod sichergestellt. Anders als Ke Anvar sind unsere Techniker sehr gründlich und haben das Nährbecken bis ins kleinste Detail zerlegt. Sie fanden eingetrocknete Reste von Nährflüssigkeit, die Rückschlüsse auf fast drei Monate Nutzung geben. Wissen Sie, was die Techniker nicht gefunden haben? Spuren von Giftstoffen. Das lässt doch sehr stark vermuten, dass Mona Anvar über das zweite Nährbecken in ihrem Büro vergiftet wurde. Ein Büro, für das ihre Tochter Niobe keine Zugangsberechtigung besaß.«

»Sie sagen es doch selbst«, erwiderte Kilkønnen. »Die meisten Menschen halten sich nicht so ganz genau an Vorgaben oder Empfehlungen. Niobe hat die Zugangscodes ihrer Mutter sicher gekannt oder in privaten Unterlagen gefunden. Mona hat ständig Daten mit nach Hause genommen. Was gegen die Regeln ist, wenn ich das anmerken darf.«

Markus schob die Lippen vor und nickte in einer zustimmenden Geste. »Durchaus möglich. Aber weshalb sollte Niobe das Risiko eingehen? Sie hätte Mona Anvars Nährbecken im Haus vergiften und anschließend gründlich reinigen können. Das wäre ein deutlich geringeres Risiko gewesen.«

»Aber auch sehr offensichtlich. Ich sage nicht, dass Niobe eine Mörderin ist, aber falls sie es getan hat, dann wäre sie sicher nicht so leichtsinnig, das Nährbecken im Haus ihrer Mutter zu vergiften.«

»Richtig. Doch dann stellt sich weiterhin die Frage, warum wurde das Nährbecken in Mona Anvars Büro nicht gefunden?«

Kilkønnen schüttelte den Kopf. »Wie ich damals schon sagte, alle privaten Besitztümer von Mona wurden Niobe ausgehändigt. Wenn das Nährbecken nicht dabei war, muss es wohl beim Transport verloren gegangen sein. Oder Niobe hat es bewusst entsorgt, weil es ein Mordwerkzeug war.«

»Möglich«, bestätigte Markus auch dies. »Oder es wurde von dem tatsächlichen Täter entsorgt, der praktischerweise Zugang zu Mona Anvars Büro hatte.«

»Was deuten Sie da an, Kommissar Brill? Wollen Sie behaupten, dass ich Mona ermordet habe?«

»Wissen Sie, was Lidocain ist, Ke Kilkønnen?«

»Ich bin kein Arzt.«

»Interessant, dass Sie gleich einen Arzt erwähnen«, gab Markus knapp zurück. »Lidocain ist ein mildes Oberflächenanästhetikum. Es wird schon seit Jahrhunderten verwendet. Ein altbewährtes Mittel in der Medizin.«

»Wenn Sie es sagen, Kommissar Brill.«

»Sehen Sie, Ke Kilkønnen, wir haben natürlich versucht, herauszufinden, ob jemand von Interesse Medikamente erworben hat, die Lidocain enthalten. Aber das gleicht der Suche nach der Nadel im Heuhaufen. Manche Präparate, die Lidocain enthalten, sind nicht einmal verschreibungspflichtig.«

»Ich sagte bereits, dass ich dieses Lidocain nicht erworben habe.«

»Wissen Sie, worin es sehr häufig enthalten ist?« Markus wartete, doch Kilkønnen antwortete nicht. Es war jedoch zu erkennen, dass der Verdächtige die Kiefer fest aufeinanderpresste. »Ein Gel, das zahnenden Kindern gegen den Schmerz hilft«, setzte Markus nach und Kilkønnen verlor an Farbe. Seine Lippen bildeten eine schmale Linie. »Sie können sich vielleicht vorstellen, dass ich ein wenig neugierig wurde, als ich kürzlich darüber stolperte, dass Sie eine Schwester haben. Wie es der Zufall so will, hat sie ein zahnendes Kind. Meine Kollegin im Nebenzimmer war so freundlich, sich heute Nachmittag mit Ihrer Schwester zu unterhalten. Wollen Sie raten, was wir dabei Interessantes erfahren haben?«

»Ich wüsste nicht, was«, gab Jannik mürrisch zurück.

»Ihre Schwester erzählte uns, dass sie in dieser einen anstrengenden Nacht, nachdem Sie bei ihr zu Besuch waren, die Tube Zahnsalbe für den kleinen Lars einfach nicht finden konnte und völlig verzweifelt und übermüdet einen Servicebot losschicken musste, um eine neue Tube zu besorgen.« Markus wartete auf eine Reaktion von Kilkønnen, doch dessen Miene war starr geworden. »Ich will Sie nicht unnötig auf die Folter spannen. Nachdem wir erst einmal wussten, wonach wir suchen mussten, war es relativ einfach.« Markus rief eine weitere Datei auf und blendete sie auf dem Holodesk ein, so dass auch Jannik Kilkønnen sie sehen konnte. »Das ist eine Quittung aus der *Apotheke am Eck* im Hexagon 1312. Ein Servicebot, der von Ihnen angemietet wurde, hat dort Zahnsalbe erworben. Ganz schön weit weg.«

»Ja, na und? Ich war beruflich dort und habe meiner Schwester die Salbe mitgebracht, nachdem sie mir erzählt hatte, was für eine furchtbare Nacht sie und Lars hatten. Wollen Sie mich jetzt verhaften, weil ich ein aufmerksamer Bruder und Onkel bin?«

»Ah«, sagte Markus gelassen, »sehen Sie, da kommen wir zum nächsten interessanten Detail. Auf dieser Quittung, die Ihrem Zahlungsaccount eindeutig zugeordnet werden konnte, stehen fünf Tuben Zahnsalbe. Reichlich Vorrat, finden Sie nicht? Soll ich Ihnen sagen, wie viele Tuben Sie davon an Ihre Schwester übergeben haben?«

Jannik starrte Markus mehrere Sekunden lang an, dann richtete er den Blick auf die glänzende Oberfläche des Holodesks. Er musste sein eigenes, gehetzt wirkendes Gesicht darin sehen. »Zwei. Ich habe ihr zwei gegeben«, antwortete Jannik Kilkønnen.

»Ke Kilkønnen«, setzte Markus mit einem wissenden Nicken und verborgenem Triumph nach. »Ich werde nun die Stresstestsensoren in diesem Raum einschalten und dann werde ich Ihnen eine Frage stellen.« Kilkønnen sagte nichts, während Markus seine Ankündigung in die Tat umsetzte. Die Kameras richteten sich genauer aus, fokussierten sich vollends auf Kilkønnen. Die sensiblen Sensoren gaben ihre eingefangenen Werte auf einem neuen Holofenster aus, das direkt neben dem Abbild von Mona Anvar erschien. »Jannik Kilkønnen, haben Sie Mona Anvar vergiftet?«

Janniks nervöses Fingertippen verstummte, als der Graph auf dem schwebenden Monitor ausschlug. Sein Finger blieb reglos in der Luft hängen und die Schultern sanken herab. Seine Hand fiel sanft auf den Holodesk.

»Ke Kilkønnen, soll ich die Frage noch einmal wiederholen?«

»Ich wusste nicht, dass es sie umbringen würde«, antwortete Kilkønnen mit schwacher Stimme. »Wirklich nicht. Sie sollte nur krank werden, damit Sie Ihre Aufgaben nicht mehr wahrnehmen kann und mir die Parteiführung vorzeitig überlässt. Mir wurde gesagt, es sei ungefährlich. Es ist doch nur eine Salbe. Für Kinder!« Der Mann raufte sich das Haar. Er wirkte, als wäre er in weniger als fünf Minuten um Jahrzehnte gealtert.

Markus beobachtete die Werte auf dem Monitor, während Kilkønnen sprach. Er schien die Wahrheit zu sagen. »Es wurde Ihnen gesagt? Heißt das, Sie wurden beauftragt, Mona Anvar zu vergiften?«

Kilkønnen nickte.

»Von wem?«

»Das kann ich nicht beantworten.«

»War es Niobe Anvar?«

Jannik lachte verbittert. »Nein. Sie hat keine Ahnung, was vor sich geht.«

»Wer war es dann? Wer hat sie beauftragt, Mona Anvar zu vergiften?«

»Mächtige Leute, Kommissar. Viel mächtiger als Sie und ich. Die bringen mich um, wenn ich rede. Und nicht nur mich. Meine Familie ebenso. Von den Großeltern bis zu meinem kleinen Neffen. Diese Menschen kennen keine Grenzen. Mona war so naiv zu glauben, dass sie diese Leute zu Fall bringen könnte. Sie hat Daten von ihnen gestohlen. Geheimnisse, die das Kartenhaus einstürzen lassen würden, das sich die Mächtigen aufgebaut haben. Sie hatte Pläne, doch dafür musste sie das System ändern. Sie brauchte einen Sitz im Erdrat. Das hat trotz jahrelanger Bemühungen aber nicht funktioniert. Also hat Mona diejenigen erpresst, denen sie die Daten gestohlen hat. Sie war vollkommen überzeugt davon, dass sie damit durchkommt.«

»Was für Daten waren das?«

»Das weiß ich nicht genau. Ich habe versucht, sie zu finden, um mir damit meine Freiheit zurückzukaufen. Deswegen bin ich in Niobes Wohnung eingebrochen. Ich habe gehofft, dass dieser Datenträger irgendwo unter ihren privaten Dingen ist.« Jannik Kilkønnen zuckte die Schultern, während Markus seine Überraschung über dieses unerwartete Einbruchsgeständnis so gut es ging verbarg. »Aber wo Mona sie auch versteckt hat, sie werden wohl für immer dort versteckt bleiben.«

»Wer erpresst Sie, Ke Kilkønnen? Spucken Sie es endlich aus«, forderte Markus unbarmherzig.

»Nein. Verhaften Sie mich. Ich gestehe alles. Ich war es. Ich alleine. Ich habe Mona Anvar ermordet.«

Markus seufzte leise. Vielleicht würde er zu einem anderen Zeitpunkt herausfinden, ob es weitere Beteiligte gab. »Ke Kilkønnen, ich verhafte Sie wegen Mordes an Mona Anvar. Wünschen Sie einen Rechtsbeistand hinzuzuziehen, bevor wir weitermachen?«

Jannik nickte.

»Dann unterbreche ich das Verhör an dieser Stelle, damit Sie Ihren Anruf tätigen können.«

Kilkønnen nickte erneut und Markus erhob sich, um den Raum zu verlassen. Als er die Tür hinter sich schloss, breitete sich ein Lächeln auf seinen Lippen aus. Endlich war dieser verdammte Fall gelöst. Er rief einen Thinkscreen auf und diktierte eine Textnachricht.

L, wir haben jemanden verhaftet ...

.../SimFile_47

SCHAM

ID: L

L war aufgebracht. Einerseits, weil Niobe die Regeln gebrochen hatte und sich damit selbst in Gefahr brachte, zum Teil aber auch deswegen, weil L so fahrlässig gewesen war, ihre Smartbrille herumliegen zu lassen. Was hatte sie sich dabei gedacht? Sie wusste doch inzwischen, wie impulsiv Niobe war. Und nun war L auch noch so ein Fehler passiert.

»Niobe, hast du eigentlich begriffen, dass dein Leben in Gefahr ist?«

»Jetzt bin ich wieder Niobe statt Eboni?«

Shit. L atmete einmal tief durch und machte einen Schritt auf Niobe zu. Doch die hob geradezu panisch die Hände zu einer abwehrenden Geste. L blieb abrupt stehen.

»Was ist los mit dir? Du siehst aus, als hättest du einen Geist gesehen.«

Niobe gab ein Wimmern von sich. »Musst du dich jetzt auch noch über mich lustig machen?«

Nicht zum ersten Mal wünschte sich L ins Bett zurück. Es war zu spät in der Nacht oder zu früh am Morgen und ihr Mund sprach schneller, als ihr Kopf denken konnte. »Entschuldige, falsche Wortwahl«, antwortete sie schließlich.

Mit einer raschen Bewegung hob sie die Smartbrille vom Boden auf und setzte sie sich auf die Nase, um nachzusehen, wie sehr Niobe die Lage verschlimmert hatte. Doch kaum sah sie die geöffneten Fenster auf dem Hologlas, erstarrte L und sie spürte ihr Blut gefrieren. Womöglich war die Lage schlimmer als sie befürchtet hatte.

Du folgst Eboni *seit 6 Monaten, 13 Tagen.*

Vorsichtig sah L zu Niobe, die weiter vor ihr zurückwich und sich in die Ecke des Zimmers flüchtete. Zitternd wie ein geschlagener Welpe, presste sich Niobe an die Tapete und schien zu hoffen, dass die Wand unter dem Druck nachgeben und sie verschlingen würde.

»Wieso?«, fragte Niobe. Sie klang als würde sie an ihrer eigenen Stimme ersticken.

»Wieso was?«

»Wieso verfolgst du mich?«

»Entschuldigung?« Irgendetwas verpasste L hier.

»Du bist Geist.«

Jemand schien einen Pflock in Ls Brust zu rammen. »Was?«

»Du folgst meinem Profil seit sechs Monaten und tust die ganze Zeit so, als ob du mich noch nie zuvor gesehen hättest. Schleichst dich als Bodyguard in mein Leben ein...«

»CPO«, rutschte es L wieder einmal reflexartig heraus und diesmal erntete sie dafür einen Blick, der einer Speerspitze gleichkam.

»Findest du das witzig? Was für ein grausames Spiel spielst du mit mir? *Wieso*?«, wiederholte Niobe ihre ursprüngliche Frage.

L biss sich auf die Lippe. Da war er nun, der Moment der Wahrheit. Schöne Scheiße. »Das ist ein gewaltiges Missverständnis. Gepaart mit einem unglücklichen Zufall.«

»Ein sehr unglücklicher Zufall!«, rief Niobe. Sie wirkte gleichermaßen verängstigt wie auch wütend. »Wie lange hast du das alles schon geplant? Seit wann kennst du Markus Brill? Hast du den auch ganz zufällig vor sechs Monaten kennengelernt oder steckt er mit drin?«

»Markus ist derjenige, der mich damals in der Bar angesprochen und bei Falcon Security untergebracht hat. Er kannte den Inhaber. Ich bin nicht Geist, Niobe.«

»Das würde ich an deiner Stelle auch behaupten.«

»Niobe ...« L stöhnte und fühlte sich müde. Warum musste immer alles so gründlich schieflaufen, wenn sie jemanden mochte? »Was kann ich sagen oder tun, damit du mir glaubst?«

»Sechs Monate!«, rief Niobe erneut. »Genau zu der Zeit fingen die Drohungen an!«

»Genau zu der Zeit hast du auch dein Profil bei der Silverline Company erstellt und genau zu der Zeit hat mir Markus diese verdammte App aufgeschwatzt. Ruf ihn an, er wird es dir bestätigen.« L warf die Smartbrille wieder zu Niobe. »Sieh dir die Kommentare unter deinen Holos an. Geist hat sie neu kommentiert, seit wir hier sind.«

Niobe setzte die Brille wieder auf, sah auf das Display. Sie zögerte, ehe sie die Kommentarspalte aufrief. Mehrmals sprangen ihre Augen dabei zurück zu L, die wie festgewachsen auf der Stelle stehen blieb und sich keinen Zentimeter bewegte. »Die Nachrichten könntest du leicht von einem zweiten Account geschickt haben.«

»Ich schicke dir Nachrichten, obwohl ich weiß, dass du deinen Neurolink nicht dabeihast und die Nachrichten gar nicht sehen kannst? Und dann verschweige ich dir diese Nachrichten warum genau? Oder habe ich sie dir geschickt, für den Fall, dass genau diese Situation hier eintrifft und ich eine Ausrede brauche?«, fragte L mit mehr Vorwurf in der Stimme, als sie beabsichtigt hatte. »Was bin ich doch für eine vorausschauende Superschurkin.«

»Das ... ergibt tatsächlich wenig Sinn«, gab Niobe zu.

»Es ist so, Niobe. Wärst du eine normale Klientin von Falcon Security, hätte ich den Auftrag damals sofort abgelehnt, weil ich mir der unangebrachten Situation schon bei unserem ersten Aufeinandertreffen bewusst war. Aber deine Situation war außergewöhnlich und du brauchtest Hilfe. Hätte ich ablehnen sollen? Hätte ich dich mit Geist alleine lassen sollen? Ich war mir sicher, dass ich es trennen kann. Dir die kalte Schulter zeigen und auf Abstand bleiben«, fuhr L fort. Sie wirkte aufrichtig beschämt.

»Du hast dir Mühe gegeben«, gab Niobe in einem etwas versöhnlicheren Tonfall zurück. »Ich musste mich anstrengen, dich zu brechen.«

»Nein, es ist meine Schuld. Mich mit dir einzulassen, war unprofessionell, und ich weiß ungeachtet dessen, was sich zwischen uns entwickelt hat, kennen wir uns im Grunde nicht. Ich kann nicht erwarten, dass du mir vertraust. Aber dass du mir zutraust, dich zu stalken, dir Morddrohungen zu schicken, dich zu vergiften und dabei fast zu töten ... Niobe ...« L schüttelte den Kopf und wandte den Blick ab. Die Enttäuschung saß tief.

»Was glaubst du, wie es mir geht? Wieso hast du mir nicht gesagt, dass du meinem Account folgst?«

»Weil es mir peinlich war«, antwortete L. Dabei warf sie verzweifelt die Arme in die Luft. »Als du bei unserem ersten Aufeinandertreffen die Tür geöffnet hast und ich dich sah, bin ich beinahe vor Schock erstarrt. Was hätte ich sagen sollen? ›Hallo, mein Name ist L und ich habe sexuelle Fantasien von dir. Schön, dich kennenzulernen‹?« L schlug die Arme über dem Kopf zusammen, als könnte sie sich so vor der Welt verstecken. Sie schämte sich. Sie schämte sich unfassbar.

Niobe drehte den Ring an ihrem Finger. Herum und herum. »Mit der Erklärung im Gepäck wäre ich vermutlich auch nicht hausieren gegangen. Aber du hättest mir *etwas* sagen können. Irgendwas. Vielleicht nichts über die intimeren Gedanken, aber doch wenigstens, dass du mein Profil kanntest. Wenigstens das. Da wäre doch nichts bei gewesen.«

»Ich war überfordert. Und einsam, Niobe. Ich bin einsam, seit Leeta mich verraten hat, seit ich in dieser Zeit lebe und ständig nur versuche, meinen Platz darin zu finden. Dein Profil hat mich einfach ein bisschen weniger verloren sein lassen. Es war einfach, Eboni@Asteria zu lieben. Ungefährlich.« L atmete angestrengt aus. »Und während ich das sage, wird mir klar, wieviel mehr mich das wie deine Stalkerin aussehen lässt. Aber ich bin es nicht. Ich schwöre dir bei allem was mir lieb und teuer ist, ich bin nicht Geist.«

»Du ... liebst mich?«, fragte Niobe irritiert.

L zögerte. »Ich weiß es nicht. Ich bin verliebt in eine Idee. Eine fiktive Person, die es nicht gibt. Du siehst aus wie sie, redest wie sie, bewegst dich wie sie. Aber du bist nicht sie. Du bist nicht Eboni. Für einen Moment habe ich das vergessen und die Dinge eskalieren lassen. Das ist unentschuldbar.« L spürte Niobes Blicke auf sich. Sie wich ihnen aus und stützte sich auf der Suche nach Halt auf dem Sofa ab.

»Eboni und ich sind zwei Seiten derselben Medaille.«

»Es tut mir leid. Es tut mir so leid«, murmelte L bloß. Sie hörte Niobes Worte gar nicht richtig. »Ich wünschte, ich hätte es dir gesagt. Warum warten wir mit solchen Dingen immer, bis es zu spät ist?«

/switchProfile
ID: Niobe

Niobe wusste keine Antwort. Angst? Scham? Die Hoffnung, dass die Wahrheit nie ans Licht kam und man damit nicht alles zerstörte, was man gewonnen hatte? »Was machen wir jetzt?«

Ls Lippen öffneten sich, setzten an, etwas zu sagen ...

Eine Benachrichtigung kündigte sich blinkend auf der Smartbrille an. Niobe hatte völlig vergessen, dass sie sie noch immer trug und sog nun scharf die Luft ein, als sie die Worte auf dem Display las.

»Was ist?«, fragte L, die die Sorge in Niobes Blick erkannt haben musste. Ls Stimme und die ganze Körperhaltung schalteten von der einen auf die andere Sekunde in den Leibwächtermodus.

»Eine Textnachricht von Kommissar Brill. Er schreibt, dass er jemanden verhaftet hat und du ihn kontaktieren sollst, sobald du aufwachst.«

Niobe stieß über das Sensorpad die Rückrufaktion an. Wartete. Und wartete. Doch statt Markus Brill ging die Anrufverwaltung ran und bot Niobe an, eine Nachricht zu hinterlassen. Sie beendete die Verbindung.

»Wen? Wen hat er verhaftet?«, fragte Niobe. Ihr Herz pochte mit wilden Schlägen. »Hat er aufgedeckt, wer Geist ist? Hat er ihn verhaftet?« Niobe starrte L an und wartete auf eine Antwort.

»Er wird es uns sagen, sobald er kann.«

»Wir müssen zurück in die Stadt.«

»Es ist mitten in der Nacht. Geh nach oben und schlaf vorher noch etwas.«

»Nach oben?«

»Es ist besser, wenn du heute in deinem eigenen Zimmer schläfst.«

L wandte sich von Niobe ab, entfernte sich vom Sofa und ging zu dem Zimmer, in dem sie die letzten Nächte zusammen verbracht hatten. Niobe bereute es, dass sie diesen Raum je verlassen hatte. Sie wollte die Küsse zurück, die Arme, die sie an sich zogen und fest umklammert hielten, den warmen Atem, der über ihre Haut strich. Sie wollte das Vertrauen zwischen ihnen zurück.

»Warte«, rief Niobe. Was sollte sie sagen? Vor fünf Minuten noch hatte sie L beschuldigt, ihr Morddrohungen zu schicken.

L blieb stehen. Wartete. Niobe hatte noch immer keine Worte. »Deine Brille«, sagte sie schließlich und hielt sie L hin. Doch die lehnte mit einem Kopfschütteln ab.

»Behalt sie. Vielleicht fühlst du dich damit sicherer. Aber halt dich um Himmels Willen mit dem Cluster zurück, bis wir wissen, was genau Markus zu sagen hat.«

Niobe ließ die Hand sinken.

»Wen hast du überhaupt angerufen?«

»Jannik Kilkønnen.« Niobe presste die Lippen aufeinander.

»Kilkønnen? Warum?«

»Wegen Leeta.«

»Was?«, fragte L verwundert.

»Als Mitglied des Erdrats hat Jannik Zugriff auf die alten Archive, auch auf die Militärakten. Er soll für mich nachsehen, ob es etwas über Leeta darin gibt.« Nun war es Niobe, die beschämt zu Boden blickte.

»Warum willst du etwas über Leeta erfahren?«

»Es geht nicht um mich, sondern um dich. Ich dachte, es hilft dir, nach vorn zu blicken, wenn du weißt, was aus ihr geworden ist«, antwortete Niobe. »Ich hatte die Hoffnung, dass es dir ein wenig Seelenfrieden verschafft. Die Möglichkeit, mit der Vergangenheit abzuschließen. Vielleicht gibt es sogar irgendwo eine Urne für sie, dann könntest du sie besuchen und dich verabschieden oder ... mit ihr reden, falls sie doch noch lebt. Es ist doch gut möglich, dass sie auch in einer Schlafkammer lag.«

»Hm.« Damit wandte sich L vollends ab und ging zu ihrem Zimmer. »Gute Nacht, Niobe.«

»L ...«

Die Tür rastete hinter L ins Schloss ein. Das sanfte Klicken hallte wie ein Paukenschlag in Niobes Herzen wider.

.../SimFile_48

EINE REIHE BETRÜBLICHER ERKENNTNISSE

ID: NIOBE

Als Niobe am Morgen die Treppe herunterkam, war L wenig überraschend fertig hergerichtet und bereit für den Tag. Alles wie immer und doch war nichts gleich. L strahlte so eine besondere Aura der Ablehnung aus. Agent Elsa war zurück. Kälter und härter als je zuvor.

»Ich habe mit Markus gesprochen. Er hat den Mörder deiner Mutter verhaftet. Ob es sich dabei auch um Geist handelt, ist noch nicht klar.«

»Mona ... Wer war es?«, fragte Niobe mit erstickter Stimme.

»Das wollte er über den Link nicht sagen. Wir fahren gleich zum Präsidium. Meine Sachen sind bereits im Kofferraum.« L klang wie ein Roboter und sprach, ohne Niobe anzusehen.

»L, können wir ...«

»Ich muss die Drohne holen. Der Fahrstuhl ist schon entsperrt. Falls du Hilfe mit deinem Gepäck brauchst, gib Bescheid. Kann ich meine Brille zurückhaben, bitte?«

Niobe seufzte und reichte ihrem Bodyguard die Smartbrille. »Wenn Kommissar Brill Monas Mörder wirklich gefasst hat, bekomme ich bald wieder Zugriff auf die Konten. Immerhin kann ich dich dann anständig für deine Dienste entlohnen. Mit Credits statt in Naturalien.« Niobe kicherte in dem Versuch, die Situation mit einem Scherz aufzulockern.

L war schon halb auf dem Weg nach draußen und blieb abrupt im Türrahmen stehen. Sie wandte sich zeitlupenartig zu Niobe herum und ihr Blick traf sie mit einer ganz neuen Eiseskälte. »Wie bitte?«

»Das sollte nur ein Scherz sein«, erwiderte Niobe kleinlaut.

L ballte die Hände zu Fäusten. Wut schien sie einzuhüllen wie ein Mantel. Wenige Sekunden später trat L auf den Balkon und die Schiebetür donnerte so laut zu, dass sich Niobe Sorgen um die Gebäudestatik machte.

»Bei allen Himmeln, Niobe«, schalt sie sich selbst. »Sei doch einfach mal still und lass die dämlichen Sprüche sein.«

Die Zeit, die es brauchte, um von dem Ferienhaus zurück in die Stadt zu fahren, entwickelte sich zur längsten, die Niobe je erlebt hatte. Die Stille war kaum auszuhalten.

»Lass uns reden«, begann Niobe.

»Mir ist mehr nach Schweigen«, antwortete L.

»Du benimmst dich wie ein eingeschnapptes Kind.« L schaute sie perplex an. »Sieh auf die Straße oder schalt das Leitsystem ein«, forderte Niobe sofort.

L murmelte etwas Unverständliches vor sich hin, hämmerte einmal hart auf den ALS-Schalter und verschränkte schnaubend die Arme vor der Brust – nachdem das System die Steuerung übernommen hatte. »Bitte sehr«, gab sie schlecht gelaunt von sich und sah aus dem Seitenfenster nach draußen.

»Ich denke, wir können festhalten, dass die letzten zwölf Stunden nicht optimal gelaufen sind.«

»Hm-hm«, bestätigte L. Irgendwie schaffte sie es, ein buntes Bouquet an Wut und Sarkasmus in diese Silben einfließen zu lassen.

»Aber warum genau bist du jetzt wütend auf mich? Als du letzte Nacht ins Bett gegangen bist, warst du noch nicht so verärgert.«

»Ich hatte den Rest der Nacht Zeit, nachzudenken.«

»Allerhimmel. Mit Zeit zum Nachdenken ist wahrlich nicht zu spaßen.«

»Das ist kein Moment für Witze, Niobe. Du hast mir zugetraut, dich zu stalken«, gab L vorwurfsvoll zurück. »Und du hast meine privaten Daten durchstöbert. Ich kann nicht fassen, dass du mich für Geist gehalten hast.«

»Höchstens fünf Minuten lang!«, verteidigte sich Niobe. »Mach mir nicht zum Vorwurf, dass ich ein wenig paranoid bin. Ich gebe zu, in deinen Apps zu schnüffeln, war unnötig und falsch. Mir zu verschweigen, dass du meinem Profil folgst, allerdings genauso. Besonders in dieser Situation, in der ich von jemandem bedroht werde.«

L atmete unzufrieden aus. Sie drehten sich im Kreis. »Du hast recht. Ich bin nicht wütend auf dich. Ich bin wütend auf mich. Selbstverständlich hätte ich dir von der App erzählen müssen. Es ist das immer gleiche Problem. Wann ist der richtige Zeitpunkt für so etwas? Bevor wir miteinander schliefen? Danach? Hatte das überhaupt eine Bedeutung für dich oder war das bloß deine *Bezahlung* für meine *Dienste*?«

»Das war nur ein Scherz!«, rief Niobe mit glühendem Kopf.

»Und dann ist da noch die andere Sache«, fuhr L unbeirrt fort.

»Welche Sache?«

L beobachtete weiterhin die Wälder, die an ihnen vorbeirauschten. So viele Bäume, so viel Leben. So ganz anders als die Erde von damals. »Du wirst fortgehen.«

Da war es also. Niobe seufzte und legte vorsichtig eine Hand auf Ls Oberschenkel. Ihre Leibwächterin sah sie endlich an. Ein Schatten lag auf Ls Augen. In ihrem Fall war das nicht einmal eine Metapher, denn das schimmernde Violett darin erlosch für einen Moment, als hätte ihr Implantat für eine Sekunde die Arbeit eingestellt. »Wirst du mich vermissen, wenn ich nach Gaia aufbreche?«

»Wenn du das fragen musst, bist du wohl wirklich eine miserable Menschenkennerin, Niobe. Ich wusste vom ersten Moment an, dass du mir das Herz brechen wirst. Aber ich habe mir eingeredet, dass ich ohne Schaden aus der Sache herauskomme. Womit ich nicht gerechnet hatte, war dein Interesse an mir.« Sie klang verletzt und schien mit ihren Gefühlen zu kämpfen.

»Warum konntest du nicht schon vor einem Jahr in mein Leben treten? Warum erst ein paar Wochen, bevor ich zu einem anderen Planeten aufbreche?«

»Gutes Timing war noch nie meine Stärke«, antwortete L mit einem Lächeln, dem jede Freude fehlte. Dann sah sie wieder aus dem Fenster. »Ein Teil von mir hat gehofft, dass du nicht rechtzeitig entlastet wirst und auf der Erde bleiben musst«, gestand sie schuldbewusst. »Besonders nach den letzten Tagen. Egoistisch von mir, ich weiß.«

»Ein Teil von mir hat das ebenfalls gehofft. Es hätte mich von der Entscheidung befreit, ob ich gehen oder bleiben will«, entgegnete Niobe. L sah sie überrascht an. Es war die Wahrheit. Sie und L kannten sich erst seit wenigen Wochen und vielleicht würden sie nach ein paar Monaten feststellen, dass sie nicht zueinander passten oder dass Niobe nicht die Frau war, die L in ihrer Fantasie konstruiert hatte. Dass sie die Chance, das herauszufinden, nicht bekamen, war nicht fair.

Den Rest des Weges verbrachten sie schließlich doch in Stille, bis sie endlich das Polizeirevier erreichten. Niobe sprang aus dem Wagen, sobald er zum Stehen gekommen war. L folgte ihr genauso ungeduldig und gemeinsam stürmten sie in das Revier, wo Markus sie – dank Ankündigung von L – bereits erwartete.

»Kommissar Brill! Sie haben jemanden verhaftet?«, rief Niobe ihm schon aus der Ferne zu.

Der Kommissar nickte. Er wirkte verstimmt. »Das haben wir.«

»Wer ist es? Wer hat Mona ermordet?«, fragte Niobe ungeduldig.

Der Kommissar seufzte. »Kommen Sie. Er sitzt im Verhörraum.«

»Wer, verdammt nochmal? Wieso sagen Sie es mir nicht einfach?«

»Es ist ein wenig prekär.« Markus Brill öffnete die Tür zum Überwachungsraum, wo eine Beamtin vor einem Fenster saß und nun zu ihren Besuchern aufsah. »Da sitzt er«, sagte Markus und deutete in den Raum auf der anderen Seite, in dem ein in sich zusammengefallener Mann saß. Er wirkte müde, ausgelaugt. Seine Augen waren rot, als hätte er geweint, darunter traten dick geschwollene Tränensäcke hervor.

»Jannik?« Niobe schlug sich die Hände vor den Mund. Ihr Brustkorb hob und senkte sich in schnellem Tempo. »Das darf nicht wahr sein«, flüsterte sie in ihre Handflächen. »Er war Monas engster Vertrauter.«

Markus Brill nickte. »Ich habe mich ein wenig umgehört, weil L ihn verdächtig genug fand, dass er Geist sein könnte. Dabei bin ich auf einen Hinweis in Kilkønnens privatem Umfeld und auf ein ganz anderes Geheimnis gestoßen. Ab da ging es sehr schnell. Er hat praktisch sofort gestanden, als ich ihm die richtigen Fragen stellte.«

»Das kann nicht sein ... das ... das darf nicht sein«, stammelte Niobe. »Sie haben jahrelang zusammengearbeitet. Er war regelmäßig bei uns zum Abendessen. Wollte er Monas Posten so dringend, dass er nicht noch ein halbes Jahr darauf warten konnte? Sie wäre mit uns nach Gaia gegangen und er hätte ihren Sitz im Erdrat dann ohnehin übernommen. Es war alles längst geklärt.« Tränen sammelten sich in Niobes Augen und rollten aus ihr heraus.

»Ke Kilkønnen sagt aus, dass er erpresst wurde. Hätte er nicht getan, was von ihm verlangt wurde, wäre er so gut wie tot gewesen.«

»Erpresst? Von wem?«, wollte Niobe wissen.

»Darüber spricht er nicht. Wenn er die Namen der Drahtzieher preisgibt, sterben ebenfalls alle, die ihm nahestehen. Es ist denkbar, dass er lügt. Vielleicht hofft er, dadurch Strafmilderung zu bekommen.«

»Es muss Hinweise geben. Wenn Jannik wirklich beauftragt wurde, Mona zu ermorden, muss es doch Spuren zu dieser Person geben.«

»Es wird schwer, das aufzuklären. Innerhalb der Kreise, von denen wir hier sprechen, könnte es Jahre dauern, die Drahtzieher zu entlarven. Es gibt viele, die vom GUmS profitieren, Ke Anvar. Das wissen Sie besser als die meisten. Hochrangige Politiker, einflussreiche Konzerne. Tweaks und Cybes sind ein wichtiges Wirtschaftsgut des Systems.«

»Eines vollkommen kaputten Systems«, grollte Niobe.

»Ohne Frage«, meinte Markus. »Kilkønnen behauptet weiterhin, dass er hereingelegt wurde. Er sollte lediglich dafür sorgen, dass Mona Anvar krank wird, damit sie ihm die Verantwortung früher als geplant übergeben muss.«

»Aber Mona war nicht der Typ Mensch, der sich von einem Krankheitsgefühl aufhalten ließ.«

Markus nickte erneut. »In der Annahme, dass ein derart harmloses Mittel keine solch verheerende Wirkung haben kann, hat Ke Kilkønnen die Menge erhöht, mit der er das Nährbecken vergiftet hat. Innerhalb einer Woche führte das zu Mona Anvars Tod.«

»Harmlos?«, fragte Niobe, den Tränen nahe.

Markus seufzte leise. »Er hat ein Gel verwendet, das man zahnenden Kindern auf das Zahnfleisch aufträgt.«

»Soll das ein Witz sein?«, fragte sie verzweifelt.

Markus schüttelte den Kopf. »Es enthält nur wenig Lidocain. Doch selbst in dieser geringen Menge war es ausreichend, um den Neurolink zu einem tödlichen Boten zu machen.«

Niobe wimmerte und verbarg das Gesicht in den Händen. »Eine Medizin für Kinder. Dieser Mistkerl. Dieser götterverdammte Mistkerl.«

»Was ist mit den Drohungen gegen Niobe?«, fragte L.

»Ich bin noch nicht sicher, ob er etwas damit zu tun hat. Wir haben nach Hinweisen gesucht, doch bis auf ein paar Schnappschüsse von Ke Anvar konnten wir nichts finden, was ihn mit Geist in Verbindung bringt. Gestanden hat er allerdings, dass er in Ke Anvars Wohnung eingebrochen ist. Er hat Daten gesucht, die im Besitz von

Mona Anvar gewesen sein sollen. Kilkønnen streitet ab, Geist zu sein, und behauptet, dass er durch euch von dem Stalker wusste. Darum hat er es so aussehen lassen, als wäre Geist der Einbrecher.«

»Glaubst du ihm?«, fragte L.

Markus zuckte mit den Schultern. »Laut der Stresssensoren sagt er die Wahrheit, aber das heißt eventuell auch nur, dass Kilkønnen selbst an das glaubt, was er sagt. Er hat ein gesteigertes Interesse an Niobe, so viel ist klar. Nach Mona Anvars Tod wusste er, dass es eine Mordermittlung geben würde, und um von sich abzulenken, hat er den Verdacht auf Niobe gelenkt.«

»Der anonyme Anruf«, sagte Niobe mit schwerer Stimme, »das war auch er?«

Der Kommissar nickte. »Er wollte Sie zwingen, auf der Erde zu bleiben. Er hat gehofft, wenn er Sie vor dem Gefängnis bewahrt, wozu er durchaus in der Lage gewesen wäre in seiner neuen Position als Ratsmitglied, dass Sie ihm dann ... zugeneigt reagieren würden.« Der Kommissar zögerte einen Moment und überging Ls missbilligendes Grunzen. »Wir haben noch einen weiteren Verdächtigen. Kaida Lanes Sohn. Meiner Meinung nach hätte er ein stärkeres Motiv, Sie zu bedrohen, und er arbeitet in der Fabrik, die das Papier der Botschaften herstellt.«

»Hast du den auch verhaftet?«, wollte L wissen.

»Bisher ist er nur ein Verdächtiger. Ich habe einen Polizeibot im Einsatz, der seine Aktivitäten überwacht. Mehr kann ich aktuell leider nicht tun.«

»Ich muss nach Hause«, sagte Niobe. Das alles war zu viel für sie. Statt sich mit den Entwicklungen auseinanderzusetzen, beschloss sie, sich lösbaren Aufgaben zu widmen. »Ich brauche meinen Neurolink, um ein paar Anrufe zu machen. Mit Janniks Geständnis dürfen die Versicherung und die Bank nicht länger die Zahlungen verweigern.«

L nickte. »Halt uns auf dem Laufenden, Markus.«

.../SimFile_49

WOVON TRÄUMEN CYBES?

ID: NIOBE

Zwei Tage nach Janniks Verhaftung wagte es Niobe zu hoffen, dass der Albtraum der letzten Monate endlich zum Ende kam. Obwohl ungeklärt blieb, wer Niobe stalkte. Jannik stritt weiterhin ab, Geist zu sein. Kaida Lanes Sohn, Tadeus Park, hatte derweil einer Durchsuchung seines Apartments zugestimmt. Leider fanden sich bei ihm ebenfalls keine Beweise dafür, dass er der Stalker war. Doch die Ruhe in Niobes Nachrichteneingang sprach für sich. Eine wohltuende Leere, die sich nur zaghaft in Erleichterung verwandelte. Sie vermischte sich mit der weniger schönen Stille, die noch immer zwischen Niobe und L herrschte. Die beiden gingen sich aus dem Weg, so gut das auf dem beengten Raum von Niobes Apartment möglich war. Sie wussten, dass der Moment des Abschieds unaufhaltsam näher rückte. Egal, ob sich Jannik oder Ke Park als Geist entpuppte, in spätestens zwei Wochen würden sich die Wege von Niobe und L trennen, wenn sich Niobe in den Kälteschlaf begab.

Gemeinsam betraten die beiden Frauen den Delta Komplex. Für Julie und die anderen Cybes begann die Schlafphase bereits heute und ließ die Reise nach Gaia damit ein Stück weit zur Wirklichkeit werden. Es hatte Jahre gedauert, die Mission vorzubereiten. Jahre, in denen Mona, Niobe und Julie voller Ungeduld und Hoffnung auf diese letzte Phase gewartet hatten. Jahre, in denen Mona und Niobe nicht selten gestritten hatten, weil es Niobe nicht immer leichtgefallen war, sich von den Menschen zu isolieren, die auf der Erde bleiben würden. Niobes Verhältnis zu L hätte Mona zur Weißglut gebracht und das vermutlich zu recht, wie sie mehr und mehr erkennen musste.

Anders als sonst führte Niobes Weg nicht zu dem trostlosen Zimmer, in dem Julie die letzten acht Jahre verbracht hatte. Heute ging sie mit L im Schlepptau an diesem Raum vorbei und folgte den Wegweisern bis zur medizinischen Station. Einhundert Cybes würden im Laufe der nächsten zwei Wochen in den Kälteschlaf versetzt und anschließend zur Asteria transportiert werden. Julie gehörte zur ersten Gruppe von Cybes, die das betraf.

»Wo ist Niobe? Sie müsste längst hier sein.«

Julies Stimme hallte durch die Gänge und Niobe beschleunigte ihre Schritte. »Ich bin hier!«, rief sie, sobald sie durch die Tür auf die Station getreten war.

»Ke Anvar! Endlich! Wir dachten schon, Sie schaffen es nicht mehr rechtzeitig. Ich musste bereits mit der Verkabelung beginnen. Das medizinische Personal droht seit fünf Minuten damit, Julie hierzubehalten, wenn sie sich nicht sofort schlafen legt. Ich habe getrödelt, so gut ich konnte«, erklärte Ke Lambert, die als Pflegerin wie immer an der Seite ihres Cybes war.

Julie saß tatsächlich bereits in einer der Kapseln aus Glas und Metall und reckte Niobe die Arme entgegen. »Ich bin so froh, dass du hier bist!«

»Julie, du zitterst ja«, stellte Niobe fest, als sie ihre Cousine in eine innige Umarmung schloss.

»Ich bin aufgeregt. So richtig übel aufgeregt, Nio. Es geht jetzt wirklich los, oder? Wir gehen nach Gaia?«

Niobe lachte und nickte. »Freust du dich?«

»Ja. Und nein. Ich habe Angst und denke noch immer, dass das alles bloß ein Trick ist. Dass gleich jemand kommt und uns sagt, dass Cybes doch nicht nach Gaia fliegen dürfen.«

Ein Räuspern unterbrach die beiden. Niobe und Julie wandten sich der Quelle des Geräuschs zu. Es war L, die verlegen die Hände in die Hosentaschen steckte und zu Boden blickte.

»Ich warte dort drüben, Niobe, dann habt ihr Zeit für euch. Dir wünsche ich eine gute Reise, Julie, und ich hoffe, Gaia ist all das und noch viel mehr, als du dir davon erhoffst.«

Ein leiser Zweifel huschte über Julies Gesicht. »Danke, L.«

L nickte, wandte sich mit einer zum Abschied erhobenen Hand ab und entfernte sich. Sie postierte sich so, dass sie Niobe im Blick hatte, sah sie jedoch nicht direkt an.

»Sie klingt, als hätte sie vor, auf der Erde zu bleiben«, stellte Julie fest.

Niobe nickte. »Es war nie ihr Plan, mit uns nach Gaia zu gehen.«

Julie runzelte die Stirn. »Dann hat sie dich belogen?«

»Nein, nein!«, wehrte Niobe den Vorwurf schnell ab. »Das hat sie nicht. Wir ... Es ist kompliziert.«

Julies Gesichtszüge wurden weicher. »Das tut mir leid, Nio. Ihr schient euch so gut zu verstehen. Du wirktest entspannter und weniger traurig in den letzten Wochen. Was ist denn passiert?«, fragte sie, während die Pflegerin damit fortfuhr, die Schlafkammer mit Julies kybernetischen und biologischen Systemen zu verbinden.

Niobe seufzte. »L ist mein Bodyguard.«

Julies Kinnlade klappte herunter und auch Ke Lambert warf ihr einen überraschten Blick zu. »Dein was?«

»Es ist so viel passiert, Julie. Jannik wurde verhaftet. Wegen des Mordes an Mona. Es ist noch nicht nach außen gedrungen, aber es wird sicher nicht mehr lange dauern, bis die Nachrichtenagenturen Wind davon bekommen.«

»Jannik? Jannik Kilkønnen? Monas Stellvertreter?«

»Genau der.«

»Bei allen Himmeln. Wieso hat er das getan? Und wieso brauchtest du einen Bodyguard? Hat Jannik dich etwa bedroht?«

Niobe nickte, seufzte und holte aus. Sie begann ganz vorne mit dem anonymen Anruf bei Polizei und Versicherung, erzählte von dem finanziellen Drama, das daraus entstanden war, von ihrem ungeplanten Umzug in die Randstadt und von Geist und seinen furchtbaren Nachrichten. »Aber jetzt ist es vorbei. Jannik bleibt in Untersuchungshaft bis zur Anklage und die Bank hat vorhin die Konten freigegeben. Deswegen war ich auch so spät hier, weil ich mit ihnen sprechen und die letzten Dinge für den Finanztransfer auf die Asteria-Bank klären musste. Du hast jetzt ein eigenes Konto, Julie. Unter deinem eigenen Namen!«, berichtete Niobe glücklich. Julie schien die Begeisterung jedoch nicht zu teilen.

»Jemand stalkt und bedroht dich, tötet dich beinahe und du erzählst mir erst *jetzt* davon?«, fragte die Cousine sichtlich aufgebracht.

»Ich wollte nicht, dass du dir Sorgen machst.«

»Niobe, ich bin 33 Jahre alt und kann gut selbst entscheiden, was ich im Stande bin zu ertragen. Wie konntest du mir all das verschweigen? Dieser ganze Druck ... die Finanzen ...«

»Sind wir hier nun endlich bereit?«, fragte eine streng dreinblickende Person in medizinischer Schutzkleidung.

»Ich habe noch so viele Fragen!«, protestierte Julie.

Niobe aber schüttelte den Kopf. »Wir reden, wenn du wieder aufwachst. Okay? Dann haben wir alle Zeit der Welt.«

Julie sah Niobe mit Angst in den Augen an. »Versprich es.«

»Ich verspreche es dir, Julie.«

Damit nickte Julie und wandte sich ihrer Pflegerin zu. »Ich bin bereit.«

»Hab einen sanften Schlaf, Julie. Wir sehen uns auf Gaia«, erwiderte Ane Lambert mit einem Lächeln. Sie half ihrer Patientin in die finale Position und schloss die letzten Versorgungsleitungen an.

Julie drückte sowohl Niobe als auch Ane die Hand, bis die erste Flüssigkeit durch einen der Zugänge in ihren Körper floss. Ihr Blick wurde schnell träge, ihr Griff wurde schwächer und schließlich war sie eingeschlafen.

»Treten Sie zurück«, verlangte die medizinische Fachkraft, schloss die Kapsel, gab die letzten Befehle ein und die Schlafkammer begann ihr Zauberwerk. »Das war's. Sie können die Station jetzt verlassen.«

Niobe japste und wischte sich die Tränen aus dem Gesicht. »Der Moment nimmt mich mehr mit, als ich erwartet habe.«

»Es ist schon in Ordnung, Ke Anvar. Gehen Sie nach Hause, ruhen Sie sich aus. Nach allem, was ich vorhin unweigerlich mit angehört habe, können Sie eine Pause gebrauchen. Das muss eine schwere Zeit gewesen sein.«

Niobe nickte. »Kann man so sagen. Was zählt ist, das Julie jetzt sicher auf die Asteria kommt.«

»Ich lasse sie nicht aus den Augen.«

»Danke, Ke Lambert. Sie sind ein Geschenk für alle Cybes. Ich bin Ihnen unheimlich dankbar, dass Sie Julie eine so gute Begleiterin sind.«

»Wir sehen uns bald wieder, Ke Anvar.«

Niobe legte ihre Hand zum Abschied auf Julies Schlafkammer und verließ das Delta ein letztes Mal.

.../SimFile _50

ZERPLATZTE SEIFENBLASE

ID: NIOBE

»Eine der schlimmsten Waffen deiner Zeit ist die Menge an Bürokratie«, sagte L, als sie nach einem langen Tag Niobes Apartment betraten.

Von dem Einbruch und der damit verbundenen Zerstörung war nichts mehr zu sehen. Im Gegenteil. Die Servicebots hatten gründliche Arbeit geleistet und die Wohnung in einen besseren Zustand als vor dem Vorfall versetzt. Einige der Möbel waren offensichtlich nicht mehr zu retten gewesen, andere trugen nun zusätzliche, lange Narben auf der ohnehin abgewetzten Oberfläche, wo die Bots Schnitte und Brüche versiegelt hatten.

»Du machst dir keine Vorstellung«, bestätigte Niobe und fiel erschöpft aufs Sofa. »Bei allen Himmeln, ich freue mich darauf, die nächsten hundert Jahre zu schlafen.«

L hielt inne und öffnete die Lippen, um etwas zu sagen, doch in dem Moment zirpte ihr Ohrclip und gab die ID des Anrufers aus. »Das ist mein Arbeitgeber.«

»Geh ins Schlafzimmer, da kannst du ungestört reden«, sagte Niobe.

Sie sah L nach, die in dem schmalen Flur verschwand, hörte die Tür, die leise geschlossen wurde. Niobe legte den Kopf auf die Sofakante, schloss die Augen und biss sich auf die Zunge. In den letzten Tagen waren so viele Sorgen von ihr abgefallen. Der Mord an Mona war aufgeklärt, der Abreise nach Gaia stand nichts mehr im Weg und Geist hockte entweder in einer Zelle oder wurde von einem Polizeibot überwacht. Niobe sollte sich freuen, doch stattdessen empfand sie eine tiefe Unzufriedenheit. Der Grund dafür saß in diesem Moment in ihrem Schlafzimmer und wurde vermutlich gerade zurück zur Arbeit gerufen. Zurück in das richtige Leben. Was sollte Niobe dann tun oder sagen?

Der Gedanke löste Verzweiflung aus. All die vielen Bemühungen, sich emotional nicht an die Erde zu binden, all die Jahre der Entbehrungen und kurz vor dem Ziel kam dieser bezaubernde Bodyguard daher, der Niobe anzog wie das Licht die Motte.

Ein sanftes Trällern in ihrem Ohr ließ Niobe aufhorchen und sie schlug die Augen auf. Ein blinkendes Icon in ihrem Sichtfeld informierte sie über einen neuen Nachrichteneingang. Sie sah sich die ID des Absenders an und atmete erleichtert durch. Es war bloß Tim, der ihr ein Holo schickte. Sicher wieder einer seiner absurden Clusterfunde, die er urkomisch fand. Perfektes Timing, als hätte er Niobes schwermütige Gedanken gelesen.

Sie nahm die Anfrage an und das Holo startete. Doch statt tollpatschiger Tiere zeigten die Aufnahme nur lebloses, graues Gemäuer. Eine Ruine? Ein Tunnel? Es gab nicht viele Anhaltspunkte. Der Perspektive nach wurden die Bilder von einer Drohne in Echtzeit übertragen. Niobe stutzte. Echtzeit?

Aufgabe: ID Check, verlangte sie von ihrem Neurolink.

Fehler. Maskierte ID.

Niobes Puls schnellte in die Höhe. Jemand benutzte Tims ID, um die eigene darunter zu verstecken. Das roch verdammt nach Geist. Sie blickte nervös in Richtung des Schlafzimmers, doch die Tür war verschlossen, L demnach noch in ihr Gespräch vertieft. Niobe beschloss, L vorerst nicht zu stören und sich erst einmal anzusehen, was das für ein Holo war. Sie verfolgte den Flug der Drohne durch das schmutzige Tunnelgewölbe, das nur von einer Reihe Kunstlichtröhren aufgehellt wurde. Bald schon öffnete sich der Gang in einen großen Raum, eine Halle vielmehr, mit einer Weite und Höhe, die schwer einzuschätzen war. Geröll türmte sich im Hintergrund auf, auf dem Boden lagen Dutzende von Kabeln. Die meisten führten ins Dunkel, einige wenige zu einem einzelnen Behältnis inmitten der beleuchteten Fläche. Niobe sog scharf die Luft ein und hielt den Atem an. Vor sich erblickte sie eine Kälteschlafkammer und daneben saß auf einem Stuhl eine Frau in der Arbeitskleidung des Delta-Komplexes. Ane Lambert. Der Pflegerin steckte ein Knebel im Mund, die Hände waren ihr auf dem Rücken zusammengebunden. Furchtsam blickte sie mit weit geöffneten Augen in jede Richtung, ab und an gab sie ein leises Wimmern von sich. Das sonst ordentlich aufgetragene Make-Up war von Tränen zerlaufen und sammelte sich in den Furchen ihrer Augenfalten.

Niobe starrte durch einen Tränenschleier auf das Geschehen. Das konnte nicht echt sein. Jannik war im Gefängnis und Tadeus Park wurde beobachtet. Hatte er den Polizeibot abgehängt? Manipuliert? Geist hatte schon einmal bewiesen, dass er Bots hacken konnte.

Die Drohne flog quälend langsam näher an den gläsernen Zylinder heran, doch noch bevor Niobe die Kennzeichnung darauf sah, wusste sie, wer in dieser Schlafkammer lag. Dennoch bewegte sich die Kamera erbarmungslos weiter, näherte sich dem Fußbereich der Kammer und flog voran, bis das Gesicht der Patientin sichtbar wurde. Die Übertragung stoppte und Niobe entließ ihren Atem mit einem Keuchen. Der nächste Reim poppte ebenfalls in Echtzeit in ihrem Thinkscreen auf.

Alles Schöne muss mal enden,
heute folgt mein letzter Streich.
Willst du Julies Tod abwenden,
folg' ihr in mein Zauberreich.

Die Kameraeinstellung wechselte und die vertraute Maske von Niobes Streamjumper füllte den Thinkscreen aus.

»Schön, dass du dich endlich wieder zu uns gesellst. Gerade rechtzeitig! Die Zeit der Spiele ist vorbei, Eboni. Was bist du bereit zu opfern, um Julie zu retten?«

Niobes Verstand brauchte ein paar Sekunden, um zu verarbeiten, dass Geist sie direkt ansprach. »Was willst du?«, fragte sie dann.

»Dich.«

»Du kannst mich haben, wenn du sie gehen lässt.«

»Gut. Leg den Neurolink ab, dann geh zu deinem Lieblingsbistro. Der Servicebot des Bistros hält ein Päckchen für dich bereit. Und Eboni? Ich beobachte dich. Falls du deinen Schatten mitbringst oder gar die Polizei, drehe ich Julie die Lebenserhaltung ab. Verstanden?«

»Verstanden«, antwortete Niobe.

»Dann los. Wenn du mich zu lange warten lässt, verliere ich womöglich die Geduld.«

Niobe löste umgehend den Neurolink aus ihrem Nacken und legte ihn in sein Nährbecken. Sie sah ein letztes Mal in Richtung des Schlafzimmers. Sie würde sich nicht einmal von L verabschieden können. Vielleicht war es besser so. Keine traurigen Gesichter, keine Tränen und keine ausweichenden Blicke, bevor sie getrennte Wege gehen mussten.

»Es tut mir leid«, flüsterte Niobe. Dann ging sie zur Haustür und entschwand leise hinaus auf den Gang.

…/SimFile_51

KLIENTIN AUF ABWEGEN

ID: L

L aktivierte den Ohrclip. »Tag, Hagen«, begrüßte sie ihren Chef.

»CPO 42.«

»Bin ich das noch?«

»Falls du nicht beabsichtigst zu kündigen, ja. Weber hat ihre Anschuldigung zurückgezogen.«

»Wirklich?« Das überraschte L.

»Wir mussten feststellen, dass du nicht die Erste bist, bei der sie übergriffig geworden ist. Sie hat das schon bei anderen CPOs gemacht. Es gibt eine alte Anzeige von dem Angestellten eines anderen Unternehmens.«

»Ich bin wirklich erleichtert, das zu hören«, gab L offen zu.

»Komm am Montag zur Teambesprechung. Wir haben einen neuen Kunden, bei dem ich dich einsetzen will. Ein Diplomat der Peluv. Misstrauische Spezies. Sind den Menschen nicht sonderlich zugetan und waren erfreut, als sie erfuhren, dass wir eine Telar im Team haben.«

»Ich bin keine Telar.«

»Nach deren Ermessen bist du es«, gab er schlicht zurück.

»Ich werde da sein« versicherte sie mit weniger Begeisterung, als sie gedacht hätte. Ihr blieben nur noch Tage mit Niobe.

»Gut. Dann bis nächste Woche!«

Kaum hatte L sich von Hagen verabschiedet und das Gespräch beendet, zirpte ihr Ohrclip erneut. »Was gibt es, Markus?«

»Wo seid ihr?«, fragte der Freund, ohne sich mit Begrüßungsfloskeln aufzuhalten.

»In Niobes Wohnung.«

»Gut. Bleib bei ihr. Ich melde mich später.«

L runzelte die Stirn. »Markus, was ist los? Ist sie in Gefahr?«

»Es geht um ihre Cousine.«

»Was ist mit Julie?«

»Wir sind uns noch nicht sicher ...«

»Mach es nicht so spannend, Markus!«, schimpfte sie mit unterdrückter Stimme.

»Schon gut!«, begann er. »Der Transfer der Cybes auf die Asteria hat heute begonnen.«

»Und?«

»Wir haben gerade einen Alarm erhalten, L. Der erste Transporter aus dem Delta sollte vor einer halben Stunde am Transferflughafen eintreffen, aber er ist nicht angekommen.«

»Markus, was sagst du da ...«

»Er steckt vielleicht nur irgendwo in einem Tunnel zwischen den Hexagonen fest oder hat eine Panne.«

»Du würdest mir nicht davon erzählen, wenn du daran glauben würdest.«

»Hm«, machte Markus am anderen Ende der Leitung. »Die Begleitpersonen vom Sicherheitsdienst antworten nicht auf unsere Kontaktversuche und auch das Leitsystem des Transporters reagiert nicht. Es ist vermutlich nur eine Störung. Es wird bestimmt nicht lange dauern, das Vehikel zu finden, aber du solltest noch eine Weile in Niobes Nähe bleiben. Bis wir Gewissheit haben. Hat sie irgendwelche neuen Nachrichten bekommen, seit Kilkønnen verhaftet wurde?«

»Sie hat nichts erwähnt. Augenblick, ich frage sie.« L eilte aus dem Schlafzimmer ins Wohnzimmer und fand es verwaist vor. Niobes Neurolink lag in seinem Nährbecken, die Haustür stand einen Spalt offen.

»Markus, sie ist weg.«

.../SimFile_52

EIN UNHEILVOLLER WEGWEISER

ID: NIOBE

Niobe empfand eine tiefe Erleichterung, als sich die Maschinerie des Parklifts in Bewegung setzte und den schwarzen Nexus auf die Ausgabeplattform schob. Ein Anflug von Schuldgefühlen überkam sie, als sie die Hand auf die Scheibe legte und das System ihre ID bestätigte. L hätte ihr nie erlaubt, den Wagen zu fahren, sie hätte Niobe allerdings auch niemals alleine gehen lassen. Mit einem Gefühl des Bedauerns setzte sie sich daher hinter das Steuer, deaktivierte als Erstes das Ortungssystem des Nexus und gab die Adresse des Bistros ein. Das Leitsystem startete den Antrieb widerstandslos und fuhr los.

Wenige Minuten später erreichte Niobe das Bistro zur Blauen Brücke. Sie stellte den Wagen in einer temporären Haltezone ab und schaltete die Zeitanzeige ein. Das Letzte, was sie brauchte, war, dass ihr gestohlenes Fahrzeug wegen Falschparkens eingezogen wurde.

Der nervigste Servicebot des gesamten Hexagons kam sofort angerollt, sobald Niobe das Bistro betrat.

»Guten Tag und willkommen im Bistro zur Blauen Brücke, wie kann ich Ihnen helfen?«

»Mein Name ist Niobe Anvar. Es wurde etwas für mich hinterlegt.«

»Bitte bestätigen Sie Ihre ID«, sagte der Servicebot und klappte seinen Scanner herunter. Niobe legte den Daumen darauf und wartete, während der Bot eine Reihe gedanklicher Prozesse durchlief. Dann leuchtete eines seiner Transportfächer grün auf. »Bitte entnehmen Sie die Zusatzleistung.«

Na klar. Wie hatte sie diesen Satz vermisst.

Wie üblich erwartete Niobe eine weiße Geschenkbox mit einer schwarzen Schleife darum.

»Kann ich sonst noch etwas für Sie tun?«, fragte der Servicebot.

»Das ist alles, danke.«

»Beehren Sie und bald wieder!«, rief das Ding und rauschte frohgemut davon.

Niobe dagegen verließ das Bistro mit hängenden Schultern und setzte sich erneut in den Wagen, öffnete die Schachtel und fand darin einen weiteren Reim auf einer Karte.

Nun sei geschwind,
die Zeit verrinnt!

Wurde Geist die verdammten Reime niemals leid? Niobe nahm die Karte heraus, darunter lagen eine Smartbrille und ein Sensorpad. Die Erinnerung an ihre Leibwächterin versetzte Niobe einen Stich. Wie viel weniger verloren sie sich fühlen würde, wenn L hier bei ihr wäre.

Sie setzte die Brille auf. Eine Nachricht leuchtete ihr entgegen.

GEIST:
HIER SIND DIE KOORDINATEN FÜR DEIN NÄCHSTES ZIEL. TRÖDEL NICHT HERUM. UND VERSUCHE NICHT, JEMANDEN ÜBER DIE SMARTBRILLE ZU KONTAKTIEREN. ICH SEHE ALLE AKTIVITÄTEN, DIE DAVON AUSGEHEN.

Niobe biss die Zähne zusammen, gab die neuen Zieldaten in das Leitsystem des Nexus ein und startete es erneut.

.../SimFile_53

DIEBISCHE ELSTER

ID: L

Erst ihr Herz, dann ihre Smartbrille und nun ihr verdammter Wagen. Die Frage drängte sich allmählich auf, ob L bei Niobe eine Veranlagung zur Kleptomanie übersehen hatte.

Niobe besaß nur ein paar Minuten Vorsprung, trotzdem würde L sie nie einholen, wenn Markus nicht bald hier auftauchen würde und sie die Verfolgung aufnehmen konnten. Zu allererst musste L aber herausfinden, wohin ihre Nicht-ganz-Klientin und Vielleicht-Freundin unterwegs war. Also öffnete L einen neuen Kommunikationskanal, wählte den Kontakt aus und sendete die Anfrage.

»Hey!«, rief eine Frauenstimme nur Sekunden später in Ls Ohrclip.

»Hey, Hinata, hier ist L.«

»Das sehe ich, Sherlock. Was gibt es? Vermisst du uns? Wie ist dein Urlaub? Ich habe gehört, du hattest eine attraktive Lady bei dir zuhause. Was läuft denn da?«, fragte Hinata heiter.

Ah. Der gute alte Buschfunk. Zuverlässiger als jeder Kommunikationslink, den das Cluster zu bieten hatte. »Das erkläre ich dir später«, antwortete L. Sie konnte Hinata unmöglich die ganze Geschichte erzählen. »Ich brauche dringend deine Hilfe.«

»Wobei denn?«

»Kannst du meine Drohne über den Starlink orten?«

»Bitte sag nicht, dass du eins von Hagens teuren Spielzeugen verloren hast.«

»Natürlich nicht.«

»Den Himmeln sei Dank.«

»Sie wurde entführt«, fügte L an und konnte sich ein Grinsen nicht verkneifen.

»Wie bitte? Soll das heißen, die Drohne wurde gestohlen?«

»Unsinn«, antwortete L. »Die liegt sicher verwahrt im Kofferraum des Nexus.«

»Ein Glück.«

»Der Wagen wurde gestohlen«, setzte L nach.

Eine tiefe Stille entstand am anderen Ende der Leitung.

»Lass mich das kurz rekapitulieren: dein Wagen wurde gestohlen?«

»Hm-hm«, antwortete L.

»Dein *Firmen*wagen?«, fragte Hinata entgegen jeder Hoffnung.

»Hm-hm«, wiederholte L.

»Wie ist das möglich? Das Sicherheitssystem im Nexus gehört zu den besten, die der Markt zu bieten hat!«

»Die Diebin hat einen temporären Zugang von mir bekommen.«

»Bei allen Himmeln, L! Legst du es darauf an gefeuert zu werden?«, schimpfte Hinata mit unterdrückter Stimme.

»Nicht direkt«, gab L zurück.

»Wer war das?«

»Die bezaubernde Lady, die in meinem Bungalow war.«

»Heilige Scheiße, das wird immer besser«, schimpfte Hinata. »Hagen bringt dich um.«

In dem Moment sah L Markus' kompakten Dienstwagen anrollen und ging darauf zu. »Deswegen rufe ich dich an und nicht Hagen. Kannst du die Drohne von deinem Terminal aus aktivieren und verfolgen, ohne dass es jemand mitbekommt?«

»Was ist mit dem Tracking des Wagens?«

»Das wurde natürlich deaktiviert.«

»Gib mir eine Sekunde.«

L konnte nur vermuten, dass sich Hinata gerade ins System von Falcon Security einloggte.

»Du kannst sowas von dankbar sein, dass ich diesen Zirkus hier ohne dich nur halb so unterhaltsam finde, L.«

»Ich liebe dich auch«, gab L schmunzelnd zurück. Hinata schnaubte und malträtierte ihren Holodesk härter als nötig.

»Schmeicheleien retten dich jetzt auch nicht. Augenblick. Ich glaube, ich habe da etwas«, verkündete Hinata in dem Moment, als Markus seinen Wagen neben L stoppte. »Ich schicke dir die Daten auf deine Smartbrille.«

L riss sofort die Wagentür auf und setzte sich auf den Beifahrersitz.

»Was zum ...«, begann Markus.

»Danke, Hinata! Ich melde mich später.« L trennte die Verbindung, bevor Hinata widersprechen konnte. »Fahr los«, sagte sie zu Markus und warf die empfangenen Trackingdaten auf seine Frontscheibe. Die Drohne leuchtete als roter Punkt auf dem Kartensystem auf und bewegte sich mit hohem Tempo über die Hauptstraße, die aus dem Hexagon hinaus führte.

»Was ist das?«, fragte Markus. Er beobachtete den leuchtenden Punkt misstrauisch.

»Eine Handvoll Strafzettel und eine Standpauke meines Chefs, die sich gewaschen hat«, antwortete L.

»Wie bitte?«

»Niobe hat meinen Wagen gestohlen und ist auf dem Weg zu Geist.«

»Weißt du das mit Sicherheit?«

»Du erzählst mir, dass Julies Transporter verschwindet, Niobe macht sich ohne ihren Neurolink heimlich davon und stiehlt meinen Wagen. Was glaubst du?«

Markus nickte.

»Was ist in Hex 1377?«, fragte sie, als sie sah, dass Niobe in diesem Moment die Schleuse ins angrenzende Hexagon hinter sich ließ.

»Hauptsächlich Agrartürme, ein paar Biotope, eine Überwachungsstation der Telarin, ein Energiekraftwerk.«

»Haufenweise Stellen, an denen Geist sie ohne Furcht vor Zeugen ermorden kann.«

»So weit wird es auf keinen Fall kommen«, sagte Markus selbstbewusst und gab Schub. Die nächste Viertelstunde beobachtete L, wie Niobe mit noch höherem Tempo über die selten befahrenen Straßen von Hex 1377 brauste. Sie hielt sich dabei auf der Hauptstraße und wich nicht davon ab.

»Wohin will sie?«, murmelte L grüblerisch vor sich hin.

»Hex 1379, so wie es aussieht«, antwortete Markus.

»Noch mehr Agrartürme?«

»Nein. Hex 1379 steht zur Restauration aus. Das Gebiet wurde während der Ressourcenknappheit…«

»…kriege«, warf L dazwischen.

»Das Gebiet wurde während der Ressourcen*kriege* stark umkämpft. Es finden sich noch immer verschüttete Sprengkörper in den Ruinen, darum wird die Restauration immer wieder verschoben.«

»Shit. Unerschlossenes Gebiet bedeutet, es ist ein Paradies für Geist. Was denkt sich Niobe dabei? Wieso hat sie mich nicht um Hilfe gebeten? Wozu habe ich sie die letzten Wochen beschützt, wenn sie bei der erstbesten Gelegenheit in Geists Arme läuft?«

»Sie hat Angst um ihre Cousine, L. Außerdem habe ich den Verdacht, dass sie darauf vertraut, dass du ihr folgst.«

L schnaubte verärgert und blickte aus dem Fenster. Wieso hatte sie Niobe aus den Augen gelassen? Ein Fehler, den sie bis ans Ende ihrer Tage bereuen würde, falls Niobe etwas zustieß.

…/SimFile_54

VERGESSENE WELT

ID: NIOBE

WARNUNG! SIE SIND IM BEGRIFF, EINE GESPERRTE ZONE ZU BETRETEN. ES BESTEHT LEBENSGEFAHR.

Nett, dachte Niobe als die mahnenden Worte grell, rot und in übergroßer Schrift auf dem Energiefeld zwischen den Hexagonen aufleuchteten. Sie sendete den Code, den Geist ihr geschickt hatte, an die Schleuse. Die Warnung verschwand und wurde durch ein weniger aggressives ZUGANGSERLAUBNIS BESTÄTIGT ersetzt. Das schwere Tor öffnete sich träge. Der Wagen setzte sich wieder in Bewegung und überquerte die Grenze. Kaum waren sie hindurch, schloss sich das Tor mit einem dumpfen Knall und einer Vibration, die auch in Ls solidem Nexus noch zu spüren war. Niobe fühlte sich schlagartig gefangen. Alles in ihr flehte sie an, umzukehren. Dem Wagen schien es ähnlich zu gehen, denn der wurde plötzlich langsamer, bis er vollends stoppte.

»Warum bleiben wir stehen?«, fragte Niobe die künstliche Intelligenz des Nexus.

»Das automatische Leitsystem kann keine Verbindung zur Verkehrsleitzentrale herstellen. Die gewünschte Strecke hält keine Verkehrsinformationen bereit«, antwortete die KI mit ihrer rauchigen Schlafzimmerstimme. »Der Antrieb wurde zu Ihrer Sicherheit abgeschaltet.«

»Nein! Wir müssen weiter. Es sind noch circa sieben Kilometer bis zum Ziel. So weit kann ich nicht laufen. Nicht in der kurzen Zeit, die mir noch bleibt.«

»Eine Weiterfahrt mit automatischer Steuerung ist in diesem Areal nicht möglich.«

Niobe biss sich auf die Unterlippe. »L bringt mich um. Sofern ich das hier überlebe«, murmelte sie sich selbst zu. »Schalte auf manuelle Steuerung um«, befahl sie der virtuellen Assistentin.

»Manuelle Steuerung aktiviert. Bitte beachten Sie, dass sich Hindernisse auf der eingegebenen Strecke befinden könnten.«

»Sag bloß.« Niobe legte die Hände aufs Lenkrad. Es war eine gefühlte Ewigkeit her, dass sie ohne Steuerungshilfe gefahren war. Sie atmete tief durch und rief sich ihr Fahrtraining in Erinnerung. Bremsen, beschleunigen, Wachsamkeit. Nachdem sie sich sicher war, dass sie sich an die wichtigsten Regeln und Bedienfelder erinnerte, fuhr sie los. Wenigstens musste sie sich keine Gedanken darum machen, andere Verkehrsteilnehmer zu gefährden.

Schon ein paar Minuten später stand ihr der Schweiß auf der Stirn vor lauter Furcht, etwas zu rammen oder in einen der tiefen Gräben zu stürzen, wo verborgene Tiefbauschächte eingebrochen waren und nur darauf zu warten schienen, Niobe zu verschlingen. Sie manövrierte sich in Schlangenlinien durch das Terrain, langsamer, als es mit dem automatischen Leitsystem möglich gewesen wäre. Niobe traute sich nicht, schneller zu fahren. Sie war zu ungeübt hinter dem Steuer. Die rote Stecknadel, die von ihrer Smartbrille auf die Windschutzscheibe übertragen wurde, rückte dennoch näher. Die Monster mussten auf ihre Fütterung warten, bis Julie in Sicherheit war.

Die nächsten Minuten verbrachte sie hochkonzentriert hinter dem Steuer, bis sie endlich das Ziel erreichte und eine Parkposition einnehmen konnte. Es stand bereits ein Lieferwagen auf der Fläche. Sie parkte gleich daneben. Ihre Finger lösten sich vom Lenkrad.

Niobe stieg aus und erstarrte für einen Moment. Während der Fahrt hatte sie keine Gelegenheit gehabt, darüber nachzudenken, so nervös und konzentriert war sie gewesen. Doch nun, da sie hier stand und sich ihrer Umgebung richtig bewusst wurde, bekam sie eine Gänsehaut.

Der Wechsel von Hexagon 1377 zu Hexagon 1379 kam dem Sprung durch ein Dimensionstor gleich. Die Luft war staubig und schal. Die Stille unnatürlich und ohrenbetäubend. Es gab nur ein paar spärliche, kränklich wirkende Pflänzchen, die sich aus einer zertrümmerten Welt zu erheben versuchten, aus mindestens hundert Jahren Raubbau und Vernachlässigung, Krieg und Klimaschäden. Alles war grau und eintönig, staubig und verdorrt, zerbombt und verbrannt. Hexagone wie dieses gab es noch immer zu viele auf der Erde, doch wenn man in den wiederhergestellten Gebieten aufwuchs, ließ sich leicht vergessen, dass diese dystopischen oder vielmehr post-apokalyptischen Orte zahlreich existierten. Orte, an denen nur die Geister der Vergangenheit hausten.

Ha! Geister!, dachte Niobe. Sie hätte gelacht, wenn ihr nicht ein sehr lebendiger Geist nach dem Leben trachten würde.

Niobe sollte nicht hier sein. Niemand sollte hier sein. Nicht einmal Geist. Hex 1379 gehörte nicht ohne Grund zu den gesperrten Flächen auf dem Erdraster, die von einer T-Tech Energiekuppel überdacht und von den nutzbaren Gebieten abgeschnitten wurden. In Hexagonen wie diesen explodierten immer mal wieder verschüttete Blindgänger, die seit Jahrzehnten unter den Trümmern vor sich hin rotteten. Manche setzten Toxine frei, andere radioaktive Strahlung. Die Dome sorgten dafür, dass im Ernstfall nichts davon in den wiederhergestellten Teil der Welt gelangen konnte.

Um es auf den Punkt zu bringen: Niobe befand sich in einer potentiell giftigen, überaus tödlichen Schneekugel. Es war ihr schleierhaft, wie Geist es geschafft hatte, an die Freigabecodes zu kommen, die zum Betreten dieses Hexagons notwendig waren. Wer war diese Person, dass sie all das schaffte, ohne überall im Cluster rote Flaggen zu hissen?

Niobe warf einen Blick auf die Zielführung der Smartbrille und versuchte zu verstehen, wohin sie sie leiten wollte. Das Ding kam ihr weniger und weniger smart vor, je länger sie es nutzte. Warum zum

Beispiel zeigte die Kompassnadel auf ihren Körper statt in die Richtung, in die sie Niobe führen sollte? Sie drehte sich um sich selbst, die Nadel bewegte sich mit ihr. Wie kam L mit diesem Ding bloß klar? Niobe strich unzufrieden über das Sensorpad, schüttelte es mehrfach. Irgendwo zwischen diesen wenig sachgerechten Handgriffen erwischte sie den einen, der die Nadel in die richtige Position zwang, so dass Niobe ihr endlich folgen konnte.

Mit einem dicken Knoten im Magen schloss sie die Tür des Nexus und legte ihre Hand auf das Dach, betrachtete die Stelle. Es war nicht Ls warme Haut, aber auf eine abstrakte Weise hatte Niobe das Gefühl, ihren Bodyguard zu berühren. Ob zum Abschied oder fürs Glück, darüber wagte sie nicht nachzudenken.

Schließlich richtete sie den Blick nach vorn. Es blieb keine Zeit, um sentimental zu werden.

Vor ihr erhoben sich die Reste runtergebrochener Mauern und nackt hervorstehender Stahlträger, die einmal ein hohes Gebäude getragen hatten. Heute warfen sie bloß noch ihre Schatten auf diese vergessene, tote Welt. Jedes Knirschen unter den Sohlen erinnerte Niobe daran, wie verlassen sie war.

Die Kompassnadel führte Niobe durch den Schutt hindurch voran, bis sie durch eine Art Torbogen trat und in einer Halle stand, der das halbe Dach fehlte. Im Boden klaffte ein großes, dunkles Loch. So einladend wie das Maul eines Drachen.

Hör auf, an Monster und Drachen zu denken, Niobe! Es reicht, dass du gleich einem Geist begegnen wirst, schalt sie sich selbst. In ihrem Kopf trieben sich eindeutig zu viele Fabelwesen herum.

Eine Rampe, die schon einmal bessere Tage gesehen hatte, führte hinab in die Dunkelheit. Spuren von Schuhabdrücken und schmalen Rädern ließen sich in der sandigen Schicht darauf erkennen. Geist musste da unten sein. Niobe betrat den Pfad und stieg hinab in die Unterwelt.

Düsternis empfing sie, je näher sie dem Grund kam, und ein stechender Geruch drang ihr in die Nase. Sie hielt kurz inne, damit sich ihre Augen an das diffuse Licht gewöhnen konnten. Wo war sie hier? Vielleicht in einer alten Kanalisation? Welchen der vier Gänge sollte sie nehmen? Sie setzte sich wieder in Bewegung. Jeder Schritt schien von einem lauten Echo begleitet zu werden. Es war ohnehin albern, anzunehmen, dass Geist nicht von ihrer Ankunft hier wusste. Sicher gab es Sensoren oder Kameras, die Niobe längst erfassten und beobachteten.

Als hätte Geist ihre Gedanken gelesen, leuchtete eine neue Zielangabe auf dem Hologlas auf und Niobe folgte ihr. Sie nahm verschiedene Abzweigungen, bis sie in der Ferne ein Schimmern ausmachen konnte, das vermutlich von einem Holoscreen erzeugt wurde.

Niobes Herz klopfte ängstlich in ihrer Brust. Das Licht markierte den Ort, wo sie ihrem Geist begegnen würde.

»Ich komme, Julie.«

Sie setzte einen Fuß vor den anderen und ignorierte das panische Geschrei ihrer Überlebensinstinkte.

…/SimFile_55

DER VERMISSTE TRANSPORTER

ID: L

»Hast du das gesehen?«

»Was genau?«, fragte L.

»Da ist irgendwas zwischen den beiden Agrartürmen.« Kaum hatte Markus die Worte ausgesprochen, leuchtete auf der Navigationsanzeige ein blau pulsierender Punkt auf, begleitet von einem sanften Signalton. »Das ist das Leitsystem des vermissten Delta-Transporters. Es wurde gerade aktiviert.« Markus riss das Lenkrad herum, dass die Reifen quietschten, und fuhr auf die Abzweigung, die er um Haaresbreite verfehlt hätte.

»Hey!«, beschwerte sich L, die nach dem Deckengriff langte.

»Ich muss das überprüfen.«

»Kannst du keine Verstärkung rufen, die das übernimmt? Wir müssen zu Niobe!«

»Nicht nur das Leben von Niobe und Julie ist in Gefahr, L. Sechzehn vermisste Cybes schweben in Lebensgefahr. Falls das da vorn wirklich der vermisste Transporter ist, muss ich das so schnell wie möglich melden. Die Schlafkammern der Cybes haben eine Energiezelle von maximal 24 Stunden Laufzeit, und anders als bei unveränderten Menschen werden die Kammern der Cybes nicht automatisch geöffnet, wenn die Zeit abläuft.«

»Die lassen die Cybes in ihren Schlafkammern ersticken, statt sie aufzuwecken?«

»Natürlich nicht«, lachte Markus bitter. »Ersticken lässt man sie erst, sollte das automatische Euthanasieprogramm versagen.«

L war zuvor nie aufgefallen, wie sehr ihrem Freund das GUmS offenbar missfiel. Lag es daran, dass sie dem Thema vor Julie und Niobe kaum Aufmerksamkeit geschenkt hatte, oder daran, dass Markus seine politischen Ansichten bisher verborgen hatte? »Lass mich raten. Es gilt als zu gefährlich, sie außerhalb des Deltas frei herumlaufen zu lassen?«, fragte L.

»Du lernst allmählich dazu. Wenn du jetzt noch anfangen würdest zu begreifen, weshalb ich dich immerzu dränge, mit mir nach Gaia zu kommen, wären wir auf dem richtigen Weg.«

»Hm?«

»Dein Implantat, L. Für den Moment magst du sicher sein, aber irgendwa…«

Markus trat abrupt auf die Bremse, als eine Person in schwarzer Uniform vor ihm auf den Weg torkelte. Ein Mann mittleren Alters, der benommen und desorientiert wirkte. Auf der Jacke prangte das Logo des Delta-Komplexes. Er stolperte und fiel halb auf die Fahrzeughaube, stützte sich ab und sah in die Fahrerkabine. Er formte Worte, die weder Markus noch L durch die Scheibe hindurch verstanden. »Jackpot«, sagte Markus und stieg aus. L folgte ihm ungeduldig.

Der Angestellte aus dem Delta richtete sich, so gut es ging, auf. »Sie fahren einen Streifenwagen, aber sie sehen nicht aus wie Polizeibeamte«, sagte der Mann geradeheraus.

»Ich bin Kommissar Markus Brill«, antwortete Markus und sendete dem Beamten seine ID. »Meine streng blickende Begleiterin ist CPO L Tiernen.«

»Delta Guard Niklas Dörten. Ich gehöre zu einem vierköpfigen Sicherheitsteam, das eine Gruppe von Cybes zum Transferflughafen bringen sollte.«

»Ihr Transporter wurde als vermisst gemeldet«, gab Markus mit einem Nicken zurück. »Können Sie mir sagen, was passiert ist? Wie sind Sie in einem Agrarturmgebiet gelandet?«

»Unklar. Wir hatten gerade die Hexgrenze überquert und fuhren auf kürzestem Weg in Richtung Transferflughafen, als eine Kollegin meinte, einen seltsamen Geruch wahrzunehmen. Das Nächste, was ich weiß, ist, dass ich auf dem Boden des Transporters liegend aufwache. Genau wie der Rest meines Teams und das Hilfspersonal.«

»Sie wurden betäubt?«

»Es sieht danach aus, Kommissar.«

»Ist Ihr Team wohlauf? Wurde jemand verletzt?«

»Es geht allen gut. Unsere Bord-KI wurde manipuliert. Sämtliche Systeme waren außer Kraft gesetzt, als wir aufwachten. Wir konnten den Positionssender gerade erst vor ein paar Minuten wieder aktivieren. Wie haben Sie es geschafft, so schnell hier zu sein?«, fragte der Delta Guard misstrauisch.

Markus schüttelte besänftigend den Kopf. »Glück. CPO Tiernen und ich verfolgen eine verdächtige Person, die höchstwahrscheinlich für die Entführung des Transporters verantwortlich ist. Das Signal tauchte überraschend auf meiner Karte auf. Können Sie mir sagen, ob eine der Schlafkammern fehlt?«

Der Mann nickte. »Nachdem wir aufgewacht sind, habe ich selbst den Status der Schlafkammern überprüft. Sie sind alle noch da, bis auf eine. Ein Cybe mit der Kennung F-493-1 befindet sich auf der Flucht und hat möglicherweise eine Pflegerin als Geisel.«

»Julie ist nicht auf der Flucht, sie wurde entführt«, warf L in rauem Ton ein.

»Wer?«, fragte der Delta Guard.

»Die bürgerliche Bezeichnung von Cybe F-493-1 lautet Julie Medina. Sie ist die Cousine eines Stalkingopfers. Ich bin der leitende Ermittler in dem Fall und Sie, Ke Dörten, sind hier in eine polizeiliche Ermittlung hineingeraten«, fasste Markus die Situation schnell zusammen. »Bringen Sie mich zum Transporter, ich rufe derweil Verstärkung. L, nimm den Wagen und finde Niobe. Schick mir deine

Position, wenn du sie aufgespürt hast. Ich komme zu dir, sobald die Verstärkung hier eintrifft.«

L zögerte nicht. Sie nahm auf dem Fahrersitz Platz und startete den Antrieb, während Markus dem Delta Guard zu den Agrartürmen folgte, die sich in nicht allzu großer Ferne in den Himmel reckten.

.../SimFile_56

ZERSTÖRTE TRÄUME

ID: NIOBE

Niobe bog um eine Ecke und fand sich in einer Halle wieder. Zu einer anderen Zeit hatte es weitere Ausgänge gegeben, doch diese wurden inzwischen von Geröll versperrt. In der Mitte stand die Schlafkammer mit dem Logo des Delta-Komplexes darauf. Es war ohne Zweifel der Raum aus der Videoübertragung.

»Julie!«

Niobe lief sofort zu dem Behälter und schaute durch das Glas am Kopfende. Julie lag friedlich schlafend in ihrer Kammer. Sie schien zu lächeln. Ein Blick auf die Vitalanzeige verriet Niobe, dass alle Werte normal waren und die Schlafkammer fehlerfrei funktionierte. Die Energiezelle hatte noch genügend Reserve für wenigstens achtzehn Stunden. Julie ging es gut und Niobe atmete erleichtert aus. Bis ihr einfiel, weshalb sie überhaupt hier war.

Das Gefühl, beobachtet zu werden, stellte Niobe die Nackenhaare auf und sie blickte sich um. Jemand hatte ein Dutzend Holoscreens installiert, die alle ein hochkant stehendes Bild erzeugten und in einem Kreis angeordnet waren. Wie ein Spiegelkabinett. Doch das Einzige, was die falschen Spiegel zeigten, waren verschiedene Winkel des Tunnelsystems und der Eingang mit der Rampe. Auch der Raum, in dem Niobe gerade stand, wurde darauf erfasst. Einer der Monitore warf ihr das eigene Gesicht entgegen und folgte jeder ihrer Bewegungen. Wie erwartet beobachte Geist sie. Vermutlich wartete er genau jetzt reglos in den Schatten hinter den Holoscreens und lachte Niobe aus.

Es gab eine offene Stelle zwischen den Monitoren, wo jemand einen Arbeitsplatz aufgebaut hatte. Im Hintergrund stand ein gewaltiger Speicherknoten, dessen organische Bestandteile in einem vertrauten pink-violetten Licht pulsierten. Sehr viel größer als für den Privatgebrauch üblich. Wer Geist auch war, ein Amateur schien er nicht zu sein. Der Schreibtischsessel war so leer wie der schlichte Stuhl, der direkt neben Julies Schlafkammer stand. Ein Schreck durchfuhr Niobe. Sie hatte die Pflegerin völlig vergessen. Wo war Ke Lambert? Was hatte Geist ihr angetan?

»Willkommen in meiner bescheidenen Unterkunft, Eboni.«

Die Worte kamen so plötzlich aus dem Nichts, dass Niobe aufschreien wollte, doch ihr Körper wurde von der Angst gelähmt. Wie üblich wechselte die Stimme von der einen in die andere Tonlage, klang mitunter sogar wie die eines Kindes. Geist nutzte einen Stimmenverzerrer, wie auch schon in der Simulation. Aus dem Augenwinkel sah Niobe, dass sich jemand entlang der Holoscreens bewegte. Die Person schritt gemächlich voran, bis sie nach einer gefühlten Ewigkeit den Holodesk erreichte und ins Licht trat. Geist richtete den Blick auf Niobe und beobachtete sie aus Augen, die sich hinter einer roten Maske mit einem breiten Grinsen darauf verbargen.

»Wo ist Ke Lambert?«, fragte Niobe. »Was haben Sie mit ihr gemacht?«

»Ane Lambert ist tot«, beantwortete Geist die Frage. Er klang amüsiert.

»Nein.« Niobe schlug entsetzt die Hände vor den Mund. Das durfte nicht wahr sein. Nicht Ke Lambert.

»Du solltest dir mehr Sorgen um deine eigene Haut machen, Eboni. Darin bist du doch auch am besten.«

»Hören Sie, ich weiß nicht, was ich Ihnen angetan habe, aber ich mache, was Sie wollen. Lassen Sie nur Julie in Ruhe. Sie hat schon genug durchgemacht in ihrem Leben.«

Geist lachte höhnisch. »Sie hat viel durchgemacht? Was ist mit mir, Eboni? Was ist mit dem, was du mir angetan hast? Mit deinen Spielchen und Manipulationen.«

»Ich weiß doch nicht einmal, wer Sie sind!«

»Dann muss ich deinem Gedächtnis wohl auf die Sprünge helfen.«

Der Feed der Überwachungskameras verschwand und eine bunte Auswahl von Holos leuchtete an dessen Stelle auf den Monitoren auf. Auf jedem davon war Niobe deutlich zu erkennen. Was Niobe jedoch nicht erkannte, waren all die Momente, all die Umarmungen und Unterhaltungen, die sich darin abspielten. Auf einem der Holos stand eine Frau mit langem blonden Haar zu ihrer Linken, ein Mann, der seinen Arm um ihre Taille gelegt hatte, zu ihrer Rechten. Niobe hielt ein Baby auf dem Arm. Auf einem anderen Holo umarmte sie Mona, nur dass es eine deutlich jüngere Mona war. All diese Momente hatten nie stattgefunden.

»Wer sind Sie? Und was wollen Sie von mir? Weshalb verfolgen und bedrohen Sie mich?«

»Weshalb ich *dir* folge? Du bist es doch, die von den Toten auferstanden ist und mich verfolgt!«, rief Geist aufgebracht zurück.

»Wie bitte?«

»Schon dein Name ist lächerlich. Niobe. Eboni.«

»Es sind Anagramme.«

»Anagramme. Soso«, gab Geist lachend zurück. »Als Nächstes erzählst du mir noch, dass du gar nicht weißt, wer Eboni ist, und dich an nichts erinnern kannst, was?«

»Erinnern an was?«, fragte Niobe und Geist lachte schallend.

»Du hast die Beweise hier vor dir!«, rief Geist und wies auf die vielen Holos, die Niobe einkreisten.

»Nichts von dem, was Sie mir hier zeigen, ist wirklich passiert. Das sind manipulierte Bilder und Videos, wie sie jedes Kind erstellen kann.«

Wieder lachte Geist und durch die vielstimmige Interpretation des Verzerrers wirkte es wie das Lachen eines Ungeheuers, nicht wie das eines Menschen. »Du willst also weiterhin so tun, als wüsstest du von nichts?«

»Dafür muss ich mich nicht verstellen. Sie sind offenbar besessen von meinem Asteria-Profil und dichten mir ein Leben an, das ich nie geführt habe. Sehe ich jemandem ähnlich, den Sie einmal kannten?« Was hatten die Menschen nur alle mit ihrer Obsession für Niobes Alter Ego?

Geists nächste Bewegung war schnell. Etwas flog durch die Luft, Niobe duckte sich gerade rechtzeitig weg, so dass es an ihrem Kopf vorbei sauste. Das nicht identifizierte Flugobjekt schepperte hinter ihr durch die Halle und verschwand in den Schatten.

»Verarsch mich nicht!«, brüllte Geist. Er kochte vor Wut.

»Sagen Sie mir, was Sie von mir wollen!«, rief Niobe verzweifelt zurück.

»Du sollst aufhören zu lügen!«

Etwas hatte sich verändert. Geists Stimme war nicht länger die von vielen. Es war nur eine. Eine Stimme und Niobe kannte sie.

»Ke ... Lambert?«

Geist kicherte, zog die Kapuze vom Kopf und endlich konnte Niobe ihrer Peinigerin ins Gesicht blicken. Ein Gesicht, das sie schon so viele Male gesehen und dem sie vertraut hatte.

»Ich sagte doch bereits, Ane Lambert ist tot.«

Ane Lambert, die nicht Ane Lambert war, gab einen Befehl über ihren Neurolink ein. Eine neue Aufnahme ersetzte eines der Holos im Spiegelkabinett. Es war ein Porträt der blonden Frau auf dem Familienfoto. »Komme ich dir denn gar nicht bekannt vor?«, fragte die falsche Pflegerin mit einer Stimme, die ebenso ruhig wie bedrohlich klang. Sie spazierte zu dem Holo und neigte den Kopf auf die gleiche Weise wie die junge Fremde darauf, sie lächelte auf die gleiche Weise.

Niobes Augen sprangen immer wieder von der Aufnahme zu Geist. Hin und her. Hin und her. So direkt nebeneinander war die Ähnlichkeit zwischen den beiden Frauen nicht zu übersehen. Sie hatten die gleichen Augen, die gleiche Mimik.

»Ihre Tochter?«, fragte Niobe vorsichtig.

»Ich verspreche dir, Eboni, wenn du nicht damit aufhörst, lasse ich Julies Kopf platzen.« Das Lächeln auf Ke Lamberts Gesicht wich einer boshaften Fratze, die Niobe restlos überzeugte, noch bevor Ke Lambert etwas aus der Tasche zog.

»Bitte ...«, flüsterte Niobe, der eiskalt wurde, als sie den Sender erkannte. Ein Tastendruck genügte, und der Killswitch in Julies Kortex würde ausgelöst. Niobe zitterte und sie blickte durch das Fenster auf ihre schlafende Cousine. Sie wusste nicht, was sie tun sollte. Sie wusste nicht, was Ke Lambert von ihr wollte. Wenn die junge Frau auf dem Foto nicht Ke Lamberts Tochter war, war sie es dann vielleicht selbst? Aber was hatte Niobe auf diesen Aufnahmen zu suchen? »Sie wissen, dass ich alles tun würde, um Julie zu beschützen. Wenn ich eine Antwort auf Ihre Fragen hätte, dann würde ich sie Ihnen geben, Ke Lambert. Sie wissen das. Sie wissen das!«, wiederholte Niobe mit tiefer Verzweiflung. Julie durfte nicht sterben. Nicht ihretwegen, nicht so kurz vor dem Ziel und nicht in diesem wehrlosen Zustand.

»Mach mich nicht wütend, Eboni. Du weißt, wer ich bin. Ich war deine beste Freundin, deine Angetraute. Wir waren eine Familie! Ich habe mich um deine Tochter gekümmert, wenn du keine Lust dazu hattest!«, schimpfte Geist. »Wer bin ich?«, brüllte die ältere Frau, laut wie eine Berserkerin. Sie hielt den Sender in die Höhe und legte den Daumen auf den Auslöser. »Sag meinen Namen, oder ich drücke den Schalter.«

Niobes Herz raste. Eboni. Es ging um Tante Eboni, aber Niobe wusste kaum etwas über ihre Tante. Sie erinnerte sich an Monas Erzählungen, doch die waren voller Nostalgie und persönlicher Erinnerungen. Nichts davon schien ihr relevant zu sein. Niobe hielt inne. Geist hatte da etwas gesagt ... *Deine Angetraute.* War das möglich?

»Kaida Lane«, sagte Niobe schließlich.

»Na bitte. Es geht doch.« Geist steckte den Sender vorläufig weg.

»Aber Kaida Lane ist gestorben«, wandte Niobe ein.

Wieder lachte Geist breit und diabolisch. »Jemand, den man für Kaida Lane hielt, ist gestorben. Ich musste bloß die biometrischen Daten unserer IDs austauschen. So konnte ich als Ane Lambert wiedergeboren werden und als Pflegerin ins Delta gehen, wo ich dich und dein Töchterchen gut im Auge hatte.«

Niobe verstummte für einige Sekunden. »Bei allen Himmeln, wie viele Menschen haben Sie auf dem Gewissen?«

»Ich? Ich habe niemanden auf dem Gewissen. Sie alle mussten nur deinetwegen sterben. Wärst du tot geblieben, wäre alles gut gewesen.«

»Tot geblieben?«, fragte Niobe.

Geist kniff die Augen ein wenig enger zusammen. »Kann es wirklich sein, dass Mona dir die Erinnerungen bisher vorenthalten hat? Oder spielst du deine Naivität nur gut? Ich kann es nicht mit Sicherheit sagen. Du warst schon immer eine gute Lügnerin.« Geist verschränkte die Arme vor der Brust und kniff nachdenklich die Augen zu schmalen Schlitzen zusammen.

»Mona?«, fragte Niobe. Was hatte Mona nun wieder hiermit zu tun?

Geist gab einen weiteren Befehl an ihren Neurolink und einer der Holoscreens füllte sich mit Dokumenten. Niobe sah die Briefköpfe medizinischer Einrichtungen, die Genehmigung der Fortpflanzungsbehörde, Untersuchungsergebnisse und ... Für einen Moment blieb Niobes Herz stehen.

»Mona war schlau, das muss man ihr lassen. Statt einen ausgewachsenen Tweak zu bestellen, hat sie einen von Anfang an gezüchtet und als normales Kind aufgezogen. Das beste Versteck ist jenes, das ganz offen nichts verbirgt, richtig? Mona hat alle offiziellen Termine wahrgenommen, alle Genehmigungen eingeholt, ist durch jede Stufe der künstlichen Befruchtung gegangen. Aber gleichzeitig ging sie nach all den wichtigen Terminen zu unserer Praxis Tunichtgut hier und brachte ihr eigenes Spendematerial in Position.« Geist zeigte auf eine inoffizielle Datei ohne Hinweis auf die Identität der behandelnden Person oder der Praxis. Was gemacht wurde, war dagegen gut dokumentiert. Extraktion von genetischem Material, Anzucht von patientenspezifischen embryonalen Stammzellen ...

»Ich musste ziemlich unsanft werden, ehe mir die Wahrheit über Monas Besuche bestätigt wurde. Begreifst du es langsam?«, fragte Geist.

»Das kann nicht sein. Mona würde nie ... Sie hätte es mir gesagt, wenn ...« Niobe verstummte.

»Wenn was, Eboni? Die Wahrheit ist direkt hier, vor deiner Nase«, sagte Geist verächtlich. »Mona war besessen von ihrer großen Schwester. So sehr, dass sie sie nach ihrem Tod zurückgeholt hat und als ihre Tochter ausgab. Sie hat sie selbst ausgetragen. Dich. Wie makaber kann ein Mensch sein?«

Niobe hatte das Gefühl zu fallen. In ein sehr tiefes, sehr schwarzes Loch ohne Boden. Sie starrte auf die Aufzeichnungen, deren Behauptungen überzeugend echt wirkten. Aber es ging hier um Mona. Um ihre *Mutter*. Warum sollte Niobe Geist eher vertrauen als ihrer Mutter? »Sie erfinden das alles bloß.«

»Hast du dich nie darüber gewundert, dass sich Tante und Nichte so sehr ähneln wie ein Zwilling dem anderen?«

Niobe stutzte. Auf ihrer Stirn bildeten sich leichte Falten. »Wir ähneln uns kein bisschen«, erwiderte sie. »Sie kennen die Holos von Tante Eboni, die in Julies Zimmer stehen.«

»Attrappen. Ich weiß nicht, wer die Frau auf diesen Holos ist. Nicht Eboni jedenfalls. Aber diese Holos haben mich dazu gebracht herauszufinden, was du bist.« Geist lächelte zufrieden, wies mit beiden Händen auf die vielen Aufnahmen, die Niobe von den Holoscreens ansahen. »Es ist alles hier, Eboni. Du bist ein Tweak, ein Klon, eine illegale Kopie.«

Die Worte waren in der Welt und mit ihnen fiel Niobes ganzes Leben auseinander.

»Du wirkst überrascht, Eboni.«

Niobe stand unter Schock. Was Geist da sagte ... Wenn das wirklich der Wahrheit entsprach ... Ihr Verstand war nicht bereit, das zu akzeptieren. »Wenn diese Beweise echt wären, müssten Sie sie bloß zu den Behörden bringen. Man würde mich in Sekundenschnelle in Gewahrsam nehmen und medizinischen Tests unterziehen. Warum haben Sie mir stattdessen all die Nachrichten geschickt? Wieso entführen Sie Julie, um mich hierherzulocken? Einen Tweak loszuwerden, geht in unserer Gesellschaft doch so leicht wie das Entfernen eines Stachels.«

Geist grinste amüsiert. »Du glaubst, dass ich dich so einfach davonkommen lasse? Hast du nicht zugehört? Du hast mein Leben ruiniert, dafür musst du bestraft werden. Nochmal.«

Niobes Blick ging erneut zu den Bildern und Videos. »Nochmal? Bei allen Himmeln. *Sie* haben Eboni vergiftet. Sie sind dafür verantwortlich, dass Ravan des Mordes beschuldigt und Julie verletzt wurde.« Wut mischte sich in den wilden Cocktail aus Emotionen, der durch Niobes Körper zirkulierte. »Ihretwegen ist Julie ein Cybe.«

»Es war deine Schuld, dass Julie damals verletzt wurde, und es wird deine Schuld sein, wenn sie heute hier stirbt«, gab Geist zornig zurück. »Du hättest tot bleiben sollen, dann wäre dein Töchterchen jetzt auf dem sicheren Weg zur Asteria. Zweimal hättest du sie beschützen können, zweimal hast du versagt. Und das alles nur, weil du es mir nicht gegönnt hast, dass ich etwas haben sollte, was außerhalb deiner Reichweite lag.«

»Ravan«, vermutete Niobe leise.

Geist lachte. »Du denkst, Eifersucht war der Grund? Wie banal.« Sie winkte ab. »Dieser Tölpel war mir egal.«

»Sie haben ein Kind mit ihm«, wandte Niobe ein.

Geist stemmte die Hände in die Hüften. »Du hast es nie verstanden. Bis heute verstehst du gar nichts. Du bist so unfassbar blind. Ich hätte alles für dich getan und ich habe dir alles gegeben, was du wolltest. Zum Dank hast du mir meine Zukunft gestohlen. Du hast meine Leichtgläubigkeit ausgenutzt und mir die Chance genommen, in das Studienprogramm der Telarin aufgenommen zu werden. Nur zwanzig Menschen wird pro Jahrgang ein Platz angeboten und ich gehörte zu den besten Programmiererinnen, verstand die T-Technologie besser als jeder andere Mensch auf diesem verschissenen Planeten. Ich bin in der Randstadt aufgewachsen. Ohne fürsorgliche Eltern, ohne Credits, ohne all die Unterstützung, die Kinder aus den besseren Familien bekommen. Familien wie deiner, Eboni. Ich war ein Niemand. Ich habe doppelt so hart gearbeitet, musste immer wieder improvisieren, um auszugleichen, was ich nicht hatte. Doch egal, wie gut ich wurde, egal wie einfallsreich, die Lorbeeren kassierten immer andere. Sie waren nicht halb so gut wie ich und trotzdem bekamen sie die Preise und die Zusagen zu Förderprogrammen. Einer wie mir schenkte man keine Aufmerksamkeit und schon gar keine Stipendien. Durch mich sah man hindurch, wie durch einen Geist.« An dieser Stelle lächelte die Frau. So also war sie auf den Namen gekommen. »Dann kamst du, Eboni. Du hast mich gesehen. Hast mein Talent bewundert und mir versprochen, dass du mir helfen würdest. Ich habe dir geglaubt und dir vertraut. Du hast mich in dein Zuhause eingeladen, hast mich deinen Freunden vorgestellt. Ich dachte wirklich, du wärst meine Freundin. Doch was machst du? Du trickst mich aus. Wickelst mich ein in deine süßen Lügen, stiehlst meine Bewerbung, meinen Code, und bewirbst dich damit auf meine Studienstelle. Du hattest alles und doch war es nie genug. Ich könnte eine beispiellose Karriere haben, wenn du mir diesen Studienplatz an der ITU nicht gestohlen hättest. Stattdessen werde ich bis heute überall abgewiesen, weil mir auf der Erde selbst für die schlechtesten Jobs die Zertifikate fehlen. Mir blieb nur noch das Leben am Rande der Gesellschaft. Zum Glück erkannten die Schattenflieger mein Talent trotz der fehlenden Zertifikate. Seither nehme ich mir, was ich will und von wem ich es will.«

»Deshalb haben Sie beschlossen, Eboni zu ermorden? Wegen eines Studienplatzes?«

»Oh, nicht sofort. Erst als du den Studienplatz aufgegeben hast, weil es zu anstrengend wurde. Du hast mir meinen Traum nicht nur gestohlen, du hast ihn auch weggeworfen, als wäre er nichts wert. So wie du es mit allem machst, was dir zu anstrengend wird. Mich eingeschlossen.«

Niobe schluckte und traute sich kaum, zu atmen. Geists Zorn war beinahe greifbar.

»Du hast mir alles genommen, Eboni. Alles. Für nichts und wieder nichts und dann wolltest du mich auch noch wegschicken. Ein eigenes Leben sollte ich mir suchen. Erinnerst du dich? In diesem Moment wurde in mir der Wunsch geboren, dir zu nehmen, was dir die Welt bedeutete. Deine große Liebe und deine Tochter. Aber Ravan, dieser Trottel, war völlig vernarrt in dich. So wie ich einst. Wir drei lebten zusammen, teilten das Bett miteinander, aber es war immer klar, dass er dich liebte und ich nur bedient wurde wie eine lästige Pflicht. Als ich ihm sagte, dass auch ich sein Kind erwarte, sagte er zu mir, dafür hätten wir keine Genehmigung. Es war ihm egal, Eboni. Als er von Julie erfuhr, war er völlig aufgelöst vor Freude und hat sich um alles Notwendige gekümmert. Mir aber sagt er, es gäbe keine Genehmigung? Er hat mich in diesem verwundbaren Moment genauso enttäuscht und allein gelassen, wie du es getan hast.«

Niobe biss sich auf die Unterlippe. Alles an dieser Geschichte war furchtbar. Herzlos und tragisch.

»Was ist?«, fragte Geist nach einer Weile. »Hast du nichts zu all dem zu sagen?«

»Mir fehlen die Worte. Ich verstehe, weshalb Sie Eboni gehasst haben.«

»Hassen?«, Geist lachte verbittert auf. »Wenn es bloß so einfach gewesen wäre. Ich hätte dir nie derart hörig werden können, wenn ich dich hätte hassen können, Eboni. Ich wusste nicht, wie gefährlich Menschen wie du für Menschen wie mich sind. Du konntest mir mit den süßesten Worten zuflüstern, wie wertlos und verloren ich ohne dich wäre und welches Glück ich hatte, von dir geliebt zu werden. Du hattest ein Herz aus Stein, aber eine Zunge aus Seide. Mir wurde klar, dass der einzige Weg, wie ich von dir frei sein konnte, der war, dass du stirbst. Ich habe dich nicht getötet, weil ich dich gehasst habe, Eboni. Ich habe dich getötet, weil ich trotz allem nicht aufhören konnte, dich zu lieben.« Geist machte eine Pause. »Ich wollte nichts weiter, als wieder die Sonne auf der Haut spüren. Das Singen der Vögel hören. Das Leben bei den Schattenfliegern ist nicht schlecht. Aber ich werde nicht jünger, im Gegensatz zu dir. Nach dreißig Jahren auf maroden Schiffen mit instabilen Gravitationsfeldern wollte ich ein neues Leben auf Gaia beginnen. Und in dem Moment kehrst du plötzlich wieder zurück. Auferstanden von den Toten, um mich zu quälen. Wie du es immer getan hast.«

»Aber Ane ... Kaida ... ich bin nicht dieselbe Person. Ich bin nicht Eboni. Ich bin Niobe. Nur Niobe.«

»Ich kenne dich besser als irgendjemand sonst, Eboni. Mir machst du nichts mehr vor. Du würdest alles sagen, um deine eigene Haut zu retten.«

Geist rief eine weitere Datei auf und Niobes Herz blieb für einen Moment stehen.

»Was ... ist das?«

»Weißt du es nicht?«

Niobe wusste, was sie da sah, nur glauben konnte sie es nicht.

»Das ist der Auftrag zur Erstellung eines Gedächtnisprofils. Mona hat eines an Ebonis Todestag von ihrer Schwester erstellen lassen. Ein Vorgang, der ebenso verboten ist wie das private Klonen von Menschen. Eine Familie von empathielosen Psychopathen seid ihr, die sich an keinerlei Regeln halten.«

»Nein«, stammelte Niobe, deren Boden unter ihr wegzubrechen schien. »Sie hat es nicht benutzt. Falls das die Wahrheit ist, dann hat Mona das Profil nicht auf mich übertragen. Ich bin nicht Eboni!«

»Warum hätte Mona das Risiko eingehen sollen, wenn sie nicht vorhatte, das Profil zu nutzen?«

»Sie muss ihre Entscheidung geändert haben.«

»Schwer zu glauben, nach allem, was sie getan hat, um dich zurückzuholen«, meinte Geist dazu bloß.

»Sie hätte damit meine eigene Persönlichkeit und meine Erinnerungen ausgelöscht. Sie hätte mich ermordet. Natürlich hat sie das nicht gekonnt«, erklärte Niobe.

»Oder vielleicht wollte die gute Mona auch bloß warten, bis ihr auf Gaia angekommen wärt, wo sie nicht mehr so tun musste, als wärst du ein echter Mensch«, sagte Geist. »Wenn ich so darüber nachdenke, dann hätte sie bloß warten müssen, bis du dich in die Schlafkammer legst. Mona hätte dann nur noch das Stimulationsprogramm gegen Ebonis Gedächtnisprofil tauschen müssen und schon wäre es erledigt gewesen. Ein sauberer Wechsel, von dem du nichts gemerkt hättest. Das sähe ihr tatsächlich ähnlich.«

Tief drin in Niobe zerbrach etwas. Sie wurde von einem Gefühl überwältigt, das sie nicht benennen konnte. Es bestand aus so vielen einzelnen Emotionen, die sich zu einer furchtbaren Chimäre verbanden und jede Hoffnung, jeden Glauben an das Gute verschlangen. War das möglich? Hatte Mona vorgehabt, Niobe auszulöschen, um Eboni vollends zurückzubringen? Mona, die ihr Leben dem Wohl von Cybes und Tweaks gewidmet hatte? Hat sie es am Ende nur getan, um eine sichere Welt für Eboni zu erschaffen?

Geist lachte, als sie Niobes verlorene Miene sah. »Wenn ich dich so ansehe, möchte ich dir fast glauben, dass du von all dem überrascht bist. Doch du hast mich schon zu oft getäuscht, Eboni. Du wirst bezahlen für das Leben, das du mir genommen hast. Für die Träume, die du zerstört hast, und für den Schmerz, den du mir beschert hast, seit ich dir das erste Mal begegnet bin.«

Geist, Ane oder Kaida – wie auch immer sich diese Person nennen wollte – holte etwas hinter ihrem Rücken hervor. Es sah aus wie eine Energiewaffe und Niobe wich zurück, als der Lauf auf sie gerichtet wurde.

»Lass uns ein letztes Spiel spielen, Eboni«, sagte die ältere Frau, bevor sie den Trigger abdrückte.

.../SimFile_57

EIN DERBER SCHLAG

ID:L

Das Signal kam zum Stillstand, gerade als L die Hexagongrenze erreichte. WARNUNG! SIE SIND IM BEGRIFF, EINE GESPERRTE ZONE ZU BETRETEN. ES BESTEHT LEBENSGEFAHR.

»Wie zum Teufel bist du da reingekommen?«, fragte L ihren Schützling, der zu weit weg war, um sie hören zu können. Sie sendete Markus' Sicherheitscode an die Schleuse und wartete ungeduldig, bis sich das Tor öffnete und L hindurchfahren konnte.

Die andere Seite empfing L mit einem Schlag ins Gesicht. Sie stieg in einem Moment des Schocks auf die Bremse und hielt die Luft an. Ihre Hände schlossen sich so fest um das Lenkrad, dass das Kunstleder darunter knarzte. Hex 1379 war wie Heimkommen. Zurück ins Jahr 2067. Das Terrain war ein neues, aber die Kulisse dieselbe. Eine Welt in Trümmern. Grau in Grau, Staub in Staub. Instinktiv suchte L in den Ruinen nach Bewegungen oder dem verräterischen Aufblitzen von Lichtreflexen. Bis sie sich daran erinnerte, dass der Krieg lange vorbei war und sich zwischen den Skeletten einer zerstörten Welt keine Verteidiger verfeindeter Fraktionen mehr versteckten. Sie atmete durch, prüfte die Position der Drohne noch einmal und setzte ihren Weg dann fort. Sie hatte keine Zeit für die Geister der Vergangenheit. Sie musste sich um einen Geist in der Gegenwart kümmern.

L drückte das Pedal durch und preschte durch das Ödland.

Die Fahrt dauerte nur Minuten. Bereits aus der Ferne erkannte L ihren Nexus, der aus der Kulisse dieser grauen Welt herausstach wie ein schwarzes Loch zwischen hellen Sternen. L schaltete den Antrieb ab und verhinderte mit einem Knopfdruck, dass sich die Bremsen automatisch aktivierten. Der Wagen rollte fast geräuschlos weiter vorwärts. Sie brachte ihn mit großzügigem Abstand zu ihrem Nexus zum Stehen, stieg in geduckter Haltung aus und sah sich kurz um. Es gab kaum Deckung. Der Nexus stand mittig auf einer leeren Fläche, die von verschiedenen zerstörten Gebäuden umringt wurde. Sie sah keinen Anhaltspunkt dafür, wohin Niobe von hier aus gegangen sein mochte. Dass sie nicht mehr im Wagen saß, war offensichtlich. L musste das Risiko eingehen, entdeckt zu werden.

Sie stieg aus und lief in geduckter Haltung zu ihrem Nexus. Der Kofferraum entriegelte sich, sobald L den Daumen auf die Scanfläche legte. Sekunden später hob sie die Transportbox darin heraus und befreite die Drohne aus der Halterung.

L schickte den handtellergroßen Helfer in den Himmel. Über das Display der Smartbrille sichtete L das Gebiet, doch es gab zu viele Verstecke, als dass sie alle absuchen konnte. L wechselte auf die Wärmebildanzeige und sah sich selbst durch die Perspektive der Drohne. Ein orange und gelb wabernder Fleck.

Sie schickte die Drohne weiter aus und wählte dabei die Richtung, in die Niobe den Wagen geparkt hatte. Es war nur eine Vermutung, dass sie den Nexus in Zielrichtung abgestellt hatte, doch es war der einzige Hinweis, der sich L bot. Niobe konnte zu Fuß außerdem nicht sehr weit gekommen sein. Zu Ls unendlicher Erleichterung schnappte die Drohne nur Sekunden später eine sich bewegende Wärmesignatur auf.

»Hab ich dich!«, rief L erleichtert, woraufhin der wabernde Punkt plötzlich verschwand, als wollte Niobe sie verhöhnen. L fluchte und markierte die Position. Dann rannte sie los.

Sie fand das Loch in der Ruine, sah die Rampe, die in den Untergrund führte. Ihr Herzschlag beschleunigte sich und ihre Nervenenden kribbelten in Erwartung der bevorstehenden Konfrontation. Niobe zu finden war nur der Anfang. Der wirklich schwierige und gefährliche Teil würde erst danach kommen. Sofern es dann nicht schon zu spät war.

»Wehe, du bist verletzt, Niobe.«

L verfasste hastig eine Nachricht an Markus und schickte sie ihm, samt der Koordinaten und einem Foto von dem Einstieg im Boden.

MARKUS B.:

BIN SCHON AUF DEM WEG. WARTE AUF MICH!

L: T.

KEINE ZEIT. NIOBE BRAUCHT **JETZT** HILFE.

Sie wechselte wieder zur App der Drohne, versetzte sie in den Tarnmodus und schickte sie lautlos voraus. Die Kamera warf allzu vertraute Bilder zurück. Ein altes Kanalisationssystem, an den Wänden unscheinbare Markierungen, die heute wohl niemand mehr als solche erkennen würde. Das Tunnelsystem musste während des Krieges einer der Fraktionen als Unterschlupf gedient haben. Viel schützender Beton, was erklärte, weshalb Niobes Position so plötzlich vom Display verschwunden war und weshalb die Übertragung der Drohne jetzt zu flackern begann. L musste da runter, wenn sie die Verbindung nicht verlieren wollte.

Die Drohne scannte auf Ls Befehl hin die unmittelbare Umgebung der Rampe. Es schien keine Bewegungsmelder oder andere Überwachungssysteme zu geben. L war skeptisch. Geist mochte über ähnliche

Drohnen verfügen wie ihre eigene. Solche, die sich tarnen konnten. Falls dem so war, würde L es wohl in Kürze auf schmerzhafte Weise erfahren.

Doch L kam ohne Widerstand voran. Nichts stürzte sich auf sie oder feuerte auf sie. Die Drohne hörte, wofür Ls Ohren nicht empfänglich waren, und berechnete eine Route. L folgte ihr durch das vergessene Labyrinth. Bald hörte auch sie eine Stimme, konnte die Worte jedoch nicht ausmachen. Sie hielt sich verborgen, während die Drohne lautlos weiter vordrang und L deren Audiofeed abrief.

»Es ist deine eigene Schuld, Eboni. Du hättest eben tot bleiben sollen. Das hätte uns beiden eine Menge Ärger erspart.«

L erkannte die Stimme, bevor sie sah, was die Drohne aufnahm: Ane Lambert. Julies Pflegerin. *Verdammtes Miststück.* Es war immer jemand aus dem Umfeld des Opfers, dachte L und fühlte sich bestätigt. Die ältere Frau stand über Niobe, die am Boden lag und unkontrolliert zuckte. L wusste nicht, was mit ihr los war, aber wer zuckte, lebte immerhin noch. Die Frage war allerdings, wie lange dieser Zustand anhalten mochte. Ane Lambert holte etwas aus der Jackentasche und ging in die Hocke. Sie hielt es Niobe vor die Augen.

»Weißt du, was das ist, Eboni? Du hast mich damals damit vertraut gemacht. Erinnerst du dich? Du hast es mir heimlich eingeflößt, als ich damit gedroht habe, allen zu sagen, dass du meinen Code gestohlen hast. Wer glaubt schon einem Junkie aus der Randstadt, richtig? Weißt du, wie lange ich gebraucht habe, um von dem Zeug wieder loszukommen?«

Niobe antwortete nicht. Ihre Zähne klapperten, als sie zu sprechen versuchte, was Ane Lambert schadenfroh auflachen ließ. »Hier drin ist genug Lucid, um dich die nächsten Wochen mit deinen schlimmsten Albträumen zu konfrontieren, und ich werde jeden Moment davon auskosten. Dass du mitansehen musst, wie der Schlafkammer deiner Tochter die Energie ausgeht, wird erst der Anfang sein.«

»Bitte tu das nicht, Kaida«, stotterte Niobe unter Krämpfen. Was war mit ihr? »Wir können zusammen sein. Ist es nicht das, was du willst? Ich bin nicht dieselbe Person wie damals, aber dadurch können wir auch ganz von vorne anfangen. Ein frischer Start. Lass Julie nach Gaia gehen und du und ich, wir fangen hier auf der Erde neu an.«

Kaida? Wieso nannte Niobe die Pflegerin Kaida?

»Wem willst du etwas vormachen, Eboni? Du hast mir dein neues Betthäschen direkt unter die Nase gehalten und jetzt willst du mir weismachen, dass du mit mir zusammen sein willst?«

Niobe wirkte benommen. »Du meinst L? Sie ist nur mein Bodyguard, Kaida. Wir haben nur so getan, als wären wir zusammen. Zur Tarnung, nichts weiter.«

»Ist das wahr?«, fragte die ältere Frau. Sie schien über das Angebot nachzudenken.

»Es ist wahr«, versicherte Niobe angestrengt.

L biss die Zähne zusammen. Sie wusste, dass Niobe mit diesen Worten nur versuchte, Zeit zu schinden, trotzdem fühlten sie sich an wie Messer, die langsam durch ihre Haut gezogen wurden. *Nicht jetzt, L.* Sie musste etwas tun.

L zog die Waffe aus dem Halfter, verschaffte sich einen festen Stand und zielte. Die Energieladung traf Geist in den Rücken. Doch statt die Frau zu paralysieren, brachte der Einschlag sie bloß ein wenig ins Schwanken. Eine wabernde Welle floss über ihren Körper. Shit. Geist trug einen Absorber. L stellte die Waffe mit einer schnellen Geste auf die maximale Stufe und feuerte erneut. Wieder und wieder traf die Ladung auf Geists Energieschild. Die Wucht der Treffer drängte Geist ein wenig zurück, während L weiter in den Raum vordrang.

»Genug!«, schrie die falsche Pflegerin und riss selbst eine Energiewaffe hoch. Doch statt sie auf L zu richten, wandte sich der Lauf Niobes Stirn zu. L erstarrte. »Ein Schritt weiter und ich drücke ab«, erklang die Stimme der Frau.

L presste die Kiefer aufeinander.

»Waffe auf den Boden. Schieb sie rüber.«

L hatte keine Wahl. Ein Treffer aus solcher Nähe würde Niobe vielleicht nicht töten, aber sie könnte einen ernsthaften Schaden davontragen. Zähneknirschend gehorchte L daher, ließ die Waffe fallen und kickte sie durch den Raum.

»Hände hoch und schön vorsichtig herkommen.«

Gehorsam hob L die Hände, verschränkte sie langsam auf dem Hinterkopf und trat in den Lichtkegel des Raums.

»Na was für eine Überraschung«, sagte Geist. »Hallo, Bodyguard.«

»CPO«, keuchte Niobe am Boden liegend und lachte gebrochen. Nicht einmal in einer solchen Situation konnte sie die Scherze sein lassen.

»Das ist nah genug.«

L blieb stehen. Zehn Meter. Mehr trennte sie nicht von Niobe und doch hätte es das andere Ende der Welt sein können.

»Hatte ich dich nicht gewarnt, dass du ihr nicht vertrauen sollst?«, fragte Geist an L gewandt. »Jetzt muss ich dich töten, was ich gar nicht wollte.«

L musste etwas tun. Aber was? Ihre Drohne war nicht bewaffnet. Es war eine Überwachungsdrohne, keine Kampfdrohne. Und bis L Niobe erreichte, würde Geist die Waffe längst abgefeuert oder Niobe die Droge verabreicht haben, die wer weiß was für Schäden an deren Gehirn verursachen würde. Just in dem Moment führte Geist den Injektor an Niobes Armbeuge.

»Nicht«, flüsterte L alarmiert und tatsächlich hielt die Frau inne.

»Aw, Eboni. Sieh sie dir an. Diesen besorgten, verängstigten Blick. Irgendwie glaube ich nicht, dass sie nur dein Bodyguard ist.«

»Sie steht auf mich, aber ich nicht auf sie«, stotterte Niobe. Ihr Körper gab noch immer unkontrollierte Zuckungen ab.

»Dann wird es dir ja nichts ausmachen, wenn sie stirbt.«

Niobe wimmerte leise. L unterdrückte ihre Gefühle. Sie empfand keine Furcht, sie war zornig. Mit kleinen, unsichtbaren Bewegungen fuhr ihr Zeigefinger über das Sensorpad auf dem Handrücken. Jetzt oder nie. Sie tippte auf die Eingabe. Im selben Moment prallte die Drohne mit voller Kraft gegen Geists Schläfe. Die Frau stolperte rückwärts, griff sich stöhnend an den Kopf, die Waffe entglitt ihr und fiel zu Boden. L rannte los.

Geist reagierte sofort. Sie hielt noch immer den Injektor in der Hand und wollte Niobe damit erreichen. Ls Schuh knallte hart gegen das Handgelenk, der Injektor flog durch die Luft und rutschte in den Schatten von Julies Schlafkammer. Die falsche Pflegerin schrie auf, rollte sich herum, als L sie packen wollte. Für eine Frau dieses Alters war Geist verdammt flink, versuchte gar einen Fußfeger, der L zwar nicht traf, aber lange genug aus dem Gleichgewicht brachte, so dass Geist nachtreten konnte. Ls Füße verließen ungeplant den Boden und sie stürzte. Geist richtete sich derweil auf und ging auf Abstand. L wand sich um, kam auf die Füße …

»Halt! Das reicht!«, keifte die Ältere und in dem Moment, da ihr Blick L traf, landeten mehrere Laserstrahlen auf Ls Brust, die von verschiedenen Positionen im Raum kamen. L erstarrte. Die beiden Frauen sahen einander zornig an. Blut tropfte aus der Platzwunde, die Ls Drohne an Geists Schläfe verursacht hatte.

»Sieh sie dir an, Eboni. Dieser kalte Hass in ihren Augen. Sie will mich wirklich tot sehen«, gab Geist kichernd von sich. »Du hast ihr gehörig den Kopf verdreht, nicht wahr? Sie tut mir fast leid. Es ist genau wie bei uns. Sie hat keine Ahnung, wer du wirklich bist. Genau wie ich damals.«

»Die Polizei wird gleich eintreffen«, sagte L.

»Das glaube ich kaum.«

»Wir haben den Delta-Transporter zwischen den Agrartürmen gefunden. Kommissar Brill kennt meine Position in diesem Hexagon.

Ich habe ihm die Koordinaten geschickt, bevor ich in die Tunnel gegangen bin.«

Geists Gesichtszüge verdunkelten sich. »Ich habe diesen Moment sehr lange geplant und nun versaust du mir das Finale?«

Die Frau hob in aller Ruhe den Injektor auf und ging erneut auf Niobe zu. Die versuchte davonzukriechen, doch ihre Muskeln krampften noch immer und verurteilten das Vorhaben zum Scheitern. L war bis auf den letzten Muskel in ihrem Körper angespannt. Geist ragte nun über Niobe auf und sah zu L, die unter dem Licht der Zielsucher gefangen war.

»Ich wollte mir Zeit mit ihr nehmen. Sie sollte lange leiden, so wie ich. Deinetwegen wird mir diese Genugtuung nun verwehrt. Sie sterben zu sehen, wird genügen müssen, auch wenn es zu schnell geht.«

»Ich werde Sie umbringen, wenn Sie Niobe anfassen«, sagte L und meinte jedes Wort ernst.

»Und wie willst du das anstellen, während du von meinen Zielsuchern erfasst wirst?«, fragte Geist. »Hast du wirklich gedacht, ich wäre nicht vorbereitet, kleiner Bodyguard?«

L spürte den Zorn, der über ihr eigenes Gesicht huschte. Das Blut, das in ihren Adern zu kochen begann, die Energie, die sich in ihrer Wirbelsäule aufbaute. »Und hast du gedacht, ich wäre ein Mensch?«, fragte L mit einer Stimme, die direkt aus den Tiefen eines kalten Grabes zu kommen schien.

Geist legte die Stirn in Falten. »Wie?«

Es war die einzige Möglichkeit, die L blieb. Sie löste alle Grenzen in ihrem Bewusstsein, all die selbstauferlegten Kontrollen. Ihre Augen leuchteten in dem schummerigen Licht der Halle hell auf, die Gefäße unter ihrer Haut begannen zu glühen und traten gleißend hervor. Bevor Geist Zeit hatte zu verstehen, was vor sich ging, stürzte L los. Sie traf die falsche Pflegerin mit einer solchen Wucht, dass sie durch die Luft geworfen wurde und mit einem der mannshohen Holoscreens kollidierte. Geist brach durch das Glas und krachte gegen die Wand dahinter. Die Laser, die eben noch auf L gerichtet gewesen waren und sie hätten töten sollen, feuerten auf eine leere Stelle, dann erloschen sie.

L fiel auf die Knie. Sie griff nach den Elektrolytkapseln in ihrer Jackentasche, doch ihre Finger zitterten unkontrollierbar, und der Inhalt der Pillenbox verteilte sich auf dem Boden. L kippte um und schlug unsanft auf den Beton. Ihr Blick suchte Geist. An der Stelle, wo die Frau aufgeprallt war, befand sich eine Wölbung im Gestein, umgeben von netzförmigen Rissen. Blut lief ihr über das Gesicht und ihre Augen versuchten erfolglos, sich zu fokussieren. Es war vermutlich nur eine Frage der Zeit, bis sie wieder klar genug war, um Niobe erneut anzugreifen.

Ls Finger krochen mühsam ein paar Millimeter vorwärts, wollten, die Kapseln erreichen. Doch ihr Blick wurde neblig. Sie schaffte es nicht. Es war zu schwer, zu anstrengend. Ihr Körper hatte keine Kraft mehr. Sie konnte nur hoffen, dass Markus hier eintreffen würde und Niobe in Sicherheit brachte, bevor Geist wieder richtig zu sich kam. L schloss die Augen, hörte irgendeinen Tumult. Dann Stille.

Niobe.

»L, mach den Mund auf. Schluck das!«

Niobe?

»Mach schon! Lass mich jetzt nicht im Stich.«

Etwas wurde L zwischen die Lippen gedrückt. Klebriges Gelee verteilte sich in ihrem Mundraum und sie schluckte es kraftlos hinunter. Nochmal und nochmal. Sie spürte, wie ein Teil der verlorenen Kraft in ihren Körper zurückkehrte. Zögerlich und nicht in einem Maße, dass L gleich wieder bereit wäre, einen Marathon zu laufen, aber genug, um die Augen öffnen und zu ihrer Retterin aufblicken zu können.

»Brauchst du noch mehr? Wie viele davon kann ich dir geben, bevor es zu viele sind? Gibt es so etwas wie eine Elektrolyt-Überdosis?«, sprudelten die Worte aus Niobes Mund.

»Geht es dir gut?«, fragte L.

»Ob es mir gut geht? Hast du dich mal angesehen? Was, bei allen Himmeln, war das gerade?«

»Schnellere Reflexe«, antwortete L knapp. Sie fühlte sich elend und müde und trotzdem grinste sie. »Noch zwei«, bat sie und Niobe legte ihr die Kapseln auf die Zunge. »Was ist mit dir?«

»Was soll mit mir sein?«

»Sag mir, wie es dir geht, Niobe. Du hast zitternd auf dem Boden gelegen. Hat Geist dir die Droge verabreichen können?«

Niobe schüttelte den Kopf. »Sie hat mich mit der Energiewaffe angeschossen, damit ich mich nicht wehren kann. Aber es geht wieder. Der Schock, dich fallen zu sehen, toppt offenbar den Elektroschock.«

»Ist Ane Lambert Geist?«, fragte L, nur zur Sicherheit.

»Ja, aber ihr richtiger Name ist Kaida Lane. Sie hat die echte Ane Lambert ermordet, um ihre ID stehlen zu können. Sie hat auch meine Tante Eboni auf dem Gewissen, nur dass meine Tante gar nicht meine Tante war.« Niobe stockte.

»Was meinst du damit?«

»Ich bin ein Tweak, L. Ich bin eine Kopie von Monas Schwester Eboni.« Plötzlich liefen die Tränen über ihre Wangen und Niobe hob den Arm vor das Gesicht, um sie zu verbergen. Die wimmernden Laute konnte sie jedoch nicht ersticken. »Das ist ein verdammter Albtraum.«

L rutschte dichter an Niobe heran und nahm sie in den Arm. »Es spielt keine Rolle, wie genau du ins Leben gefunden hast. Du bist noch immer du.«

»Für dich bin ich das vielleicht, L, aber nicht für den Rest der Menschheit. Mona hat ... Wollte sie deswegen, dass wir alle nach Gaia gehen? Ich dachte immer, es ginge um Julie, aber nun frage ich mich, ob Julie nicht bloß eine willkommene Ablenkung war. Niemand wäre je auf die Idee gekommen, genauer auf mich zu schauen, weil Julie ein so offensichtlicher Grund für Mona war, das GUmS abschaffen zu wollen.« Niobes Atem beschleunigte sich. Sie bekam kaum noch Luft, presste sich die Handballen auf die Augen. »Sie hat irgendwo ein Gedächtnisbild von Eboni archiviert. Weißt du, was das bedeutet? Sie wollte mich überspielen, L. Als wäre ich nur eine Festplatte, die neu formatiert werden muss.« Sie schluchzte.

»Niobe ...«

»Die werden mich zur Zwangsarbeit auf einen Asteroiden schicken oder mich ausschlachten wie einen Organsack.«

»Das lasse ich nicht zu, Niobe.«

»Es gibt Dinge, vor denen kannst du mich nicht beschützen, L. Sobald die Polizei hier eintrifft, wird ihnen Geist, Ane oder Kaida – oder wie auch immer sie sich dann nennt – sagen, was ich bin. Die werden Geists Speicher auswerten und all die Beweise finden, die sie gesammelt hat. Es gibt kein Entkommen. Selbst wenn ich jetzt noch einen Fürsprecher finde, der einen Antrag stellt, damit ich als Tweak auf die Asteria gehen darf, es würde Wochen, vielleicht Monate dauern, bis ein neues psychologisches Gutachten von mir erstellt und eine Entscheidung gefällt wird. Sofern in der Zwischenzeit nicht irgendwo jemand mit dem Leben ringt und meine Organe braucht. Und Geist kann einfach gehen und das Leben genießen, als wäre nichts weiter passiert.«

»Diese Frau hat versucht, dich zu ermorden. Dafür wird man sie zur Rechenschaft ziehen.«

»Nein, wird man nicht«, sagte Markus, der unbemerkt zu ihnen gestoßen war. Er wirkte verärgert. »Es ist kein Verbrechen, Tweaks zu töten. Die können mit Ke Anvar machen, was auch immer ihnen beliebt.«

»Markus«, sagte L. »Du musst Geists Neurolink entfernen, bevor sie wieder klar genug ist. Sie hat hier überall Waffen im Raum angebracht.«

Markus vergeudete keine Zeit und tat, worum L bat. Er legte Geist außerdem Handschellen an und band sie damit an einen der Sockel der Holoscreens. Er klopfte ihr auf die Wangen, versuchte ihr in die Augen zu sehen und bemerkte die Risse an der Wand. »Was hast du mit ihr gemacht?«

»Unwichtig. Was ist mit Niobe?«, fragte L.

»Ist Ke Anvar wirklich ein Tweak, ist ihr Schicksal auf der Erde besiegelt«, sagte Markus.

»Das kann nicht ...« Ls Blick fiel auf den silbernen Injektor, der unter Julies Schlafkammer gerollt war, und L wusste, was sie tun musste. Sie kroch auf den Injektor zu und griff danach, richtete sich mühsam auf und bewegte sich in Geists Richtung. Doch Markus versperrte ihr den Weg und hielt sie am Arm zurück.

»L, was hast du vor?«

»Ich beschütze meine Klientin«, antwortete L und sah ihren Freund mit einem harten Blick an. »Stell dich mir nicht in den Weg, Markus. Bitte.«

»Du weißt, dass ich das nicht zulassen kann.«

»Sie ist eine mehrfache Mörderin. Willst du wirklich ihr Leben auf Kosten von Niobe retten?«, fragte sie.

»Ich rette dich, L.«

»Nicht ich brauche deine Hilfe. Niobe braucht sie. Lass mich los und geh mir aus dem Weg. Oder ich ...«

»L.« Niobe kam heran und legte ihr eine Hand auf die Schulter. »Er hat recht. Du kannst das nicht tun. Ich will nicht, dass du das tust.«

»Es gibt keinen anderen Ausweg, Niobe. Wenn irgendjemand erfährt, dass du ein Tweak bist ...«

»Ich weiß«, flüsterte Niobe sanft. »Ich habe Angst. Ich würde Geist diesen Injektor gerne selbst in den Arm rammen und frei sein. Aber ich bin eben keine Mörderin und ich will auch nicht, dass du meinetwegen zu einer wirst.«

»Niobe, ich bin kein so guter Mensch, wie du glaubst. Ich habe dutzende, vielleicht hunderte Menschen auf dem Gewissen.«

»Damals warst du im Krieg und hast ums Überleben gekämpft. Das hier ist etwas völlig anderes.«

»Geist wird nicht lebend hier rausgehen«, verkündete L eisern.

»Doch, das wird sie«, sagte Niobe. Sie hielt Ls Blick fest.

»Wie kannst du das von mir verlangen?«, fragte L und gab ihren Widerstand gegen Markus dennoch auf. Sie übergab ihm den Injektor und schloss Niobe in die Arme.

»Ihr solltet draußen warten«, brummte Markus. »Bringt die Schlafkammer zu den Fahrzeugen rauf. Ich lösche derweil die Daten von Geists Server. Das verschafft uns etwas Zeit.«

Niobe aber schüttelte den Kopf. »Zeit wofür? Es gibt keinen Ort, zu dem ich jetzt noch flüchten kann. Die Asteria startet erst in vier Wochen. Bis dahin hat Geist längst allen erzählt, was ich bin«, sagte sie entmutigt.

»Die Hoffnung stirbt immer zuletzt, Ke Anvar. Mit etwas Glück hat sie sich den Kopf so hart angeschlagen, dass sie nichts mehr sagen wird. Und jetzt raus hier.«

Niobe und L folgten seiner Anweisung, schoben Julies Schlafkammer hinaus auf den Gang und zur Rampe hinauf.

»Ich hätte härter zustoßen sollen. Wieso hat sie sich bei dem Aufprall nicht das verdammte Genick gebrochen?«, fragte L mehr sich selbst als Niobe.

…/SimFile_58

FLUCHTPLÄNE

ID: L

Das kurze Stück zu den parkenden Fahrzeugen sollte nur Minuten dauern, doch es dehnte sich zu einer endlos wirkenden Wanderung aus. Niobe und L schoben Julies Schlafkammer schweigsam voran, jede versunken in ihre eigenen Überlegungen und im Kampf mit den Strapazen, die ihre Körper erfahren hatten.

»Wenn all deine Jobs so laufen, verstehe ich allmählich, weshalb du in einer Ferienanlage wohnst.«

»Du musst untertauchen«, sagte L unvermittelt.

Niobe lachte leise. »Untertauchen? L, ich hätte keine Chance.«

»Mit mir schon. Ich weiß, wie man sich versteckt. Besonders hier, in dieser Umgebung. Es wird nicht komfortabel und leicht schon gar nicht, aber ich kann dich hier verstecken, bis ich einen Weg finde, dich in Sicherheit zu bringen.«

»Das kann ich nicht von dir verlangen. Du hast dein eigenes Leben.«

»Du hast es nicht verlangt. Ich will das tun.«

»Das ändert ga...«

L zog Niobe in die Arme, bevor sie den Satz beenden konnte und drückte sie so fest an sich, als hinge ihr Leben davon ab. »Ich überlasse dich nicht diesem System, Niobe. Du wirst dir von mir helfen lassen, hast du verstanden? Ich muss dich nur irgendwie von dieser Kugel runterkriegen.«

»Und dann?«

L dachte kurz darüber nach. »Schattenflieger. Du hast mir gesagt, es haben schon früher Tweaks Zuflucht bei ihnen gefunden.«

»Das geht nicht. Geist gehört zu den Schattenfliegern. Sie hat die letzten dreißig Jahre dort gelebt.«

»Eine Gesellschaft von Exilanten ist kein kleines Dorf, in dem jeder jeden kennt. Vor Geist und ihren Freunden kann ich dich beschützen, nicht aber vor dem GUmS.«

»Aber jedes Shuttle, das die Erde verlässt, wird kontrolliert.«

»Keine Kontrolle ist unfehlbar, das hat Geist uns mehrfach bewiesen. Es ist eine Chance, Niobe. Die einzige, die wir haben.«

Niobe biss sich auf die Unterlippe. »Bist du dir sicher, dass du das tun willst?«

»Unbedingt.«

Statt etwas zu sagen, küsste Niobe ihren Bodyguard.

Ein Knirschen und Knacken ließ sie beide aufschauen. Markus näherte sich aus Richtung der Ruine.

»Alles in Ordnung bei euch?« Seine Miene wirkte ernst und verstimmt.

L und Niobe sahen sich an, nickten einander zu. »Kommissar Brill, können Sie dafür sorgen, dass Julie sicher auf die Asteria gebracht wird?«, fragte Niobe.

Er sah erst sie, dann L fragend an. »Das kann ich, aber was habt ihr vor?«

»Sobald Geist zu Bewusstsein kommt, wird sie Niobes Geheimnis verraten, und wenn du mir nicht erlauben kannst, Geist aus dem Weg zu schaffen, bleiben Niobe und ich hier«, antwortete L.

»Wo ›hier‹?«

»Hier in Hex 1379. Vorerst.«

»Bist du von Sinnen?«, fragte Markus. »Hast du dich hier mal umgesehen, L? Hier ist gar nichts. Das Einzige, was es in diesem Teil des Rasters gibt, sind verschüttete Blindgänger, Toxine und weiß der Teufel, was sonst noch. Dieses Hexagon ist eine einzige Todeszone«, empörte sich der Freund.

»Ich kenne Orte wie diesen gut, Markus. Ich weiß, wie man hier überlebt.«

»Was ist mit deinen Kapseln? Deinen Untersuchungen? Deine Körperwerte müssen regelmäßig von telarischen Ärzten kontrolliert werden! Und du siehst ehrlich gesagt aus, als solltest du dich gleich heute noch untersuchen lassen.«

»Mir geht es gut und ich habe noch genug Kapseln für zwei Tage im Wagen. Darum kann ich mir später noch Gedanken machen. Zuerst suchen wir ein sicheres Versteck für Niobe, dann fahre ich zurück und packe ein paar Vorräte und anderes wichtiges Zeug zusammen, wenn das erledigt ist ...«

»Sei nicht so naiv, L. Man wird euch suchen und finden und dann werdet ihr beide angeklagt.«

L nickte. »Das bringt mich zur nächsten Frage.«

»Welcher?«

»Hast du Kontakt zu Schattenfliegern?«

»L, ich bin Polizist, kein Schmuggler. Was willst du von den Schattenfliegern?«

»Sie müssen Niobe und mir Unterschlupf gewähren. Das ist der einzige Ausweg.«

»Das ist kein Ausweg, das ist absurd. Du verabscheust das Weltall!«, protestierte Markus.

»Hast du einen besseren Vorschlag?«, fragte sie verärgert.

Markus' Gesichtszüge arbeiteten rege. »Nein. Habe ich nicht«, gab er zähneknirschend zu. »Na schön. Wenn ihr das wirklich durchziehen wollt, helfe ich euch. Macht eine Liste. Ich besorge, was ihr braucht, und verstecke es in der Nähe. Es fällt weniger auf, wenn ich zum Tatort zurückkomme.«

»Ich will dich nicht mit reinziehen, Markus.«

»So wie ich das sehe, habe ich dich zuerst mit reingezogen. Wenn ich das geahnt hä...«

Eine laute Explosion erschütterte den Grund. Eine Staubwolke stob aus der Ruine, spuckte Geröll und Sand nach ihnen. Sie rissen instinktiv die Arme über den Kopf, L versuchte Niobe abzuschirmen. Der Einstieg zu Geists Reich stürzte ein und die ohnehin maroden Mauern, die es umgaben, fielen krachend hinterher.

Als sich die Stille zusammen mit dem frisch aufgewirbelten Staub über sie legte, blickten sie nacheinander auf und in Richtung der Ruine.

»Scheiße«, murmelte Markus.

»War Geist noch da drin?«, fragte Niobe, die entgegen aller moralischen Grundsätze zu hoffen schien, dass die Frau mit dem gefährlichen Wissen unter den Trümmern begraben lag.

»Wollen wir es hoffen«, gab L weniger zurückhaltend von sich.

»Unmöglich, dass sie da rausgekommen ist, bevor ...«, sagte Markus mit weiten Pupillen.

»Bist du sicher, dass sie nicht entkommen sein kann?«

»Sie war mit Handschellen an einen Holoscreen gefesselt. Das Ding wiegt mehr als ich«, bestätigte Markus, woraufhin er sich über das Gesicht rieb.

»Dann ist mir egal, wie oder was da passiert ist«, sagte L ohne jedes Mitgefühl. »Wird wohl doch nichts aus unserem Piratendasein.«

L sah Niobe an die, ähnlich wie Markus, nicht zu wissen schien, was sie empfinden sollte. Das machte nichts. L übernahm das gerne für sie alle.

…/SimFile_59

ERSCHÜTTERNDE BEWEISE

ID: NIOBE

Niobe empfand eine tiefe Müdigkeit und das aus vielerlei Gründen. Nach dem Aufeinandertreffen mit Geist war sie an Julies Seite geblieben, bis man sie sicher auf den Transporter zurückgebracht hatte. Im Anschluss daran folgte eine langwierige Befragung durch die Polizei. Als Niobe und L endlich wieder im Apartment ankamen, war die Nacht bereits weit fortgeschritten. Trotz der Erschöpfung kam der Schlaf aber nur zögerlich zu Niobe und blieb nicht lange. Zu viele Offenbarungen quälten sie, genauso wie die Angst davor, dass Geist doch noch einmal aus den Trümmern steigen und Niobes Leben beenden würde. Ein Leben, das aus Lügen gemacht war.

Sie betrachtete sich selbst im Vitalspiegel, blickte auf die hellgrüne Farbe ihrer Augen, deren leicht katzenähnliche Form, den Schwung ihrer Lippen. Sie sah sich dieses Gesicht an, das sie seit achtundzwanzig Jahren begleitete, und zum ersten Mal hatte sie das Gefühl, dass eine Fremde ihren Blick erwiderte. Wer war die Frau im Spiegel? Niobe oder Eboni?

»Was machst du da?«

Sie sah über die Schulter hinweg zu L, die aufgewacht war und sich mit zerzausten Haaren im Bett aufsetzte.

»Ich habe das Gefühl, nicht mehr zu wissen, wer ich bin«, antwortete Niobe und schaute zurück auf ihr Spiegelbild. »Glaubst du, Geist … Ke Lane hat die Wahrheit gesagt? Hat Eboni ihr den Studienplatz gestohlen und ihr damit die Zukunft geraubt? Eboni muss gewusst haben, welche Folgen ihre Tat für jemanden aus der Randstadt haben würde. Wer dort geboren wird, schafft es nur selten heraus. Und was ist mit Mona? All die Jahre habe ich geglaubt, dass Julie der Auslöser für Monas politisches Engagement war. Ich dachte, sie wollte die Welt für Julie besser machen und für all die anderen armen Seelen, die in den Augen mancher weniger wert sind als Maschinen. Aber jetzt zeigt sich, dass es Mona nie um Cybes oder Tweaks ging. Nicht einmal um Julie. Es ging ihr allein darum, Eboni im Körper eines Tweaks zurückzubringen und eine sichere Umgebung für sie zu schaffen. Und weil das nicht funktioniert hat, wollte Mona mit uns nach Gaia.«

»Geist hat das alles vielleicht nur erfunden, um dir wehzutun, Niobe. Und selbst wenn es so war, wie sie behauptete, das hat nichts mit dir zu tun. Du warst es nicht, die Kaidas Code gestohlen hat.«

»Aber wenn Eboni und ich dieselbe Gensequenz in uns tragen, kann ich dann anders sein als sie? Mache ich mit Julie nicht dasselbe wie Eboni mit Kaida? Ich habe Julies Konto geleert und ernte die Lorbeeren für die Arbeit, die sie macht.«

»Du und Julie, ihr seid ein Team. Eure Situation ist eine ganz andere. Was war das Erste, was du getan hast, nachdem die Konten deiner Mutter ...«

»Mona«, warf Niobe sofort ein. Nie zuvor hatte sie Mona beim Namen genannt, um eine Distanz zu ihr zu schaffen, doch nun, da sie wusste, dass sie eine Kopie von Monas älterer Schwester war, kam ihr das Wort *Mutter* plötzlich befremdlich vor. Überhaupt hatte sie Schwierigkeiten damit, zu definieren, was sie jetzt für Mona empfand.

»Okay. Nachdem *Monas* Konten freigegeben wurden, was hast du als Erstes gemacht?«, fuhr L fort.

»Ich habe die ausstehende Rate für den Flug nach Gaia beglichen.«

»Und danach?«

»Julies Sparkonto wieder aufgefüllt.«

»Nur aufgefüllt, huh? Wie viel hast du ihr wirklich überwiesen?«, setzte L nach.

»Die Hälfte von Monas Hinterlassenschaft.«

»Die Hälfte, plus dem, was du entnehmen musstest, um euer beider Plätze auf der Asteria halten zu können. Du hast drei Jobs gleichzeitig gemacht, damit Julie nach Gaia fliegen kann. Würde ein schlechter Mensch das tun? Ein gieriger?«, fragte L. »Wir werden nie herausfinden, was Eboni wirklich getan hat oder aus welchen Gründen. Jeder, der es hätte wissen können, ist tot. Du allein bestimmst, welche Art Mensch du sein willst, Niobe. Du liebst Julie und sie dich. Du würdest ihr nie das antun, was Ke Lane Eboni vorwirft, getan zu haben. Es spielt keine Rolle, wer sie war. Du bist ein völlig anderer Mensch als Eboni.«

»Ich hoffe, du hast recht.«

L stieg aus dem Bett, trat hinter Niobe und legte die Arme um sie. »Was kann ich tun, damit es dir besser geht?«

Niobe drehte sich in ihrer Umarmung herum, so dass sie L in die Augen sehen konnte. »Du kannst uns einen deiner köstlichen Kafflons machen. Nachdem du mich geküsst hast.«

L lachte und begann umgehend damit, die ihr aufgetragenen Aufgaben auszuführen.

Während L unter die Dusche ging, setzte sich Niobe im Wohnzimmer an den veralteten Holodesk und zog den Ring vom Finger, der einst Mona gehört hatte. Die letzten Monate hatte Niobe ihn jeden Tag getragen, doch jetzt fühlte er sich wie Säure auf der Haut an. Sie dachte über Geists Worte nach. Hätte Mona Niobe wirklich gelöscht und durch ein Gedächtnisbild ihrer Schwester ersetzt? Sie wollte es nicht glauben, aber der Gedanke ließ sich nicht abschütteln. Niobes Erinnerung an Mona würde von nun an für immer von dieser Frage getrübt sein. Von den Zweifeln. Sie konnte den Ring nicht länger tragen und warf ihn auf den Holodesk. Er rollte ein Stück weit über das Glas, ehe er auf die Seite fiel und liegen blieb. Niobe wollte den Platz schon verlassen, da öffnete sich ein schwebendes Fenster und verlangte die Eingabe eines Passworts.

»Was ist das?«, fragte L, die gerade ins Zimmer kam und sich die Haare frottierte.

»Ein geschützter Datenträger«, flüsterte Niobe. Ihre Finger bewegten sich ungewohnt steif über die Eingabefelder. Sie versuchte es mit Monas ID, ihrem Namen, ihrer Lieblingsfarbe, dem Lieblingstier, all den Lieblingsdingen, die Niobe einfielen. Jede Eingabe warf einen Fehler aus. Sie probierte es auch mit Julies Geburtstag – Fehler. Niobes Geburtstag – Fehler. »Denk nach, Niobe. Was war das wichtigste in Monas Leben? Was hat sie … Eboni. Es ging immer um Eboni.« Sie tippte Ebonis Namen ein – Fehler. Ebonis Todestag – Fehler. »Mona hätte sich nicht an ihren Tod erinnern wollen, sondern an ihr Leben.« Die nächste Zahlenfolge entsprach dem Tag von Ebonis Geburt und diesmal verschwand das Eingabefenster und gab den Inhalt des Datenträgers preis. Zwei Ordner. Einer davon trug den Namen Eboni.

Niobe erhob sich hastig vom Stuhl und trat von dem Holodesk zurück. Sie hatte das Gefühl, das allein der Anblick dieses Ordners ihr ganzes Sein auslöschen würde. »Das ist es, oder? In dem Ordner liegt Ebonis Gedächtnisbild. Geist hat die Wahrheit gesagt. Mona wollte mich wirklich löschen und durch Eboni ersetzen.«

»Niobe, ganz ruhig. Es sind nur Daten. Sie können dir nichts tun. Soll ich mir den Inhalt für dich ansehen?«

Niobe nickte und wich noch weiter zurück.

»Trägst du im Augenblick deinen Neurolink? Kann ein Gedächtnisbild über so einen Link aufgespielt werden?«, fragte L. Wie üblich war sie lieber einmal zu vorsichtig, als einmal nicht vorsichtig genug.

»Nein und nein«, antwortete Niobe knapp. Ihr war schlecht. Sie schlang die Arme um sich selbst und biss sich auf die Unterlippe. »Man braucht für die Übertragung einen speziellen Apparat … oder eine Schlafkammer, die das Gehirn während der Kryostase stimuliert.«

»Gut«, sagte L und damit öffnete sie den Ordner namens *Eboni* und fand eine ganze Reihe von Dateien darin.

/switchProfile
ID: L

Holos, Videos, SimClips. Harmlose Erinnerungen, die gemischte Gefühle in L hervorriefen. Eboni und Niobe, sie sahen einander zum Verwechseln ähnlich. In einem Unterordner wurde sie schließlich fündig. Unglücklicherweise. Sie tippte die Datei an und das 3D Modell eines menschlichen Gehirns erschien über dem Holodesk. Verschiedene Punkte leuchteten hell darauf auf. Schlüsselmomente in Ebonis Leben.

Ein ersticktes Keuchen entwich Niobes Kehle, gefolgt von einem langgezogenen Heulen. L warf einen Blick über die Schulter. Niobe war noch weiter zurückgewichen. »Ich habe diesen Ring monatelang an meinem Finger getragen. Mit *ihr* darauf. Sie, die mich ersetzen sollte, für die ich ausgelöscht werden sollte«, wimmerte Niobe. Sie legte die Hände auf den Kopf, rollte sich ein wenig in sich selbst zusammen.

L wusste nicht, was sie sagen sollte. Sie spürte Leetas Verrat noch immer tief im Herzen, aber das hier, das war ein viel tiefgreifenderer Verrat und sie konnte nur erahnen, was das mit Niobe machte. Eines allerdings war klar: Niobe würde sich niemals sicher fühlen, solange Ebonis Gedächtnisbild existierte. Nicht auf der Erde, nicht auf Gaia. L tippte kurzerhand einen Befehl in den Holodesk ein.

WOLLEN SIE DIESE DATEI WIRKLICH LÖSCHEN?

JA.

BESTÄTIGT.

Und damit verschwand Eboni aus Niobes Leben.

»Ich glaube nicht, dass ich es schaffen werde, den letzten psychologischen Test von Silverline zu bestehen«, sagte Niobe leise. »Es ist zu viel.«

L wandte sich zu ihrem Schützling herum. »Du wirst den Test bestehen, Niobe. Du kennst diese Leute besser als ich, du weißt, was sie hören und sehen müssen. Du wirst eine perfekte Miene aufsetzen und für diese halbe Stunde sagen und tun, was auch immer nötig ist, um sie von deiner Tauglichkeit zu überzeugen. Danach kannst du weinen und schreien. So viel und so lange, wie es nötig ist, aber erst, wenn dein Flug nach Gaia genehmigt ist. Hast du verstanden? Dein Leben hängt davon ab. Als Tweak bist du nicht sicher auf der Erde. Früher oder später kommt die Wahrheit heraus und besiegelt dein Schicksal. Das ist nicht akzeptabel.«

Ein Lächeln huschte über Niobes Lippen. Die Worte waren streng, der Ton dagegen besorgt. »Du führst ein hartes Regiment, Agent Elsa.«

»Hm«, gab L unzufrieden zurück.

»Was ist in dem anderen Ordner? Es waren doch zwei?«

L wandte sich wieder dem schwebenden Fenster zu und öffnete das zweite Verzeichnis. Anders als Ebonis Ordner war dieser mit einer Abfolge von Zahlen und Buchstaben benannt. L überflog zunächst die Liste aller Dateien. »Hm. Noch mehr Gedächtnisbilder, Screenshots und Videos. Irgendwelche Korrespondenzen, die locker fünfzig Jahre alt sind. Ich werde sie löschen.«

»Nein, warte!« Niobes Neugier kehrte vorsichtig zurück und sie wagte es, näher zu kommen. L nahm ihre Hand und legte einen Arm um ihre Hüfte, während Niobe durch die Dateien scrollte. »Bei allen Himmeln«, sagte sie nach einer Weile.

»Noch mehr Gedächtnisbilder von Eboni?«

»Nein, das ... das ist etwas noch viel Gefährlicheres«, keuchte Niobe. »Das müssen die Daten sein, nach denen Jannik gesucht hat. Diese Gedächtnisbilder ... bei allen Himmeln, L. Die gehören zu den Cybes und Tweaks, die für den Amoklauf damals verantwortlich waren. Mona hat die Wahrheit gesagt. In diesem Ordner liegen unwiderlegbare Beweise dafür, dass die Mitglieder der UKP alles fingiert und diese Menschen für ihre Agenda benutzt haben.«

.../SimFile_60

EIN GEFÜHL, SO SCHÖN UND ELEND

ID: NIOBE

Niobes letzte Botschaft an die Erde war verpackt und würde in sechs Monaten automatisiert verschickt. Mit Markus Brills Hilfe. Zu dem Zeitpunkt, da die Daten von Monas Ring in der Weite des Clusters einschlagen würden wie eine digitale Bombe, wären Julie, Niobe und auch Markus Brill längst außer Reichweite. In Sicherheit. Nur L war dann noch hier, um Zeugin davon zu werden, welche Folgen das haben mochte.

Die Dateien besaßen das Potential, einen Bürgerkrieg auszulösen. Monas Plan war subtiler gewesen als der von Niobe. Sie hatte die Daten benutzt, um sich bzw. ihrer Partei einen Platz im Erdrat zu verschaffen. Es hätte Jahre gedauert, sogar Jahrzehnte, um auf diese Weise das System langsam von innen heraus zu ändern, aber es war eine weniger explosive Strategie. So viel Zeit blieb Niobe jedoch nicht und nach Jannik Kilkønnens Taten war sie sich nicht sicher, ob noch irgendjemandem von Humanitas zu trauen war. Überhaupt waren diese Daten zu gefährlich, zu wichtig, um im Besitz von nur einer einzigen Person zu sein. Das hatte der Mord an Mona deutlich gezeigt. Sie mussten gleichzeitig an so viele Empfänger wie möglich geschickt werden, damit nicht wieder jemand dafür sterben musste.

Das Datenpaket beschäftigte Niobe in diesem Augenblick aber nicht so sehr, wie es das tun sollte. Ihr Bodyguard zog gerade seine Jacke über, der Koffer war fertig gepackt. Das Leben rief L zurück in den Alltag. Ein neuer Auftrag, ein neuer Klient. Ihre Arbeit bei Niobe war getan. Doch L Lebewohl sagen zu müssen fühlte sich unwirklich und falsch an. Es wühlte Niobe sehr viel mehr auf als die Dateien auf Monas Datenring.

»Du wirst auf dich aufpassen, ja, Niobe?«, fragte L, nachdem sie ihren Koffer die letzten Schritte zur Haustür gezogen hatte und auf den Gang trat.

»Das wird schwer werden ohne dich. Du weißt doch, wie gerne ich unkluge Entscheidungen treffe«, antwortete sie.

»Ein paar davon waren nicht ganz so übel«, gab L lächelnd zurück. Dann senkte sie den Blick. »Du wirst bald froh sein, dein Leben zurückzuhaben.«

»Kaum vorstellbar. Es waren nur wenige Wochen mit dir, aber es fühlt sich an wie ein halbes Leben. Wir haben so viel gemeinsam erlebt in dieser kurzen Zeit. Erstaunlich, wie schnell man einen Menschen ins Herz schließen kann.«

»Ja«, antwortete L schwermütig. »Aber dir stehen aufregende Zeiten bevor. Du wirst mich im Nu vergessen haben.«

War es so einfach für sie? Würde L nachhause fahren und Niobe vergessen, als wäre nichts weiter zwischen ihnen gewesen? Nur ein Traum der verfliegt, sobald man aufwacht?

»Geh nicht!«, platzte es aus Niobe heraus. »Bleib! Wenigstens noch ein paar Tage.« Sie hatte sich geschworen, dass sie nicht betteln würde. Doch jetzt, da sie hier standen, in diesem letzten Moment ihrer gemeinsamen Zeit, konnte sie ihr Versprechen an sich selbst nicht halten.

»Das würde es nur schwerer machen, Niobe. Je näher der Tag deines Abflugs rückt, desto schmerzvoller wird es für uns, zusammen zu sein«, sagte L. Sie klang, als würde sie den Schmerz längst spüren, und umklammerte den Griff ihres Koffers mit aller Kraft.

Natürlich hatte L recht. Es war hoffnungslos. In Kürze begann auch für Niobe die Schlafphase. Sie musste dringender denn je an Bord der Asteria, doch ihr Herz war dagegen. Es wollte hier bei L auf der Erde bleiben. Wann war das passiert?

»Dann komm mit uns nach Gaia. Komm mit *mir* nach Gaia. Was gibt es denn auf der Erde für dich, was du nicht auch dort finden kannst?« Niobe fiel an Ls Brust und umklammerte sie, verbarg das Gesicht in ihrer Halsbeuge. »Bitte. Komm mit mir. Du kannst nicht mein Leben durcheinanderbringen und dann einfach gehen. Jeder Moment ohne dich kommt mir verschwendet vor.«

Ls Arme legten sich sanft und doch fest um Niobes Schultern, hüllten sie ein in dieses warme Gefühl einer Vollkommenheit, über die Talulah York viele Geschichten erzählte, die Niobe aber nie selbst erfahren hatte. Bis jetzt.

Als L sprach, war es kaum mehr als ein Flüstern. »Ich kann nicht, Niobe. Mein Zuhause ist hier. Wir kennen uns im Grunde kaum. Wie könnte das jemals gutgehen? Wenn die Situation eine andere wäre, wenn wir mehr Zeit hätten herauszufinden, was wirklich zwischen uns ist oder sein könnte ... Aber noch einmal hundert Jahre schlafen und in einer neuen Welt aufwachen? Das ist zu viel für mich. So mutig bin ich nicht.«

Niobe entließ einen wehklagenden Atemstoß. Sie hatte mit einer Antwort wie dieser gerechnet und dennoch ließ sich die tiefe Enttäuschung nicht abwenden. Dieses Gefühl, ungebremst auf einen Abgrund zuzurollen und nichts dagegen tun zu können. Sie hatte so viele neue Wünsche und Träume, in denen L die alleinige Hauptrolle spielte. Niobe sah überall Chancen und Möglichkeiten, aber L war zu vernünftig, zu abgeklärt um sich an solch zerbrechliche Dinge zu klammern. Das Leben schenkte einem selten Happy Ends. L verstand das wohl besser als Niobe und sie war besser darin, sich selbst zurück in die Realität zu rufen.

Einen Moment noch hielt Niobe L fest, prägte sich das Gefühl ein, in ihrer Umarmung zu ruhen. Dann löste sie sich langsam und auch L trat einen Schritt zurück. »Also bleibt mir nur noch, dir Lebewohl zu sagen, Agent Elsa.«

L neigte sich vor und küsste sie sanft auf die Lippen. »Leb wohl, Niobe.«

Und dann war es vorbei. Einfach so. L kehrte Niobe den Rücken zu und eilte fast gehetzt den Gang hinunter. Ob sie vor Niobe oder sich selbst flüchtete, war schwer zu sagen.

Niobe wartete, bis ihr Bodyguard außer Sicht war, starrte solange in den leeren Gang, bis ihre Augen zu brennen begannen und die Gewissheit einsank, dass L nicht wiederkam. Sie schloss die Türe, spürte das Material unter ihren Händen, dessen Kälte in ihr Herz zu fließen schien.

Niobe schrie auf. Laut und leidvoll. Sie sank auf die Knie, ließ die Stirn gegen die Tür sinken, goss ihre Tränen auf den schmutzigen Teppich aus, heulte wie der einsame Wolf in der Nacht. Sie hasste Gaia, sie hasste die Erde, sie hasste das GUmS und sie hasste es, L zu lieben. Denn was sonst vermochte es, sich im einen Moment so gut, und im nächsten so elend anzufühlen, wenn nicht die Liebe?

.../SimFile_61

GETRENNTE WEGE

ID: L

Es gab nur selten einen Moment, da L das Steuer freiwillig der KI überließ. Es kam so gut wie nie vor. Doch hier und jetzt war sie ein emotionales Wrack und dankbar dafür, dass sie die Verantwortung an das automatische Leitsystem übergeben konnte, während sich die Endgültigkeit ihres Abschieds von Niobe, schwer wie eine Felswand, auf sie stürzte. *Komm mit mir*, hallten die Worte in Ls Erinnerung nach und zum ersten Mal fragte sie sich, ob sie Markus' Angebot annehmen und mit ihnen nach Gaia fliegen sollte. Doch das war völliger Unsinn. Man stellte nicht einfach so sein ganzes Leben auf den Kopf für jemanden, den man kaum kannte. Man verließ deswegen nicht einen ganzen Planeten.

»Daten geborgen«, tönte es aus dem Lautsprecher des Nexus.

L blinzelte. Es dauerte einen Augenblick bis sich ihre Gedanken neu sortiert hatten. »Was denn für Daten?«, erkundigte sie sich verwundert.

»Die letzte Übertragung von Überwachungsdrohne SEC-13 war stark beschädigt. Ich konnte die Datenfragmente jedoch teilweise wiederherstellen.«

Falcon Securitys tapfere kleine Drohne. L hatte fast vergessen, dass sie bei der Explosion in den Tunneln zerstört worden war. Hagen würde vermutlich vor Wut platzen, sobald er davon erfuhr.

»Wann habe ich dir das aufgetragen?«, fragte L.

»Es ist ein automatisierter Prozess, L. Wünschst du, dass ich die Übertragung abspiele?«, fragte Vee.

»Leg es auf die Frontscheibe.« Vielleicht hielten die Aufnahmen L davon ab, über Niobes allzu deutliche Bitte nachzudenken.

Die KI gehorchte und startete die Aufnahmen, die Ls Drohne vor der Explosion noch hatte übertragen können. Bildqualität und Ton waren verzerrt und zeichneten sich durch zahlreiche Aussetzer aus.

Die Drohne lag auf dem Boden und die Linse hatte einen kleinen Sprung von ihrem Zusammenprall mit Ke Lamberts bzw. Ke Lanes Kopf davongetragen. Die Frau lag noch immer neben dem Holoscreen, an den Markus sie angebunden hatte. Markus stand inmitten der Holoscreens, schaute auf die Fotos und die medizinischen Berichte, die ihn in Übergröße von den Holoscreens anleuchteten. All die lebensgefährlichen Informationen, die Geist über Eboni und Niobe gesammelt hatte. Es war alles da, was es brauchte, um Niobe zu zerstören.

»Verdammte Scheiße«, rief L aus und grub die Finger in den Sitz. Da hatte irgendein wundersamer Schicksalsschlag die Beweise samt der Zeugin vernichtet, und nun tauchten sie wieder auf. Ausgerechnet durch Ls verdammte Drohne. Wenn irgendjemand diese Aufnahmen sah ...

Während Ls Gedanken in Aufruhr gerieten, schien Markus' Vergangenheits-Ich aufzufallen, dass er noch immer den silbernen Injektor in der Hand hielt, den er L abgenommen hatte. Sie hätte es getan. Sie hätte Geist das Lucid verabreicht, um Niobe zu beschützen. Ob sie die Tat anschließend in ihren Träumen verfolgt hätte? Vielleicht. Doch den Preis hätte sie ohne zu zögern bezahlt, wenn Markus und Niobe sie gelassen hätten. Sie spürte nichts als Erleichterung darüber, dass Geist nie wieder reden würde.

Markus' Abbild starrte den Injektor lange Sekunden an, lief auf und ab, blickte erneut auf die Holoscreens, blieb stehen und schaute in Ke Lamberts Richtung. Er raufte sich das Haar, schien zu fluchen, ging ein paar Schritte auf Ke Lambert zu, blieb stehen und ging wieder zurück. Er warf den Injektor kraftvoll zu Boden und zermalmte ihn mit seinem Stiefelabsatz. Die zerbrochenen Überreste trat er anschließend fort. L sah weiterhin zu, als er sich Ke Lamberts Holodesk näherte und etwas in das Touchfeld eingab. Wieder und wieder. Seine Gesichtszüge verdüsterten sich.

Er fluchte und ging zu Ke Lambert, kniete sich zu ihr und schlug ihr leicht auf die Wangen. »He, aufwachen! Wie lautet das Passwort für den Holodesk?«, fragte seine fragmentierte Stimme.

Welche Worte genau Geist zur Antwort murmelte, war für L nicht auszumachen, aber anhand von Markus' Mimik und ihrem höhnischen Lachen konnte L es sich ungefähr denken. Er richtete sich auf, sah Geist lange an, wandte sich herum, griff sich ins Haar. Was war los mit ihm?

Das Video flackerte erneut, im nächsten klaren Abschnitt bewegte sich Markus wieder auf Geists Arbeitsplatz zu. Statt sich erneut an den Holodesk zu begeben, ging er schnurstracks auf die Wand dahinter zu. Sie bestand fast vollständig aus einem komplexen Kortexknoten, wie L sie nur aus größeren Speicherzentren kannte. Geist machte offensichtlich keine halben Sachen. Markus riss nun entschlossen die Verkleidung von einem der größeren Segmente ab. Das pulsierende, teils organische, teils elektronische Innenleben darunter kam zum Vorschein. Als Markus begann, verschiedene Stecker aus ihren Buchsen zu ziehen und sie woanders wieder einzustecken, schien Geist dann doch ein wenig kommunikationsbedürftiger zu werden und warf Markus ein paar blumige Bezeichnungen und Drohungen an den Kopf. Der entfernte unbeeindruckt irgendwelche Teile aus dem Kortex und warf sie achtlos fort. Immer wieder hielt er inne, rieb sich den Nacken, sah sich die Anschlüsse an. Es wirkte auf L, als hätte er nicht unbedingt viel Ahnung von dem, was er da tat.

Nach einer Weile blieb Markus vor seinem wirr verdrahteten Werk stehen und betrachtete es wie ein altes Museumsbild, dann setzte er sich wieder an den Holodesk und rief den Bildschirm auf. Er gab Befehle ein, die L nicht zu entziffern vermochte, und trug dabei eine Miene tiefer Verärgerung zur Schau. Geist hatte es offensichtlich geschafft, Markus unter die Haut zu kriechen. Das schafften nicht viele.

Markus' Finger schwebte einige Sekunden über der Eingabetaste des Holodesks, dann tippte er sie entschlossen an. Während Markus die Szene verließ, um Niobe und L draußen bei den geparkten Fahrzeugen zu treffen, sah L zu, wie sich die organische Masse in dem Kortex zu verfärben begann. Markus musste zu dem Schluss gekommen sein, dass, wenn er nicht direkt auf die Daten zugreifen konnte, um sie zu löschen, eben der ganze Kortex dran glauben musste. Die organische Masse veränderte sich schnell und begann zu glühen. L fühlte sich unangenehm an das Glühen ihrer Haut erinnert, an die Hitze in ihrem Implantat, kurz bevor sie Geist quer durch den Raum gestoßen hatte. Die Erinnerung an das enorme Schwächegefühl im Anschluss ließ sie schaudern.

»Was zum ...?«

Die organischen Teile des Kortexknotens begannen nun förmlich zu kochen, andere zu schmelzen, und schon stoben die ersten Funken aus den elektronischen Komponenten. Es zischte und knallte. L zuckte in ihrem Wagen zusammen, während Geist in der Aufnahme schimpfte und aufgebracht nach Markus rief. Das Glühen des Kortex wurde noch intensiver. Das hohe Fiepen einer sich überladenden Energiezelle tönte über das Zischen und Platzen hinweg an Ls Ohr. Ein greller Lichtblitz beendete das Video.

»Bei allen Himmeln«, stammelte L.

Für eine Weile saß sie einfach nur still und geschockt da, starrte durch die Scheibe auf die Straße hinaus, klammerte sich an ihren Sitz. Was hatte sie da gerade gesehen? Hatte Markus die Energieleitungen manipuliert? Falsch verdrahtet? Hatte er es mit Absicht oder versehentlich getan? Es konnte keine Absicht gewesen sein. Unmöglich. Nicht Markus. Aber dieser Zorn auf seinem Gesicht, die Schatten in seinen Augen ... War er womöglich zu dem Schluss gekommen, dass ihm Niobes Leben mehr wert war als das einer mehrfachen Mörderin? War er dazu im Stande, eine solche Entscheidung zu treffen und das Gesetz selbst in die Hand zu nehmen? L hatte Schwierigkeiten, das zu glauben. Markus hielt sich strikt an die Gesetze. Er machte sie nicht, er befolgte sie nur. Er wurde es nicht müde, das immer wieder zu betonen. Sicher war es ein Versehen gewesen, dass er die Energiezelle überladen hatte ... Ganz sicher. Warum hätte er L zuvor davon abhalten sollen, Geist unschädlich zu machen, wenn er sie doch selbst tot sehen wollte? Andererseits hatte sie in den letzten fünf Tagen mehr über Markus gelernt als in den letzten fünf Jahren.

»Deine Vitalwerte bewegen sich außerhalb des Normbereichs, L. Du wirkst gestresst«, kommentierte Vee.

»Was du nicht sagst«, erwiderte L mit kaum hörbarer Stimme.

»Darf ich dir ein wenig Musik zur Entspannung anbieten?«

»Ich ...«, begann L. »Hast du die Aufnahme schon an die Firma geschickt?«

»Negativ. Wünschst du, dass ich dies nun tue?«

»Nein!«, rief L sofort. »Nein. Lösch sie. Lösch sie von allen Datenträgern. Ich will keine einzige Kopie davon. Nirgendwo.« Sie hatte die Nase allmählich gestrichen voll von überraschend aufgefundenen Datenpaketen.

»Bist du sicher, L?«

»Absolut.«

»Löschvorgang wird vorbereitet ... Löschvorgang abgeschlossen.«

L entließ den Atem, den sie unbemerkt angehalten hatte. Welche Wahrheit auch hinter dieser Aufnahme steckte, es war besser, wenn sie mit Geist in den Trümmern verschüttet blieb.

.../SimFile_62

27 MINUTEN

ID: L

Die Besprechung zog sich eine Ewigkeit hin. L hörte die Worte und Anweisungen ihrer Teamleitung, nahm jedoch kaum etwas davon wahr. Sie konnte nur hoffen, dass die restlichen Anwesenden besser zuhörten als sie selbst.

Ein Signalton zirpte zum wiederholten Male in ihrem Ohrclip und lief wie die Male zuvor ins Leere.

»Videodatei erhalten«, verkündete Vee in Ls Ohr.

L war versucht, die Smartbrille aufzusetzen und nachzusehen, wer sie da so dringend erreichen wollte und weshalb. Sei es auch nur, um ein wenig Ablenkung zu finden. Das Einzige, was sie davon abhielt, war die Furcht davor, abgemahnt oder – die Himmel aller Welten mögen es verhindern – erneut beurlaubt zu werden. Dieses Mal würde es weder einen Markus noch eine Niobe geben, die ihr Gesellschaft leisten konnten. Das Gewicht dieser Erkenntnis legte sich schwer auf Ls Schultern. Kein Markus. Keine Niobe. Nur noch L und ihr Kaktus.

Ihre Gedanken kehrten auch eine Woche nach ihrem Abschied voneinander immer wieder zu Niobe zurück. Sie war noch zu sehr bei ihrem letzten Auftrag. Diesem Nicht-Auftrag, der seine Spuren auf ihrem Körper und auf ihrer Seele hinterlassen hatte. Wie lange würde es dauern, bis sich ihr Leben wieder normal anfühlte? Hatte es sich überhaupt je normal angefühlt, seit sie aus dem Kälteschlaf aufgewacht war?

Die plötzliche Aktivität der CPOs signalisierte L, dass die Besprechung endlich vorbei war, und so erhob auch sie sich, um den Raum zu verlassen. Auf dem Weg nach draußen zog sie die Smartbrille hervor und prüfte ihre Benachrichtigungen. L blieb mitten im Weg stehen, jemand stieß gegen sie, murmelte eine Entschuldigung und schob sich an ihr vorbei.

Eboni@Asteria – Die Reise beginnt.

»Was?«, fragte L leise, tippte die Vorschau an und wartete darauf, dass die ganze Nachricht angezeigt wurde. Zwei Sekunden später baute sich das Holo einer Kälteschlafstation mit hunderten Kammern darin auf – und Niobe, die grinsend neben einer davon posierte und einen Daumen nach oben in die Kamera hielt. Die Freude auf ihren Lippen stand im harten Kontrast zu der Röte in ihren Augen. Oder bildete L es sich bloß ein?

»Warum heute?«, sprach sie zu sich selbst, als ihr plötzlich klar wurde, was mit diesem Bild nicht stimmte. L wurde eiskalt. Die Schlafphase der Passagiere sollte erst in einer Woche beginnen. Acht Tage, um genau zu sein. Nicht, dass das etwas änderte, aber ...

Sie verließ die Asteria-App und rief mit einem nervösen Knoten im Magen ihre weiteren Benachrichtigungen auf. Drei Anrufe in Abwesenheit. Alle von Niobe.

»Nein. Nein, nein, nein«, wiederholte sie das Wort in einer Endlosschleife. Das musste ein finaler Werbeversuch der Silverline Company sein, um die letzten Tickets nach Gaia loszuwerden. Das Schiff flog bald ab und Markus' täglichen Erinnerungen zufolge gab es nur noch eine Handvoll Kabinen, die leer standen.

Niobes drittem Anruf hing eine Aufzeichnung an und L spielte sie ab.

»Hey, Agent Elsa. Ich schätze, du bist gerade sehr beschäftigt oder du willst bloß nicht mit mir reden. Wenn du nichts dagegen hast, werde ich das einfach so interpretieren, dass es dich zu sehr verletzten würde, noch einmal mit mir zu sprechen. Im Grunde hast du mir ja genau das gesagt ...« Niobe lachte unglücklich in die Kamera. Ihr Blick schaffte es nicht, sich auf die Linse zu konzentrieren, und sprang immer wieder verunsichert von einem unsichtbaren Ding zum anderen. »Ich sollte dir diese Nachricht also nicht schicken, aber ich kann nicht gehen, ohne mich zu verabschieden, auch wenn wir das eigentlich schon getan haben.« Sie pausierte und atmete angestrengt durch. »Die Schlafphase für die Passagiere wird gerade eingeleitet. Früher als geplant und es fühlt sich falsch an, L. So falsch, dass ich vermutlich bleiben würde, wenn es da nicht diese andere Sache gäbe.«

Wenn sich nicht herausgestellt hätte, dass du ein Tweak bist, ergänzte L in Gedanken. Wäre Niobe wirklich geblieben? Für L?

»Ich ... Ich denke oft an dich«, fuhr Niobe fort. »Zu oft. Du hast mir gesagt, dass ich dich nach ein paar Tagen vergessen hätte. Du hast gelogen. Du bist noch immer ständig in meinem Kopf, L, und irgendwie dachte ich ...« Niobe unterbrach sich erneut und schüttelte den Kopf.

Was? Was dachtest du?

»Markus war vorhin hier – er sagt, ich soll ihn ab jetzt Markus nennen – und wenn ich wieder aufwache, soll ich zu ihm kommen. Dann trinken wir gemeinsam auf den Jammer, dass du nicht mit uns gekommen bist. Er ist empört, dass du zwar bereit warst ein Piratenleben mit mir zu beginnen, aber nicht, mit uns nach Gaia zu fliegen. Ich muss gestehen, ich teile diese Empörung, und außerdem muss ich dir noch ein Geständnis machen.« Sie nahm etwas aus einem Bereich, der nicht von der Kamera erfasst wurde und hielt es dann vor die Linse. Weißer Stoff in einer klaren, luftdicht verschlossenen Konservierungshülle. »Ich habe eines deiner Hemden gestohlen. Ich hoffe, es war kein Lieblingsstück.«

L lachte auf und schlug die Hand vor den Mund. Diese diebische kleine Elster. Ls Blick wurde wässrig.

»Falls du in hundert Jahren zufällig an Gaia vorbeikommen solltest, kannst du es gerne bei mir abholen. Mir wurde außerdem zugesichert, dass wir eine gigantische Menge Kafflonbohnen im Frachtraum haben. Ich bin sehr gerne bereit, meinen Anteil daran mit dir zu teilen.« Niobe lachte erneut, dann verzerrte sich das Lachen und sie hob schnell den Arm vor die Augen, um die Tränen zu verbergen, die plötzlich hervorbrachen. Es dauerte ein paar Sekunden, ehe sie sich wieder gefangen hatte. »Verdammt, L. Es ist ein unbarmherziges Gefühl zu wissen, dass ich mich nun schlafen lege und in einer Welt aufwachen werde, in der du nicht mehr existierst. Zu wissen, dass du am anderen Ende des Universums lebst, wäre schwer genug zu ertragen gewesen, aber dass du nicht einmal mehr leben wirst, das bringt mich um. Ich meine es ernst, Agent Elsa, du bringst mich mit deiner Abwesenheit um.« Sie blinzelte die Tränen in den Augen fort und pustete einen langen Schwall Luft durch die Lippen. »Kannst du ...«

»Ke Anvar? Es wird Zeit«, tönte es aus dem Hintergrund.

Niobes Blick ging zu dem Sprecher, der sich irgendwo hinter der Kamera befand. »Ja. Ja, natürlich.«

»Nein«, sagte L hingegen, als könnte sie den Ausgang der Aufnahme dadurch ändern.

»Ich muss jetzt gehen, L. Hab ein wunderbares Leben, okay? Schick mir eine Nachricht. Oder zwei oder drei ... Ich werde sie erst in etwas mehr als neunzig Jahren bekommen, aber ... Okay. Das wird langsam peinlich. Ich hätte gerne mehr Zeit mit dir gehabt, das ist alles. Leb wohl, L. Ich wünschte, ich könnte dein Pinguin sein.« Sie schüttelte den Kopf. »Leb wohl«, sagte sie noch einmal.

Die Aufzeichnung endete. Niobe hatte sie vor siebenundzwanzig Minuten abgeschickt. L stieß den Rückruf an. Der Verbindungston wiederholte und wiederholte sich. Sie ballte die Hände zu Fäusten, um das Zittern darin zu unterdrücken.

Der Teilnehmer ist nicht verfügbar. Bitte versuchen Sie es zu einem anderen Zeitpunkt oder hinterlassen Sie eine Nachricht.

L keuchte. Zu spät. Sie hatte die Chance vertan, noch ein letztes Mal mit Niobe zu sprechen.

»L, hier bist du. Hagen wart…« Hinatas Stimme drang nur als leises Echo zu L vor und brach mitten im Wort ab. »L, bei allen Himmeln, was ist passiert?«

»Was?« L schaute auf. Ihre Kollegin stand neben ihr, hatte eine Hand auf ihren Arm gelegt und wirkte besorgt.

»L, du weinst.«

»Was?«, wiederholte L und strich sich über das Gesicht. Ihre Handfläche war nass, als sie darauf blickte.

»Du hast gar nicht gehört, was ich zu dir gesagt habe, oder?«, fragte Hinata. L sah sie bloß desorientiert an. »Hagen will dich noch einmal wegen des neuen Klienten sprechen. Aber geh dich erstmal sammeln. Ich sage ihm, dass du noch einen Moment brauchst.«

L nickte steif. Ein neuer Klient. Ein Weg zurück in die Normalität.

LEBT WOHL, GAIANER!

ID: NACHRICHTENAGENTUR KREUTER

Am heutigen Vormittag ist die Asteria gestartet. Mit insgesamt 15.000 schlafenden Passagieren an Bord, darunter 2.000 Telarin, befindet sie sich nun auf dem Weg nach Gaia. In drei Tagen wird das Schiff das letzte Sprungtor erreichen, bevor es in den nicht erschlossenen Raum eintritt und sich auch die Brückenmannschaft in den Kälteschlaf begibt. Die planmäßige Ankunft der Asteria auf Gaia wird in 93 Jahren und 17 Tagen erwartet.

Die Asteria ist das zweite Kolonieschiff, das sich von der Erde aus aufmacht, einen neuen Planeten zu besiedeln, und das erste, das eine derart lange Reise dafür auf sich nimmt. Wir alle blicken heute gespannt zu den Sternen und in die Zukunft.

Die Erde wünscht euch eine gute Reise, Gaianer!

[SIMULATION WIRD BEENDET ...]

Der Nebel verzog sich nur langsam aus Niobes Kopf. Sie lag auf dem Rücken, die Hände neben ihren Schenkeln platziert. Sie fühlte sich schwer. Selbst ihr kleiner Finger schien das Gewicht eines Felsens zu haben. Es war ihr kaum möglich, die Augenlider offen zu halten, und bei dem Versuch zu sprechen, kam nur unverständliches Brabbeln heraus.

»Nio, hörst du mich?«

Niobe runzelte die Stirn. Wessen Stimme war das? »Wer ist da?«

Ein Kichern ging der Antwort voraus. »Mach die Augen auf, dann siehst du es.«

»Uh. Viel zu anstrengend«, gab sie undeutlich zurück. Niobes Augenlider wurden eines nach dem anderen hochgeschoben und eine Diode leuchtete ihr unfreundlich mitten in die Pupille. Verärgert mobilisierte sie verborgene Kräfte und schlug die Hände fort, die sich da ungebeten in ihrem Gesicht zu schaffen machten. Sie war müde, erschöpft und wollte in Ruhe gelassen werden. »Aufhören!«

»Weißt du, wo du bist, Niobe?«

»Natürlich weiß ich, wo ich bi...« Sie brach den Satz ab. Wusste sie es?

Niobe zwang sich nun doch, die Augen zu öffnen, drängte die Schwäche zurück und blinzelte ein paar Mal gegen die Helligkeit an. Das vertraute Gesicht einer Cybe hing über ihr und schenkte ihr einen geradezu vorwurfsvollen Blick, inklusive hochgezogener Augenbraue. Niobe versuchte, den Ausdruck zu spiegeln, ihre Muskeln schienen sich dem Vorhaben aber nur bedingt anschließen zu wollen.

»Julie?«

»Ah, da bist du ja«, sagte Julie hörbar zufrieden.

»Ah, da bin ich ja«, erwiderte Niobe, weil ihr Gehirn zu glauben schien, dass dies eine ordentliche Antwort war. Niobe versuchte derweil mehr von ihrer Umgebung zu erkennen. Hell, ein steriler Geruch, Menschen, die in milchig weißen Kitteln durch die Reihen gläserner Sarkophage schritten und mit Holoscreen in der Hand davor stehen blieben. Pflegebots, die Flaschen mit rosa Flüssigkeit darin an Patienten verteilten. »Notaufnahme?«, fragte Niobe. Hatte man sie etwa schon wieder vergiftet? Aber nein, dann wäre Julie nicht hier.

»Nah dran. Du bist auf der Aufwachstation der Asteria. Kannst du mir sagen, was deine letzte Erinnerung ist?«

Asteria.

Das Wort geisterte mehrere Sekunden ziellos durch ihre Gedanken, ehe es einen Sinn bekam. Das Schiff, das sie und Julie nach Gaia bringen sollte. Die große Halle mit den sauber aneinandergereihten Schlafkapseln. Ein fast hundertjähriger Flug durch das Weltall.

»Der Einstieg in die Schlafkammer.«

»Ausgezeichnet. Es wird noch ein paar Stunden dauern, bis du wieder ganz du selbst bist, aber deine Werte sind stabil und zeigen keine Auffälligkeiten. Ich gebe der Servicecrew Bescheid, dass du in deine Kabine gebracht werden kannst.«

»Bist du Ärztin geworden, während ich geschlafen habe?«

Julie lachte. Ein unbeschwertes, glückliches Lachen. »Nein, ich helfe nur aus. Ich wurde vor zwei Wochen mit den anderen Cybes und Servicekräften aufgeweckt und habe den Aufweckvorgang nun schon so oft begleitet, dass ich ihn inzwischen selbst beaufsichtigen darf. Wenn du willst, besorge ich dir eine Ärztin.«

»Du redest viel zu schnell«, beschwerte sich Niobe mit Worten, die sich hinzogen wie ein Pechtropfen.

Wieder lachte Julie. »Keine Sorge, das geht vorbei. Willkommen zurück, Nio.«

Das Panoramafenster offenbarte den Blick auf die Weite des Weltalls. In der Ferne leuchtete nur ein einzelner heller Stern in der ewigen Nacht. Gaia. Ihre neue Heimat. Niobe hätte gerne mehr Interesse für den Planeten gezeigt, auf dem sie in drei Monaten landen würden, doch ihre Aufmerksamkeit war geteilt. Sie fühlte die Einsamkeit in ihrem Herzen. Sie hatte Mona gleich zweimal verloren und wusste nicht damit umzugehen. Ebonis Gedächtnisbild, Monas Pläne ... Der Schmerz saß tief. Und dann war da noch L. Niobe starrte desillusioniert auf den Thinkscreen ihres Neurolinks.

Nicht eine einzige Zeile? Wirklich, L?

Sie wusste, dass es ihr nicht zustand, etwas zu erwarten, doch die Leere ihrer Inbox hatte eine erdrückende, die Zeit anhaltende Wirkung auf sie. Sie versuchte sich den eklatanten Mangel an Nachrichten damit schönzureden, dass die Signalrelais, welche die Asteria auf ihrem Weg nach Gaia automatisch und in regelmäßigen Abständen abgesetzt hatte, gewiss einen Defekt in der Kette hatten. Das schlechte Gefühl in Niobes Brust ließ sich davon leider nicht überzeugen. Ob L etwas passiert war? Hatte Geist am Ende doch überlebt und sich an L gerächt, weil Niobe entkommen war? Die Vorstellung schnürte ihr die Luft ab.

»Ke Anvar!«, ertönte eine strenge Stimme aus dem Nichts.

Niobe zuckte zusammen und schaute auf. Ein Mitarbeiter der medizinischen Servicecrew kam auf sie zu. Schon auf den ersten Blick erkannte sie, dass er ein Cybe war. Ein Cybe, der sich frei und ohne Restriktionen auf dem Schiff bewegte wie jeder andere Mensch. Niobes Gedächtnis knüpfte an dieser Feststellung an und erinnerte sie an die Daten, die sie auf Monas Ring gefunden hatte. Ob sie für die Cybes und

Tweaks auf der Erde etwas geändert hatten? Ob die Informationen überhaupt wie geplant bei den Nachrichtenagenturen angekommen und veröffentlicht worden waren? Oder hatte man sie totgeschwiegen?

»Was machen Sie im Observatorium? Sie brauchen Erholung und gehören ins Bett!«, setzte der Mann hinzu, als Niobe zu lange in ihren Gedanken verschollen blieb.

Irgendwie kam er Niobe bekannt vor, aber ihr Langzeitgedächtnis schien sich noch im Halbschlaf zu befinden. »Ich habe mehr als neunzig Jahre lang geschlafen, Ke. Wenn das nicht genug Erholung ist, dann weiß ich auch nicht.«

»Sie wissen sehr genau, dass der Kälteschlaf herzlich wenig mit richtigem Schlaf gemein hat. Die Kryostase geht nicht spurlos an einem vorbei und man erwacht daraus nicht erholt und gestärkt, wie das üblicherweise nach einer geruhsamen Nacht der Fall ist.«

Selbstverständlich wusste Niobe das. Auch, dass ihr Körper hydriert werden musste, dass ihre Muskeln geschwächt waren und ihr Stoffwechsel noch nicht wieder mit voller Leistung arbeitete. Natürlich sollte sie im Bett ihrer Kabine liegen, elektrolythaltiges Wasser trinken und körperlich wie geistig Kräfte sammeln, bevor sie Wanderungen auf dem Schiff unternahm. Das elektrolythaltige Wasser aber erinnerte sie einmal mehr an L, die ständig ihre Kapseln mit sich herumtrug oder sie ins Wasserglas warf. Sie schluckte die Dinger wie Bonbons.

Hatte sie geschluckt, Niobe. Hatte.

»Was ist denn so wichtig, dass es nicht bis morgen warten kann?«, fragte der Pfleger.

»L.«

»L?«

»Wie der Buchstabe.« Niobe nickte mit einem schiefen Lächeln und beobachtete den leeren Thinkscreen. »Eine Freundin, die auf der Erde geblieben ist.«

Die Gesichtszüge des Pflegers wurden weicher. »Ach, Ke«, sagte er. »Erholen Sie sich erstmal, kommen Sie körperlich wieder zu Kräften und dann sollten Sie sich einer der Therapiegruppen anschließen. Die meisten von uns besuchen sie. Wir alle sind freiwillig auf diese Reise gegangen. Leicht gefallen ist es trotzdem nur den Wenigsten.«

»War es für Sie schwer? Die Erde und die Menschen dort zurückzulassen?«

Seine kybernetischen Augen fokussierten sich, als er sie ansah. »Weniger schwer als für diejenigen, die nicht im Delta-Komplex eingesperrt waren oder sich in irgendwelchen Bergwerken zu Tode geschuftet haben? Vermutlich. Die Menschen, die ich kannte, haben sich nach meiner Operation von mir abgewandt. Manche sofort, andere erst nach und nach. Trotzdem trauere ich um sie.« Er klopfte ihr einmal mit Enthusiasmus aufs Knie. »Teilen Sie den Schmerz mit anderen, Ke Anvar. Die Vergangenheit ist vergangen. Jetzt wartet die Zukunft.«

Niobe nickte. Sie würde die Gruppe brauchen, um über den Verlust hinwegzukommen, der so unerwartet Teil ihrer Reise geworden war. Vor L hatte es niemanden mehr gegeben, den sie hätte vermissen können. Julie und Tim waren mit ihr auf der Asteria. Selbst Markus Brill ... *Brill!*

»Ich muss mit Kommis... ich meine *Chief* Brill sprechen«, sagte Niobe. »Wie finde ich heraus, ob er schon aufgeweckt wurde?« Sie musste wissen, ob L wenigstens ihm eine Nachricht geschickt hatte. Sie brauchte ein Lebenszeichen von ihrem Bodyguard, so absurd sie sich dabei auch vorkam. Niobe sehnte sich nach einer Spur von ihr. Einer Ahnung davon, wie L ihr Leben verbracht hatte. Ihrem besten Freund hatte sie gewiss geschrieben.

»Die Besatzung wurde vor zwei Wochen aufgeweckt, Ke Anvar. Chief Brills Büro befindet sich auf dem Zentraldeck.«

Niobe hatte nicht vor, so lange zu warten, bis sie es in sein Büro schaffte. »Ich muss einen Anruf machen!« Sie rief ihre gespeicherten Kontakte über den Neurolink auf und sendete eine Anfrage an Markus

Brill. Das Verbindungssignal ertönte und ertönte ... »Nimm ab, bei allen Himmeln!«, fluchte Niobe.

Der Pfleger schaute sie ein wenig neckisch an. »Leicht reizbar, hm?«

Niobe grunzte und wollte die Verbindung schon beendet, da erklang die vertraute Stimme in ihrem Ohr.

»Es wurde verdammt nochmal Zeit, dass du endlich aufwachst!«, brummte Markus fast schon vorwurfsvoll, bevor Niobe mit ihrem eigenen Anliegen ins Haus fallen konnte.

»Uh, okay. Hi Markus. Hast du eine Nachricht von L bekommen?«

»Eine Nachricht von L?« Irgendwo schepperte etwas. »Was soll das?«, rief Markus an jemand anderen gerichtet. »Jetzt sieh dir die Sauerei an!«

»Du klingst beschäftigt. Störe ich dich gerade?«

»Ja, äh, nein! Tut mir leid, Niobe, es ist gerade ein wenig unübersichtlich«, gab er zerstreut zurück.

»Ich lasse dich sofort in Ruhe. Sag mir nur schnell, ob L dir geschrieben hat.«

Der Mann seufzte. »Nein. Sie hat mir nicht geschrieben, sie ... Au! Verdammt! Niobe, lass uns später reden. Wann hast du Zeit?«

»Wann ich Zeit habe?« Sie warf einen vorsichtigen Blick zu dem Pfleger neben ihr. »Später?« Er verschränkte defensiv die Arme vor der Brust. »Oder besser morgen?« Er nickte. »Morgen. Ich habe so den Verdacht, dass ich gleich von meinem medizinischen Betreuer narkotisiert werde, wenn ich mich nicht freiwillig schlafen lege, um mich von der Kryostase zu erholen.«

Der Mann neben ihr lachte.

»Ich komme also morgen zu dir?«, fragte Markus unsicher.

»Ist das eine Frage oder ein Angebot?«, erkundigte sich Niobe.

»Ein Angebot. Morgen. Ich komme morgen zu dir. Wenn du dich ausgeruht hast.«

»Einverstanden. Danke, Markus.« Sie beendete das Gespräch und atmete unzufrieden aus. L hatte ihm nicht geschrieben. Nicht einmal ihrem besten Freund. Konnte man das als Bestätigung dafür betrachten, dass L wirklich etwas zugestoßen war? Oder nur dafür, dass sie so eiskalt war, dass sie mit Niobe und Markus in dem Moment abgeschlossen hatte, als sie an Bord der Asteria gegangen waren? Beide Möglichkeiten lagen schwer im Magen.

»Bringen wir Sie jetzt endlich in Ihre Kabine, Ke Anvar? Sie sehen nicht gut aus.«

Niobe fühlte sich auch nicht allzu gut. Ihr Herz pochte in einem unsteten Rhythmus und ihr Kopf schien in einer Luftschleuse festzustecken. »In Ordnung.«

»Kommen Sie. Ich helfe Ihnen.«

»Hey, Ke, sind wir uns schon einmal begegnet?«

Der Mann grinste breit und zufrieden. »Das sind wir. Mein Name ist Alan Emir. Ihre Cousine Julie lebte auf meiner Station im Delta. Sie brauchen mehr Wasser und ein paar Stunden Schlaf, damit Ihre grauen Zellen wieder in Bewegung kommen.«

»Ich fürchte langsam, Sie haben recht.«

Niobe erwachte aus einem traumlosen Schlaf. Ihre Blase verlangte danach, umgehend entleert zu werden. Also eilte sie ins Badezimmer und verschaffte sich Erleichterung. Einen Moment lang stutzte sie, als sie auf dem Vitalspiegel die Uhrzeit entdeckte. Wenn die Anzeige stimmte, dann hatte sie fast elf Stunden geschlafen. Ein neuer Rekord. Der Blick in den Spiegel bestätigte immerhin, dass sie nur noch halb so müde und zerknautscht aussah wie unmittelbar nach ihrem Kälteschlaf. Ungeduldig schickte sie eine Nachricht an Markus:

NIOBE A.:

ICH BIN WACH. WANN TREFFEN WIR UNS?

Da die Antwort auf sich warten ließ, nahm sie den Zahnreiniger aus seiner Halterung und steckte ihn sich in den Mund. Die Nanoborsten machten sich umgehend daran, ihr Gebiss zum Strahlen zu bringen und ihr Zahnfleisch zu massieren. Die erste Zahnreinigung nach fast einhundert Jahren fühlte sich teuflisch gut an.

Das Reinigungsprogramm war noch nicht abgelaufen, als der Türsummer der Kabine ertönte. Wer wollte jetzt schon wieder etwas von ihr? Ke Emir, der sich Sorgen um Niobes Zustand machte? Tim und Julie, die es nicht abwarten konnten, das Schiff mit ihr zu erkunden? Die beiden waren bereits voller Tatendrang, während Niobe noch versuchte, sich daran zu erinnern, welcher Spezies sie angehörte.

Erneut spielte die Tür ihre Melodie.

»Ich komme ja schon!«, rief Niobe, nachdem sie den Mund ein letztes Mal durchgespült hatte.

»Asteria«, richtete sie sich an den Schiffscomputer und wartete den Bestätigungston ab. »Wer ist an der Tür?«

»Der Sicherheitsdienst, Ke Anvar.«

»Wow. Und ich dachte, dass ich hier die Ungeduldige wäre.« Sie warf sich ein Hemd über – Ls Hemd – und band ihre Locken zu einem schnellen Knoten zusammen. Schon zirpte der Türsummer erneut.

»Bei allen Himmeln, Chief Brill!«, fluchte Niobe und marschierte zur Kabinentür. Sie betätigte den Sensor, die Tür zischte und schob sich zur Seite. »Ich weiß nicht, ob wir Freunde sein können, wenn du derart penetrant ...« Niobe verstummte.

Ein Besatzungsmitglied in der Uniform des Sicherheitsdienstes stand ziemlich außer Atem vor der Tür und schaute sie aus wunderschönen, eisblauen Augen mit einem violetten Schimmer darin an. Ganz eindeutig nicht Markus Brill.

»Du bist wach. Endlich!«

»Ja ... ich ... was ...?« Niobes Gedanken überschlugen sich, das Adrenalin fuhr Achterbahn in ihrem Kreislauf und ihre Augen füllten sich mit frisch hydrierten Tränen. Träumte sie? »L?«

»Überraschung!«, rief der Ex-Bodyguard heiter.

»Weshalb bist du so außer Atem?«, fragte Niobe verwirrt.

»Ich bin gerannt.«

»Den ganzen Weg von der Erde bis hierher?«

L lachte. »Nur vom Zentraldeck bis hierher. Ich bin auf die Asteria umgezogen.«

»Du bist ...« Nun. Ganz offensichtlich war L auf die Asteria umgezogen, vorausgesetzt, dass Niobe nicht halluzinierte. »Wann?«

»Etwa fünf Minuten nach deiner letzten Nachricht an mich.«

»W... wieso?«, stotterte Niobe, die aus irgendeinem Grund plötzlich erbärmlich fror.

»Ich hatte keine Wahl. Du hast eines meiner besten Hemden mitgehen lassen. Das konnte ich kaum auf mir sitzen lassen.« L zupfte an dem Kragen des Beweisstücks, das sich Niobe über ihr dünnes Trägertop gestreift hatte wie einen Morgenmantel.

»Es riecht nicht mehr nach dir.«

»Du darfst am Original schnuppern, wenn du willst«, bot L mit einem fast schüchternen Ton an.

»Ich träume doch. Du kannst nicht echt sein.«

L kam näher und strich mit dem Handrücken über Niobes Wange. Die gab ein klägliches Fiepen von sich, das sich nicht entscheiden konnte, ob es einmal ein Ausruf der Freude oder ein jammernder Klagelaut werden wollte. Die Berührung fühlte sich jedenfalls echt genug an. Ls Daumen fuhr zärtlich über die Kante von Niobes Unterlippe und ihr Blick folgte der Bewegung. Für die beiden waren technisch gesehen nur ein paar Wochen vergangen, seit sie sich verabschiedet hatten, doch Niobe bildete sich ein, jede Minute der letzten dreiundneunzig Jahre zu spüren, seit sie sich zuletzt berührt hatten.

»Steht deine Einladung noch?«, fragte L vorsichtig und mit einem Blick, der die Schmetterlinge unter Niobes Bauchnabel zum Flattern brachte.

»L!« Niobe fiel ihr ohne Vorwarnung in die Arme. Sie küsste L und für die nächsten Minuten atmeten sie einander sehnsüchtig ein und versuchten unter die Haut der anderen zu kriechen.

»Wir sollten das vielleicht nicht hier draußen auf dem Gang tun«, warf L zwischen den Küssen ein. »Das dürfte als Sittenwidrigkeit gelten und dann wäre ich verpflichtet, uns festzunehmen.«

Niobe grunzte. »Witzig bist du jetzt also auch noch geworden. Ich habe eine Bedingung, bevor du reinkommen darfst«, antwortete sie.

»Alles was du willst.«

»Verrate mir deinen richtigen Namen.«

L wich ein wenig zurück, um Niobe besser ansehen zu können. »Meinen Namen?«

»Ja. Was macht das für einen Eindruck, wenn ich bei meinen neuen Freunden mit dir angeben will und nicht einmal deinen richtigen Namen kenne? Was schreibe ich auf das Türschild, wenn wir auf Gaia ankommen und unser neues Zuhause errichtet haben?«

/switchProfile

ID: L

L holte Luft, um etwas zu sagen. Da waren gefühlt etwa einhundert Informationen, Geständnisse und Versprechen in Niobes Worten. So viele Erwartungen, von denen L nicht wusste, ob sie ihnen auch nur ansatzweise gerecht werden konnte.

Sie hielt inne. Klappte den Mund wieder zu. *Weniger denken, mehr wagen,* hörte sie Markus' Stimme in ihren Gedanken. Sie war Niobe bis in eine fremde Galaxie gefolgt, da würde sie es auch schaffen, die Farbe für den gemeinsamen Gartenzaun auszusuchen.

»Wir stehen hier den ganzen Tag, wenn du nicht damit rausrückst, und das wäre tragisch, weil ich gute neunzig Jahre lang Zeit hatte, mir sehr viel schönere Dinge für dieses Szenario auszudenken«, setzte Niobe nach.

L schaute sie belustigt an. »Du kennst meinen Namen. Du benutzt ihn andauernd.«

»L ist kein Name!«

»*Elsa* aber schon.«

Niobe blinzelte ungläubig. »Du ... Nimmst du mich auf den Arm?«

»Ich wünschte, es wäre so. Es gab genau sieben Filme in dem Heim, in dem ich aufwuchs. Stell dir ein Waisenhaus mit knapp dreihundert Kindern vor oder ein Trainingscamp voller viel zu junger Soldaten und Soldatinnen, und alle singen ›Lass jetzt los!‹, während du an irgendwelchen Seilen oder Übungshaken hängst. Das Trauma ist größer als alles, was die Ressourcenkriege sonst mit mir gemacht haben«, gab L schmunzelnd zurück.

»Hm«, sagte Niobe grinsend. »Dann lass uns sehen, ob ich dich zum Schmelzen bringen kann, Agent Elsa.«

Längst passiert, dachte L, während Niobe sie mit sich in die Kabine zog. Niobes Hände begannen sofort damit, die Jacke von Ls Uniform zu öffnen, die kurz darauf Bekanntschaft mit dem Boden machte, kaum dass sich die Tür hinter den beiden Frauen geschlossen hatte.

»Mir wurde hier Kafflon versprochen«, protestierte L zwischen zwei Atemzügen.

»Tut mir leid, dir das sagen zu müssen, aber du bist auf einen der ältesten Tricks des Universums hereingefallen«, antwortete Niobe mit rauchigem Ton, bevor sie Ls Lippen erneut mit ihren bedeckte.

DIR HAT DAS BUCH GEFALLEN?

Dann freue ich mich sehr über eine Bewertung und/ oder Rezension von dir. Sie muss auch gar nicht lang sein. Schon 1-2 Sätze genügen, damit das Buch besser gefunden wird und ich auch in Zukunft Geschichten für dich und all die anderen wunderbaren Leseratten da draußen veröffentlichen kann.

Wenn dich außerdem interessiert, was mich in meinem Leben als Autorin umtreibt, woran ich gerade arbeite (oder verzweifle), dann folge mir gerne auf einem meiner Online-Profile:

Blog

www.sameena-Jehanzeb.de

Social Media

Instagram: @sjehanzeb_autorin
Twitter: @sajeGezwitscher
Facebook: @sameena.jehanzeb.autorin

Auf den nächsten Seiten findest du weitere Bücher von mir und anderen Schreibenden, die ich dir empfehlen kann!

Zwischeneinander

Catherine Strefford

Was, wenn die Liebe vor einem steht, aber man nicht bereit dafür ist?

Richie setzt alles daran, seinem eigenen Glück im Weg zu stehen. Doch muss er wirklich erst sich selbst lieben, um von anderen geliebt werden zu können? Die Beziehung mit Maxi kann Richie nur anfangs genießen, denn unentwegt wartet er auf das Ende, von dem Richie sicher ist, dass es früher oder später kommen wird. Keine Liebe ist wie die andere und nichts Neues kann wachsen, solange das Herz und die Seele noch mit dem Unkraut der Vergangenheit bewuchert sind. Aber erkennt auch Richie das früh genug?

Der zweite Roman mit Richie, bekannt aus „Nur kurz leben", ausgezeichnet mit dem 1. Platz des tolino media Newcomerpreis 2020.

Als Print und E-Book erhältlich

ISBN: 978-3-96966-980-8

Oder signiert im Onlineshop bestellen: www.strefford-shop.de

Was Preema nicht weiß
Sameena Jehanzeb

Wenn deine Reise am Ende beginnt, wohin mag sie dich führen?

Manche Tage fangen mieser an als andere. Besonders solche, an denen man schwerelos und ohne nennenswerte Erinnerungen in einem weißen Nichts aufwacht. Preema Anand sind nur zwei Dinge geblieben: ihr Name und die Gewissheit, dass die Welt untergegangen ist. Doch kurz bevor ihr Verstand dem Wahnsinn verfällt, trifft sie auf weitere Überlebende, die sich auf eine vermeintlich idyllische Lichtung mitten im Nirgendwo gerettet haben und Antworten in wilden Theorien suchen. Je dringlicher auch Preema die Geheimnisse ihrer Umgebung und die ihrer eigenen Vergangenheit zu ergründen versucht, desto deutlicher wird, dass ihre Erinnerungen gefährlicher für sie sein könnten als die grauen Schemen, die die Überlebenden heimsuchen ...

»Was Preema nicht weiß« wurde 2020 mit dem Selfpublishing-Buchpreis ausgezeichnet und für weitere Preise nominiert. Darunter der Kurd Laßwitz Preis.

BRÏN

Sameena Jehanzeb

»Ein Tag fängt nicht gut an, wenn einem die Katze in den Brunnen kotzt.«

Unbemerkt von ihren Bewohnern ist die Erde über magische Adern mit dem fernen Planeten Brïn verbunden. Als Juno eines Morgens in eine Pfütze stolpert, betritt sie unwissentlich ein Portal, das sie ans andere Ende des Universums katapultiert. Ausgerechnet zu einer Zeit, da die Magie aus den Fugen gerät, ein bestialischer Mörder durch die Gassen streift und albtraumhafte Kreaturen das Fortbestehen der Welt bedrohen, ist Juno plötzlich auf Brïn gestrandet. Damit nicht genug: Die berüchtigte Weltenwächterin Shi Kamika scheint es auf Juno abgesehen zu haben. Ist die Wächterin Freund oder Feind?

Mit magischen Pfeilen im Köcher und einem Hauch von Schabernack in den Mundwinkeln schickt sich Shi Kamika an, Junos Leben noch gründlicher auf den Kopf zu stellen.

Im Turm des Panopticons
Daniela Rohr

„Eingesperrt auf kleinstem Raum ... Du glaubst, du wärst diejenige, die die Oberhand hat ... Du glaubst, du wärst diejenige, die andere beobachtet ... “

Das Panopticon: Raumschiff, gläsernes Gefängnis und Arbeitsplatz von Linea Wermut. Im Turm – einer beengten Kapsel, in der sie lebt, alles steuert und überwacht – ist die sanfte Stimme des Computers ihre einzige Gesellschaft.

Knapp eintausend Gefangene stehen unter Lineas Aufsicht. Keiner von ihnen kann sie sehen – keiner weiß, wann sie zusieht.
Nur warum scheint es plötzlich so, als wüssten die Insassen genau, wann sie von ihr beobachtet werden? Linea glaubt nicht an Zufälle. Entgegen aller Widerstände versucht sie, das seltsame Verhalten der Häftlinge zu ergründen. Ein großer Fehler, wie sie bald feststellen wird ...

Als Print und E-Book erhältlich
ISBN: 978-1494724290
Website der Autorin: www.danielarohr.de

Der Ringeltaubenmantel

Maike Claußnitzer

Ein Kirchendieb wird auf frischer Tat ertappt, schweigt jedoch über seine Motive. Ardeija, der Hauptmann der Hochgerichtswachen, nimmt die Ermittlungen auf. Aber wem kann er dabei trauen, wenn der langjährige Gerichtsschreiber gefährliche Geheimnisse hat, die bescheidene Nachbarin auf einmal einen verdächtig kostbaren Mantel besitzt und selbst auf die ortsansässigen Geister nur bedingt Verlass ist? Ein neues Abenteuer in Aquae Calicis beginnt.

Als Print und E-Book erhältlich

ISBN: 978-3755742852

Website der Autorin: www.ardeija.de